미치게
탐나는

2

서혜은 장편소설

미치게 탐나는

Crazy Love

2

가하

미치게 탐나는 **2**

지은이 서혜은
펴낸이 이형기
펴낸곳 도서출판 가하

초판인쇄 2017년 11월 9일
초판발행 2017년 11월 16일
출판등록 2008년 10월 15일 제 318-2008-00100호

주소 서울 영등포구 양평로 67, 1209 (당산동5가, 한강포스빌)
전화 02-2631-2846 **팩스** 02-2631-1846

www.ixbook.co.kr

ISBN 979-11-300-2460-8 04810
979-11-300-2458-5 04810(set)

값 10,800원

5

문을 열고 들어간 시우가 그 자리에서 걸음을 멈추었다. 현관에 반질반질 윤이 나는 구두가 놓여 있었다. 거실엔 환하게 불이 켜져 있었다.

"왔구나."

정장 차림의 남자가 환하게 웃으며 시우에게 다가왔다. 주인의 허락도 없이 문을 열고 들어온 사람치곤 편안한 얼굴이었다. 그에겐 이런 문 열기란 일도 아니었다. 시우도 자신이 부탁한 이상 이런 상황과 언젠간 맞닥뜨리란 걸 알았기에 개의치 않았다.

"무슨 일이야?"

시우가 집으로 들어서며 재킷을 벗었다.

"귀국한 후에 한 번도 못 봐서, 동생 얼굴이나 보러 왔지. 여전히 잘생기고 훈훈하구나. 어디 가서 동생이라고 말하기 부끄럽지 않겠어."

"부끄럽진 않겠지. 자랑스럽지도 않을 거고. 배다른 동생이 자랑스러울 일은 없잖아. 안 그래?"

시우가 벗은 재킷을 소파에 던지며 물었다. 시우가 빙긋 웃었다. 사람들은 시우의 이런 얼굴을 무척 좋아했으나, 우원은 거부감이 들었다. 시우는 속을 모조리 숨긴 채 사람을 현혹시키곤 했다. 사람들은 그에게 속으면서도, 스스로가 꼭두각시가 된 줄 몰랐다. 오히려 그를 돕고 있다고 착각하곤 했다.

우원은 그런 시우를 볼 때마다 섬뜩했다. 그도 시우와 아홉 살이 넘는 나이차가 아니었다면 속았을 수도 있겠다는 생각을 할 때면 숨이 턱 막히곤 했다.

"여전하구나."

"변할 리가 없지."

"여긴 손님이 왔는데 대접 같은 거 안 해?"

"손님은 내가 초대할 때 오는 사람을 말하는 거고, 그쪽은 무단침입한 범죄자야."

시우가 웃는 낯으로 말했다. 우원이 웃는 얼굴로 시우를 물끄러미 바라보았다.

시우가 미국에 있을 때, 우원은 종종 그의 사진을 받아보곤 했었다. 아버지의 명령이기도 했지만, 그도 궁금했다. 어렸을 적의 그 녀석은 여전할까. 사진을 볼 때마다 이전보다 더 나아가는 외모와 분위기를 보면서 확실히 외가 쪽의 피를 물려받았다는 걸 알았다.

화려한 듯 은근한 외모와 분위기.

수많은 사람들을 만나는 우원조차도 처음이자 마지막으로

본 아름다움이었다. 그런데 사진보다 실물이 더 나았다. 똑똑하다 못해 악랄한 녀석이 외모까지 갖추었으니, 무슨 일이 일어날지 바짝 긴장되었다.

"배다른 형제라는 말 어디 가서 하지 마. 다른 사람들이 들어 좋을 건 없으니까. 그리고 말 좀 예쁘게 하고."

"그럼 예쁘게 한번 물어봐. 내가 왜 회사로 들어가려고 하는지, 궁금해서 온 거잖아."

시우의 직설적인 말에 우원이 멈칫했다.

"돌려 묻는 법이 없구나."

"그럴 필요 없으니까."

"그래, 들어나 보자. 무슨 일로 갑자기 회사 복귀를 요구한 거야? 한동안 계속 미루고만 있더니."

귀국 후 시우는 회사로 출근하라는 아버지의 명령을 차일피일 미루고 있었다. 처음엔 시차적응, 이후엔 이유를 알 수 없는 두통을 핑계로 댔다. 꾀병이 늘어가자 보다 못한 아버지가 '걸어갈 수 있으면 아파도 회사로 출근해라!' 하는 강경 대응책을 내놓았다. 그러자 시우가 덤덤하게 '그럼 다리를 부수면 되겠군요. 아아. 그건 좀 아플 테니 이대로 사라질까요?'라고 해 아버지의 입을 틀어막았다고 했다. 다른 건 몰라도 아버지는 시우가 갑자기 사라지는 것을 두려워했다.

그렇게까지 출근을 미루던 시우가 갑작스레 회사에 나오겠다고 연락하니, 우원의 입장에선 경계할 수밖에 없었다.

"재미있을 것 같아서."

"무슨 일을 저지르려고?"

우원이 얼굴을 구기며 물었다. 그러자 시우가 그에게 다가왔다. 어느새 자신의 키를 훌쩍 넘긴 시우가, 우원을 내려다보았다.

"글쎄. 내가 무슨 일을 크게 저지를수록, 형은 좋잖아. 그래야 회사 경영권을 물려받지. 안 그래?"

"……누가 들으면 오해하겠구나."

"누가 들으면 오해해도, 그쪽은 오해 안 하잖아. 똑똑한 사람이 이 정도로 오해할 리가 없지."

"……."

"회사에 있는 동안 나에 대해서 철저히 비밀로 부쳐줘. 그리고 내가 뭘 하든지 신경 쓰지 마. 얌전히 살게 내버려둬."

시우가 웃는 낯으로 말했다. 우원이 숨기지 않고 말하는 그를 노려보았다. 우원에게 회사는 목숨 같은 것이었다. 태어날 때부터 자신의 것이라 생각해왔고, 지금도 그 생각엔 변함이 없었다. 아버지가'더 잘하는 놈에게 경영을 맡길 거다.'라는 말을 하기 전까지만 해도. 그 때문에 주주들 사이에서 시우를 지지하는 세력들이 생겨났다. 시우가 대표이사 자리에 오르면 자신들의 입맛대로 회사를 조종할 수 있을 거라 믿는 자들이었다.

시우는 아버지의 말에 여태껏 별다른 반응이 없었다. 표정도 전혀 변화가 없어서 오히려 사람을 긴장하게 만들었다.

"그 말을 믿을 수가 있어야 말이지."

우원이 차갑게 시우를 건너다보았다.

"왜 못 믿지? 내가 무서워?"

"이제 막 유학에서 돌아와 아무것도 없는 너를, 내가 왜?"

"그럼 왜 찾아와서 의중을 알아내려고 이렇게 발발거리실까?"

"말투가 그게 뭐야?"

우원이 얼굴을 와락 구겼다.

"듣기 싫으면 찾아오지 마. 이것보다 더한 말도 할 수 있어."

시우의 웃음 위로 싸늘함이 감돌았다. 처음부터 진심인 적 없는 미소였다. 시우는 그를 내려다보며 말을 이었다.

"그리고 내가 한 말을 믿든, 안 믿든 그건 형의 자유야. 하지만 나라면 믿는 쪽을 택하겠어. 사람은 믿는 대로 이루어진다잖아."

시우가 피식 웃었다. 그러고는 관심이 다했다는 듯 돌아섰다. 하아, 우원이 저도 모르게 낮은 한숨을 뱉으며 이마를 짚었다. 녀석이 순순히 자신의 의중을 털어놓을 리가 없었다. 어렸을 적부터 무슨 생각을 하는지는, 결과를 보고서야 알았으니까. 하지만 단 하나, 아직도 결과를 보고도 왜 그랬는지 이유를 모르는 사건이 하나 있긴 했었다.

"언제까지 남의 집에 그렇게 서 있을 거야? 아는 사람이라서 봐주고는 있지만, 20분이 넘어가면 신고하고 싶어질 거 같은데. 대기업 사장님이 무단침입으로 신고 접수되면 좀 곤란하지 않겠어?"

시우가 소파 팔걸이에 걸터앉았다. 앉았을 뿐인데 모델처럼 근사했다.

"나도 길게 있을 생각은 없다. 회사 너무 시끄럽게 만들지는 마. 그것만 아니면 신경 쓰지 않을 테니까."

시우가 알겠다는 듯 가볍게 고개를 끄덕였다.

"그리고 아버지 전화 받아. 계속 궁금해하시니까."

"안 받는다고 형이 전해드려."

"계속 그럴 거냐? 아버지한테 전화는 못 드릴망정, 오는 전화라도 받아."

우원이 짐짓 엄한 얼굴로 시우를 바라보았다.

"그 말, 진심이야?"

시우가 고개를 기울였다. 잠시 우원이 아무 말도 하지 못했다. 시우의 눈빛이 가슴을 관통한 듯했다.

"내가 전화하면 아버지가 날 싸고돌 텐데, 형이 그걸 감당할 수 있겠어?"

"……."

"형을 위해서 전화 안 받는 거야. 나는 이왕이면 아버지보다는 형 편이니까. 형이 잘됐으면 하거든."

시우가 빙긋 웃었다. 그 선한 웃음에 가시처럼 박혔던 이전의 말들이 사라지는 걸 느꼈다. 그의 말을 모조리 믿고 싶어졌다. 우원이 주먹을 꽉 움켜쥐었다. 현혹되어선 안 된다. 그가 대답 대신 홱 돌아서서 나갔다.

쿵!

거칠게 문이 닫혔다. 홀로 집에 남은 시우가 숨을 길게 들이마셨다.

"진심인데."

시우가 피식 웃었다. 그는 휴대전화를 챙겨 안방으로 들어가려다가 멈춰 섰다.

"아, 바꿨지?"

그가 작은방으로 들어갔다. 그곳에 그의 침대와 물건들이 놓여 있었다. 안방에 있던 짐을 모조리 작은 방으로 옮겼다. 그는 휴대전화를 충전하며 침대에 걸터앉았다. 고개를 들어 천장을 보았다. 주은의 방이 있는 곳이었다. 그가 협탁 위에서 충전 중인 휴대전화를 들었다.

[잘 자요.]

주은에게 문자를 보냈다.

[응. 너도 잘 자.]

얼마 지나지 않아 답변이 돌아왔다. 때마침 휴대전화를 들고 있었던 모양이었다.

[내일 재미있는 일이 있을 거예요.]

[무슨 일?]

[내일 보면 알 거예요.]

답 문자를 보내자, 더 이상 어떤 답도 돌아오지 않았다. 잠이 들었거나, 내일이 되면 알 거라고 생각하는 모양이었다. 시우는 엎드려 누운 채 주은과 주고받았던 문자를 바라보았다. 별것 아닌 문자를 바라보는 그의 표정이 편안하게 풀렸다.

⁂

평소보다 조금 늦게 출근한 주은은 분위기가 들떠 있음을 알아차렸다. 이것은 누군가의 직급이 바뀌거나, 새로운 사람이 발령받아 왔을 때 일어나는 소란이었다. 주은이 자리에 앉자마자 선유가 득달같이 달려왔다. 새로운 가십거리에 흥미가 많은 그녀의 두 눈이 반짝반짝 빛나고 있었다.

"무슨 일이에요?"

주은이 묻자, 기다렸다는 듯이 선유가 그녀의 어깨를 움켜쥐었다.

"대박."

"네?"

"대박 사건이야."

"무슨 일인데요?"

"옆 팀 알지? 기획팀. 윤정 대리 있는 그 팀."

"아, 네."

말이 옆 팀이지, 꽤 거리가 멀었다. 옆 팀을 만날 기회는 사무실 사이에 있는 화장실이나 복도를 지날 때가 전부였다.

"거기 팀장님이 새로 발령받아서 오늘 출근했거든?"

윤정이 대리로 발령받은 그 팀은 오래전부터 팀장 자리가 비어 있었다. 발령받아 오기로 한 팀장의 출근이 차일피일 미루어지고 있어서, 윤정이 팀장급으로 일을 하고 있다고 들었었다. 듣기 싫었으나, 업무 관련 회의를 할 때가 있어서 기본적인 건 파악해두고 있어야 했다.

"그런데요?"

주은이 무슨 상관이냐는 듯 물었다.

"나이가 서른이래."

"……네?"

"그게 말이 되니? 윤정 대리가 서른이야. 그리고 그중 제일 나이 많은 남자사원 나이가 서른하나거든. 졸지에 자기보다 어린 상사를 모시게 생겼다고. 그래서 지금 저 팀 난리 났어. 여사원들도 이게 무슨 일이냐고."

선유의 말에 주은도 잠시 할 말을 잃었다. 회사에 있다 보면 가지각색 별의별 일을 다 겪곤 했다. 하지만 이번 일만큼 당혹스럽진 않았다.

"대놓고 낙하산인 거지."

선유가 작게, 그러나 분명히 들리는 목소리로 말했다.

"그러게요. 낙하산이네요."

"우리 팀장님도 낙하산이긴 하지. 윗선과 연결되어 있는 분이니까. 하지만 우리 팀장님은 신입부터 차근차근 밟아 올라간 분이라고. 엄연히 위에서부터 뚝 떨어진 낙하산이랑 급이 다르잖아. 안 그래?"

갑작스럽게 태현의 이야기가 나오자, 주은의 얼굴이 굳어졌다.

“이것 봐. 주은 씨도 표정 바로 안 좋아지네. 이건 진짜 문제 있는 거야. 언제까지 대한민국 기업들은 이런 식으로 일을 할 거래? 후우, 진짜 이럴 때마다 관두고 싶은데 목구멍이 포도청이라 관둘 수가 없네.”

선유가 고개를 절레절레 가로저었다. 주은은 곰곰이 생각에 빠졌다. 서른에 팀장 직급을 달아 발령을 받는다는 건, 굉장한 뒷배를 두고 있다는 말이었다. 문제는 팀장의 나이가 젊으면 진급을 하기 어려웠다. 그 말은 윤정을 비롯한 아랫사람들의 진급 또한 어려워진다는 말이었다. 아, 어쩌면 윤정은 상관없을지도 모른다.

「이 회사에 관심이 많아서 다니고 있어요. 취미생활 같은 거예요. 적당히 다니다가 배울 거 다 배웠다 싶으면 관둘 생각이에요. 그러니까 저한테 너무 잘 보이려고 하지 마세요. 어차피 떠날 사람인데요, 뭘.」

윤정의 말은 주은의 사무실에까지 소문이 다 났다. 그 때문에 한동안 사무실에선 팀장과 윤정의 염문설과 함께 두 사람의 뒷배가 누군지 추측하느라 정신이 없었다. 이런 와중에 젊은 팀장이 발령받았으니 사무실이 들썩거릴 만했다.

누굴까.

주은이 멍하게 모니터를 들여다보며 생각했다. 문득, 시우의 문자가 떠올랐다.

[내일 재미있는 일이 있을 거예요.]

"설마……."

그럴 리 없다는 듯 고개를 가로저었다. 시우가 무슨 연관이 있어서 자신의 회사에 온단 말인가. 주은은 한숨을 내쉰 후, 밀린 일을 시작했다.

새 팀장이 발령받아 온다는 기획팀 사무실은 고요했다. 모두들 숨을 죽인 채 서로의 눈치만 살폈다. 그들이 가장 눈치를 살피는 건, 팀장실 근처에 앉아 있는 윤정이었다. 그녀와 동갑인 상사가 온다는 사실에 다들 경악하고 있었다. 자신들도 이럴진대 윤정은 오죽할까. 그러나 그녀는 별말 없이 묵묵히 일을 하고 있었다.

스르륵, 문이 열리는 소리에 직원들의 고개가 홱 돌아갔다. 남색 슈트 차림의 남자가 유유히 걸어 들어왔다. 어려 보이는 외모에 키가 훤칠하게 커서 모델인가 하는 의심이 들 정도였다.

"누구세요?"

여직원이 설마 하는 얼굴로 사무실 가운데에 서 있는 남자에게 물었다.

"기획팀으로 발령 온 팀장입니다."

남자가 싱긋 웃자, 저도 모르게 얼굴이 발긋해진 여직원이 뒤늦게 놀란 얼굴로 쳐다보았다.

팀장? 저렇게 어려 보이는데?

갑작스레 사무실 한가운데에 폭탄이 떨어진 것 같았다. 여직원이 다급하게 윤정을 바라보았다. 조용해서 분명히 들었을 텐데, 윤정은 자신이 맡은 서류를 보느라 꼼짝도 하지 않았다.

"음……."

여직원이 곤란한 표정을 지었다. 자신이 직접 나서서 팀장실로 안내해줄 수도 없고, 그렇다고 다정하게 인사를 나눌 수도 없는 노릇이었다. 직원들은 다들 마른침을 삼키며 긴장했다.

"어디로 가야 할지 알겠군요."

직원들이 눈동자로 윤정을 가리키고 있었다. 남자는 알겠다는 듯 고개를 가볍게 끄덕였다. 직원들은 그가 팀의 실세인 윤정에게 다가갈 거라 생각했다. 그러나 그는 가볍게 윤정을 지나쳐 팀장실로 향했다.

"문이 잠겨 있군요. 열쇠는 어디 있죠?"

남자가 여직원에게 물었다. 그녀가 눈을 데굴데굴 굴리더니 자그맣게 대답했다.

"윤정 대리님께 있습니다."

"아아, 이분?"

남자가 윤정에게 다가갔다.

똑똑.

남자가 책상을 두드리자 윤정이 자그맣게 한숨을 내쉬었다. 자신과 동갑에 팀장 직급을 달 재수 좋은 낙하산 얼굴을 이제는 봐야 했다. 마음에 들지 않았다. 언젠가 그만둘 회사이긴 했지만, 이런 꼴을 보면서 집어치울 생각은 없었다. 그녀가 미간을 확 좁히며 고개를 들었다. 기를 눌러줄 생각이었다. 그러나 남자의 얼굴을 본 순간, 윤정은 아무 말도 하지 못했다.

"팀장실 열쇠는 어딨죠?"

남자가 그녀를 내려다보며 물었다. 윤정은 대답을 해야 한다는 걸 알면서도 꼼짝하지 못했다. 자신이 찾던 남자가 왜 이곳에 있는 걸까. 그녀의 머릿속이 바쁘게 돌아갔지만, 어떤 답도 얻지 못했다.

"두 번 물어야 대답할 건가요?"

남자가 묻고서야 윤정이 정신을 차렸다. 그녀가 책상에서 열쇠를 꺼내 시우에게 내밀었다.

"간단한 인사는 팀장실에 짐을 내려놓은 후에 하도록 하죠."

남자가 열쇠를 받아 팀장실로 향하며 말했다. 그가 자신의 집에 돌아온 듯, 자연스럽게 팀장실 문을 열고 들어섰다.

직원들이 수런거렸다. 나이보다 더 어려 보이는 생김새, 모델로 착각할 법한 키, 수려한 외모, 듣기 좋은 목소리까지. 그 모든 것이 화제였다.

"하."

윤정이 한 박자 늦게 웃음을 터트렸다. 정말 이렇게 만날 줄은 생각지도 못했다. 자신이 그토록 찾아 헤매던 그 남자였다.

직원들에게 간단히 인사를 마친 시우가 팀장실 안을 둘러보았다. 넓고 한적하지만, 닭장처럼 답답했다. 반사적으로 넥타이를 풀려고 손을 뻗었다가 거둬들였다. 첫 출근부터 이런 모습을 보일 수 없었다. 언제 어디서 주은을 만날지도 모르고. 주은을 생각하던 시우의 얼굴에 은은한 미소가 걸렸다.

달칵.

그사이 문이 열리고, 시우는 채 웃음을 거두지 못한 얼굴로 고개를 돌렸다가 윤정과 눈이 마주쳤다. 눈이 반쯤 접혀 있는 시우의 미소에 윤정이 눈이 크게 벌어졌다. 환한 곳에서 웃는 얼굴은 클럽에서 보았던 것보다 훨씬 잘생겨 보였다.

"부르셨어요?"

윤정이 빙긋 웃으며 팀장실을 가로질러 들어왔다.

"네. 실질적인 팀장 일도 도맡아 하셨다는 말 전해 들었습니다. 제 업무에 관해선 대리님께 들으면 될 것 같더군요."

"여러모로 도움이 되도록 노력하겠습니다. 필요한 사항들 정리해서 보고하겠습니다."

본래 윤정은 팀장이 오면 일을 주지 않을 생각이었다. 쭉정이로 만들어버릴 생각이었는데, 시우라는 걸 안 순간 마음이 바뀌었다.

"고마워요."

시우가 가볍게 미소 짓고는 아무 말 없이 그녀를 바라보았다.

"그때 클럽에선 죄송했어요."

"괜찮습니다."

"제 지인이 욱하는 성격이라서요."

"그랬군요."

대답하긴 했으나, 시우는 별달리 관심이 없어 보이는 얼굴이다. 오히려 왜 안 나가냐는 듯한 표정이다.

클럽에서 호스트들을 끼고 노는 모습을 보여서 그런 걸까.

그는 자신에게 조금의 관심도 없는 듯했다. 차라리 돈이 없는 남자였다면 돈으로 유혹하면 되고, 여색을 밝히면 기꺼이 자신의 몸을 보여주면 되는데 그는 어느 쪽도 아니었다. 낙하산으로 곧장 팀장이 될 정도면 집안에서 어느 정도 위치를 차지한다는 뜻이 되고, 여색을 밝히는 것 같지도 않다.

"함께 식사 어떠세요?"

윤정이 먼저 제안했다. 여자라서 기다리는 짓 같은 건 하지 않았다.

"좋습니다."

의외로 순순히 떨어진 대답에 윤정이 미소 지을 때였다.

"조만간 직원들과 다 함께 식사하는 자리를 마련하도록 하죠. 다들 약속 없는 편한 시간으로 정해주시겠어요?"

그는 자신과의 식사 자리를 회식 자리로 만들어버렸다.

"……네."

윤정은 조금 마음 상했으나, 별 내색 없이 싱긋 웃었다. 오히려 잘되었다는 생각이 들었다. 어려운 남자라는 게 더욱 마음에 들었다. 이런 어려운 남자들이 한번 마음을 주면 꽤 오래간다는 걸 경험상 알고 있었다. 윤정이 일부러 느릿하게 돌아섰다.

"아, 대리님."

시우가 그녀를 불렀다.

"네."

윤정이 웃는 얼굴로 돌아섰다.

"경영지원팀이 어디죠?"

"……경영지원팀이요?"

"네."

"복도에서 좌측으로 가시면 화장실 지나서 있습니다만, 거긴 왜 찾으시죠?"

경영지원팀엔 태현이 있었다. 혹시 자신과 태현의 관계를 들은 건가 하는 생각이 들었다.

"인사를 갈까 해서요."

"경영지원팀에요?"

"네. 알려줘서 고마워요."

시우는 가볍게 인사를 마친 후, 책상에 앉았다. 더 이상 관심 없다는 듯 시우의 시선이 다른 곳을 향했다. 더 이상 물을 수가 없어진 윤정은 이상한 기분을 느끼며 팀장실을 나섰다.

몇 시간 만에 기획팀의 팀장에 대한 평가가 완전히 바뀌었다. 어린 나이에 낙하산이라는 이유만으로 무참히 씹히던 그에 대한 평가는, 경영지원팀의 직원들을 중심으로 '수려한 외모의 팀장님'으로 바뀌기 시작했다. 처음엔 잘생겨봤자 우리 팀장님만큼 잘생겼겠냐며 투덜거리던 선유도, 어디서 얼굴을 보고 오더니 감탄하기 시작했다.

"정말 대박이라니까. 주은 씨도 실제로 봐야 해."

선유의 경영지원팀 팀장의 얼굴 자랑은 점심식사를 마치고도 이어졌다. 주은은 한 귀로 듣고서 한 귀로 흘렸다. 다른 팀의 팀장이 누구든 자신과는 상관없었다. 업무상 오며가며 얼굴을 마주치게 되면 모를까. 그녀의 머릿속은 굉장히 복잡했다.

[오늘 저녁식사 같이 해.]

점심식사 전, 태현에게서 온 문자 때문이었다. 호성의 생일날 시우를 뒤쫓아 나간 후, 그에게서는 한동안 연락이 없었다. 그러다 오늘 저녁을 함께하자는 연락이 왔다.

헤어지자고 할 건가. 그게 아니면 소문나지 않게 단단히 입단속하고 만나라고 할 건가. 어느 쪽이든 태현에게서 듣는 건 달갑지 않았다.

띠링.

다시 한 번 문자가 왔다. 태현일지도 모른다. 그의 저녁 제안에 여태껏 대답을 하지 않았으니까.

"문자 왔는데?"

선유가 그 소리를 용케 듣고 말했다.

"네. 조금 있다가 확인하려고요."

자리에 돌아가서 볼 생각이었다. 오가는 사람들이 많아서 주은과 선유는 엘리베이터 대신 비상구 계단을 통해 올라가기로 했다. 4층이라 운동 삼아 종종 걸어가곤 했다.

"주은 씨는 기획팀 팀장 안 궁금해? 얼굴? 엄청나다니까?"

선유의 말에 주은이 얼굴을 찌푸렸다.

"또 그 이야기예요?"

"보여주고 싶어서 그러지. 아마 남자한테 관심 없는 주은 씨도 깜짝 놀랄걸?"

"그 정도예요?"

"응. 장난 아니야."

"아아."

주은이 그러냐며 고개를 끄덕였다.

"아오, 왜 이렇게 힘드니? 날이 들수록 계단 올라가는 게 이렇게 힘들어서야."

선유가 혀를 끌끌 차며 마지막 계단을 딛고 올라섰다.

딩동.

그사이에 문자가 왔다. 신경이 휴대전화로 쏠렸다. 엄마일 수도 있고, 호성일 수도 있다. 하다못해 파티장을 그렇게 벗어난 데 대해 단단히 화가 났다는 아버지일수도 있었다. 달갑지 않은 연락이었다. 더는 버틸 수가 없는 데다, 선유까지 지켜보고 있었다. 주은이 마지못해 휴대전화를 확인하며 비상구 문을 열고 복도로 들어섰다. 사람들을 이리저리 피하며 주은이 휴대전화를 빤히 들여다보았다.

[어디예요?]

부모님도, 호성도, 태현도 아니었다. 첫 번째 문자는 스팸이었고, 두 번째 문자는 시우였다. 주은이 문자를 빤히 들여다보았다. 아무것도 아닌 이 문자에, 마음이 평온해지면서 기분이 들떴다. 그녀가 막 회사야, 라고 답 문자를 적으려 할 때였다.

갑작스레 선유가 멈춰 섰다. 뒤따라가던 주은이 아슬아슬하게 멈춰 섰다. 쥐고 있던 휴대전화가 선유의 팔에 부딪치면서 떨어졌다. 갑자기 무슨 일인가 싶어 주은이 막 고개를 들었다. 한 남자가 자신을 따스한 눈으로 바라보고 있었다.

"이주은 씨."

익숙한 남자가 자신을 불렀다. 그녀의 입이 자그맣게 벌어졌다. 슈트 차림의 시우가 성큼성큼 걸어왔다. 그가 주은의 앞에 멈춰 섰다.

"왜……."

왜 네가 여기 있느냐는 말을 하려 할 때였다. 시우가 허리를 굽혀 떨어진 휴대전화를 주워 들었다. 그러고는 그녀에게 내밀었다.

"문자가 온 거 같네요. 상대방이 기다리고 있을지 모르니, 답장해주는 게 어때요?"

그가 피식 웃었다. 자신에게 답장을 하라는 말을 빙 둘러 하고 있었다. 주은이 그의 손에 들린 휴대전화를 감싸쥐었다. 손끝이 닿았다. 시우가 손끝에 힘을 주는 게 느껴졌다. 찌릿, 손끝에서 전기가 통하는 듯했다.

주은이 애써 못 느낀 척 휴대전화를 거둬들였다.

"……감사합니다."

그가 주변을 살피며 조용히 대답했다. 선유를 비롯해 지나가던 몇몇 직원들이 동그래진 눈으로 자신을 쳐다보고 있는 게 느껴졌다.

"여기는 어떻게……."

주은이 조심스럽게 물었다.

"기획팀 팀장으로 발령받았어요."

"뭐? 아니, 뭐라고요?"

주은이 깜짝 놀라 되물었다.

"그렇게 놀랄 줄은 몰랐네요. 자세한 이야기는 나중에 하죠. 오후에 팀장별 회의가 있어서요."

시우가 가볍게 웃으며 그녀를 스쳐 지나갔다.

"대박. 뭐야? 기획팀 팀장님이랑 아는 사이였어? 어떻게?

두 사람 무슨 사이야?"

선유가 궁금증을 이기지 못하고 묻기 시작했다. 묻고 싶은 건 주은도 마찬가지였다.

대체 이게 무슨 일이냐고.

팀장회의를 하는 내내 태현의 표정은 좋지 않았다. 그는 단단히 굳은 표정으로 한곳을 바라보았다. 새로 온 기획팀 팀장이었다.

회의를 마친 후, 오늘 받은 자료를 정리하던 시우에게로 태현이 걸어갔다. 썰물처럼 팀장들이 빠져나가 회의실은 텅 비어 있었다.

"이렇게 마주칠 거라곤 생각지도 못했는데."

태현이 그의 앞을 가로막고 서서 말했다.

"그런가요? 아직 조사를 마치지 못하셨나 봐요."

"무슨 말을 하는 거지?"

"저에 대해 궁금한 게 많으셨나 봅니다. 뒷조사를 시키셨더군요."

"……!"

태현의 얼굴이 경직되었다. 시우가 여유로운 얼굴로 태현을 마주 보았다.

"설마 그 정도도 못 알아낼 거라고 생각하셨어요?"

알아내는 게 이상한 일이다. 대한민국에 뒷조사를 하는 업체는 수십 곳이 넘었다. 그곳을 모조리 통제한다는 건 말이 안 된다. 더욱이 태현의 경우엔 업체가 아닌 개인에게 의뢰한 일이었다. 그 남자는 태현 자신의 의뢰만 맡아서 하는 사람이었다. 그런데 어떻게? 아무리 생각해도 앞뒤가 맞지 않았다.

"궁금하신가 봐요."

시우가 고개를 비스듬히 기울이며 나른하게 웃었다. 그가 웃는 얼굴로 상황을 압도하자, 태현이 주먹을 움켜쥐었다.

"어떻게 안 거지?"

태현이 고요한 표정으로 시우를 쳐다보며 물었다.

"여러 가지 방법이 있겠죠. 업체를 모두 내가 관리한다."

"그건 불가능하다는 걸 네가 더 잘 알 텐데."

"나를 뒷조사하는 사람이 있으면 그 사람이 제시한 금액의 세 배를 줄 테니, 내게 이야기해달라고 한다."

그것도 말이 안 된다. 태현이 얼굴을 굳혔다. 그러자 시우가 태현을 슬쩍 내려다보며 말했다.

"날 지키는 보디가드가 있었다, 그것도 아니면……."

처음부터 내가 그쪽을 감시하고 있었다.

시우가 뒷말을 삼키며 웃었다.

"……내가 보낸 사람이 네 보디가드에게 걸렸다는 거군."

태현이 짐작했다. 시우는 긍정도 부정도 하지 않는 애매한 미소를 지었다.

"서류를 통해서 저에 대해 알아봐야 얼마나 알겠습니까? 곁에 두고 지켜보라고 왔으니, 보시죠."

"주은이와 얼마나 된 거지?"

"글쎄요. 그쪽과 윤정 씨보단 짧은 것 같네요."

태현의 얼굴이 굳었다. 그는 자신과 윤정의 사이까지 알고 있었다.

"이미 주은이도 알고 있는 사이야."

"그렇겠죠."

"주은이에게 자유를 준 건 맞지만, 네가 가지고 놀 만한 여자는 아니야."

"갖고 놀아요?"

시우가 비스듬히 고개를 기울였다. 목이 꺾이고서야 태현과 눈높이가 맞아떨어졌다. 그는 태현을 가만히 바라보았다.

"누가? 내가?"

"……."

"갖고 논다는 말은, 수많은 여자를 거느린 남자가 할 말이죠. 나는 이주은 씨밖에 없어요."

시우의 웃는 얼굴에 냉기가 흘렀다. 언제든 웃음을 거두고 차가운 맨얼굴을 보일 수 있을 것 같았다. 태현이 그런 시우를 지지 않고 바라보았다.

"너밖에 없다, 네가 제일 좋다, 그래. 그런 말들 여자들이 좋아하지. 그런 식으로 이주은을 잡은 거군. 그런 허술한 거짓말에 이주은이 속을 줄은 몰랐는데? 설마 이주은이 외로워서 너랑 논다고, 네가 발목 잡을 수 있을 거라고 생각한다면 착각이야. 이주은은 생각보다 계산적이고 이성적이거든."

"그런 착각은 안 해요. 그리고 그쪽 말대로 이주은 씨는 외로워서 나랑 노는 것뿐이니까, 건드리지 마요. 그렇게 자신만만해하면서 설마 노는 것까지 간섭하진 않겠죠? 어제 호텔도 드나드신 분이."

"……!"

태현의 얼굴이 눈에 띄게 굳었다.

"윤정 씨 말고도 많더군요."

"내 뒷조사까지 한 건가?"

"뒷조사라고 할 것도 없이 당당하게 다니셨던데요. 내 지인이 여기저기 도처에 깔려 있어서 말이에요. 난 가만히 앉아 있다가 소문을 주워들었을 뿐이고요. 알잖아요, 이 바닥이 얼마나 좁은지. 어떤 새끼가 개새끼인지, 그 개새끼가 무슨 짓을 하고 다니는지…… 뻔하죠, 뭐."

"……."

"앞으로 자주 뵙죠, 팀장님."

시우가 미소 지으며, 그를 지나쳐갔다.

"지금 그런 소릴 하고도 무사할 거 같아?"

"아직 사태 파악이 덜 되셨나 봐요."

"뭐?"

태현이 무섭게 얼굴을 찌푸렸다.

"무사할 거 같으냐는 말은 제가 해야죠. 단순히 능력이 좋아 여기에 있는 게 아니라는 건 알 거 아니에요?"

"……."

"다음엔 말 높이세요. 모두가 있는 데서 내가 말 놓기 전에."

쿵. 문이 닫히고서야 태현이 주먹을 움켜쥐었다. 그의 주먹이 부들부들 떨렸다.

사무실로 돌아오는 내내 주은은 선유에게 시달렸다.

"기획팀 팀장님이랑 무슨 사이야? 되게 친근하게 부르던데?"

"동생 통해서 아는 사이예요."

"동생 통해서? 어떻게? 설마 과거에 소개팅 했던 사이라거나, 그런 건 아니지?"

"아니에요."

"그럼 뭔데? 정말 말 안 해줄 거야? 나만 알고 있을게. 대체 무슨 사이냐고."

선유가 궁금해 죽겠다는 얼굴로 주은을 쳐다보았다. 주은이 입을 다문 채 한숨을 내쉬었다.

무슨 사이. 자신과 시우가 무슨 사이일까. 주은은 잠시 고민해보았다. 그냥 만나는 사이, 동생의 선배, 비밀스러운 애인 사이, 데이트 메이트. 수많은 단어들이 스쳐 지나갔다. 하지만 아무리 생각해도 시우와 자신의 관계를 명확하게 규정짓는 말은 없었다.

"정말 몇 번 얼굴만 본 사이예요."

주은이 고민 끝에 대답했다. 이렇게밖에 설명할 수 없었다.

“아, 그래? 특별한 건 없고?”

“네.”

“에이, 역시 드라마 같은 일은 없구나. 난 또 숨겨둔 애인이라거나 그런 건 줄 알았지.”

“…….”

주은은 뜨끔했지만 내색하지 않았다. 마음 같아선 자신도 시우에게 달려가 무슨 일이냐고 캐묻고 싶었지만, 회사 안에는 보는 눈이 많았다.

[팀장님]

책상 위에 올려둔 휴대전화가 길게 진동했다. 주은이 휴대전화를 들고 탕비실로 향했다.

“네.”

– 내가 보낸 문자는 못 봤어?

그의 목소리가 무서울 정도로 낮게 깔려 있었다. 시우의 일에 정신이 팔려 있느라, 태현의 문자를 잊어먹고 있었다.

“정신이 없어서 이제야 봤어요.”

– 그 녀석이 회사로 왔던데, 너도 알고 있던 사실이야?

“저도 오늘 알았어요.”

– 일처리를 이런 식으로 하면 곤란한 건 이주은 씨야. 다른 사람들이 모르게끔 해.

태현의 말에 주은이 시선을 내리깔았다. 이 회사로 애인을 끌어들인 건 태현이 먼저였다. 주은은 사사건건 응수하기 귀찮아서 입을 다물었다.

– 오늘 어머니 생신이야. 너를 초대하셨어. 퇴근 후 바로 갈 거야.

뚝.

주은이 대답하기도 전에 통화가 끊겼다. 그의 목소리는 어딘가 화가 난 것처럼 들렸다.

그녀가 탕비실 벽에 붙어 있는 거울에 자신의 모습을 비추어 보았다. 오피스 룩이라 단정하긴 하지만, 칙칙해 보였다. 옷차림이 별로였지만, 그녀는 금세 생각을 접었다. 잘 보이고 싶은 마음은 없었다.

[데이트 해줄래요?]

지하주차장으로 내려가던 주은이 문자를 확인했다. 시우에게서 온 문자였다.

[미안해. 오늘은 저녁 약속이 있어서.]

[알았어요.]

그는 부담스럽게 기다리겠다느니, 언제 돌아오냐느니 꼬치꼬치 캐묻지 않았다. 늘 어느 정도의 거리감을 둔 채 자신을 바라보았다. 그러다 한 번씩 칼바람처럼 자신의 가슴에 꽂힐 정도로 가깝게 다가오곤 했다.

이 바람도 언젠가 끝나겠지.

주은의 표정이 씁쓸하게 변했다. 지하주차장으로 향한 주은이 귀퉁이에 세워진 차로 향했다. 헤드라이트가 번쩍였다.

운전석에 사람이 타고 있다는 신호에, 주은이 조수석 문을 열고 올라탔다. 시원한 향기가 훅 끼쳐왔다. 주은은 일부러 태현의 옆얼굴을 보지 않았다.

"오늘 소문이 파다하게 퍼졌던데."

태현이 차를 몰며 말을 툭 꺼냈다. 시우의 이야기라는 걸 단번에 알아들었다. 주은은 대답하지 않았다. 태현도 더 이상 말하지 않았다.

"옷은 그게 다야?"

"오늘 오후에 급하게 연락을 받아서 미처 준비를 못 했어요."

"준비는 지금 하면 되니까."

그가 말하자마자 핸들을 꺾어 눈에 보이는 편집 숍 앞에 멈춰 섰다.

"내려."

태현이 명령했다.

"여긴 왜 온 거예요?"

"그 차림으로 갈 순 없잖아. 회사 마치고 막 왔어요, 라고 내색할 일 있어?"

"……."

"우리 어머니, 의외로 까다롭고 까탈스러우신 분이야. 그러니까 마음에 들고 싶으면 제대로 준비해야 할 거야."

태현이 운전석에서 내렸다.

"하아."

홀로 남겨진 주은이 낮은 한숨을 내쉬었다. 이대로 도망치고 싶었다. 휴대전화와 카드를 버리고 어디 구석에 숨어버릴까. 이런저런 생각을 하던 주은이 피식 웃었다. 자신은 그럴 수가 없다.

그리고 지금 이 모욕은 자신이 선택한 것이다. 자신의 불행을 보고도 가족들이 행복해할지 확인하고자 하는 마음도 있었다. 밑바닥까지 처절하게 부딪쳐서 망가지고 싶은 삐뚤어진 마음과 모든 걸 내려놓고 싶은 자포자기가 뒤엉켰다.

달칵, 소리와 함께 조수석 문이 열렸다. 찬바람이 몰아쳐 머리카락을 헝클어놓았다.

"내려."

그가 미간을 좁힌 채 말했다. 주은이 순순히 차에서 내렸다. 앞서 걷는 태현의 뒤를 따라 편집 숍에 들어갔다. 향긋한 냄새와 따뜻한 공기, 환한 조명이 한 번에 반겼다. 한눈에 보아도 고급 숍이었다. 여성 전용 편집 숍을 그가 알고 있다는 사실이 의아했다.

윤정이 즐겨 찾는 곳일까.

주은이 문득 그런 생각을 할 때였다.

"어서 오세요."

직원들이 생긋 웃는 얼굴로 태현과 그녀의 앞을 가로막고 섰다.

"이 사람한테 가장 잘 어울리는 스타일로 부탁합니다."

태현이 턱짓으로 주은을 가리켰다. 직원들이 주은을 쳐다보았다. 동의하냐는 얼굴이었다.

"네. 부탁드려요."

주은의 대답에 여직원들이 생긋 웃으며 그녀를 안내했다. 가는 내내 어떤 스타일을 원하는지, 참석하는 장소가 어딘지 등에 대해 자세히 물었다. 주은은 그에 성실하게 대답했다. 애인의 어머니를 만나러 간다는 말에 그들은 네 가지 스타일을 제안했다. 주은은 그중 두 가지를 골랐다.

"한번 착용해보시겠어요?"

직원의 안내에 따라 탈의실에서 옷을 갈아입었다. 브라운 계열의 단정한 원피스였다. 허리에 약간의 라인이 들어가 여성스러움을 부각시킨 스타일이다. 목걸이부터 팔찌, 구두까지 완벽하게 세팅을 한 후 탈의실에서 나오던 주은이 그 자리에 멈춰 섰다. 자신을 내팽개쳐놓고 1층에서 쉬고 있을 거라 생각한 태현이 탈의실 앞에 서 있었다. 그의 시선이 그녀의 몸을 위아래로 쭉 훑었다.

"어때?"

"마음에 들어요."

"그럼 다른 거 볼 필요 없이 그걸로 해."

입고 가겠냐는 직원의 말에 주은이 고개를 끄덕였다. 얇은 코트와 핸드백까지 세트라며 그녀의 손에 쥐여주었다. 주은이 작게 한숨을 내쉬며 쓰던 핸드백을 들었다. 핸드백에서 지갑을 꺼내는 내내 머릿속이 복잡했다. 머리부터 발끝까지 치장한 값이 얼마일지 눈앞이 캄캄했다. 분명 고급 숍이니 금액이 상당할 터였다. 큰일을 대비해 월급의 60퍼센트 가까이를 저금하고 있는 그녀로서는 암담한 금액일 것 같았다. 하지만 태현에게 자신이 입을 옷을 지불하게 두고 싶지 않았다.

"뭐 하는 거야?"

그녀가 1층에서 카드를 내밀자, 등 뒤로 다가오던 태현이 물었다. 그가 주은이 내밀고 있는 카드를 빼앗았다.

"내가 계산했어. 늦었으니까 가자."

태현이 앞장섰다. 주은이 잡을 틈도 없었다. 그녀가 태현의 뒤를 따라 조수석에 탔다. 태현이 안전벨트를 매는 주은을 바라보았다. 몸매가 드러나는 브라운 계열의 원피스가 퍽 잘 어울렸다. 입는 옷이 달라지자 그녀는 머리도 낮게 묶었다. 이전과는 확연히 이미지가 달라졌다. 태현의 손끝이 움찔거렸다. 왜인지 모르게 주은을 만지고 싶었다. 시선을 느낀 듯 주은이 눈을 마주쳐왔다. 가게에서 흘러나오는 조명에 그녀의 얼굴이 하얗게 빛났다. 흔하지 않은 아름다움을 마주한 것처럼, 순간 말문이 막혔다.

심장이 뛰지 않는 기분이었다. 손끝이 제멋대로 주은에게 다가가려 했다.

"옷값은 제가 드릴게요."

"……."

"얼마나 나왔는지 문자로 알려주세요."

비상금을 깨야겠다는 생각을 하며 주은이 대답했다. 그 순간 넋이 나가 있던 태현의 표정이 깨어졌다.

"왜?"

"제가 입을 옷이니까요."

"날 위해 산 옷이잖아."

자신의 어머니에게 잘 보이기 위해 산 옷이자, 자신의 얼굴에 먹칠하지 않기 위해 구매한 것 아니냐고 그가 물었다.

"아뇨. 태현 씨를 위해 산 옷이 아니에요."

"……."

"앞으로도 그럴 일은 없을 거예요. 이건 엄연히 제가 필요해서 산 거니까, 꼭 알려주세요. 아니면 제가 이 가게에 와서 새로 영수증을 발급받아야 하니까요."

말을 마친 주은이 안전벨트를 맨 후, 고개를 창밖으로 돌렸다. 어쩔 수 없이 한 공간에 있다는 듯한 태도였다. 막막한 벽이 느껴졌다. 주은이 확연히 달라졌다. 순간 시우가 떠올랐다. 그 남자에게도 이렇게 대할까.

핸들을 꽉 쥔 주먹이 하얗게 질렸다.

가게에서 식사를 마친 후, 태현의 부모님이 먼저 차에 올라탔다.

"먼저 가볼게요. 다음에 봐요, 주은 양."

태현의 모친인 해정이 웃으며 인사를 건넸다.

"오늘 초대해주셔서 감사합니다. 다음에 뵙겠습니다."

"그래요."

해정의 얼굴에 흡족한 미소가 번져갔다. 주은의 얌전한 태도와 몸에 익힌 바른 예의범절이 마음에 들었다. 옷 스타일도 괜찮았다. 마음에 안 드는 구석이 한두 가지 있긴 했으나, 그건 결혼 후에 가르치면 될 일이다. 해정과 동명이 차를 타고 사라진 후, 주은은 머리카락을 쓸어넘겼다.

식사하는 내내 불편해서 제대로 먹지 못했다. 그들에게 잘 보여야겠다는 생각 때문이 아니라, 그들의 대화 때문이었다. 그들은 그녀가 식사를 조금이라도 할라치면 아버지의 사업에 대해 물었다.

「투자를 해줬더니 요즘은 조금 살 만하다고 하던데, 맞는가?」

주은은 아버지의 사업에 관심이 없어서 자세한 상황을 모르고 있었다. 그녀는 돈을 벌기 시작한 후부터 자신의 월급으로 생활했다. 그녀가 아버지의 사업에 관심을 가질라치면 선숙은 '알 것 없다. 여자애가 뭐 그런 걸 알려고 그러니?'라는 말로 입을 막아버렸다.

아주 가끔씩 호성에게서 드문드문 들은 말로 태현네에서 지원받은 돈으로 사업이 조금씩 풀리고 있다는 것 정도는 알고 있었다.

「네. 덕분에 점점 안정세라고 전해 들었어요. 감사합니다.」

주은은 눈치껏 감사의 인사를 건넸다.

「그것 참 다행이구만. 사업이 점점 더 잘될 테니 미리 주식 좀 사둬야겠어.」

태현의 부친인 동명의 말에 주은은 미소 짓거나 맞장구를 쳤다. 대부분 화제의 중심은 사업이었다. 간간이 그들의 약혼 이야기가 나왔으나, 친척의 결혼으로 인해 일정을 미뤄야겠다는 정도만 언급되었다. 약혼이 미루어질수록 좋기에, 주은은 다행이라 생각했다.

제법 바람이 차가워졌다. 하얀 얼굴이 바람을 맞아 더욱 희게 질렸다. 공허한 그녀의 시선이 밤하늘 어딘가를 헤매었다.

무척 피곤한 하루였다. 이대로 스르륵 잠들어버릴 만큼.

주은이 귀가하기 위해 주변을 둘러보다가, 길모퉁이에 서서 담배를 피우고 있는 태현을 발견했다.

그가 담배를 피우던가.

잘 기억도 나지 않는다.

담배를 발로 비벼 끈 태현이 그녀의 곁으로 다가왔다. 그에게서 알싸한 담배 냄새가 났다.

“그만 갈까.”

“먼저 가세요.”

주은이 무표정한 얼굴로 그를 응시했다.

“데려다줄 테니까 타.”

"혼자 갈 수 있어요."

"보는 눈 많아."

태현의 으름장과 동시에, 직원이 그의 차를 몰고 왔다. 한 명이 운전석 문을, 또 다른 직원이 조수석 문을 열었다. 직원이 안 타냐는 얼굴로 자신을 빤히 쳐다보았다. 주은이 한숨을 삼키며 차에 올랐다.

"사거리에서 내려주세요."

"그럴 거면 처음부터 태우지도 않았어."

"혼자 갈 수 있어요."

"혼자 가고 싶은 거야, 아니면 나한테 알리기 싫은 약속이 있는 거야?"

태현의 목소리에 날이 섰다. 주은이 고개를 돌려 태현을 바라보았다.

"말했잖아요. 태현 씨한테 더 빚지기 싫다고요."

"……."

"이 이상 빚지면 나라는 사람을 완전히 팔아야 할 거 같으니까요. 갚을 능력이 안 되거든요."

주은이 낮게 속살거렸다.

"……갚지 마."

낮은 목소리가 차 안으로 뚝 떨어져내렸다. 주은이 느릿하게 시선을 돌려 태현을 바라보았다. 가로등 불빛이 스칠 때마다 그의 얼굴이 밝아졌다가 어두워지길 반복했다. 앞을 응시하는 그의 눈매가 날카롭게 뻗어 있었다.

"너한테 빚지게 한 적 없으니까."

"빚지게 하는 게 나을 거예요. 빚이 없으면 내가 여기 있을 이유가 없으니까. 아, 물론 태현 씨도 절 그렇게 원하는 게 아니었죠? 착각했네요. 우린 집안 때문에 어쩔 수 없이 만나는 건데요."

주은의 담담한 말이 압정이 되어 떨어졌다. 밟는다고 죽진 않지만, 꽤 아파서 쩔쩔매게 되는 그런 압정.

"넌…… 이제 나한테 아무런 관심도 없는 건가?"

태현이 핸들을 꽉 쥐고서 물었다.

"네."

그에 비해 주은의 대답은 허망하리만큼 빨리 돌아왔다. 태현의 표정이 탁 풀어졌다. 주은이 자신에게 마음이 없다는 걸 느끼는 것과 확인하는 것엔 큰 차이가 있었다. 보이지 않는 무언가가 자신을 한바탕 때리고 간 느낌이었다. 태현의 입술이 벙긋거리다가 멈추길 반복했다. 왜냐고 묻고 싶은데 그 이유는 자신이 가장 잘 알고 있었다.

윤정을 이유로 상처를 준 건 자신이니까. 주은에게 사랑 없이 살자고 한 것 또한 자신이었다. 그땐 그게 편할 줄 알았다. 막상 그녀가 관심을 거둬버리자 초조해졌다. 쥐고 있던 끈이 사라져서 나락으로 추락하는 기분이 들었다.

"여기서 내려주시면 돼요. 집 앞이니까요."

주은이 아파트 앞을 가리켰다. 태현의 차가 멈춰 섰다.

"감사합니다."

주은이 차에서 내리려고 할 때였다. 태현이 그녀의 손목을 움켜쥐었다.

"아."

손목이 아팠다. 주은이 얼굴을 찌푸리며 쳐다보았다. 태현의 눈동자가 올곧게 주은을 바라보았다.

"나보다 그 새끼한테 넘어가는 게 더 낫다고 판단한 거야?"

"무슨 소리를 하는 거예요?"

"하시우가 낫다고 여긴 건가. 하시우가 널 받아줄 거 같아?"

태현이 비웃었다.

"받아달라고 할 생각 없어요. 우린 그냥…… 만나는 것뿐이니까."

"아아."

태현이 뭔가 알겠다는 듯 말끝을 늘였다. 주은은 시우가 어떤 사람인지 전혀 모르는 얼굴이다. 시우가 자신의 정체에 대해 밝히지 않았다는 건, 주은과 끝까지 갈 생각이 없다는 의미다. 시우에 대해 주은이 알아봤자 좋을 게 없다고 생각한 태현이 주머니에서 케이스를 내밀었다.

"출장 다녀오는 길에 샀던 거야."

주은이 케이스를 바라보았다. 그가 케이스를 열자 에메랄드빛 목걸이가 반짝이고 있었다.

"이걸 왜 저한테 줘요?"

“네가 생각나서 샀으니까.”

“마음만 받을게요.”

그녀의 건조한 대답에 태현의 미간이 좁아졌다. 그녀는 목걸이에 손도 대지 않았다. 호의가 거절당했다.

“마음만 받는 게 대체 뭐야. 그럼 이 목걸이는 버려? 왜? 이것도 빚지는 기분이야?”

“네. 빚지는 거 같아요.”

주은이 고개를 끄덕였다. 태현과 관련된 모든 것은 빚지는 기분이다. 명확하게 상하관계가 있어서 그런지도 몰랐다. 태현의 도움이 필요한 자신의 집안. 회사에서마저 팀장과 사원의 관계다.

“어차피 너희 집은 감당할 수 없을 만큼 많은 빚을 졌어. 널 팔아치워도 못 갚을 빚이야. 그러니까 네가 이거 하나 안 받는다고 달라지지 않는다는 말이야.”

“…….”

“이런 걸 거절한다고 해서 별것 아닌 네 자존심이 지켜지진 않아.”

태현의 말이 차갑게 가슴으로 내리꽂혔다. 주은이 마른침을 삼켰다. 그의 입으로 처참하게 자신의 상황이 까발려졌다. 알고 있다. 자신의 아버지가 쩔쩔매며 태현에게 전화한 순간, 자신의 자존심이 나락으로 떨어졌다는 것쯤은. 주은의 눈동자가 텅 비었다.

“자존심이 없으니까 비굴하게 굴라는 말인가요?”

주은이 고요한 눈으로 물었다. 태현의 입가가 움찔거렸다.

"내가 뭘 하길 바라는 거예요?"

"……."

"이 목걸이를 받고 기뻐하길 바라요?"

"어."

차가운 목소리가 뚝 떨어져내렸다. 그녀의 텅 빈 가슴을 관통했다. 태현이 잔인한 눈으로 주은을 바라보았다.

"속없이 기뻐했으면 좋겠어. 그러라고 내 옆에 둔 거니까. 우리 집이 널 도우면, 너도 내 입맛 정도는 맞춰줘야지. 그래야 투자하는 보람이 있지 않겠어?"

주은이 상처받은 눈으로 그를 바라보았다. 모르는 사람이 던진 돌에 맞아도 아픈 법이다. 하물며 자신에 대해 잘 아는 사람이 던진 말은, 이를 꽉 깨물어도 비명이 나올 만큼 아팠다.

주은의 얼굴이 팽팽한 채로 굳었다. 그녀가 어금니를 깨문 채 마른침을 삼켰다. 터져나오려는 감정을 욱여넣는 주은을 보며, 태현은 핸들을 꽉 움켜쥐었다.

차라리 화를 냈으면 했다. 꾸역꾸역 참고 견디느니, 자신에게 왜 이렇게 못돼처먹은 인간이냐고 소리라도 질렀으면.

하지만 주은은 파리한 손끝으로 목걸이 케이스를 움켜쥐었다. 그러고는 힘겹게 입꼬리를 비틀었다.

"그러게요. 신세를 졌으면 자존심을 내세울 게 아니라 태현 씨한테 납작 엎드려야 했는데, 그걸 몰랐네요."

주은이 차가운 말로 자신의 가슴을 도려냈다. 그녀의 눈동자가 새빨갛게 변했다. 당장이라도 눈물을 뚝뚝 떨굴 것 같은 눈으로 태현을 쳐다보았다. 애정이 한 톨도 남지 않은 눈동자가 붉은데도, 보는 이를 시리게 만들었다.

"이주은."

태현이 그녀를 불렀다.

이게 아니었다. 처음부터 하고 싶었던 건, 이런 말이 아니었다. 이제 와서 바로잡으려고 입술을 열어보지만, 어떤 말도 나오지 않았다. 막막한 벽에 부딪친 기분이었다.

이주은에게 무슨 말을 하고 싶은 걸까. 아니, 자신에게 이주은이라는 여자는 어떤 의미인 건지 헷갈리기 시작했다. 그저 꽂아놓고 쳐다보기 좋은 꽃이었으면 했는데, 그 꽃이 자신을 봐주지 않는 게 왜 이토록 화가 나는지…….

"잘 쓸게요."

주은이 목걸이 케이스를 꽉 움켜쥐었다. 종이였다면 와그작 구겨질 만큼 세게 쥐고서, 가방에 밀어넣었다.

"데려다줘서 고마워요."

주은이 차 문을 밀고 나섰다. 차가운 바람이 훅 밀려왔다. 그녀가 눈을 빠르게 깜빡여 눈물을 삼켰다. 태현이 보는 데서 울고 싶지 않았다. 그가 운전석에서 내려 그녀의 이름을 불렀다.

"이주은!"

그러나 주은은 못 들은 척 앞을 보며 걸었다. 달려온 그가 그녀의 손목을 거머쥐었다. 그녀의 몸이 휘청거리며 돌려세워졌다.

"할 말이 더 남았어요? 무슨 말을 더 하고 싶은 건데요?"

주은이 눈을 똑바로 뜨고서 물었다. 화가 나서 감정을 표출하기보다, 울음을 참으려는 얼굴에 가까웠다. 주은의 얼굴에 태현은 말문이 막혔다.

"할 말 없으면 놔줄래요? 태현 씨를 보고 있는 게 많이 힘들거든요."

"……힘들어?"

"네. 숨막혀요."

주은을 바라보던 태현의 두 눈동자가 흔들렸다. 툭, 그의 손이 아래로 떨어졌다. 주은이 그를 등진 채 돌아섰다. 태현의 시선이 등에 따라붙는 걸 알았지만, 그녀는 돌아보지 않았다. 충격으로 굳어 있던 태현의 얼굴이 떠올랐다.

왜 그가 그런 얼굴을 하는지 이해할 수 없었다. 이 관계에서 늘 상처받는 것은 자신이었는데.

주은이 아파트 정문으로 들어가 건물로 향하던 때였다. 아파트 정문 입구에 새빨간 차가 멈춰 섰다. 조수석 문을 열고 한 남자가 내렸다. 바람이 부는 쪽을 향해 고개를 돌리는 옆얼굴이 익숙했다. 시우의 얼굴을 본 주은의 표정이 느슨하게 풀어질 때였다.

달칵.

운전석 문을 열고 누군가가 내렸다. 시우의 등에 가려 잘은 보이지 않았지만, 여자 목소리가 들렸다.

"데려다줘서 고마워요."

시우가 움직이자 여자의 모습이 보였다. 차에 기대선 채 시우를 향해 미소 짓고 있는 여자가 눈에 익었다. 큰 키에 인형처럼 오밀조밀하게 생긴 외모. 시우가 지나쳐가자, 윤정이 차를 빙 둘러 그의 앞에 섰다.

"잠시만요, 팀장님."

윤정이 손을 뻗어 시우의 코트 깃을 넘겨주었다. 그녀가 다정하게 시우를 바라보고 있었다. 주은의 얼굴에서 서서히 미소가 사라졌다. 이윽고 차가운 겨울바람이 그녀의 얼굴 위를 맴돌았다.

"커피 마시고 가라는 말은 안 해요? 여기까지 태워다드렸는데……."

윤정이 은근한 눈으로 시우를 바라보았다. 그녀의 손끝이 시우의 목덜미를 훑어내렸다. 그녀는 그를 잡아당겨 입을 맞출까 잠시 고민했다. 어차피 자신의 실체는 다 알려졌는데 당돌한 편이 좋지 않을까.

시우가 윤정의 손을 거머쥐었다. 그녀가 기대하는 눈으로 시우를 바라보았다. 그가 윤정의 손을 떼어냈다.

"커피는 내일 사무실에서 사드리죠. 그리고 옷깃 정도는 말해주면 제가 직접 정돈하도록 하죠."

자신의 몸에 손대지 말라는 듯 시우가 선을 그었다. 윤정의 얼굴이 잠시 굳었다가 풀어졌다.

"이번 커피는 단둘이서 마셨으면 좋겠네요. 기다릴게요."

윤정이 눈을 접으며 웃어 보였다. 시우는 대답하지 않았다.

"시간이 늦었는데 가시죠."

시우가 예의 바른 웃음을 지었다. 시선을 멀찍이 돌리는 그를 보며 윤정은 아쉬운 발길을 돌렸다. 그녀가 차를 몰고 사라졌다. 무심코 시선을 돌리던 시우가 저를 보고 있는 주은을 발견했다. 잠시 멈칫하던 시우가 웃으며 주은에게 다가갔다.

"주은 씨."

"응."

주은이 옅게 미소 지었다. 시우가 손을 뻗어 주은의 뺨을 감쌌다. 주은의 표정이 좋지 않았다. 그의 시선이 주은의 손에 들려 있는 목걸이 케이스로 향했다. 케이스에 적힌 로고가 값비싸 보였다. 잘사는 집 자식답지 않게 검소한 주은의 성격상 살 만한 브랜드 제품이 아니었다. 시우의 눈빛이 서늘해졌다.

"사람들이 봐. 호성이가 볼지도 모르고."

주은이 시우의 손을 밀어냈다.

"언제부터 여기 있었어요?"

시우가 웃는 얼굴로 물었다.

"방금."

주은이 웃으며 대답했다. 애써 웃는 기색이 역력한 얼굴이었다.

"그럼 다 봤겠네요. 윤정 씨 차 타고 왔어요."

시우의 말에 주은의 입가가 굳었다. 윤정의 다정한 얼굴을 보았다. 그건 같은 직원을 대하는 태도가 아니었다. 윤정은 시우가 마음에 든 듯했다.

주은은 윤정을 떠올렸다. 그녀는 매사에 자신만만했다. 결핍되어본 적이 없는 사람의 오만한 여유로움이 있었다. 그건 태현도 마찬가지였다. 그래서 그녀에게서 태현이 보였고, 태현을 볼 때면 그녀가 함께 있는 기분이 들었다.

"응. 봤어."

주은이 고개를 작게 끄덕였다.

"오늘 간단히 직원들끼리 식사 한 끼 했어요. 가는 방향이 같은 사람끼리 귀가하게 되었고요. 그래서 윤정 씨 차를 타고……."

"시우야."

주은이 시우의 말을 잘랐다.

"네."

시우가 순순히 대답했다. 주은이 그를 바라보았다.

"나한테 일일이 설명하지 않아도 돼."

"……."

"네가 누구를 만나든, 그건 네 자유야. 내가 태현 씨랑 무슨 일이 있어도 너한테 말하지 않는 것처럼."

"……."

시우의 얼굴에서 표정이 서서히 사라졌다. 주은은 그런 그의 얼굴을 물끄러미 응시했다. 시우가 누구를 만나든, 무엇을 하든 자신은 알 자격이 없었다. 그걸 방금 윤정과 함께 있는 시우를 보면서 철저히 깨달았다. 자신은 시우를 당당하게 데려올 수 없었고, 시우에게 윤정과 만나지 말라는 이기적인 말도 할 수 없었다.

방금 전 태현의 차를 타고, 그가 내민 목걸이를 움켜쥔 자신이 무슨 수로 그런 말을 할까.

"나는 말하고 싶은데요. 내가 누구를 만나고, 뭘 했는지."

"내가 듣고 싶지 않아. 별로 궁금하지 않거든. 네가 뭘 해도 상관없고."

"……진심이에요?"

시우의 목소리가 낮게 깔렸다. 그 목소리가 왜인지 가슴 깊은 곳을 푹 찌르고 왔다. 울 것 같은 기분이 들었지만, 주은이 아무렇지 않은 척 고개를 끄덕였다.

"응."

그가 입술에 힘을 주었다. 어금니를 깨물었는지 턱에 힘이 실리는 게 보였다.

"내가 다른 여자랑 자도 괜찮아요? 다른 여자랑 키스해도, 사랑한다고 해도…… 그래도 괜찮아요?"

시우의 질문에 숨이 턱 막혔다. 시우가 따스한 눈으로 다른 여자를 보는 모습이라니. 상상조차 할 수 없었다. 하지만 그 말을 뱉는 순간, 시우와 자신의 관계가 달라질 걸 안다. 그

변화를 자신은 감당할 자신이 없었다.

"응."

주은의 대답에 시우의 표정이 탁 풀어졌다.

"나는 주은 씨가 누구랑 뭘 하는지, 왜 하는지, 뭘 먹는지까지 궁금한데……. 그랬군요."

"……."

시우가 시선을 돌려 외면했다. 그의 눈이 촉촉하게 물들어 있었다.

"참 어렵네요."

그가 뜻 모를 한마디를 툭 던진 후, 그녀를 지나쳤다. 어깨를 스치는 사이에 찬바람이 불었다. 주은의 머리카락이 잔잔히 날리었다. 주은이 입술을 꾹 깨물었다. 눈을 내리깔자 대리석 바닥이 보였다. 대리석 바닥이 뿌옇게 보였다. 눈물이 차올랐다.

못된 말이라는 걸 알면서도 뱉었다. 그래야 가슴속에 돋아난 질투를 뿌리째 뽑아낼 수 있을 것 같아서.

주은이 침대 위에서 무릎을 끌어안은 채 멍하니 시선을 던져놓았다. 머릿속으로 윤정과 함께 있던 시우의 모습이 겹쳤다.

「참 어렵네요.」

동시에 그의 목소리가 들렸다.

무엇이 어려웠던 걸까.

주은이 무릎에 턱을 괴고서 멍하니 앞을 바라보았다.

삐리릭.

벨 소리에 주은이 휴대전화를 들었다.

[내일 저녁에 시간 비워둬.]

태현이다. 주은이 휴대전화를 엎었다. 오늘 자신과 다툰 사람답지 않은 일방적인 명령이었다. 태현의 이런 태도보다, 자신을 스치듯 바라보던 시우의 눈이 더욱 신경 쓰였다. 원망과 분노가 뒤엉킨 시선의 끝에 언뜻 엿보이던 상처까지.

"하아."

잠이 오지 않아 결국 부엌으로 향했다. 냉장고 문을 열어 맥주를 찾았지만, 보이지 않았다. 얼마 전에 남아 있던 한 캔을 호성이 다 마신 모양이었다. 주은이 다시 침대로 돌아와 막 누울 때였다.

삐리릭.

문자 알림음이었다. 주은은 침대에 누운 채 휴대전화를 바라보았다. 태현일까. 스팸일까. 그것도 아니면…… 시우일까. 시우라는 이름이 떠오르자마자 손이 제멋대로 움직였다. 휴대전화에 도착한 메시지를 본 주은의 표정이 미묘해졌다.

[자요?]

시우였다.

주은이 입술을 꽉 깨물었다.

[아니.]

그녀가 답장을 보내기가 무섭게, 그에게서 답이 왔다.

[그럼 잠깐 나올래요?]

[왜?]

[잠이 안 와요. 보고 싶어서요.]

주은의 시선이 보고 싶다는 말에 꽂혔다. 그 문자를 보고서야 주은은 안개 속에 가려 있던 제 마음이 무엇인지 알아챘다. 시우가 자꾸 생각나고, 잠이 오지 않는 이유는…… 시우가 보고 싶어서였다. 가슴 깊은 곳에서 울컥, 울음이 새어나왔다. 그녀가 입술을 아리게 물었다.

나도.

나도…… 보고 싶다.

삐리릭.

그사이에 문자가 도착했다.

[오늘 주은 씨 안 보면 못 잘 것 같은데요.]

그 문자에 가슴이 다시금 술렁거렸다.

[내가 너희 집으로 갈게.]

주은은 메시지를 보낸 후, 준비를 했다. 헝클어진 머리를 다시 묶고 외투를 챙겨 입고서 아래층으로 뛰어 내려갔다. 벨을 누르려고 손을 뻗다가 멈칫했다. 막상 시우의 집을 보자 용기가 생기지 않았다.

또 서로가 서로에게 상처 주는 말을 하면 어떻게 될까.

꽉 쥔 주먹이 스르륵 풀렸다. 팔이 툭 떨어졌다.

달칵.

거짓말처럼 문이 열렸다. 그 틈으로 시우가 고개를 내밀었다.

"……거기서 뭐 해요? 벨 안 누르고."

시우가 잠긴 목소리로 물었다. 늦은 밤, 센서등을 등진 채 서 있는 그의 얼굴이 평소와 달라 보였다.

"내가 여기 서 있는 거 어떻게 알았어?"

"발소리 듣고 알았어요. 온다는 메시지 보자마자 현관 앞에 계속 서 있었거든요."

"……."

"혹시나 돌아가면 이렇게 잡으려고."

시우가 손을 내밀었다. 하얗고 가느다란 손가락이 보였다. 저 손이 얼마나 따뜻한지 그녀는 잘 알고 있었다.

"들어와요. 이대로 가면, 나 못 자요."

주은이 손을 뻗어 맞잡았다. 안으로 들어가자 서늘한 바람이 불어쳤다. 발코니 문이 자그맣게 열려 있었다.

"추워요?"

시우가 거실을 가로질러 가며 물었다.

"아니. 시원하고 좋아."

겨울바람이라 제법 매서웠지만, 지금은 이런 바람이 기분 좋았다.

"뭐라도 마실래요?"

"따뜻한 물 줘."

"알았어요. 소파에 앉아 있어요."

주은이 소파에 앉았다. 거실등 대신 협탁 위에 은은한 조명이 켜져 있었다.

"여기요."

주은이 시우가 내민 따뜻한 잔을 감싸쥐었다. 코끝은 시린데, 손바닥은 따뜻했다. 집 안에 있는데도 캠핑장에 온 것 같은 기분이었다. 시우가 옆자리에 나란히 앉았다. 드문드문 불어치는 바람 소리 외에 어떤 소리도 들리지 않았다.

"미안해요."

바람이 잠시 멎은 시각, 시우의 목소리가 낙엽처럼 사뿐히 내려앉았다. 주은의 시선이 시우에게 닿았다.

"네가 왜?"

"늦은 시각에 여기로 불러서요."

"괜찮아."

"그치만 보고 싶었어요."

"……."

"주은 씨랑 그렇게 헤어지고는 마음이 편치 않거든요. 그리고 오늘 몰아붙인 것도 미안해요. 요즘 주은 씨 힘들 텐데, 더 힘들게 만들어서 미안해요."

시우가 씁쓸한 얼굴로 웃어 보였다. 그가 시선을 찻잔 속으로 옮겼다. 선한 얼굴에 죄책감이 드리워 있었다. 진심으로 미안해하는 얼굴이었다. 목이 멘 주은이 그의 옆얼굴을 바라보았다.

시우가 조금만 더 이기적이거나, 못됐더라면…… 좋았을 텐데. 그럼 자신이 지금처럼 이기적이어도, 괜찮았을 텐데.

"시우야."

그가 대답 대신 그녀를 바라보았다. 주은이 먹먹한 눈으로 그를 바라보았다.

"아깐 내가 너무 못되게 말한 거 같은데, 그 말 진심이야. 혹시나, 만에 하나…… 너한테 좋은 사람이 생기거나, 사랑하는 사람이 생기면 걱정하지 말고 나한테 말해."

자신을 걱정하느라 시우가 다른 사람에게 가지 못할까 봐 겁이 났다. 착한 시우라면 그러고도 남을 테니까.

"어차피 우리는 끝까지 가지 못해."

결국 서로가 아닌 다른 선택을 하게 될 거다. 자신의 답이 태현으로 정해진 것처럼. 언젠가 끝이 다가올 거다. 목소리가 떨려 나와서, 주은이 마른침을 삼켰다.

"나는 너한테 좋은 사람이 생기길 바라고 있어."

주은이 웃으며 말하자, 시우의 표정이 눈에 띄게 굳었다. 어두워서 시우의 얼굴을 보지 못한 주은이 쥐고 있던 찻잔을 내려놓았다. 찻잔이 차가운 바람에 금세 식었다. 자신들도 이렇게 될 거다. 따뜻함을 지키기엔 자신들을 에워싼 환경은 너무나 차가웠으니까.

"걱정하지 말라고, 그 말 하려고 온 거야. 그리고 나도 편하게 잠들 수 있을 것 같아."

주은이 옅게 웃었다. 그녀가 몸을 일으켰다.

"그만 가볼게."

"아직도 모르는 거예요, 모르는 척하는 거예요?"

주은이 고개를 돌려 시우를 바라보았다. 시우가 한 박자 느리게 고개를 들어 그녀를 보았다. 시우가 무표정한 얼굴로 쳐다보고 있었다. 평소의 청량한 얼굴도, 곧잘 짓는 나른한 표정도 아니었다.

산산이 부서지기 직전의 얼굴로, 그가 말했다.

"내가 왜 이러는 거 같아요?"

"그야……."

주은의 눈동자가 흔들렸다. 그러고 보니 그가 왜 이렇게까지 하는 걸까. 자신은 시우가 필요했다. 자신에게 유일하게 따스함을 주는 사람이었기에, 절박하리만큼 그를 붙잡았다. 하지만 시우는 아쉬울 게 없었다.

대체 왜……?

처음으로 주은이 그를 의아한 눈으로 바라보았다.

"좋아한다고 했잖아요."

"장난 같은 가벼운 감정인 거 알아."

"누가 그래요? 그런 감정이라고."

"……."

"난 한 번도 그렇게 말한 적 없는데요."

"……."

"좋아하게 됐어요."

"……."

"다른 여자랑 잘됐으면 좋겠다는 그 말을 듣는 게 화가 나서 돌아버릴 정도로."

"……."

"그러니까 다시는 나한테 다른 여자랑 잘됐으면 좋겠다 같은 말 하지 마요. 내가 잘됐으면 좋겠다고 생각하는 사람은 이주은뿐이니까요."

낮은 목소리에 주은의 머릿속이 와르르 무너져내렸다.

말문이 막혔다. 아무 말도 나오지 않았다. 툭 건들면 무너질 것 같은 아슬아슬한 표정을 하고 있는 시우에게 어떤 말도 할 수 없었다. 멍하니 그의 얼굴을 바라보다가 시선을 외면했다.

「못 들은 걸로…… 할게.」

주은이 그를 지나쳤다. 계단을 허겁지겁 뛰어올라온 그녀는, 막상 계단을 다 올라오고서는 그 자리에 풀썩 주저앉았다.

이따금씩 자신을 바라보는 시우의 눈이 유난히 따스하다고 느낄 때, 한 번씩 의심은 했었다. 그럴 때마다 태현에 대해 묻지 않는 그를 보며, 그럴 리 없다고 마음을 정리하곤 했다. 자신의 망상일 뿐이라고 생각했다. 그런데 그가 말했다.

'좋아하게 됐어요.'라고.

주은은 밤새 제대로 잠을 이루지 못하다가 이른 새벽이 되어 도망치듯 회사로 왔다. 그래봤자 어차피 회사에서 만나게 된다는 사실을 그 후에 깨달았지만.

점심시간이 되어 사내식당에서 식사를 하던 주은이 숟가락질을 하다 말고 식판에 내려놓았다. 밥이 넘어가지 않았다.

"주은 씨, 주은 씨."

저를 부르는 목소리에 주은이 고개를 번쩍 들었다.

"네."

그러자 선유가 의아한 얼굴로 바라보았다.

"팀장님이 부르시잖아. 무슨 생각을 그렇게 골똘히 해?"

선유가 주은의 어깨를 툭툭 치며 말했다. 그녀의 시선이 맞은편에 앉아 있는 태현에게 향했다. 그가 수저를 내려놓은 채, 그녀를 물끄러미 바라보고 있었다. 오래전부터 바라보고 있었던 것 같았다.

"죄송합니다."

주은의 사과에도, 태현의 표정은 풀어질 줄 몰랐다. 직원들은 다들 좌불안석이 되어 주은과 태현을 번갈아 보았다. 갑자기 사원들 식사 자리에 끼는 태현도 이상하고, 태현이 있든 말든 멍하게 바닥만 내려다보던 주은도 이상해 보였다.

"죄송한데, 하시는 말씀을 못 들었습니다. 다시 한 번 말씀해주시겠어요?"

주은이 정중하게 말했다.

"점심식사 마치고 오후 업무 시작하면 팀장실로 오라고 했습니다."

"알겠습니다."

대답하던 주은이 태현의 어깨 너머를 바라보곤 멈칫했다.

"어머, 하시우 팀장님이네."

선유가 반가운 얼굴로 중얼거렸다. 주은을 바라보고 있던 시우가 어딘가 전화를 걸기 시작했다. 주은이 움찔했다. 주머니 속에 든 휴대전화에서 진동이 왔다.

"자기, 전화 왔는데?"

선유의 말에 주은이 작게 고개를 끄덕였다. 태현의 눈이 가느스름해졌다.

"네. 먼저 실례할게요."

주은이 식판을 챙겨 퇴식구로 향했다. 반 이상 남긴 식판을 내려놓은 후, 그녀는 곧장 식당을 벗어났다.

"여보세요."

주은이 비상계단을 올라가며 전화를 받았다.

– 비상계단으로 올라가고 있어요?

전화가 울린 탓인지 시우가 곧바로 알아챘다.

"응."

– 거기서 기다려요. 갈 테니까.

말과 동시에 비상계단 문이 벌컥 열리는 소리가 들렸다. 아래를 내려다보자 시우가 성큼성큼 걸어 올라오고 있다. 눈 깜짝할 새에 시우가 도착했다. 숨이 찰 만도 한데 시우는 별

내색 없이 그녀의 앞에 멈춰 섰다.

"아침에 기다렸는데 먼저 갔더군요."

"……응. 아침에 할 일이 있어서."

"그 할 일이라는 게 날 피하는 일이 아니었으면 좋겠네요."

정곡을 찌르는 말에 주은이 잠시 입을 다물었다.

"시우야."

주은이 호흡을 가다듬은 후, 입을 막 열 때였다.

"오늘은 내가 먼저 말할게요."

주은이 고개를 들어 시우를 마주 보았다. 그의 눈빛이 여전히 고요했다.

"헤어지자는 말이면 하지 마요."

"……."

주은의 눈동자가 가늘게 흔들렸다.

"내 마음이 그렇게 됐다는 거지, 주은 씨한테 마음 달라는 말은 아니었으니까."

"시우야."

"정말 내가 싫어져서, 이 관계가 지긋지긋해져서 헤어지자고 하는 거면, 그런 거라면 군말 없이…… 헤어질게요. 그런데 어제 내가 한 고백 때문이라면 헤어지지 마요."

"그럼 네가 너무 힘들어."

주은의 표정이 허물어졌다. 사람이 사람을 좋아하는 마음이 얼마나 무거운 것인지 잘 안다. 홀로 하는 사랑이 더 무겁다는 것도 그녀는 잘 알고 있었다. 그 고통을 시우에게 감수하라고 할 수 없었다. 그를 사랑하진 않지만, 그를 아끼고 있었다. 그가 상처받는 걸 원치 않았다.

시우가 고통스러운 듯 얼굴을 일그러뜨린 주은에게 다가갔다. 그녀를 조용히 감싸 안았다.

"시우야……."

"전에도 말했잖아요."

"……."

"이기적인 선택을 하라고."

"……."

"주은 씨랑 헤어진다고 해서, 좋아하는 마음이 사라지는 건 아니에요. 내 마음은 내가 알아서 할 테니까, 주은 씨는 주은 씨 마음이 시키는 대로 해요. 그게 힘들면 어제 말한 것처럼, 내 고백은 못 들은 걸로 해요."

주은이 자그맣게 고개를 가로저었다. 시우의 말을 받아들일 수 없을 거라 생각했다. 가능할 리 없었다.

"……제발."

그 말을 듣기 전까지는.

간절함이 섞여든 목소리를 듣는 순간, 주은의 표정이 아득해졌다. 가슴 어딘가에서 무언가가 쿵 떨어지는 듯했다. 그를 밀어내려고 했던 손에서 힘이 주르륵 빠졌다. 천장 어딘가를 바라보던 주은이 눈을 질끈 감았다.

난생처음 길을 잃은 기분이었다.

자신이 무엇을 해야 할지, 어떻게 해야 할지 답이 서질 않았다.

⁂

태현이 주은이 내민 서류를 넘겼다.

"오늘 저녁에 시간 비워. 할 말 있으니까."

그가 서류에 시선을 둔 채 말했다.

"오늘은……."

피곤해요.

그 말을 하려던 주은이 입을 다물었다. 태현이 고개를 들어 그녀를 마주 보았다.

"왜 하던 말을 말지?"

"아니에요. 시간 낼게요. 어딘가 소개시킬 생각이면 미리 말씀해주세요. 옷 같은 건 미리 준비해야 하니까."

주은이 자포자기한 듯 대답했다. 지금 태현의 청을 거절하면 만남이 다음으로 미루어진다고 생각하니 오늘 만나고 말자는 생각이 들었다. 주은의 그런 반응이 불쾌한 듯 태현의 미간이 좁아졌다.

"요즘 연락이 잘 안 되던데. 대체 밤마다 뭐 하고 다니는 거지?"

"굳이 대답해야 하나요? 소문만 안 나면 되는 거 아닌가요? 아, 혹시 납작하게 엎드리는 것 중 하나가 꼬박꼬박 연락받는 건가요? 그게 아니면 상황보고인가요?"

주은이 무감한 눈으로 쉬지 않고 말했다.

"이주은."

태현이 무서운 목소리로 그를 불렀다.

"네, 팀장님."

주은의 무심한 대답에 태현의 눈이 가늘어졌다. 언젠가부터 자신의 앞에 서 있는 주은은 인형 같았다. 그녀의 시선은 자신을 보고 있어도, 제대로 담고 있지 않았다. 마지못해 보고 있는 듯했다. 그럴수록 초조해졌다.

"후, 자세한 이야기는 오늘 저녁에 해."

"네."

그녀가 가볍게 목례를 한 후 돌아섰다.

"목걸이는 어떻게 한 거야?"

태현이 그녀의 등에 대고 물었다.

"궁금하세요?"

주은의 물음에 태현이 주먹을 꽉 움켜쥐었다. 그녀의 물음은 마치 알고 싶으냐는 듯했다.

"아시면 실망하실 텐데요."

주은의 말에 태현의 미간이 좁아졌다. 그에게서 어떤 대답도 없자, 주은이 문을 열고 나갔다.

쾅!

태현이 꽉 쥔 주먹으로 책상을 내리쳤다.

"후우."

그가 미칠 것 같은 얼굴로 책상을 바라보다가 눈을 질끈 감았다. 자신이 강하게 나올수록 주은은 점점 더 빠져나갔다. 그런데 내버려둘 수가 없었다. 자신이 못되게 나오지 않으면 어느새 주은은 자신에게 어떤 반응도 보이지 않았다. 자신의 마음처럼 되지 않는 여자는 주은이 처음이었다.

눈을 감자, 비상계단에서 목격한 시우와 주은의 모습이 떠올랐다. 두 사람은 껴안고 있었다. 애인 사이이니 충분히 가능한 일이었는데, 보자마자 눈앞이 아찔했다. 가장 먼저 눈이 가는 건 주은이었다. 천장에 시선을 둔 그녀의 표정이 금방이라도 허물어져 내릴 것 같았다. 자신에게 어떤 표정도 보여주지 않는 주은이, 시우에게 안겨 마음 아픈 얼굴을 하고 있었다. 뒷덜미가 선득해지면서 가슴이 꽉 조였다.

이건 자신이 윤정과 즐기는 단순한 장난 같은 관계가 아니었다. 그 순간, 그는 눈을 내리깔았다. 입술이 파르르 떨리고서야 알았다.

자신이 이주은에게 관심 이상의 집착을 보이고 있음을. 자신이 이성을 좋아한다는 의미는 '섹스를 하고 싶다', '하고 싶지 않다'가 기준이었다. 이주은은 그 기준을 벗어난 의미의 여자였다. 처음 겪는 감정이라 낯설고 불편했다. 곁에 두고 싶으면서도, 건들고 싶지 않았다. 다른 사람을 만나라고 했지만, 자신만 보고 있길 바랐다. 동시에 괴롭히고 싶었다. 잔인하고 못된 괴롭힘으로, 주은이 자신에게 반응하고 있다는 걸 확인했다.

처음부터 뿌리를 잘못 내린 사랑이었다. 그걸 깨달았을

땐, 이미 많은 것들이 변해버렸다. 주은은 어느새 자신의 괴롭힘에 무감해졌고, 더는 그 깨끗한 눈에 자신을 담지 않았다. 자신을 향해 조심스럽게 뻗어오던 보드라운 잎사귀가 다른 남자의 목을 감싸고 있었다.

치밀어 오르는 분노를 참지 못하고 태현이 어금니를 물었다.

늦어버린 걸 알지만, 놓고 싶지 않았다. 아니, 놓을 수가 없었다.

주은은 자신의 여자니까.

"어디로 가는 거예요?"

주은이 운전석에 앉은 태현에게 물었다. 회사에서 제법 멀리 떨어진 곳에서 종종 식사를 하곤 했으니 오늘도 그럴 거라 예상했다. 그러나 차가 향하는 곳은 평소와 반대 방향이었다.

"아파트 근처에 괜찮은 레스토랑이 있어. 거기서 식사하고, 커피는 우리 집에서 마시지."

태현의 초대에 주은의 손이 움찔했다. 혼자 사는 남자의 집에 초대받는다는 게 어떤 의미인지 이젠 그녀도 알게 되었다.

그사이 차가 레스토랑의 주차장으로 진입했다. 직원에게 열쇠를 맡긴 두 사람이 곧장 위층의 레스토랑으로 향했다. 주문을 한 지 얼마 되지 않아 식사가 차려졌다.

"오늘은 식사만 하고 헤어져요."

달그락.

주은의 말에 태현이 쥐고 있던 식기류를 소리 나게 내려놓았다. 불편한 심기가 고스란히 담겨 있는 듯했다.

"왜?"

"컨디션이 좋지 않아서요."

"누가 기다리는 건 아니고?"

태현이 시우를 겨냥한 듯 말했다.

"아뇨. 정말 피곤해서요."

주은이 대답을 한 후, 나이프로 고기를 썰었다. 포크로 찍어 나이프로 썰자 스테이크에서 핏물이 새어나왔다. 주은은 이렇게 덜 익은 고기를 좋아하지 않았다. 그러나 태현은 언제나 어떤 방식을 좋아하냐고 묻지 않았고, 자신도 말하지 않았다. 묻지 않고, 말하지 않는 사이로 굳혀진 느낌이었다.

평생 이렇게 살아야 하는 걸까.

순간 숨이 턱 막혔다. 창문이 있다면 열고 싶었다. 찬바람이라도 쐬면 조금 나아질 것 같았다.

"사과할게."

먹지도 않을 스테이크를 썰던 주은이 멈칫했다. 자신의 귀를 의심하는 얼굴로 고개를 들었다. 태현이 냅킨으로 입가를 닦으며 그녀를 바라보고 있었다.

"내가 지나쳤어."

"……갑자기 무슨 말이에요?"

주은이 조용한 목소리로 물었다. 그녀의 얼굴에 의심이 가득했다. 상처받지 않으려는 듯 딱딱한 가면을 쓰고 있었다. 태현은 씁쓸한 표정으로 냅킨을 움켜쥐었다.

"사과하는 거야. 여태껏 네가 겪었던 일들에 대해서. 다시는 이런 일 없을 거야."

태현이 처음 만났을 때처럼 근사한 미소를 지으며 말했다. 윤정과의 관계를 들킨 후부터 태현은 잘 웃지 않았다. 대화를 하다가 자신의 뜻대로 되지 않으면 얼굴부터 굳혔다. 그랬던 그가, 사과를 하며 웃고 있었다.

"무슨 생각이에요?"

완전히 입맛이 사라진 주은이 나이프를 내려놓았다.

"사과하는 거잖아."

"갑자기 왜요? 어젯밤 자려고 누웠다가 내가 너무 심한 거 같네, 라는 생각이 든 건 아닐 테고."

"그 생각이 든 게 맞아. 물론 어젯밤은 아니지만."

"……."

"이주은이 달라진 걸 보고서야 내가 과했다는 걸 알았거든. 윤정이도 정리했어. 다른 여자도 당분간 만날 일 없을 거고. 오늘 아침에 어머니한테 말씀드려서 약혼날짜 완전히 잡기로 했어. 준비는 어머니들끼리 알아서 하실 거야. 드레스를 비롯해서 일괄적으로 어머니들끼리 알아서 정하시라고 했어. 일단 그렇게 전해놓긴 했는데, 직접 고르고 싶다면 그렇게 해도 돼."

태현의 말이 이어질수록 주은의 얼굴은 점점 금이 갔다.

“지금 뭐 하는 거예요?”

주은이 어금니를 깨문 채 물었다.

“관계를 바로잡는 중이잖아.”

그가 느긋한 미소를 지으며 말했다.

“사과 한마디 던져놓고 약혼 진행시키면 바로잡힐 관계인가요?”

“시간은 걸리겠지만, 해결되겠지.”

“그렇다면 실수한 거예요. 여태껏 내게 일어났던 모든 일 중에 지금이 가장 최악이니까요.”

“어차피 너도 애인을 만들었고, 서로 한 번씩 실수한 거니 각자 덮어주면 되지. 이걸로 깔끔하게 정리된 거잖아. 약혼은 생각보다 빨리 진행될 거야. 우리 사이도 회사에 퍼지게 되겠지. 약혼 후에 회사를 관둬도 좋아. 좀 더 다니고 싶다면 그렇게 해도 되고. 결혼 후엔 집에서 살림했으면 좋겠어. 돈이 필요한 것도 아니고, 굳이 회사 다닐 필요 없잖아? 그리고…….”

그가 구겨진 냅킨을 테이블 끝으로 밀어놓으며, 주은을 똑바로 응시했다.

“하시우 정리해.”

태현의 말에 주은의 얼굴에 남아 있던 희미한 표정이 사라졌다. 얻어맞은 사람처럼 주은이 마른침을 삼켰다.

“왜? 계속 만날 생각이었어?”

웃는 얼굴과 달리 태현의 눈빛이 싸늘해졌다. 주은이 손을 뻗어 물컵을 감싸쥐었다. 물을 마시며 그녀는 시선을 창밖으로 돌렸다. 자신을 붙들던 시우의 하얀 손이 떠올랐다.

"아직은…… 그럴 생각 없어요."

주은이 힘겹게 대답했다.

"그럼 지금부터 생각해."

"태현 씨가 윤정 씨를 만난 기간에 비하면, 내가 시우 씨를 만난 시간은 턱없이 짧아요. 서로 실수한 거라고 치려면, 적어도 기간은 비슷해야죠. 안 그래요?"

"그래서 계속 만나겠다?"

"네."

"왜? 나한테 복수하기 위해서야?"

"아뇨."

"그럼 못 헤어지는 이유가 뭐야? 그 녀석을 좋아하기라도 하는 거야?"

태현이 눈 한번 깜빡이지 않은 채 물었다. 곧바로 대답을 할 것 같던 주은이 그대로 굳었다. 그의 얼굴에서 서서히 웃음이 사라져갔다. 더 이상 견디지 못한 그가 손으로 넥타이를 끌렀다.

"대답이 없다는 건 긍정인가……."

"……아니에요."

주은이 힘겹게 대답했다. 그러나 그녀는 무언가 깨달은 듯, 하얗게 굳어 있었다. 태현이 주먹을 꽉 움켜쥐었다. 주먹에서 힘이 빠지질 않았다.

주은은 아니라고 대답했지만, 그는 명확히 느꼈다. 좋아하진 않더라도, 주은이 유희 이상의 감정을 갖고 있다는 것을.

그녀의 마음 추가 하시우를 향하고 있었다. 언제나 자신을 보고 있을 거라고 생각했는데…….

"유희는 유희로 끝내지 그래. 진심이 들어가면 신파가 되어버리잖아. 안 그래?"

태현이 어금니를 깨문 채 씹어 뱉듯 말을 던졌다. 차가운 말이 섬뜩하게 목을 베고 지나갔다.

"……그런 일 없을 거예요."

주은이 힘겹게 대답했다.

"그럼 정리할 수 있겠네. 정리해."

"……."

"내 인내심이 다하기 전에."

태현의 경고에 주은은 시선을 돌려 외면했다.

"말했잖아요. 아직 난 다 놀지 못했다고요. 약혼하기 전까지 만날 거예요."

그녀가 강단 있게 버텼다. 태현이 말없이 그녀를 쳐다보았다. 주은도 지지 않고 침묵을 견뎠다. 서로의 목을 조르는 긴 침묵이 흘렀다. 결국 견디지 못한 태현이 한숨을 내쉬었다.

"마음에 안 들지만 사과하는 의미로 며칠간 시간은 더 줄게. 하지만 워크숍 때까진 정리해. 자신의 상황과 처지에 대해 충분히 자각하고 있는 이주은이니, 내가 시키는 대로 할 거라고 믿어. 오늘은 더 이상 식사를 할 분위기가 아닌 것 같네. 그만 일어나지."

태현이 먼저 자리에서 일어났다.

"저는 아직 식사가 덜 끝나서요. 먼저 가세요."

태현이 주은을 쳐다보았다. 마음 같아선 잡아끌고라도 가고 싶지만, 참아야 했다. 지금 주은을 붙들면 그녀가 와장창 깨져버릴 것 같았다. 그녀에게 시간이 필요한 것뿐이다. 태현이 먼저 그 자리를 벗어났다.

홀로 테이블에 남은 주은이 시선을 창밖으로 돌렸다. 야경 위로 자신의 텅 빈 얼굴이 겹쳤다. 그녀의 시선이 초점을 잃은 채 창밖의 세상을 더듬었다.

「왜? 그 녀석을 좋아해?」

태현의 질문에 순간 자신도 모르게 머뭇거렸다.

「제발.」

그 목소리가 생각나서.

자신을 유일한 구명줄이라도 되듯 움켜쥐던 그 손이 생각나버려서…….

아니라고 말할 수 없었다.

그래. 그런 감정일 뿐이다.

"아닐 거야."
주은이 고개를 가로저었다. 스스로가 무엇을 부정하는지도 모른 채, 그녀는 계속해서 고개를 가로저었다.

⁂

시우가 고개를 들어 벽시계를 보았다. 퇴근시각에서 세 시간이나 훌쩍 흘러 있었다. 시우는 습관적으로 휴대전화를 보았다. 주은에게서 오는 알람만 켜놓은 휴대전화엔 다른 사람들에게서 온 메시지만 가득했다. 그는 읽지도 않은 채 휴대전화를 가방에 챙겨 넣었다. 그가 뒷정리를 마친 후, 팀장실을 막 벗어날 때였다.
깜깜한 사무실 안, 한곳에만 조명이 켜져 있었다.
"이제 퇴근하시나 봐요."
윤정이 자리에서 일어나며 말했다.
"퇴근 안 했어요?"
시우의 물음에 윤정이 빙긋 웃었다.
"네."
"일이 많나 보군요."
"일은 별로 없었어요. 팀장님 기다린 거예요."
"보고할 거 있어요?"
시우가 윤정 쪽으로 몸을 틀었다. 윤정이 팔짱을 낀 채 시우에게 다가섰다. 직장 동료라고 하기엔 꽤 가까운 거리였다. 눈을 내리깐 시우가 윤정의 얼굴을 바라보았다. 윤정은 시우의 긴 속눈썹과 흔들림 없는 눈동자를 물끄러미 바라보았다. 가까이서 보기만 해도 짜릿했다. 이 얼굴을 가지고 싶었다.

"보고할 거 있을까 봐 남아 있는 줄 알았어요? 그건 내일 아침에 해도 되죠. 여자가 이 시간에 남자의 퇴근을 기다린다면, 이게 무슨 의미일 거 같아요?"

"……."

"아직도 모르겠어요? 하나하나 다 설명해드려야 하는 분이었나 봐요. 재미있네요."

그녀의 도도한 얼굴에 자신만만한 웃음이 걸렸다.

"그 반대죠."

시우의 뜻 모를 말에 윤정이 그를 바라보았다. 그의 눈동자가 고요하다 못해 섬뜩하리만큼 텅 비어 있었다.

"그 뜻을 아니까, 모르는 척하는 거죠. 사적으로 얽히고 싶지 않으니까요."

시우가 나른하게 웃어 보였다. 순간 자신의 귀를 의심하게 만드는 선한 미소였다. 조금 늦게 의미를 파악한 윤정의 미소가 굳었다. 그가 자신을 거부하고 있었다.

"제가 마음에 안 드시나 봐요?"

"그런 것조차 생각해본 적 없어요. 엮일 일이 없을 테니까."

"……."

윤정의 얼굴에서 완전히 미소가 사라졌다. 태어나 처음 겪는 굴욕에 눈앞이 아찔해졌다.

"애인이…… 있나 봐요?"

윤정이 숨을 고르며 물었다. 자존심이 상해서 포기하기엔 시우는 너무나 아까운 남자였다. 더욱이 그의 집안은 자신의 집안에 꼭 필요하기도 했다. 놓칠 수 없었다.

"네, 좋아하는 사람이 있어요."

시우의 확고한 대답에 윤정은 이름 모를 대상에게 질투가 치밀어 올랐다. 그러나 그녀는 포기하지 않고 여유 만만한 미소를 지었다.

"결혼한 것만 아니면 돼요. 애인은 말 그대로 사랑하는 사람이잖아요. 사랑은 영원하지만, 그 사랑의 대상은 늘 바뀌잖아요."

"바뀐 적도 없고 바꿀 생각도 없지만, 설령 그렇게 되어도 그쪽은 아닐 거 같군요."

"클럽에서의 일 때문에 그래요? 그런 건 한때의 해프닝이잖아요."

윤정이 손을 뻗어 시우의 어깨를 감싸쥐었다. 그녀의 나긋한 손길이 그의 몸을 더듬었다. 그 순간, 시우가 고개를 숙여 윤정의 눈을 똑바로 바라보았다. 눈이 마주치자, 윤정의 눈이 가늘게 흔들렸다. 심장이 거세게 뛰는데, 숨은 쉬어지질 않았다. 고요한 눈빛만으로 사람을 압도하는 힘이 있었다.

"윤정 씨."

그의 부름에 윤정은 대답도 못 한 채 그를 바라보았다. 시우가 제 가슴에 얹힌 윤정의 손을 거머쥐었다.

"한 사람 말고는 건드리는 걸 좋아하지 않으니, 앞으로 주의해주시죠."

"……."

"그리고 보고할 일이 없으면 제때 퇴근하세요. 윤정 씨 피하려고 제가 일찍 퇴근할 순 없는 일 아니겠어요?"

시우가 선하게 웃으며 그녀의 손을 떼어냈다. 그가 미련 없이 돌아섰다. 등 뒤로 화가 난 듯한 하이힐 소리가 들렸으나, 시우는 무감각한 눈으로 휴대전화를 바라보았다. 그는 본래부터 타인을 배려하거나 신경 쓰는 사람이 아니었다.

딱 한 사람.

자신을 기다리게 만드는 사람을 제외하곤.

시우가 습관적으로 자신의 휴대전화를 확인했다. 혹시나 자신이 주은의 알람 소리를 놓친 게 아닌가 하는 마음에서.

⁂

아침에 눈을 뜬 주은은 습관적으로 휴대전화를 확인했다. 선숙에게서 부재중 전화가 여러 통 와 있었다. 휴대전화를 들여다보는 사이 또 한 번 벨이 울렸다. 휴대전화를 엎으려다가 잘못해서 통화버튼을 눌렀다.

– 주은아!

휴대전화 너머에서 들리는 엄마의 목소리에 주은이 낮은 한숨을 내쉬었다.

"네."

– 요즘 왜 이렇게 전화가 안 돼? 무슨 일 있는 거니?

"아뇨. 아무 일도 없어요. 이제 막 일어났어요."

주은이 손으로 이마를 짚었다. 이제 막 일어나서인지 이마가 뜨끈한 것 같았다.

– 오늘 금요일이잖아. 회사 안 가?

"흠, 흠. 워크숍이라 평소보다 늦게 출근하면 돼요. 왜 그러세요?"

주은이 침대에 걸터앉으며 물었다. 간밤에 무슨 꿈을 꾸었는지 모르겠지만 머리가 묵직하고 속이 더부룩한 게 상태가 좋지 않았다. 일어나려고 하니 눈앞이 핑글핑글 도는 기분이었다. 주은이 제 손으로 다시 한 번 이마를 짚었다. 기분 탓이 아니라 정말로 열이 나고 있었다.

– 약혼날짜가 잡혔단다. 너는 신경 쓸 거 없어. 양가 엄마들끼리 다 알아서 하기로 했으니까. 기특하기도 하지. 태현이가 약혼을 어서 하고 싶다고 졸랐다고 하더구나. 어떻게 한 거니?

"……."

밝은 선숙의 목소리를 들으며 주은은 실소를 터트렸다. 이 결혼을 하기 싫어하는 자신의 의사 같은 건 고려하지 않은 모양이었다. 주은은 '약혼 안 할 건데요.'라고 버팅겨볼까 생각했다. 하지만 뒤에 몰려올 파장이 피곤했다. 안 그래도 아버지는 자신과 연락을 딱 끊었다. 아마 약혼을 안 하겠다고 버티면 길길이 날뛸지도 모를 일이었다. 어머니의 전화는 더욱 집요해지고, 속 모르는 호성은 자신에게 화를 낼 게 뻔했다.

– 주은아!

"네."

주은이 마지못해 대답했다.

– 엄마가 말을 하는데 왜 대답을 안 해?

"어차피 알아서 하실 거잖아요. 그렇게 하세요. 저는 워크숍 준비를 해야 해서요."

– 그래. 알았다. 급한 일 있으면 연락하마.

주은은 대답하지 않고 전화를 끊었다. 입을 다문 채 창가를 바라보니 하늘이 흐렸다. 비는 오지 않을 것 같은데, 하루 종일 우중충한 상태로 유지될 것 같았다. 마치 자신의 기분처럼.

주은이 외면하듯 시선을 바닥으로 옮겼다.

회사 앞에 자리한 버스를 확인한 주은의 표정이 미묘해졌다.

[경영지원팀 / 기획팀]

두 팀이 한 버스를 타고 가는 모양이었다.

왜 하필 이렇게…….

주은이 낮은 한숨을 내쉬며 버스에 올라탔다. 다행스럽게도 버스엔 사람이 몇 없었다. 아는 사람들에게 눈인사를 한 주은이 가장 앞자리에 앉았다. 짐을 대충 발치에 놓고서, 주은은 창가에 머리를 댄 채 눈을 감았다.

아침부터 어지러웠는데, 지금껏 빈혈이 지속되었다. 감기 몸살인지, 생리 전 증상인지 구분이 되지 않았다. 주은이 휴식을 취하는 사이 사람들이 하나둘 버스에 올랐다. 사람들이 수군거리는 소리가 들렸다.

"우리 팀장님은요?"

"팀장님들은 보통 자차로 가지 않아?"

"아, 맞다. 그랬죠?"

"응. 우리 팀 윤정 대리도 자기 차로 간다고 연락했다던데."

"에이, 핫이슈 메이커들은 다 빠졌네요. 심심하게."

"그러게."

주은은 사람들의 대화를 들으며 다행이라 생각했다. 지금 이런 컨디션으로 윤정, 태현, 시우를 만나고 싶지 않았다. 시우도 마찬가지였다. 시우가 자신에게 고백한 이후 며칠이 흐르도록 그에게 연락하지 않았다. 그도 이런 자신을 이해한다는 듯 연락하지 않았다. 우연히 회사에서 마주치는 일조차 없었다. 이상한 건 만나지 않는데, 만나는 것 이상으로 신경 쓰인다는 것이었다.

자려고 누웠을 때 문득 바닥 아래가 신경 쓰였다. 마주칠 일 없을 거라고 생각하면서도 기획팀을 지나갈 때 긴장이 되었다. 시우에게서 전화가 올 일이 없다는 걸 알면서도 벨이 울리면 움찔거리게 되었다. 그리고 아주 가끔은, 시우와 함께 있지 않은데도 함께 있는 기분이 들었다.

"후우."

주은이 한숨을 내쉬며 시트에 머리를 비스듬히 기댔다. 머리가 복잡할 땐 잠을 청하는 게 우선이었다.

"그래서 말이에요."

"어머."

"어?"

사람들의 의아한 목소리가 들렸다. 주은은 모르는 척 계속 눈을 감았다. 잠이 솔솔 몰려와 이대로 푹 잠들고 싶었다.

툭.

주은의 발 근처에 가방 내려놓는 소리가 들렸다.

다른 자리도 많을 텐데, 왜 하필 자신의 옆자리에 앉는 걸까.

주은이 힘겹게 눈을 떠서 자신의 옆에 앉으려는 사람의 얼굴을 보았다. 반듯한 이목구비, 선하게 그려진 미소, 새빨간 입술. 남자의 얼굴을 확인한 주은의 눈이 크게 벌어졌다. 하마터면 '시우야?'라고 부를 뻔한 그녀는 입술을 꽉 깨물었다.

"실례할게요. 저도 앞자리를 좋아해서요."

시우가 웃으며 말을 건넸다. 주은이 뭐라 이야기하려다가,

자신들을 쳐다보고 있는 사원들을 보며 입을 꾹 다물었다. 주은은 그제야 직원들이 왜 의아한 소리를 냈는지 이해했다. 팀장급 이상 사람들은 자차를 이용해서 가곤 했는데, 시우가 버스를 탄 것이었다. 그것도 텅텅 비어 있는 다른 자리는 쳐다보지 않고 그녀의 옆자리를 택했다.

"팀장님도 이 버스 타고 가세요?"

기획팀 직원이 놀란 목소리로 물었다.

"네. 자동차가 고장 나서요."

"하필 딱 오늘 같은 날에 그렇게 되었나 봐요."

직원의 말에 시우가 웃어 보였다.

"제가 다른……."

주은이 다른 자리로 가겠다는 말을 할 때였다. 시우가 그녀의 손을 거머쥐었다. 다른 직원들이 볼 수 없는 각도였다.

"제가 자리를 빼앗은 것처럼 보이잖아요. 불편한 거 아니면 같이 앉죠."

"……."

주은이 난처한 표정을 지었다.

"그런데 어디 아픈가 봐요?"

시우가 눈을 가느스름하게 뜬 채, 낮은 목소리로 물었다. 지척에 앉아 있는 직원들도 제대로 알아듣지 못할 만큼 작은 목소리였다.

"……괜찮아요."

"손이 뜨거운데요."

"원래 이랬어요."

"거짓말."

"……."

"한두 번 잡아본 손이 아니라는 거 알잖아요."

주은이 긴장한 얼굴로 시우를 쳐다보았다. 직원들에게 자신과 시우 사이를 들키고 싶지 않았다. 회사에서 스캔들은 그만둘 때까지 따라다니는 꼬리표였다. 그녀가 주변을 살폈다. 다행히 직원들의 관심은 다른 곳으로 향해 있었다.

"……저는 피곤해서 잘게요."

주은이 대화를 거절하려는 듯 눈을 감았다. 그러고는 조용히 시우의 손에서 자신의 손을 빼냈다. 그러고는 그가 자신의 손을 잡을 수 없도록 두 손을 가지런히 무릎에 올려두었다.

시우는 그런 주은을 물끄러미 바라보았다.

버스가 출발한 지 얼마 되지 않아 직원들이 하나둘씩 잠이 들었다. 주은은 조용히 눈을 떠서 창밖을 바라보았다. 출발하기 전부터 잠을 청했으나, 도통 잠이 오지 않았다. 버스가 덜컹거릴 때마다 시우와 어깨가 부딪쳤다. 그럴 때마다 거짓말처럼 잠이 달아났다. 온 신경이 맞닿은 어깨와 팔에 쏠렸다. 후끈거리는 열기가 맞닿은 피부를 타고 전신으로 퍼지는 듯했다.

버스가 터널로 들어섰다. 사위가 검게 변하자 창문에 자신의 얼굴이 비쳤다. 동시에 자신을 바라보고 있는 시우의 얼굴도 보였다.

"……!"

주은이 놀란 표정을 짓자, 그가 귀엽다는 듯 피식 웃었다. 주은이 쳐다보자, 시우가 조용히 말을 걸어왔다.

"안 잤어요?"

"넌? 아니, 팀장님은요?"

주은이 주변 사람들을 의식해 말을 높였다.

"잠시 졸다가 깼어요."

"아, 그래요? 전 다시 자려고요."

주은이 눈을 감았다. 그와의 시간을 피하려고 최대한 애썼다. 그가 싫거나, 함께 있는 것이 불편한 게 아니었다.

「워크숍 때까진 정리해.」

시우의 얼굴을 볼 때마다 태현의 말이 불쑥 떠올랐다. 태현의 말 때문이 아니더라도, 시우를 생각한다면 헤어지는 게 맞았다. 어차피 끝을 예견한 사이였다. 그러니 헤어지는 게 맞는데…… 시우와 눈이 마주칠 때면 목이 메었다.

「제발.」

그 목소리가 자신을 다시금 붙들었다. 헤어지자는 말을 하기도 전에 목이 메어서 엉엉 울 것 같았다.

이런 기분으로 그와 헤어질 수 있을까.

주은이 생각을 털어내려는 듯 눈을 질끈 감았다. 또다시 잡념이 밀려들었지만, 주은은 억지로 잠을 청했다.

시우가 잠든 주은을 바라보았다. 무슨 생각을 하는지 괴로운 듯 미간을 좁히고 입술을 깨물던 그녀가 가까스로 잠이 들었다. 시우가 그녀의 옆얼굴을 바라보았다.

팀장급 이상의 직책은 자차를 이용하라는 문자를 받았다. 시우는 그 문자를 지워버렸다. 처음부터 별 관련 없는 경영지원팀과 기획팀을 한 차로 묶은 데엔 그의 입김이 작용했다.

이렇게 해서라도 보고 싶었다. 하루에 몇 번이나 휴대전화를 들었다가 놓길 반복했다. 이젠 외워버린 휴대전화 번호를 누르고 통화버튼을 누르려다가 멈추길 반복했다. 하지만 이런 자신의 마음이 부담이 될까 봐 주은에게 다가갈 수 없었다.

아주 조금만 더 가까워진다면 참을 수 있을 줄 알았는데, 욕심이 점점 커진다. 그의 눈빛이 짙게 물들었다.

주은을 계속해서 바라보던 시우의 눈이 가늘어졌다. 그녀의 목덜미가 축축했다. 시우가 손을 뻗어 주은의 이마를 짚었다. 후끈거렸다. 귀를 주은의 입 주변에 가져다 댔다. 색색거리는 숨소리가 거칠었다.

시우가 창밖을 확인했다. 고속도로를 벗어난 차가 시내로 접어들고 있었다. 시내 중심을 관통해 워크숍이 있는 리조트로 향하는 듯했다.

"기사님, 차 세워주세요."

"네?"

기사가 무슨 소리냐는 듯 반문했다.

"환자가 있으니까 차 세우시라고요."

시우가 강하게 말하자, 기사가 떨떠름한 얼굴로 시우 쪽을 흘깃댔다. 시우가 옆자리에 앉은 여자를 붙들고 있었다. 기사가 주변을 살피더니 도로가에 차를 세웠다. 갑자기 차가 멈춰 서자, 사람들이 하나둘씩 일어났다.

"벌써 도착한 거야?"

"아닌 거 같은데요? 어? 팀장님!"

기획팀 여직원이 소리쳤다. 사람들이 자리에서 벌떡 일어나 있는 시우를 바라보았다. 시우가 주은을 번쩍 안아 들었다.

"저와 주은 씨의 짐을 부탁드립니다."

경황없는 얼굴로 바라보는 이들에게 시우가 한마디 툭 던진 후, 차에서 내렸다. 사람들이 우르르 창가로 모여들었다. 주은을 껴안은 시우가 다급하게 다가오는 택시를 세웠다. 그들을 태운 택시가 멀어질 때까지 직원들은 한마디도 못 한 채 그 상황을 지켜보았다.

"뭐, 뭐야?"

"주은 씨가 아픈 거야? 많이 아픈가?"

"허…… 대박이네."

사람들이 이상한 듯 고개를 갸웃거렸다.

"차 출발하겠습니다. 모두들 앉아주세요."

운전기사의 말에 직원들이 우르르 착석했다.

"대체 이게 무슨 일이에요?"

"그러게요. 그런데 방금 기획팀 팀장님 표정 되게 안 좋지 않았어요? 누가 보면 여자친구가 아픈 줄 알겠어요."

"그러고 보니 그러네. 안 그래도 얼굴이 하얀 사람이 완전 백지장이 됐던데?"

"소리치는 것도 이상하고……."

"이러다가 윤정 대리님이랑 태현 팀장님 커플 이후로 다른 커플이 생기는 거 아닌가 몰라."

"에이, 설마요!"

잠에서 깨어난 직원들이 좀 전의 상황에 대해 이야기하느라 버스 안이 시끌벅적해졌다.

버스가 멈춰 서자 직원들이 우르르 내렸다. 직원들은 버스가 도착하는 장소에 미리 와 있는 태현과 윤정을 보았다. 그들은 두 사람이 나란히 서 있는 걸 보며 눈짓을 했다. 그럴 줄 알았다는 눈빛이었다. 직원들이 짐을 가지고 모두 다 내린 후, 버스 문이 닫혔다. 태현과 윤정의 표정이 동시에 구겨졌다.

"이주은 씨는 어딨죠?"

태현이 직원에게 물었다.

"오는 중에 아파서 시우 팀장님이 병원으로 데려가셨어요."

"아파요?"

"시우 팀장이요?"

태현과 윤정이 동시에 날 선 목소리로 물었다. 그러자 직원이 놀란 듯 눈을 깜빡였다.

"네? 네. 네."

직원이 대답하자 태현이 안주머니에서 휴대전화를 꺼냈다. 주은에게 전화를 걸었으나 받지 않자 태현의 표정이 와락 구겨졌다. 태현이 윤정을 바라보았다.

"하시우 씨 휴대전화 번호 가지고 있습니까?"

"지금 전화하고 있어요."

윤정이 시우에게 전화를 걸었으나 불통이었다.

"어느 병원으로 간다는 말도 없었어요?"

태현의 물음에 직원이 난처한 얼굴로 고개를 가로저었다.

"아뇨. 워낙 급박하게 일어난 일이라 저희도 제대로 못 물었어요. 갑자기 버스가 멈춰 선 후에 시우 팀장님이 주은 씨를 안고 가버리셨거든요. 짐을 부탁한다는 말과 함께요."

태현이 이를 깨물었다. 그사이 짐을 챙기는 직원들 사이에서 두런두런 나누는 대화 소리가 들렸다.

"진짜 그렇게 커플 되는 거 아냐?"

"설마."

"설마라니. 시우 팀장님이랑 주은 씨랑 원래 아는 사이라며. 회사에서 인사 나누는 거 본 사람이 한둘이 아니야. 시우 팀장님이 되게 다정한 얼굴로 주은 씨를 불렀다던데? 그리고 오늘 팀장님이 버스 탈 일이 뭐가 있어? 주은 씨랑 같이 가려고 그런 거지."

"그럼 주은 씨랑 따로 차를 타고 오면 되지. 왜 버스를 타?"

"차가 고장 났다잖아."

"진짜 그런가?"

시우와 주은의 사이를 넘겨짚는 대화를 듣던 두 사람의 표정이 점점 굳었다. 태현이 휴대전화를 꽉 움켜쥐었다. 사람들의 시선도 개의치 않고 주은을 데려갔다는 소리에 화가 치밀어 올랐다. 아직도 헤어지지 않은 건지, 시우가 질척거리면서 들러붙은 건지 구분이 되지 않지만 어느 쪽도 기분이 좋지 않았다.

"잠깐 나 좀 봐."

윤정이 태현만 들릴 수 있을 정도의 작은 목소리로 말했다.

"나중에. 사람들이 많아."

태현의 거절에 윤정이 입을 꾹 다물었다. 그가 자신을 쳐다보지도 않고 거절했다. 곁에 그녀가 있어도 신경이 안 쓰인다는 태도였다. 자신 또한 시우를 발견한 후 태현에게 마음이 식었지만 이렇게 냉랭해지진 않았다. 더욱이 시우가 주은을 데려갔다는 말에 태현은 잔뜩 화가 난 얼굴이었다. 그 사이에 주은이 좋아지기라도 한 건가. 윤정이 못마땅한 태도로 태현을 노려보았다.

"그럼 여기서 이야기해?"

"허윤정."

"사람 많은 데서 내 이름 막 불러도 돼? 나도 태현 씨한테 따로 관심 있어서 부르는 거 아니니까 따라와. 직원들이야 전부 리조트로 갈 테니까."

윤정이 홱 돌아섰다.

"다들 짐정리해서 리조트로 먼저 들어가 있으세요. 저랑 윤정 대리가 주은 씨와 시우 팀장에게 연락하도록 하겠습니다."

태현의 말에 직원들이 "네." 하고 대답했다. 두 사람이 멀어지자 직원들이 혀를 내둘렀다.

"저 봐, 저 두 사람 사귀는 거 맞다니까. 그러니까 같이 가지."

누군가의 말에 직원들이 수긍한다는 듯 고개를 끄덕였다.

"뭐가 묻고 싶은 거야?"

태현이 윤정을 따라 리조트 귀퉁이에 섰다. 윤정이 팔짱을 끼고서 도도한 눈을 치켜올렸다. 이전의 그가 가장 좋아했던 윤정의 얼굴이었다. 침대에서 고양이 같은 눈을 치뜨며 신음을 뱉을 때면 세상에서 가장 아름답게 보였다. 그런데 왜인지 지금은 어떤 흥미도 일어나지 않았다.

"시우 씨랑 주은 씨랑 무슨 사이야?"

"넌 왜 그걸 캐묻는 거지?"

"그야 내가 시우 씨한테 관심이 있으니까. 태현 씨도 알 거 아냐, 시우 씨가 어떤 집안 아들인지. 거기다가 그 정도 외모랑 스펙이면 충분히 나를 빛내줄 수 있을 것 같거든. 그런데 이상하게 나한테 거리를 두더라고. 마치 나에 대해 반감이 있는 것처럼. 처음엔 고분고분한 여자를 좋아해서 그런 건가 했는데 오늘 보니 그게 아닌 거 같아서 묻는 거야."

"……."

"눈칫밥 먹고 산 덕에 보기와 다르게 눈치가 굉장히 빠른 편이거든. 시우 씨는 자기가 별 관심 없는 사람이 아프다는 이유로 번쩍 안아 들고 나갈 사람이 아니야."

"맞아. 두 사람 만나고 있어."

"……!"

태현의 인정에 윤정의 표정이 서늘하게 식었다. 설마 하는 마음이었는데, 맞을 줄이야.

"앞으로 어떻게 할 거야?"

윤정이 태현을 쳐다보며 물었다. 태현이 무심한 얼굴로 윤정을 내려다보았다.

"달라지는 건 없어. 서로 즐기는 것뿐이니까. 이주은은 나랑 결혼하게 될 거야."

"그럼 빨리 진행시켜. 애꿎은 사람 피곤하게 만들지 말고."

윤정의 말에 태현이 그녀를 차가운 눈으로 응시했다. 차가운 바람에 그의 머리카락이 날렸다. 난생처음 보는 냉랭함에 윤정이 흠칫했다. 그가 그녀를 신경 쓰지 않은 채 안주머니에서 담배를 꺼내 물었다.

"뭐 하는 짓이야? 담배 꺼."

윤정의 말에도 그는 아랑곳하지 않고 담배 끄트머리에 불을 붙였다. 태현은 깊게 들이마신 담배 연기를 윤정의 얼굴 위로 후 불었다. 뿌연 담배 연기가 그녀의 얼굴을 휘감았다가 사라졌다.

"윽! 뭐 하는 거야!"

윤정이 기침을 하며 그를 밀어내려 하자, 태현이 그녀의 손목을 꽉 움켜쥐었다. 윤정이 윽 하는 소리와 함께 그를 노려보았다. 이런 취급은 처음이라 윤정이 모욕감에 얼굴이 불그스름해졌다. 그런 윤정을 태현이 감흥 없는 눈으로 건너다보았다.

"명령하지 마. 잊었나 본데, 이제 내가 그쪽의 앙탈을 받아줄 이유가 없거든. 난 관심 없는 여자한테 착하게 구는 편이 아니라서."

"……윽."

"앞으로 이런 식으로 따로 불러내면 나도 가만히 안 있어. 우리 사이 스캔들은 나보다 너한테 더 불리하다는 걸 잊지 마."

태현이 웃으며 그녀의 손을 풀어주었다. 담배를 비벼 끈 그는, 언제 그랬냐는 듯이 흠 하나 없는 완벽한 자세로 유유히 벗어났다. 홀로 남은 윤정이 자신의 손목을 거머쥐었다. 아릿한 통증이 지금껏 이어지고 있었다.

"하."

윤정이 짤막한 비웃음을 흘리며 태현이 사라진 곳을 노려보았다.

⁂

주은이 힘겹게 눈을 떴다. 세상이 하얗게 빛나고 있었다. 이윽고 웅성거리는 소리가 밀려들었다. 주변을 둘러보고서야 자신이 병원 응급실에 있다는 걸 알아챈 주은이 몸을 일으켰다.

"계속 누워 있어요."

익숙한 목소리에 그녀가 돌아보았다. 시우가 팔짱을 끼고서 그녀를 내려다보고 있었다.

"어떻게 된 거야?"

"그건 내가 묻고 싶은데요. 감기몸살은 그렇다 치고, 다 큰 성인한테서 왜 영양부족 진단이 나와요? 여태껏 안 먹었어요?"

시우답지 않게 화난 얼굴로 물었다.

"……챙겨 먹었어."

"그런데 몸이 그래요?"

시우가 여전히 화난 얼굴로 물었다. 주은이 그의 시선을 피했다.

"왜 내가 여기 있는 거야?"

"버스에서 자다가 끙끙 앓은 건 기억나요?"

"……."

"대체 그 몸으로 워크숍은 왜 온 거예요?"

주은이 침묵했다. 집에 있고 싶지 않았다. 집에 혼자 있는 것도, 호성과 함께 있는 것도 불편했다. 차라리 집에서 천장만 보고 누워 있느니 회사를 가는 게 낫겠다 싶어서 움직였다. 물론 몸 상태가 이렇게 안 좋은 줄은 그녀도 미처 알지 못했다.

"데리고 와줘서 고마워. 이제 괜찮아졌으니까 돌아가자. 간호사 불러줘. 링거 다 맞은 것 같은데."

"집으로 돌아가요."

"괜찮아졌어. 모처럼 푹 자서 그런지 괜찮아."

"아픈 사람이 무슨 워크숍이에요."

"어차피 지금 가봤자 오후라서 다들 쉬고 있을 거야. 짐도 찾아와야 하고, 다들 걱정하고 있을 테니까 인사도 하고……."

"그건 내가 다 알아서 할게요."

"시우야."

주은이 지지 않겠다는 듯 그의 이름을 불렀다.

"내가 걱정하는 건 안 보여요?"

"……."

"주은 씨가 걱정하는 다른 사람들은 금방 잊어먹고 술 마시고 놀 거예요. 그 사람들 신경 쓸 시간에 나를 반만이라도 생각해봐요."

"……."

"주은 씨 안고 오면서 내가 무슨 생각을 했을지, 얼마나 걱정했을지……."

말을 하던 시우가 입을 꽉 다물었다. 주은이 마른침을 삼켰다. 이제야 시우가 제대로 보였다.

시우가 날것 그대로의 감정을 고스란히 드러내고 있었다. 하얗게 질린 얼굴, 평소보다 파리한 입술, 꽉 쥔 주먹까지…….

"……미안해. 네 생각을 못 했어."

늘 괜찮다고 말하는 시우라서, 그를 배려하지 못했다. 주은의 사과에 시우의 표정이 누그러졌다. 그가 숨을 몰아쉬며 눈을 감았다. 주은이 사과하면, 자신은 약해진다. 마음 같아선 주은을 무작정 집으로 데려가고 싶지만, 마음과 달리 그럴 수는 없었다. 주은을 좋아하게 될수록, 그녀를 알아갈수록, 모든 행동이 조심스러워졌다.

"워크숍에 돌아가고 싶어요?"

시우가 침대에 걸터앉아 주은을 바라보며 물었다. 아이를 달래듯 부드러운 물음이었다.

"응. 그래야 할 것 같아. 네가 걱정하는 거 알아. 그치만 정말 많이 괜찮아졌어. 힘들면 말하고, 귀가할게."

주은이 나긋나긋하게 대답했다.

"그래요, 그럼. 대신 퇴원해서 워크숍 가기 전에, 나랑 잠시 들를 곳이 있어요. 그 정도는 해줄 수 있죠?"

마주쳐오는 눈빛이 따스했다. 거절 못 할 정도로 다정한 그 눈빛에 주은은 왜인지 가슴 밑이 울컥하는 걸 느꼈다.

저 눈빛을 안 보고 살 수 있을까.

처음으로 두려움이 일었다. 주은은 대답 대신 고개를 끄덕였다.

"간호사 데려올게요."

시우가 자리에서 일어나 간호사에게 걸어갔다. 주은이 그의 뒷모습을 바라보았다. 자꾸만 목 안이 아파왔다. 왜 시우만 보면 자꾸 이러는지 도통 이유를 알 수 없었다.

"……이거 뭐야?"

"음식이요. 영양부족이라잖아요. 먹어요."

"아니, 그래도 그렇지."

주은이 중얼거리며 자신의 앞에 차려진 상을 보았다. 시우가 그녀를 데리고 온 곳은 한정식 식당이었다. 오자마자 그는 메뉴판도 보지 않은 채 '가장 가짓수가 많이 나오는 걸로 주세요.'라고 주문했다. 주은이 말렸지만 소용없었다. 그리고 얼마 지나지 않아 두 사람 사이의 상이 빽빽해지도록 그릇들이 올라왔다.

"이걸 어떻게 다 먹어?"

주은이 기가 차다는 얼굴로 물었다.

"다 먹으라는 말 안 해요. 배부를 만큼 먹어요."

시우가 말을 하며 생선살을 발라 주은의 숟가락에 얌전히 올려두었다. 주은이 숟가락과 시우를 번갈아 보았다. 그는 참 다정했다.

"너는?"

"나도 먹을 거예요. 음식 남기기 싫으면 맛있게 먹어요. 나도 맛있게 먹을 테니까. 상대방이 맛있게 먹어야 식욕이 살아난다고 하더라고요."

"……."

식사조차 자신을 위해 하겠다는 말처럼 들렸다. 입맛이 전혀 없었지만, 주은은 시우의 얼굴을 봐서 크게 한술 떴다. 밥을 입에 넣은 주은이 우물거렸다. 볼록해진 볼이 이리저리 움직이는 모습이 귀여워서 시우의 얼굴이 미소가 걸렸다. 주은은 시우 보란 듯이, 일부러 다양한 반찬을 챙겨 먹었다. 그럴수록 시우는 즐거운 표정으로 그녀를 바라보았다.

"다 먹었어. 정말 배불러."

주은이 텅 빈 밥그릇을 가리키며 말했다.

"잘했어요."

시우가 따스하게 웃으며 티슈로 입가를 닦아주었다.

"내가 닦을게. 할 수 있어."

"알아요, 직접 할 수 있다는 거. 내가 해주고 싶어서 이러는 거예요."

시우는 주은이 말렸음에도 입가를 꼼꼼하게 닦아주었다. 그러고는 뿌듯한 얼굴로 그녀를 바라보았다. 주은이 고요한 눈으로 시우를 바라보았다.

왜 알아채지 못했을까.

그는 저런 눈빛으로, 표정으로, 행동으로 자신을 좋아하고 있음을 끊임없이 말하고 있었는데. 그가 자신을 좋아하는 게 아니라고 믿고 싶었던 걸까.

"돌아가죠."

시우가 몸을 일으켰다. 주은이 그를 뒤따라 나섰다. 그녀가 신발을 신다 말고, 시우의 신발을 바라보았다.

"어? 그 신발……."

그녀가 호성의 생일선물로 사준 신발이었다.

"같은 거야?"

"아뇨. 호성이한테서 샀어요."

주은이 멍한 얼굴로 시우를 바라보았다.

"역시 호성이가 그 신발을 마음에 안 들어 했나 봐. 너한테 팔기까지 하고."

호성의 스타일이 아니라는 걸 알면서 샀던 거다. 눈에 띄지 않는 캐주얼화를 신어야 할 때 신으라고 사준 운동화였다.

"호성이는 팔지 않겠다고 한 거, 제가 한정판 운동화를 구해주겠다는 조건으로 강제로 산 거예요."

"그게 그렇게 마음에 들었으면 말하지 그랬어. 판매처를 알려줬을 텐데. 아니면 내가 한 켤레 사줬어도 될 텐데……."

주은이 왜 그랬냐는 듯 멍한 얼굴로 시우를 쳐다보았다.

"같은 신발은 의미가 없어요. 주은 씨가 산 이 신발이 좋았던 거니까."

"……."

시우가 미소 지었다. 깨끗한 바람이 훅 불어온 것처럼, 마음이 청량해졌다. 자신의 것이라면 모두 다 의미가 있다는 남자에게, 무슨 말을 해줘야 할까. 주은이 먹먹한 눈으로 그를 바라보았다.

"계산하고 올 테니까 신발 신고 있어요."

"내가 할게."

"다음에 밥 사줘요. 오늘은 내가 데려온 거니까."

시우가 대답과 동시에 바로 옆에 자리한 계산대에 자신의 카드를 내밀었다. 타이밍을 놓친 주은이 안타까운 눈으로 카드를 건너다보았다. 순식간에 그의 카드로 결제가 끝났다.

"다음엔 내가 꼭 살게."

"그래요. 기다릴게요."

"여기 서명해주세요."

가게 주은이 시우에게 말했다. 그가 서명하는 사이, 가게 주인이 주은과 시우를 번갈아 보았다.

"선남선녀가 따로 없네요. 애인 사이죠?"

"어떻게 아셨어요?"

시우가 능청맞게 되물었다. 그러자 가게 주인이 신난 얼굴로 말했다.

"딱 보니까 보이던걸요. 남자 눈에도 사랑이 철철 넘치고, 여자 눈에도 사랑이 철철 넘치는데 모를 리가 있나요."

가게 주인의 말에 주은이 멈칫했다.

여자 눈에도 사랑이 철철 넘친다니? 자신의 얼굴에서?

주은이 손으로 자신의 뺨을 감쌌다. 다른 사람 눈에 자신이 시우를 그렇게 쳐다보는 걸로 보일 줄은 몰랐다.

"그랬나요?"

시우가 피식 웃으며 카드를 챙겨 넣었다. 그러고는 나가는 문을 밀고 멈춰 섰다. 주은이 시우의 얼굴을 빤히 바라보았다. 그의 얼굴이 환하게 빛나고 있었다.

"안 올 거예요?"

"가야지."

주은이 먼저 문 밖으로 나서고 나서야, 시우가 문을 빠져나왔다. 등 뒤로 가게 주인이 "참 보기 좋네."라며 중얼거리는 소리가 들렸다.

주은은 앞서 걷는 시우를 바라보았다. 자신의 시선을 느낀 듯, 그가 돌아섰다. 시우가 자신을 보며 미소 지었다. 눈이 부신 것 같아, 가느스름하게 떴다.

"같이 가요."

시우가 손을 내밀며 다가왔다. 흐린 하늘 아래 그만이 선명하게 빛나는 듯했다. 심장이 다시금 아래로 곤두박질치는 기분이었다. 손이 닿는 순간, 주은은 머릿속이 아득해지는 기분이 들었다.

그 순간, 주은은 처음으로 자신에게 물었다.

……자신도 시우를 좋아하는 게 아닐까, 라고.

주은과 시우는 택시를 타고 리조트로 향했다. 이미 오후 일과를 마치고 사람들이 삼삼오오 모여 이야기를 나누고 있었다.

주은을 발견한 경영지원팀 직원들이 호들갑을 떨며 그녀를 에워쌌다. 괜찮으냐는 질문이 쏟아졌다. 주은은 걱정하지 말라는 듯 웃으며 고개를 끄덕였다. 자신이 괜히 직원들을 걱정시킨 것 같아 미안했다.

"이주은 씨."

직원들이 한순간에 입을 다물었다. 고개를 들자 직원들보다 머리 하나는 더 있는 태현이 그녀를 내려다보고 있었다.

"잠시 나 좀 봅시다."

태현이 대답도 듣지 않고 홱 돌아섰다. 그는 화가 난 얼굴을 하고 있었다.

"팀장님이 자기 걱정 많이 한 것 같더라."

선유가 슬그머니 주은에게 다가와 속삭였다.

"……절요?"

주은이 의아한 눈으로 그녀를 바라보았다.

"응. 주은 씨 병원에 갔다는 소리 듣자마자 되게 표정이 안 좋았어. 아무래도 직원이 아픈데 신경 못 써서 기분이 좀 그런가 봐. 으휴, 우리 팀장님 은근히 다정하다니까."

선유의 말에 주은은 실소가 나오려 했다. 태현의 본성을 알고도 다정하다는 말이 나올까. 겉으로 보기에 그는 다정할지도 모른다. 그러나 그 가면 아래의 민낯은 누구보다 차갑고 잔인한 사람이다.

"어서 가봐."

선유의 재촉에 주은이 태현이 간 방향으로 향했다. 리조트의 비상계단에 도착하고서야 주은은 태현과 마주 보았다. 태현의 얼굴이 한껏 구겨져 있었다. 선유가 태현을 잘못 파악하긴 했어도, 그녀의 말이 한 가지 맞긴 했다. 태현은 자신 때문에 표정이 안 좋은 게 확실한 듯했다. 눈이 마주치자마자 그의 표정이 더욱 처참하게 일그러졌으니까.

"그 녀석이랑 같이 온 이유가 뭐야?"

"……."

"정말로 아팠던 거 확실해?"

"네. 아팠어요."

주은이 덤덤하게 대답했다.

"아팠으면 미리 말을 해야 할 거 아냐."

그의 낮은 목소리가 비상계단 복도를 웅 울렸다. 그의 말을 듣는 순간 주은은 다시금 실소가 터져나오려 했다.

이런 남자에게 다정함이라니.

주은의 웃음이 서서히 씁쓸하게 변했다. 이런 남자라는 걸 알면서도, 아주 잠깐 자신을 걱정한 게 아닐까 생각했다. 그가 표정이 안 좋은 이유는, 자신이 아파서가 아니었다. 시우와 함께 있었기 때문이었다.

"다른 직원들 눈에 그 녀석이랑 같이 있는 걸 번번이 보여주는 이유가 뭐야? 이 상황이 재미있나 봐?"

"잊으셨나 봐요. 먼저 시작한 건 팀장님과 윤정 씨였어요."

"그래서 아주 깔끔하게 헤어졌어. 문제는 질척거리는 너랑 하시우지."

"이미 회사에 두 사람의 관계가 파다하게 소문이 났는데, 제 소문이 하나 더 얹힌들 무슨 상관이죠?"

주은이 차갑게 대꾸했다. 태현이 어금니를 깨물었다. 그의 턱이 툭 튀어나왔다가 들어갔다. 주은은 마치 다른 사람처럼 굴고 있었다. 자신을 담은 눈동자엔 온기가 남아 있지 않았다. 이대로 돌아서면 주은이 연기처럼 사라질 것 같았다. 초조하고, 불안했다. 이런 낯선 기분은 처음이라 찝찝했다.

왜 이주은 앞에만 있으면 통제력을 상실하는 건지 모르겠다.

"내일이면 워크숍 끝이야. 내일 안에 그놈이랑 끝내."

"그건 제가 결정해요."

"너희 집안 사정도 내가 결정하지."

"……."

주은의 눈가가 파르르 떨렸다. 초췌한 얼굴로 저를 바라보는 주은의 눈동자를 보자, 태현은 기분이 상했다. 창백한 얼굴로 자신을 노려보는 주은이 재미있었는데, 이젠 조금도 즐겁지 않았다. 오히려 닿을 수 없이 멀어지는 기분이었다.

"무사히 지내고 싶으면 순순히 따라와."

하지만 마음과 달리 입술은 제멋대로 잔인한 말을 쏟아냈다. 주은이 입을 꾹 다문 채 태현을 노려보았다. 그가 손으로 주은의 턱을 거머쥐었다. 주은이 반항하지 않고 순순히 태현의 손이 움직이는 대로 고개를 들었다. 고개를 들자 새까만 눈이 그녀를 응시했다. 깊은 곳까지 빨아들일 것 같은 눈이었다. 그러나 어떤 동요도 일지 않았다. 오히려 까맣고, 선하며, 빛이 담긴 그 눈이 떠올랐다.

"그리고 애인의 본분을 다하기로 한 거 잊지 마. 나는 이런 표정을 지으라고 이주은에게 거금을 투자한 게 아니니까."

주은의 시선이 멍해지는 걸 느낀 태현이 어금니를 문 채 말했다. 그의 입술 새로 흘러나오는 냉기 서린 목소리가 날카로웠다.

"할 말 다 끝났으면 이것 좀 놓고 가줄래요? 그쪽을 보니 더 아픈 것 같네요."

주은이 태현을 바라보며 말했다. 그녀의 눈동자엔 어떤 흔들림도 없었다. 더 이상 자신에게 다칠 마음도 없다는 듯 냉담했다.

툭.

태현의 심장이 곤두박질쳤다. 태현의 손에 점점 힘이 실렸다.

대체 왜 그녀가 저런 표정을 짓는 건지, 뭐가 어디서부터 잘못된 건지 알 수가 없었다.

그가 그녀의 턱을 내려놓으며 홱 돌아섰다.

쾅!

그가 비상계단 문을 거칠게 닫으며 돌아섰다. 홀로 남은 주은이 그 자리에 무릎을 접고 앉았다. 마음이 모래가 된 것처럼 이리저리 흔들렸다. 울어야 하는 게 정상 같은데, 눈물 한 방울 나오지 않고 머릿속이 멍했다. 지나치게 아픈 탓일까, 아니면 이젠 이런 걸론 울지 않게 된 걸까.

주은이 허탈한 표정으로 피식 웃었다.

리조트 창가에 기대선 시우가 창밖을 바라보았다. 두꺼운 옷을 입고서 이리저리 돌아다니고 있는 주은이 보였다. 곧 해가 지면 더 추워질 텐데, 몸도 안 좋은 사람이 돌아다니는 게 마음에 안 든다는 듯 시우가 미간을 구겼다. 다행스러운 건, 주은이 입구를 향해 걸어오고 있다는 사실이었다. 마음 같아선 주은을 택시에 태워 집으로 가고 싶은데, 그녀가 고집을 부렸다. 그런 그녀의 고집을 자신은 꺾을 수가 없었다.

"팀장님."

시우의 시선이 흘깃 옆을 향했다. 몸매가 부각되는 캐주얼복을 입은 윤정이 다가섰다. 그러나 그의 시선은 윤정의 몸매에 관심 없다는 듯, 그녀의 얼굴로만 향해 있었다.

"무슨 일입니까?"

시우가 물었다.

"개인적인 건데 하나 물어봐도 되나요?"

"실례라고 생각하시면 묻지 않는 게 맞겠죠."

시우가 웃는 얼굴로 선을 그었다.

"실례인 건 알지만, 아셔야 할 거 같아서요. 팀장님과 주은 씨에 관련된 거라서요."

"……."

"이주은 씨랑 교제 중이라면서요."

"……."

시우가 침묵을 지키며 그녀를 바라보았다. 그의 시선이 한결 차가워졌다. 무슨 말을 하고 싶어서 그 말을 꺼낸 거냐는 듯한 표정이었다. 주은을 바라볼 때와 판이하게 다른 그의 얼굴에 윤정이 조용히 주먹을 움켜쥐었다. 손톱이 손바닥을 아프게 파고들었다. 그녀의 시선이 시우의 어깨 너머로 향했다. 주은이 걸어오다가 두 사람을 발견한 듯 그 자리에 멈춰 섰다.

"시우 씨."

"워크숍은 회사일의 연장선입니다. 팀장님이라고 부르시죠. 아무리 제가 낙하산이라고 해도 말입니다."

그가 선을 그었다. 잠시 표정이 굳어 있던 윤정이 빙긋 웃었다.

"생각보다 딱딱하게 나오시네요. 뭐, 저도 이런 분을 상대로 구질구질하게 감정적으로 나오고 싶지 않아요. 단도직입

적으로 저는 팀장님에게 관심이 많아요. 아실지 모르겠지만 저희 집안도 팀장님 집안에 비해 많이 부족하지 않기도 하고요. 그래서 말인데, 저랑 결혼하시죠."

"……."

윤정의 말에 시우의 눈이 가느스름해졌다. 그가 자신에게 보인 첫 반응이었다. 그녀가 흡족한 듯 미소 지으며 시우의 어깨 너머를 바라보았다. 주은이 자신의 말을 들은 듯 표정이 파리했다. 윤정이 바라보자, 주은이 고개를 홱 돌려 그 자리를 떠났다.

"이주은 씨랑 교제하고 계신 거 알고 있어요. 꽉 막힌 여자도 아니고, 나이가 몇인데 연애 한번 안 해보겠어요? 우리 같은 사람들이 사랑으로, 결혼으로 이어지지 않는다는 것도 잘 알잖아요. 좋은 계약을 하듯, 결혼을 하는 거죠. 그리고 어차피 이주은 씨도 다른 남자랑 결혼할 건데, 시우 씨만 혼자 남아 있을 순 없잖아요?"

윤정이 빙긋 웃으며 덧붙였다. 태현에게서 당한 모욕을 갚고 자신의 욕구를 채울 수 있는 방법은 시우를 갖는 것밖에 없었다. 더욱이 시우는 정확히 자신의 취향이었다. 시우에게서 몇 번의 모욕을 당했으나 포기할 수는 없었다. 그가 자신을 밀어낼수록 오기가 생겼다.

"말 끝났습니까?"

시우가 무감한 목소리로 물어왔다.

"네. 결정할 시간을 드릴까요?"

윤정이 눈웃음을 지으며 물었다.

"아뇨. 고민할 것도 없는 제안이네요."

시우가 가볍게 웃었다. 그의 눈이 접히며 붉은 입술이 벌어졌다. 그의 얼굴이 아름답게 빛났다. 윤정은 모처럼 남자의 얼굴을 보며 가슴이 뛰는 걸 느꼈다.

"거절합니다."

"……네?"

윤정이 생각지 못했다는 듯, 눈을 부릅떴다.

"내게 이점이 전혀 없는 제안이거든요."

"이점이 없다니요."

윤정이 믿을 수 없다는 듯 물었다. 자신의 집안, 자신의 외모, 학벌, 그 어디 한 군데도 빠지는 법이 없었다. 웬만한 남자는 자신에게 명함도 내밀 수 없었다.

"이런 말까지 하게 되어서 미안한데, 윤정 씨는 제 취향이 아니거든요."

윤정의 웃는 얼굴이 굳었다.

"계약 같은 결혼을 해야 할 만큼 재력이 부족한 것도 아니고, 윤정 씨의 어디에도 끌리는 게 없군요. 그러니 앞으로 사적인 대화는 자중해줬으면 합니다. 번번이 거절하는 제 입장도 이해해주시길 바라요."

웃는 얼굴로 하는 말이 맞을까 싶을 만큼 잔혹했다. 윤정의 얼굴이 홧홧하게 달아올랐다.

"시우 씨가 좋아하는 주은 씨가 누구랑 결혼할 건지 알고 있나요?"

윤정이 돌아서는 시우의 뒷모습을 보며 차갑게 물었다.

"잘 알아요."

"그런데 주은 씨를 계속 만나겠다는 건가요?"

"네. 제가 좋아하니까요."

시우의 올곧은 고백에 윤정이 흠칫했다. 자신의 마음에 한 치의 의심도 없는 얼굴이었다. 사람이 사람에게 맹세하듯, 당당하게 고백하는 모습은 처음이었다. 놀라우면서도 주은이 부러워서 화가 났다.

그런 여자를 부러워하는 날이 올 줄이야.

"결혼 후엔 어쩌시려고 그래요?"

"그런 것까지 대리님과 상의할 필요는 없는 것 같군요."

시우가 차갑게 말을 하곤 돌아섰다. 저벅저벅 멀어지는 시우의 긴 뒷모습을 바라보던 윤정이 아랫입술을 꽉 깨물었다.

늦은 밤이 되자 팀원들끼리 모여 술자리가 벌어졌다. 몸이 좋지 않다는 핑계로 빠져나가려던 주은은 팀원들에게 붙잡혀 한자리 차지하게 되었다. 술에 취한 사람들이 같은 말을 반복하기 시작했다. 전에 있었던 일들을 하나둘 꺼내 화를 내다가, 갑자기 웃기도 했다. 경황없는 와중에 목이 마른 주은은 앞에 놓인 종이컵을 들이켰다. 주은의 얼굴이 확 찌푸려졌다.

"윽."

주은이 손등으로 입을 가렸다. 입안으로 쓴맛이 확 퍼졌다.

"어머, 자기. 이거 마신 거야?"

선유가 반쯤 감긴 눈으로 되물었다.

"네. 이거 뭐예요?"

주은이 빈 잔을 가리키며 물었다.

"이거 소주야. 종이컵에 담겨 있어서 몰랐구나?"

술기운이 오른 선유가 깔깔거리며 웃었다.

"잠시 화장실 다녀올게요."

화장실로 달려간 주은은 물로 입을 헹군 후, 조용히 방을 빠져나갔다. 몸이 좋지 않은 상태라 그런지 크게 한 모금 삼킨 소주에 머리가 어질거리기 시작했다. 그녀는 맥주엔 강한데 소주엔 한없이 약했다. 밖으로 나가자 찬바람이 몰아쳤다. 숨을 깊게 들이마시자 폐부 깊은 곳으로 찬바람이 밀려들었다. 그러자 조금 정신이 돌아오는 기분이 들었다.

주은이 고개를 들어 하늘을 바라보았다. 깜깜한 밤하늘에 별들이 총총히 떠 있었다.

「네. 제가 좋아하니까요.」

문득 시우의 고백이 떠올랐다. 윤정과 시우가 함께 있는 걸 본 순간, 기분이 묘해졌다. 마치 손에 꼭 쥐고 있던 사탕을 빼앗긴 기분이었다. 자리를 떠야 한다는 걸 알면서도 두 사람의 대화를 들었다. 윤정은 그에게 결혼하자고 말했다.

그 순간 윤정과 눈이 마주쳤다. 주은은 도망치듯 그 자리를 떠났다. 하지만 계단을 오르다가 문득 멈춰 섰다. 왜 자신이 그 자리를 피했을까. 죄를 짓지도 않았는데.

다시금 시우가 있는 곳으로 향했다. 뭘 어째야겠다는 생각도 없이 발이 움직였다. 그러다 벽 너머에서 시우의 고백을 들었다.

「네. 제가 좋아하니까요.」

그 말을 듣는 순간 한껏 쪼그라든 마음에 바람이 든 것처럼 부풀어 올랐다. 눈앞이 아찔해지면서 마음이 뻐근해졌다. 다른 누군가에게 자신을 좋아한다고 당당하게 말할 수 있는 그가, 멋있었다.

주은이 눈을 감은 채 바람을 쐬었다. 차가워서 코끝이 금방 시렸지만, 상쾌한 공기에 기분이 좋았다. 시우가 선명하게 떠올랐다.

그의 표정, 그의 목소리, 자신을 감싸 안아주는 손가락까지.

……보고 싶었다.

그 품에 안기면 태현에게서 당했던 모욕이 씻은 듯이 사라질 것 같았다. 갑작스레 바람이 멎었다. 눈을 감고 있는데도 눈앞에 시우가 서 있는 기분이 들었다. 그럴 리가 없다는 걸 알면서도 주은은 그 기분을 만끽했다.

시우야.

주은이 속으로 그를 불렀다. 이름을 불렀을 뿐인데 왜인지 울컥 눈물이 나려 했다. 그녀가 느릿하게 눈을 떴다. 감기가 심해지기 전에 들어가서 쉬어야겠다는 생각이 눈앞의 남자를 본 순간 사라졌다. 얼굴에서 한 뼘 앞에 자신이 머릿속으로 그리던 남자가 서 있었다.

"아."

주은이 저도 모르게 짤막한 소리를 냈다. 바람이 불어 그의 머리카락을 보기 좋게 헝클어놓았다. 그가 서서히 미소를 지었다. 그의 눈이 사르륵 접혔다. 한없이 아름다운 그 얼굴을 주은이 홀린 듯이 바라보았다. 그가 한없이 사랑스럽다는 얼굴로 주은의 눈, 코, 입을 차근차근 바라보았다.

바람이 잠시 멎었고, 세상의 모든 시간이 멈춘 듯했다. 별들의 반짝임조차 멈춘 듯한 기이한 기분이 들었다.

아.

주은이 속으로 자그맣게 소리를 냈다.

갑작스레 깨닫는 것들이 있었다. 어떤 계기도 없이, 이유도 없이 불쑥 느껴지는 것들.

주은은 불현듯 모든 것이 멈춘 것 같은 이 순간에 깨닫고야 말았다. 자신이 눈앞에 존재하는 이 아름다운 사람을 좋아하고 있다는 것을.

그래서 매순간 홀로 있을 때마다 시우를 떠올렸다는 것도 깨달았다. 그에게 단순히 의지하는 건 줄 알았는데, 아니었다.

주은이 시우의 얼굴을 빤히 바라보았다.

"왜 그렇게 쳐다봐요? 설레게."

"……."

그가 바지 주머니에 손을 넣은 채 허리를 굽혀 그녀를 바라보았다. 그 두 눈이 한없이 따스했다.

네가 좋아서.

주은이 속엣말로 대답했다. 그럴 리 없건만, 마치 그 말을 들은 듯 시우가 조금 더 환하게 웃었다.

"추운데 계속 이렇게 있을 거예요?"

시우가 물었다. 그가 허리를 세우려는 듯 몸을 움직였다.

사람들이 볼지도 몰라. 여긴 워크숍을 하는 데니까. 그러니까…….

속으로 되새기는 말들과 달리 주은의 손이 시우의 뺨을 감쌌다. 차가운 손에 놀랄 만도 한데, 시우는 가만히 제 얼굴을 맡겨놓았다.

"이러면 설렌다니까요."

여전히 아름다운 미소를 지은 채.

"넌…… 날 좋아해?"

"네."

"진심으로?"

"네."

조금의 머뭇거림도 없는 대답이 돌아왔다. 순간 추위가 확 가시는 느낌이었다.

나도 그런 것 같아.

주은이 속으로 대답했다. 몽롱한 표정을 지은 주은이 서서히 시우에게 다가갔다. 입술이 닿는 순간, 시우의 얼굴에서 표정이 사라졌다. 주은이 자신에게 이렇게 다가온 것은 처음이었다. 느릿하게 자신의 아랫입술을 빨아들이는 주은의 움직임이 느껴졌다. 서툴고 어색한 움직임이었다. 그러나 그에겐 그 어떤 것보다 야하고 관능적인 움직임이었다.

시우의 눈이 가늘게 떨렸다. 인내력이 다한 그가 눈을 감고서, 주은의 허리를 끌어안았다. 두 몸이 맞닿았다. 시우가 고개를 틀며 입술을 벌렸다. 주은에게서 쌉싸름한 술 냄새가 났다. 처음은 쓰지만, 그 끝은 미묘하게 달았다. 시우가 주은의 입안에 고여 있는 술을 모두 빨아들일 것처럼 핥았다.

주은이 서툰 몸짓으로 그의 목을 끌어안았다. 시우가 그녀를 꽉 끌어안았다. 마치 자신들 사이에 바람도 파고들지 못하게 하려는 듯이.

키스를 마친 후, 시우와 주은은 벤치에 나란히 앉았다. 키스가 끝나기 전, 시우는 주은의 귓가에 나지막하게 속삭였었다.

「집이 근처였다면, 그리로 당장 갔을 거예요.」

그의 말에 주은은 귀 끝이 홧홧해지는 걸 느꼈다. 나란히 앉은 시우가 하늘을 바라보았다. 뒤따라 주은이 고개를 들어 하늘을 보며, 시우가 건네준 담요를 한 번 더 추슬렀다. 담요가 스르륵 옷을 타고 흘러내렸다. 시우가 그녀의 앞으로 다가오더니 담요를 꼼꼼하게 그녀의 어깨에 덮더니 그 끝을 묶어주었다. 매듭을 다 묶고도 시우는 본래 앉아 있던 자리로 돌아가지 않았다. 그녀의 앞에 무릎을 반쯤 꿇고 앉아 그녀의 두 손을 꼭 감싸쥐었다.

"왜 그러고 있어? 옆에 앉지 않고."

"나야말로 묻고 싶네요. 오늘 왜 그랬어요?"

시우의 두 눈이 보기 좋게 반짝였다.

"뭐가?"

"키스한 거요."

"……."

"충동적이었어요?"

시우가 다정한 미소를 지으며 물어왔다. 주은은 대답하지 않은 채 시우를 물끄러미 바라보았다. 그의 두 눈은 밤중의 어둠 속에서도 아름답게 빛났다.

왜 제대로 보려 하지 않았을까. 시우의 진심을.

고단한 짝사랑을 하면서도 늘상 웃는 얼굴로 자신을 바라봐준 시우가 대단해 보였다.

"넌 대단한 거 같아."

"갑자기 왜 그런 말을 해요?"

시우가 웃으며 되물었다.
“대단한 것 같아서.”
“칭찬으로 받아들일게요.”
“칭찬 맞아.”
주은이 대답하자, 시우의 얼굴에 좀 더 환한 미소가 걸렸다. 별것 아닌 사소한 대화에도 그는 이토록 사랑스럽게 웃었다.
이런 남자를 사랑하지 않을 수가 있을까.
자신이 시우를 좋아한다는 걸 깨닫자, 가슴 깊은 곳에 박혀 있던 외로움이 스르륵 빠져나간 기분이었다.
“시우야.”
“네.”
그가 곧바로 대답했다.
“……우리 같이 도망치자고 그러면, 그럴래?”
주은이 조용한 목소리로 물었다. 그녀의 시선이 시우의 눈을 번갈아 보았다. 시우가 가만히 바라보자, 그녀가 말을 더 이었다.
“직장도 관두고, 가족들과도 연락되지 않는 곳으로 나랑 떠나자고 하면 그럴 수 있어?”
주은이 그러하듯, 시우가 고요한 눈으로 주은의 눈을 바라보았다. 그의 얼굴에서 서서히 웃음이 사라졌다.
그에게 곤란한 질문이었던 걸까.
주은이 쓰게 웃었다. 자신이 말실수를 했다. 시우가 아무리 자신을 좋아해도, 모든 걸 버릴 순 없었다. 그건 당연한 일이었다. 가족까지 버리라니. 자신이 생각해도 지나친 말이었다.

"미안해. 그냥……."

해본 말이었어.

주은이 그 말을 하려 할 때였다.

"……그럴래요, 우리?"

시우의 눈이 고요하게 빛났다. 마치 그 말을 기다려온 사람처럼, 그의 표정이 진지했다.

"아무도 모르게 해외로 갈래요? 대신 나랑 죽을 때까지 함께 있어야 해요."

"……."

"그럴 수 있다면, 같이 가요. 난 언제든지 가능하니까요."

시우의 말에 주은은 하마터면 고개를 끄덕일 뻔했다. 모든 걸 훌훌 털고 시우와 함께 떠날 수 있으면 좋을 것 같았다. 그러나 꿈같은 이야기라는 걸 알기에 주은은 그를 말없이 바라보았다.

⁂

아침식사를 끝으로 워크숍 일정이 끝났다. 짐을 챙겨 버스를 타기 위해 대기 중인 주은의 옆에서 선유가 쫑알거리며 말을 걸었다.

"어제 술을 너무 많이 마셨나 봐. 머리가 아프네. 어서 버스 문이나 열렸으면 좋겠다. 눈 좀 붙이게."

"그러게요."

주은이 미미하게 웃었다.

"그런데 주은 씨."

선유의 부름에 주은이 그녀를 바라보았다.

"오늘 뭔가 좀 다른데?"

"뭐가요?"

"뭔가 분위기가 달라. 어제 하루 동안 아파서 그런가?"

"그래요?"

주은이 뺨을 쓸어내렸다. 하루 새에 달라져봤자 얼마나 달라졌겠나 싶었다. 그사이 덜컹 하며 버스 문이 열렸다. 선유가 앞장서서 타고, 주은이 그 뒤를 따를 때였다.

"이주은 씨."

자신을 부르는 소리에 주은이 돌아섰다. 태현이 그녀를 쳐다보고 있었다.

"잠시 나 좀 따로 보죠."

평소라면 팀장이 왜 저러나 하고 지켜볼 직원들은 숙취 때문에 골골거리느라 신경도 쓰지 못했다. 주은이 태현에게 다가갔다.

"왜 그러시죠?"

"어젯밤에 어디 갔었어? 찾았는데 안 보이던데."

붙드는 팀장들을 밀어낸 태현은 단지 주은을 만나기 위해 직원들의 술자리까지 찾아갔었다. 그러나 주은은 그 어디에서도 보이지 않았다. 혹시나 하는 마음에 시우를 찾았는데, 그도 없었다.

"아직도 안 헤어진 거야?"

"회사에서 이러지 마요. 그건 천천히 말해줄 테니까요."

"일단 내 차에 타."

"버스 타고 갈게요."

"아프다며."

"……."

"그러니까 고집 부리지 말고, 내 차 타. 또 아무 데서나 쓰러지지 말고."

별안간 낮게 고함치는 태현을 주은이 물끄러미 바라다보았다. 요즘 태현은 자신이 알던 사람과 판이하게 다른 사람이 된 듯했다. 오만하고 거만하던 사람이 부쩍 신경질과 화를 내는 횟수가 잦아졌다. 마치 무언가에 쫓기는 사람처럼.

"그걸 왜 팀장님이 신경 쓰세요?"

주은이 건조하게 물었다.

"이주은."

그렇게 말하지 말라고 경고하듯 태현이 그녀의 이름을 불렀다. 그가 주은의 손목을 잡았다. 아팠지만, 주은은 이전처럼 티를 내지 않았다. 오히려 더 단단해진 표정으로 태현을 쳐다보았다.

"어제 저한테 애인의 본분을 다하라고 했죠? 그런데 생각해보니 우리 계약서에는 쇼윈도 커플을 하기로 했더라고요. 나중에 밝혀진 후에, 남들 앞에서만 다정한 척하면 돼요. 그러니까 제 말은 굳이 벌써부터 이럴 필요 없다는 말이에요. 그리고 어제 제가 한 말 잊으셨나 봐요. 저는 팀장님을 보면 더 아파요."

주은이 태현의 손을 떼어냈다. 돌아서자 버스 앞에서 시우가 이곳을 바라보고 있었다. 주은이 저도 모르게 멈칫했다. 태현과 함께 있는 모습을 보인 게 신경 쓰였다. 눈이 마주치자 무표정하게 상황을 지켜보던 시우가 빙긋 웃었다.

"어서 타요."

시우가 버스 안을 가리켰다. 주은이 타자 그 뒤를 시우가 따랐다. 주은이 앞자리에 앉자 시우가 자신의 자리라도 되는 듯 그녀의 옆에 앉았다. 태현이 주먹을 꽉 움켜쥐었다. 그가 버스에 올라탔다.

"이주은 씨, 내 차 타고 갑시다."

태현이 주은의 앞을 가로막았다. 직원들이 하나둘 눈을 떠서 이 상황을 지켜보았다. 무슨 일이야, 팀장님 왜 저래, 사람들이 술렁거렸다.

"저는 버스 타고 가겠습니다. 제가 아파서 팀장님으로서 신경 써주시는 건 알지만 보시다시피 이제 많이 나았습니다."

"지금 내가 팀장님 자격으로 서 있는 거 같아요, 이주은 씨?"

태현의 말에 주은의 얼굴이 희게 질렸다. 그가 금방이라도 곧 약혼할 사이라는 걸 공표할 것 같았다. 그사이 시우가 태현의 앞을 가로막았다.

"걱정하시는 마음은 알겠습니다만, 직원의 뜻을 존중해주시죠."

"하 팀장."

태현이 시우를 무서운 목소리로 불렀다.

"팀장님 때문에 버스 출발이 지연되고 있습니다. 이미 다른 버스는 출발했습니다. 이래도 계속 버티고 서 계실 건가요?"

시우의 물음에 태현의 시선이 뒤를 향했다. 이미 다른 버스들은 출발한 후였다. 태현이 마지못해 발길을 돌렸다. 그의 눈에서 새파란 불길이 치솟았다. 시우는 문이 완전히 닫히고서야 주은의 옆자리에 앉았다. 시우가 남들 눈을 피해 조용히 주은의 손을 감싸쥐었다.

"고마워."

주은이 시우만 들을 수 있을 만한 작은 목소리로 속삭였다. 시우는 대답 대신 빙긋 웃었다. 버스가 부드럽게 출발했다. 앞을 바라보고 있던 시우의 표정이 잠시 흐트러졌다. 어깨에 조심스레 무언가가 닿았다. 고개를 돌리지 않아도, 향긋한 냄새만으로 알 수 있었다. 주은이 자신의 어깨에 기댔다는 것을.

조금 열린 문틈으로 선선한 바람이 불어왔다. 그녀의 머리카락이 붕 떠올랐다가 사뿐히 내려앉는 모습이 보였다. 그 머리카락을 따라 시우의 마음도 부풀었다가 조용히 내려앉았다.

주은은 다른 사람들의 눈을 굉장히 의식하는 사람이었다. 아무리 앞자리와 뒷자리가 비어 있어도 자신에게 기댈 사람이 아니었다. 그런데 그녀가 다른 사람이 보든 말든 개의치 않겠다는 듯 어깨에 기댔다.

어젯밤 자신에게 키스를 할 때부터 그녀가 달라진 것 같았다. 마치 무언가 큰 결심을 한 사람 같았다.

어떤 변화든 상관없었다. 자신은 이주은이 어떤 모습을 하고 있어도 사랑할 수밖에 없었다. 시우는 남몰래 주은의 머리에 입을 맞추었다.

6

덜컹.

집의 문을 열자 싸늘한 기운이 감돌았다. 토요일 낮이라 호성이 외출한 모양이었다. 그래도 혹시나 하는 마음에 호성의 방문을 두드렸다.

똑똑.

"호성아, 집에 있어?"

그녀가 호성의 방문을 열었다. 남자 방이라 그런지 엉망진창이었다. 이 꼴을 본다면 선숙이 할 잔소리가 벌써부터 귀에 들리는 듯했다.

「넌 누나가 되어서 동생 방도 치워주지 않고 뭘 했니? 이러면 엄마가 발 뻗고 못 자는 거 알잖니.」

그렇게 잔소리를 퍼붓고는 호성의 방을 치우지는 않았다. 결국 호성의 방 청소도 오롯이 자신의 몫이 되었다.

정말 왜 그렇게 산 거지.

스스로에게 회의감이 들었다. 그녀가 낮은 한숨을 내쉬며 돌아서려다가, 멈칫했다. 통장이 벌어진 채 바닥에 떨어져 있었다. 아마 걸려 있던 바지에서 떨어진 모양이었다.

"이런 걸 막 흘려두고."

나중에 통장이 사라졌다며 온 집을 뒤지고 다닐 게 뻔해서, 그녀는 통장을 호성의 책상 위에 올려두었다. 그러다 그녀의 시선이 우연히 통장에 멎었다. 줄줄이 입금내역이 찍혀 있었다. 그녀의 월급에 버금가는 액수였다. 입금자는 선숙이었다.

"하."

주은이 어이없다는 듯 웃었다.

「호성이한테도 용돈 안 주고 있어. 경제관념이 바로 서야지.」

선숙은 그녀를 볼 때마다 세뇌시키듯 말했었다. 왜 저런 말을 할까 생각하면서도 주은은 깊게 캐묻지 않았다. 경제관념이 바로 서는 건 좋은 일이니까.

주은은 방으로 들어가 짐 가방을 챙겨놓은 후, 서랍장을 열고 자신의 통장을 꺼냈다. 마지막 장까지 도달한 통장은 오래되어 이곳저곳이 낡아 있었다. 이 통장을 개설할 당시, 은행원이 '알뜰하시네요.'라며 웃었었다. 그때 그녀는 따라 웃었다. 그 말은 종종 듣던 말이었다.

「잘사는 집 딸이면서 굉장히 검소하구나.」

저금을 한다는 말에 친척들이 칭찬했다.

「저금을 한다고? 네가 왜? 너희 집 잘살잖아.」

이야기하던 중 무심코 뱉은 말에 친구들은 의아해했다. 그들은 그녀가 저금한다는 걸 의아하게 생각했다. 그러고 보니 자신은 왜 저금을 했던 걸까. 주은이 통장을 물끄러미 바라보며 생각에 잠겼다.

그때부터였구나.

주은이 무심코 과거의 기억을 떠올렸다.

「주은아, 네 앞길은 네가 책임져야 하는 거야. 나랑 아버지는 너를 낳아주고 길러주는 걸로 끝이란다. 우리 재산은 우리 거니까 네 앞길은 네가 책임져야 해. 취직했으니 이 집의 월세랑 생활비도 네가 내야 해. 알았지? 착한 우리 딸.」

취직 소식이 전해지자마자 엄마는 경제적 독립을 하라고 선언했다. 주은은 그게 당연하다고 생각했기에 받아들였다. 문제는 호성이었다. 호성이 독립하겠다고 나서면서 둘은 함께 살게 되었다. 남매는 본가의 지원 없이 그녀의 월급으로 오롯이 생활해야 했다. 때때로 생활비가 부족해서 곤란한 적도 있었다. 그럴 때마다 그녀는 저금을 해서 종잣돈을 모아 놔야 한다고 생각해서 악착같이 모았다. 혹여 자신이 아프게 될지도 모르니까.

그런데 호성에겐 거금의 액수가 매달 용돈으로 지급되고 있었다. 선숙도 호성도 모두 다 입을 다물고 있었다.

자신은 대체 어디서부터 이런 취급을 당했던 걸까.

주은의 얼굴에 쓸쓸한 바람이 돌았다. 허탈함에 웃음을 터트린 그녀가 입을 다물었다. 더는 슬프지 않았다. 슬프지 않다는 사실이, 이상하게 더 슬펐다. 마지막 남아 있던 먼지 같던 미련도 훌훌 날아가버렸다.

처음부터 뿌리가 잘못 박힌 관계였다. 그것도 모른 채 당연한 줄 알고 커온 자신의 잘못이었다. 그녀는 이제 행복해지고 싶었다. 누군가를 위한 인생 같은 건 살고 싶지 않았다.

텅 빈 시선이 오래도록 벽에 닿아 있었다. 그녀는 한참 만에 마음의 결정을 내린 듯, 휴대전화를 들었다.

"저예요."

– 그래, 주은아.

주은의 약혼날짜가 잡힌 후, 선숙의 목소리가 한껏 밝았다. 주은이 뭐라고 말하기도 전에, 선숙이 즐거운 목소리로 말을 이었다.

– 네 약혼 준비 열심히 하고 있어. 약식으로 치를 거라고 생각해서 편하게 생각했는데, 그것도 아니구나. 어깨도 쑤시

고 허리도 아픈 거 있지? 약혼은 네가 하는데, 내가 몸이 다 아프구나. 보약이라도 한 제 해 먹든가 해야지. 그래도 그게 돈이 얼만데…… 어휴.

선숙이 말끝을 흐리며 깊은 한숨을 내쉬었다. 선숙이 이렇게 말하면 주은은 근처 한약방을 예약했을 거다. 주은이 침묵을 지키자, 선숙이 조금 더 깊은 한숨을 내쉬었다. 이래도 한약방에 전화를 넣지 않을 거냐는 뉘앙스였다.

참 이상한 일이었다. 이런 선숙을 볼 때면 괜찮은 척 굴었지만, 실은 마음이 썩어 문드러져가고 있었다. 딱딱한 무표정 아래에서 그녀의 마음은 조금씩 뭉개지고 짓밟혔다. 자신이 실은 사랑하는 사람들에게서 이용당하고 있었다는 사실을 끊임없이 되새기면서.

그런데 그 환상이 모조리 깨어진 지금은 아무렇지도 않았다.

그저 '아, 또 시작이구나.'라는 마음뿐이었다.

– 근처 한약방 예약해놓을까?

결국 선숙이 먼저 한약방 얘기를 꺼냈다.

"아뇨. 다음에 제가 챙겨 갈게요."

– 언제?

선숙의 집요한 물음에 주은은 허탈한 웃음을 지었다.

"언젠가는요. 급하면 시켜 드세요."

– 애는……. 그게 돈이 얼만데.

"그러게요. 그게 돈이 얼만데요. 비싸잖아요. 요즘 저도 돈이 없어서 안 되겠어요."

주은이 딱 잘라 말하자 휴대전화 너머가 조용해졌다. 마치 침묵으로 시위를 하고 있는 듯했다.

"할 말 없으면 끊을게요. 전화비라도 아껴야죠."

주은이 딱 잘라 말하려 할 때였다.

– 아니다. 아직 할 말이 있어. 후우, 그나저나 이런 체력으로 네 결혼 준비는 할 수 있을지 모르겠어. 네 아버지도 내 얼굴 보면서 왜 이렇게 파리하냐고 묻고 말이다. 나중에 네가 내 얼굴 보고 깜짝 놀랄까 봐 그게 겁나는구나.

선숙의 말을 들으며 주은은 손에 쥐고 있던 통장을 바라보았다. 선숙은 원하는 바를 얻어낼 때까지 전화를 끊지 않을 기세였다. 차라리 지금 일을 끝내는 게 나을 것 같았다.

"오늘 잠시 집에 들를게요."

– 응? 오늘? 왜?

"드릴 말씀이 있거든요."

– 그래? 강 서방이랑 같이 오는 거니?

선숙의 목소리에 활기가 돌아왔다.

"아뇨. 저 혼자 갈 거예요. 그리고 왜 벌써부터 강 서방이라고 해요? 아직 결혼도 안 했는데."

– 곧 결혼할 사이잖니. 미리 불러서 입에 익히려고 그러지. 하여튼 언제 오려고? 집에 아버지가 계시긴 한데…….

"지금 갈게요."

– 그래. 알았다.

통화를 마친 후, 주은은 간단히 씻고서 외출 준비를 했다. 깔끔한 면 티셔츠에 청바지, 그 위에 두툼한 외투를 챙겨 입은 그녀가 거울에 비친 제 모습을 바라보았다.

「아무도 모르게 해외로 갈래요? 대신 나랑 죽을 때까지 함께 있어야 해요.」

시우의 목소리가 떠오르자, 주은이 피식 웃었다. 그는 그러고도 남을 것처럼 깨끗한 눈을 하고 있었다.

아무도 없는 곳에서 시우와 단둘이 산다는 것. 생각보다 어렵지 않은 일처럼 느껴졌다. 오히려 좋은 일일 것 같았다. 조금 기분이 나아진 주은이 목도리를 친친 둘렀다. 그녀는 가방 깊은 곳에 통장을 챙겨 넣었다.

선숙이 쟁반을 들고 거실로 왔다. 주은은 그 모습을 가만히 지켜보았다.

"사람 시키라니까."

아버지인 성태가 마음에 안 든다는 표정을 지었다.

"괜찮아요. 그게 돈이 얼만데 시켜요."

"어허, 궁상맞기는."

"걱정해주는 거죠?"

"으흠."

성태가 민망한 듯 헛기침을 했다. 주은은 그런 두 사람을 바라보았다. 시선을 느낀 성태가 고개를 돌려 주은을 바라보았다. 배은망덕하다는 말을 들은 후로 제대로 마주 보는 건 처음이었다.

"어떻게 여태껏 연락 한 통 안 하고 말이야."

성태가 마음에 안 든다는 표정으로 주은을 바라보았다. 핼쑥한 주은이 시선을 내리깔았다. 그녀는 죄송하다는 말을 하지 않았다.

"뭐 어쨌든 이제 일이 잘 진행되고 있으니 안심이지."

"죄송해요."

"무슨 소리야?"

성태가 주은을 바라보았다. 과일을 깎던 선숙이 무슨 소리냐는 듯 주은을 건너다보았다. 그녀는 고요한 눈으로 두 사람을 바라보았다. 주은은 자신에게 진지하게 물어보았다. 이 두 사람을 사랑하는가. 가족으로 맺어진 관계고, 오랫동안 함께했으니 사랑한다. 사랑의 폭이 좁아지고 깊이가 얕아져서 그렇지 사랑을 하고 있긴 했다. 다만, 앞으로도 사랑할 자신은 없었다. 가족의 사랑에도 끝이 있다는 걸 깨달아버린 주은의 얼굴이 씁쓸했다.

"이거 받으세요."

주은이 가방에서 통장을 꺼내 선숙에게 내밀었다.

"이게 뭐야?"

"비밀번호는 통장 맨 뒷장에 있어요. 카드도 있으니 출금을 하든 이체를 하든 편하게 하시면 돼요."

"갑자기 이게 뭐냐니까?"

성태가 소리쳤다. 그사이 선숙은 통장을 열어 확인하더니 3,000만 원의 금액을 보곤 미묘한 표정을 지었다. 그녀의 얼굴에 환한 웃음이 맺혔다.

"많이 못 모았어요. 집 보증금에, 월세까지 들어가고 있었거든요."

"시집가기 전에 효도하려고 이러는 거야? 이걸로 여행 가라고? 어쩐지, 네가 한약을 안 맞춰준다고 해서 이상하다 생각했더니……. 이런 이벤트를 하는 거야? 착하네, 우리 딸."

선숙이 혀를 내두르며 칭찬했다.

그럼 그렇지.

자신의 딸은 이런 아이였다. 자신이 한마디 꺼내기가 무섭게 달려가서 두 배를 해 오는 아이. 그렇게 되도록 자신이 착하게 키워놓았다.

주은은 굉장히 눈치가 빨랐다. 자신이 조금만 냉랭해져도 온도차를 금세 느꼈다. 그럼 자신에게 납작 엎드려 간이고 쓸개고 다 빼줄 것처럼 굴었다. 어린아이였기에 버림받는 걸 두려워했고, 그때의 행동들은 습관이 되어 남아 있었다. 그리고 그 대상은 자신뿐만이 아니라 가족 전부였다.

가족들에게 최선을 다하는 딸. 버림받지 않으려고 온 힘을 다하는 딸. 이만큼 딸을 잘 키워놓은 사람이 어디 있을까.

선숙의 얼굴에 흡족한 미소가 어렸다. 요즘 부쩍 자신에게 거리를 두고 살갑지 않게 굴었으나 천성은 못 버리는 법이었다.

"뭐 이런 걸 다 주고 그러니? 네가 열심히 모은 돈 같은데. 넣어둬."

선숙이 손을 내저었다. 말과 달리 실은 자신이 주은에게서 이만큼 받아도 괜찮다고 여겼다. 자기가 낳은 자식도 아닌 아이를 이만큼 키워놓았는데, 이 정도도 조금 부족하다 싶지만 자신이니 이 정도로 넘어가는 거라 생각했다.

"받으세요."

"후우, 사양해도 계속 권하니 어쩔 수가 있니. 여보, 어쩌죠?"

선숙이 놓치기 싫다는 듯 통장을 꽉 움켜쥐고서 성태를 바라보았다.

"어쩌긴 뭘 어째."

성태는 괄괄대는 것처럼 말하긴 했으나, 선숙에게 영락없이 잡혀 사는 남자였다. 그는 통장의 결정을 선숙에게 맡긴 것처럼 보였다.

"그 돈이면 자그마한 전셋집은 구할 수 있을 거예요. 물론 별로 좋은 집은 아니겠지만요."

"응? 무슨 소리니?"

선숙이 웬 뜬금없는 소리냐는 듯 주은을 쳐다보았다.

"미리 패물은 다른 곳에 챙겨놓으시고, 현금화할 수 있는 자산은 다 변경해두세요. 만약 많이 힘드실 거 같으면 물가가 싼 동남아에서 당분간 지내시든가요."

“그게 무슨 소리냐니까?”

선숙이 불안을 느낀 듯 소리쳤다. 성태의 표정이 한껏 험악해졌다. 두 사람에게서 흘러나오는 불안감과 희미한 적대감이 피부를 찔렀다.

“나중에 아시게 될 거예요.”

주은이 조용한 목소리로 말했다.

“주은아, 대체 무슨 소리냐니까. 사람이 알아듣게 말을 해야지.”

“이게 제가 할 수 있는 최선이에요.”

“주은아, 너 설마…….”

무언가를 직감한 듯 선숙이 말끝을 흐렸다.

“결혼할 일 없을 거예요. 태현 씨한테도 말할 거예요.”

“이주은!”

성태가 버럭 소리쳤다.

“주은아! 어떻게 우리한테 상의도 안 하고 이러니! 응? 대체 왜 이러는 거야!”

“제가 상의를 하면 들으셨겠어요?”

“뭐?”

“결혼하라는 말씀밖에 안 하실 거잖아요. 제가 드릴 말씀은 이것뿐이에요. 안녕히 계세요.”

자리에서 일어난 주은이 성태와 선숙에게 인사를 건넨 후, 돌아섰다. 두 사람은 평소와는 판이하게 다른 주은의 태도에 어쩔 줄 몰라 했다. 서로를 바라보던 두 사람이 현관에서 신발을 꿰신는 주은을 바라보았다. 마치 아주 먼 여행을 떠날 사람 같았다.

"주은아!"

선숙이 따라 나와 주은을 붙들었다. 선숙은 직감한 얼굴이었다. 주은은 제 소매를 꽉 붙든 선숙의 손을 힘주어 떼어냈다.

"그건 안 돼!"

불안을 느낀 선숙이 소리쳤다. 주은의 고요한 시선이 선숙을 향했다. 그러자 그녀가 금세 흥분을 가라앉히고 말을 시작했다.

"착하지, 주은아. 네가 갑자기 왜 이러는지 모르겠는데 이건 아니야."

착하지.

그 말이 새삼 그녀를 아프게 찔러왔다.

"정말 착하게 살고 싶네요. 누군가의 말처럼, 스스로에게 착한 사람 말이에요."

늘 스스로에게 착한 사람이 되자고 결심했지만, 이루지 못했다. 혼자 남게 될까 봐 무서웠으니까.

선숙의 눈이 흔들렸다. 주은은 두 손을 다소곳하게 앞에 모은 후, 고개를 숙여 인사를 건넸다. 평소보다 깊이 인사를 한 주은이 미련 없다는 듯 현관문을 열고 나왔다. 등 뒤에서 선숙이 "주은아!" 하고 절박하게 외치는 소리가 들렸지만, 주은은 앞만 보고 걸었다.

생각보다 쉬웠다. 스스로를 위한 선택을 한다는 것은. 언젠가 외로움이 파도처럼 밀려들겠지만, 그래도 지금보단 괜찮을 것 같았다.

카페 한쪽에 자리 잡고 앉은 태현이 창밖을 바라보았다. 오후의 햇살이 그의 얼굴을 하얗게 밝혔다. 사람들이 흘깃거리며 지나갔지만, 그는 느끼지 못했다. 타인을 신경 쓸 만큼 그의 기분은 좋지 않았다. 아니, 최악이었다.

버스 안에서 자신을 막아서던 시우와 그 뒤에 얌전히 앉아 있던 주은이 계속해서 떠올랐다. 마치 두 사람의 사이를 자신이 방해한 것처럼 보였다.

그가 조용히 이를 악물었다.

"와 있었네요."

태현이 고개를 들었다. 주은이 그에게 말을 걸고 있었다. 방금 전까지 치솟았던 분노가 조금은 가라앉았다.

"커피는 내가 시켜놨어."

주은의 앞에 커피잔이 놓여 있었다.

"고마워요."

주은의 얌전한 대답을 들으며 태현이 잔을 들었다. 오후의 겨울 햇살은 따스한 느낌보다 시린 느낌이 들었다. 빰을 따뜻하게 데워도 왠지 차가운 기분이었다. 어쩌면 창밖의 을씨

년스러운 풍경이 그런 느낌을 주는 건지도 몰랐다.

"할 말이 있어서 보자고 했어요."

주은의 대답에 태현이 그녀를 바라보았다.

"약혼, 없던 일로 해요."

태현의 잔이 허공에서 멈췄다. 그가 말뜻을 헤아리려는 듯 주은을 물끄러미 바라보았다.

"약혼 없이 결혼으로 바로 진행했으면 한다는 건가?"

"아뇨. 태현 씨랑 결혼하지 않겠다는 말이에요."

팽팽하던 분위기가 주은의 말 한마디로 툭 끊어졌다. 잠시 굳어 있던 태현이 달그락 소리가 나도록 잔을 내려놓았다. 등받이에 등을 파묻은 그가 낮은 한숨을 내쉬었다. 젠틀하고 다정한 가면을 완전히 벗은 그는, 위압적인 분위기를 풍기며 주은을 바라보았다.

"하시우한테 할 말을 왜 나한테 하는 거지?"

"시우랑 헤어질까 했는데, 못 하겠어요."

주은이 시우의 이름을 발음할 때마다 따뜻함이 묻어났다. 그게 거슬린다는 듯 태현이 미간을 좁혔다.

"아주 푹 빠지셨나 봐."

"그런가 봐요."

주은이 순순히 인정하자, 태현의 표정이 한순간 탁 풀렸다. 분노의 한계치를 찍은 후 감정 통제력을 잃은 무표정이었다. 주은은 조금 겁이 났지만 밀리지 않았다. 이것보다 더 격한 반응도 예상했었다.

"지금 네 결정이 어떤 결과를 가지고 올지 전혀 감을 못 잡나 봐."

태현의 목소리가 무섭게 변했다.

"잘 알고 있어요. 처참하겠죠. 가족들은 빚더미에 올라앉게 되겠죠."

"그런데 그런 선택을 하겠다? 이기적이네."

태현의 말이 주은의 가슴을 쿡 찌르고 들어왔다. 이기적이라는 말이 참 낯설었다. 주은이 커피잔을 들어 입술을 적셨다.

향긋한 커피는 그 끝이 늘 썼다. 자신의 선택도 늘 그랬다. 분명 단맛이 날 것 같아 선택했는데 조금만 지나면 쓴맛이 났다. 그것이 자신의 잘못인 줄 알고 살았다. 하지만 어떤 선택도 완전한 단맛, 완전한 쓴맛으로 존재하지 않는다는 걸 지금에 와서야 깨달았다.

"전 처음부터 이기적이었어요."

주은이 담담한 목소리로 말했다. 태현이 자신을 바라보고 있다는 게 느껴졌지만, 그녀는 시선을 테이블 끝에 둔 채 입을 열었다.

"단지 남들은 모르게 이기적이었을 뿐이죠. 태현 씨와 결혼해야 하는 이유를 줄곧 '사랑하는 가족들' 때문이라고 생각했어요. 내가 팔려가듯이 결혼하지 않으면 우리 가족들이 행복하지 않을 테니까, 가족들이 힘들면 안 되니까, 나는 그걸 지켜볼 자신이 없으니까……."

주은의 시선이 아득해졌다. 스스로도 그렇게 믿었다. 자신의 선택은 가족들을 위한 희생이라고.

"그런데 아니었어요. 실은, 가족들한테서 미움받기 싫었던 거예요. 내가 유일하게 사랑하는 사람들이 날 미워하고 등지면, 외로울 테니까."

가족들이 자신을 사랑하는 마음보다 이용하는 마음이 크다는 걸 알면서도 자신은 무서워서 숨었다. 가족들이 입을 피해를 지켜볼 자신이 없어서도 아니었다. 그보다 더 본질적인 마음은 버림받고 싶지 않은 것이었다.

모든 것이 쓸려나간 모래사장에 우두커니 남은 돌멩이가 된 기분. 스스로를 껴안아도 외로움이 밀려드는 기분. 어머니를 잃은 후 느꼈던 그 기분을 다시 느끼고 싶지 않았다. 그래서 그녀는 필사적으로 선숙에게 매달렸고, 가족들에게 매달렸다.

나를 좀 사랑해주세요.

그렇게 사랑을 구걸하면서.

주은의 눈가가 촉촉하게 물들었다. 모든 것이 잘못되었다는 걸 깨닫자 이유 모를 눈물이 가슴 깊은 곳에서 밀려나와 맺혔다.

"이 모든 걸 시우를 만나면서 알았어요."

그는 올곧은 사랑을 부어주었다. 그 사랑에 차츰차츰 외로움이 사라졌다. 누군가가 이토록 자신을 사랑해준다면, 자신도 실은 꽤 가치 있는 사람이 아닐까 하는 생각이 들었다. 그러자 거짓말처럼 모든 것들이 제대로 보이기 시작했다.

그리고 처음으로 자신이 붙잡고 있던 것들을 놓을 수 있을 것 같았다. 홀로 세상을 걸어갈 수 있을 힘이 생긴 기분이었다.

"이젠 정말로 행복할 수 있을 것 같아요."

도망가자는 말에, 기꺼이 그러겠다고 대답하는 사람. 그 사람만 있으면 그녀는 행복할 것 같았다.

"태현 씨는 내가 아니라도 괜찮잖아요."

"하시우는 네가 아니면 안 된다고 하던가?"

"아뇨. 그 반대예요."

"……."

"제가 시우가 없으면 안 되겠어요."

"……."

"사랑하게 됐거든요."

주은의 입에서 사랑이라는 단어가 나오는 순간 태현의 얼굴이 확 구겨졌다. 그녀의 얼굴은 평온해 보였다. 따스하게 변하는 그녀의 눈동자를 보며, 태현은 그녀가 시우를 떠올리고 있음을 알았다.

"지금…… 무슨 말을 하는 거야? 사랑? 아아, 사랑."

그러다 기가 막힌다는 듯 웃었다.

사랑이라니. 이 얼마나 천진난만한 단어인가.

태현이 웃다 말고 주은을 바라다보았다. 그의 입술이 삐딱하게 휘었다.

"사랑? 나도 이주은 씨 사랑해."

"……."

"그러니까 이렇게 손해 볼 결혼까지 해가면서 붙잡는 거 아니겠어? 이렇게 철없이 까부는 것도 봐주고 말이야."

태현의 말에 주은이 고개를 들어 그를 보았다.

"사랑이 아니라 집착이죠. 태현 씨가 태어나 처음 본 종류의 장난감일 테니까. 그래서 가지고 싶은 걸 거예요. 그리고 늘 그렇듯, 가지고 나면 구석에 처박아두겠죠. 태현 씨에겐 스쳐갈 사람이지만, 저한텐 한 번밖에 없는 인생이잖아요. 그래서 이기적인 선택을 하기로 했어요."

"이주은."

태현이 어금니를 깨문 채 낮게 그녀를 불렀다.

"일방적으로 이야기해서 미안해요. 부모님께도 대충 말씀드리고 왔어요."

주은이 자리에서 일어났다.

"앞으로 무슨 일이 벌어지더라도 감당 되겠어?"

"감당 못 할 수도 있죠. 하지만 지금 결정을 후회하진 않을 거예요."

말을 마친 주은이 가방을 든 채, 돌아섰다. 카페를 벗어나 멀어질 때까지 그녀는 단 한 번도 돌아보지 않았다. 태현은 눈 한번 깜빡이지 않고 줄곧 주은의 뒷모습을 바라보았다.

주은이 벨을 눌렀다.

딩동, 딩동.

두어 번의 벨이 울린 후, 문이 열렸다. 인터폰으로 그녀를 확인했을 텐데도 시우가 놀란 얼굴로 주은을 바라보았다. 그녀가 연락도 없이 자신의 집에 불쑥 찾아온 건 처음이었다.

"어떻게 된 일이에요?"

"잠시 들어가도 돼?"

주은이 미소 지으며 물었다. 시우가 비켜서는 걸로 대답을 대신했다. 시우의 집으로 들어간 주은이 숨을 깊게 들이마셨다. 시우가 갖고 있는 특유의 시원한 향기가 훅 밀려들었다.

"무슨 일 있어요?"

시우가 걱정스러운 눈으로 주은의 양 뺨을 감싸며 물었다. 그의 눈동자가 바쁘게 움직였다. 주은의 얼굴에서 눈물 자국이라도 찾으려는 얼굴이었다. 주은의 입술이 길게 휘었다. 갑자기 미소 짓는 주은을 보며 시우가 의아한 표정을 지었다.

왜 몰랐을까. 이건 단순히 다정하다고 해서 나올 수 있는 행동이 아닌 것을.

"아무 일 없어."

오히려 기분이 좋았다. 마음에 얹혀 있던 짐을 완전히 던져놓은 기분이었다.

"정말요?"

"응. 하나 물어볼 건 있어. 오늘부터 이틀간 이 집에서 머물까 하는데 괜찮아?"

시우가 여전히 마음이 안 놓인다는 얼굴로 주은을 바라보았다. 그러고 보면 그녀는 늘 슬프고 힘들 때만 시우를 찾았다. 그의 품에 안겨서 안정을 취했기에, 겁이 난 듯했다.

"네가 보고 싶어서 온 거야."

주은의 말에 시우의 눈빛이 잠시 아득해졌다. 믿기지 않은 말을 들은 것 같은 얼굴이었다.

"그런 말 하면 완전히 믿어버리고 싶은데."

시우가 미미한 웃음을 지으며 말했다.

"정말이야. 보고 싶어서 왔어."

"……."

평소처럼 '설레네요.'라고 대답할 줄 알았건만 시우는 말문이 막힌 듯했다.

"그래서 이틀 정도 있는 거 괜찮냐고."

주은의 물음에 시우의 입술이 길어졌다.

"네. 그건 언제든지 환영이죠."

시우가 웃으며 주은을 끌어안았다. 주은이 시우의 가슴에 얼굴을 폭 파묻었다. 숨을 쉬기 어려웠지만, 아무래도 좋았다. 숨을 쉴 때마다 시우의 향이 밀려드는 것이, 등에 시우의 손길이 닿는 것이 좋았다.

주은의 표정이 평온해졌다.

"이건 좀 너무한 거 같은데?"

주은이 옷방 문을 열고 나오며 난처한 표정을 지었다. 시우가 가진 옷 중에서 가장 작은 것이라고 했는데, 자신이 입으니 빅 사이즈가 따로 없었다. 소매는 세 번을 접어 올려 두툼했고, 바짓단 또한 마찬가지인 상황이었다.

엉거주춤하게 서 있는 주은을 보며 시우가 피식 웃었다.

"……많이 이상하지?"

주은이 어색한 표정으로 물었다.

"귀여워요."

그가 거리낌 없이 말했다. 시우의 직설적인 발언에 익숙해질 만도 하건만, 여전히 낯설었다. 주은은 주뼛거렸다. 그렇다고 자신이 입고 온 면바지로 이틀을 버틸 순 없는 노릇이었다. 주은이 조심스럽게 집 천장을 바라보았다.

집에 잠시 들렀다가 올까.

휴대전화를 꺼놔서 호성이 있는지 없는지 알 수도 없었다.

"그러고 있어요. 귀여우니까."

호성이 주은의 머리를 쓰다듬어주더니 손을 잡아당겼다. 그가 주은을 얌전히 앉혔다.

"저녁 차릴 동안 여기 앉아 있어요."

"벌써 저녁시간이야?"

주은이 시간을 확인했다. 어느새 5시 30분이 넘어가고 있었다. 시우의 집에 와서 잠시 쉬었다가 씻고 옷을 갈아입은 것밖에 없었는데 시간이 꽤 흘렀다.

"네. 그러니까 여기 앉아 있어요."

시우가 주은의 머리를 쓸어넘기다가 잠시 뒷목을 거머쥐었다.

쪽.

입술이 닿았다가 떨어졌다. 주은이 눈을 동그랗게 뜨자, 시우가 피식 웃으며 돌아섰다. 주은이 자신의 손으로 입술을 가렸다. 기분 탓인지 모르겠지만, 전보다 입술이 조금 더 뜨거워진 것 같았다. 자리에서 벌떡 일어난 주은이 식탁 앞에 앉았다.

“아직 저녁 차리려면 시간 남았어요.”

“알아. 너 보러 온 거야.”

“…….”

시우가 처음 듣는 말에 주은을 바라보았다. 그녀가 턱을 괴고서 그를 바라보고 있었다.

저 여자는 모를 거다. 그 사소한 말이 자신의 마음에 어떤 파동을 주는지.

시우가 따스한 눈으로 주은을 바라보았다.

“왜 그렇게 쳐다봐?”

“좋아서요.”

“그 마음 계속 갔으면 좋겠어.”

“계속 갈 거예요. 주은 씨를 만나고 한 번도 마음이 변한 적 없었으니까.”

만난 지 몇 달밖에 지나지 않았는데, 그는 마치 오랜 시간 마음을 품어온 사람처럼 말했다. 혹시 이전에 자신과 시우가 만난 적이 있는지 곰곰이 생각해보았다. 하지만 호성의 말에 따르면 시우는 유학생활을 하다 귀국한 지 얼마 되지 않았다고 했다. 더군다나 자신의 기억에도 없으니, 만난 적이 없을 거다.

주은이 의자에 비스듬히 앉아 부엌을 바라보았다. 부엌은 꽤 넓은 편임에도 시우가 움직이자 좁아 보였다. 기본형 인테리어를 유지한 자신의 집과 달리, 시우의 부엌은 손잡이 하나까지 모조리 교체되어 있었다. 이 정도 인테리어 공사를 했으면 꽤 시끄러웠을 텐데 한 번도 소음을 들은 적이 없었다. 아마도 자신이 출근한 평일에만 공사를 한 모양이었다. 그러고 보니 호성이가 '아래층 되게 시끄러워.'라고 중얼거렸던 적이 있었던 것 같았다.

"정말로 가만히 앉아 있어도 돼? 내가 요리해줘야 할 거 같은데?"

주은이 말하자, 시우가 웃었다.

"내가 해주고 싶어서 그래요."

"누군가를 위해 요리를 많이 해줬어?"

"아뇨. 처음이에요."

"……."

"그래서 많이 서툴고 어색할 거예요. 그래도 맛있게 먹어줘요."

주은이 고요한 눈으로 시우를 바라보았다. 별것 아닌 말이었다. 서툴고 어색한 요리지만 맛있게 먹어달라는 말. 그런데 왜인지 그 말이 마음 아프게 들렸다. 시우는 자신이 어떻게 살았는지 자세히 말하지 않았지만, 가끔 느껴질 때가 있었다.

환하게 웃는데도 행복해 보이지 않는 미소를 볼 때. 자신을 바라볼 때 한없이 처연해지는 눈을 볼 때 그랬다.

왠지 풍족하게는 살았어도, 행복하겐 살지 못했을 것 같은 느낌.

시우에 대해 깊이 알아갈수록, 그런 싸한 느낌이 들었다.

“열심히 한다고 했는데, 어떨지 모르겠네요.”

시우가 주은의 앞에 김치볶음밥을 내밀었다. 엉성하게 구워진 계란프라이도 하나 얹혀 있었다. 드문드문 탄 곳도 있었다. 다른 부분은 하얀 밥이 그냥 나왔다. 주은이 밥을 뒤적거리다가 결국 웃음을 터트렸다. 밥을 보고 웃은 건 그녀도 처음이었다.

“왜 웃어요?”

시우가 의아하다는 눈으로 보며 물었다.

“정말 처음 만드는구나 싶어서.”

“말했잖아요. 처음이라고.”

“그러니까 내가 한댔잖아. 나한테 맡기지 그랬어.”

주은이 말하자, 시우가 고개를 가로저었다.

“내가 해주고 싶었다니까요.”

“그래. 알았어.”

이상한 데서 고집을 부리는 시우였다. 주은이 피식 웃으며 숟가락을 들었다.

"잘 먹겠습니다."

"네."

시우는 숟가락으로 밥을 푸며 주은을 바라보았다. 그녀가 크게 한술 떠서 입 가득 밀어넣었다. 밥을 한입 물고는 우물거리며 고개를 끄덕였다.

"맛있어요?"

"응."

주은이 고개를 끄덕였다. 그제야 마음이 놓인 듯, 시우가 숟가락으로 밥을 떠 입에 넣었다. 몇 번 씹던 시우의 표정이 미묘해졌다. 그가 주은을 바라보다가, 그녀에게서 밥그릇을 빼앗았다.

"먹지 마요."

"왜? 이리 줘."

"아무래도 간을 못 맞춘 거 같아요. 짜니까 먹지 마요."

소금을 살짝만 넣는다는 게 조절에 실패한 듯했다. 한입 먹었을 뿐인데 얼굴이 구겨질 만큼 짰다. 그런 음식을 주은은 맛있다는 듯 먹고 있었다.

"난 괜찮은데?"

주은이 시우의 손에 들린 밥그릇을 도로 빼앗았다. 뺏기지 않겠다는 듯 밥그릇을 꽉 움켜쥐고서 밥을 먹기 시작했다.

"이게 괜찮다고요? 혹시 미각이 이상해요?"

시우가 고개를 갸웃거리며 물었다.

“아니. 네가 해준 거잖아.”

주은의 대답에 시우의 표정이 살짝 멍해졌다. 감동을 받은 얼굴이었다. 잠시 할 말을 잃은 얼굴로 바라보던 시우가 손을 뻗었다.

“다시 제대로 해줄게요.”

“네가 처음으로 나한테 해준 거잖아.”

“…….”

“그리고 나도 그래. 나도 누군가가 나만을 위해 정성껏 밥을 해준 건 처음이야. 그러니까 어떤 맛이 나든 나한테는 소중해. 그러니까 이 밥, 빼앗지 말아줄래?”

주은의 조곤조곤한 말에 구겨져 있던 시우의 표정이 일순탁 풀렸다. 주은이 시우를 물끄러미 바라보며 밥을 한술 더 떠 넣었다. 시우가 말없이 그녀를 바라보았다. 그가 도로 앉아 주은을 마주 보았다.

“가족들이랑 살고 있잖아요. 그런데 어째서 정성껏 차려준 밥을 먹는 게 처음이에요?”

시우가 직접적으로 자신의 가족에 대해 물어온 건 처음이었다.

“엄마는 가족들 모두를 위해 밥을 차리잖아. 나만을 위한 밥은 당연히 없지.”

“정말 그게 다예요?”

시우가 무표정한 얼굴로 물었다. 그 말이 진실이냐고 묻고 있었다. 주은은 조금 화난 눈빛을 하고 있는 시우를 바라보았다. 시우가 자신을 위해 화내는 모습이 좋았다. 진심으로 염려하고, 과거의 시간을 걱정하는 모습이 눈물 나도록 고맙기도 했다.

어디서 이런 사랑을 다시 받을 수 있을까.

목이 멘 주은이 숟가락으로 밥을 푹푹 찍었다.

"아니라고 하면 어쩔 건데?"

주은이 일부러 장난스럽게 웃으며 물었다.

"데려와야죠."

"……."

"나랑 평생 살게."

시우가 진심인 표정으로 말했다.

이렇게 사람을 감동시키니까 자꾸 물어볼 수밖에 없다.

"빚이 많은 여자라 날 데리고 사는 거 쉽지 않을걸? 엄청 손해야."

주은이 빙긋 웃었다. 그러자 시우가 상체를 앞으로 숙였다. 주은과 눈높이를 맞춘 채 그녀의 손등을 감싸쥐었다. 그의 엄지손가락이 손등을 부드럽게 쓸어내렸다. 다정하면서도 묵직한 손길이었다.

"전 재산을 처분해서라도 데려올 수 있으면 데려와야죠."

시우가 나지막한 목소리로 속삭였다. 순간 주은의 가슴이 울렁거렸다. 저 말을 믿어버리고 싶었다. 하지만 주은은 더 이상 사람의 말을 깊이 신뢰하지 않았다. 설령 지금 당장 절실히 사랑하는 사람이라고 하더라도.

사람은 언제나 돈 앞에서 서로를 등질 수 있다는 걸 가족들과 태현으로부터 처절하게 배웠다. 그러니 시우의 말을 모두 믿을 수 없었다. 특히 이런 거액이 드는 일을 시우가 해결할 수 있을 리 없었다.

"말이라도 고마워. 마음만이라도 잘 받을게."

주은이 웃으며 대답했다.

"진심이에요."

"……."

"필요하면 언제든지 말해요. 대신 죽을 때까지 나랑 지내야 한다는 거 잊지 말고요."

시우의 눈빛에 묘한 이채가 돌았다. 한번 발을 들이면 영원히 빠져나오지 못할 것 같은 기분이 들었다. 바람처럼 가벼운 시우가 그럴 리 없다고 생각하면서도, 순간 숨을 쉴 수가 없었다.

"……응."

주은이 마지못해 대답하고서야, 시우의 손길이 떨어졌다.

늦은 밤, 침대 위에서 이리저리 뒤척거리던 주은이 조용히 눈을 떴다. 창문 틈으로 은은한 달빛이 스며들어와 옆으로 누워 있는 시우의 얼굴을 밝혔다.

가로로 길게 뻗은 눈매, 높은 콧대, 다문 입술.

아름다웠다.

그의 얼굴을 바라보던 주은의 얼굴에 미미한 미소가 맺혔다. 보기만 해도 좋은 사람이 생길 줄은 몰랐다. 사랑하는 사람과 함께 있기만 해도 시간이 금방 흘러간다는 말을 믿지 않았는데, 이젠 믿을 수 있게 되었다. 별일을 하지 않아도 재미있었다. 짠맛밖에 나지 않던 김치볶음밥도 맛있게 느껴졌고, 별것 아닌 TV인데도 시우와 손을 잡고 보니 흥미진진했다. 그러다 늦은 밤이 되어 은은한 노래를 틀어놓고 차를 마실 땐 아주 오랜만에 고요한 아늑함을 느꼈다. 이대로 영원히 시간이 멈춘다고 해도 아쉬울 게 없을 것 같았다.

가볍게 미소를 짓고 있던 주은의 시선이 무심코 천장에 닿았다가 흠칫했다. 호성이 떠올랐다. 가족들은 난리가 났을 거다. 휴대전화를 꺼놨으니 어디에 있는지 찾지도 못할 거다. 아마 월요일이 되면 회사 전화가 불이 날 거다. 그 후에는 가족들과 오래도록 싸우게 될 것 같았다. 벌써부터 피곤해졌다.

차갑게 식어가는 손끝을 꽉 움켜쥐다가, 시우를 바라보았다. 그녀는 손을 뻗어 조용히 시우의 뺨을 어루만졌다. 따스하고 부드러운 느낌이 손바닥을 파고들었다.

역시 꿈이 아니구나.

실재하는 시우가 한없이 고마웠다. 아주 조금 가족들 생각 때문에 불안해진 마음이 사그라졌다. 시우가 깰세라 손을 거둬들이려던 찰나였다. 시우의 큰 손이 주은의 손을 덮었다. 시우가 느릿하게 눈을 떴다. 마치 이 상황을 보고 있었다는 듯, 정확하게 주은의 얼굴을 찾아냈다.

"……안 잤어?"

"못 잤어요."

"혼자 자는 습관이 있어?"

"아뇨. 시간이 아까워서요."

"……."

"언제 올지 모르는 기회인데."

시우가 대답을 하며 주은의 손바닥에 입을 맞추었다. 그 언젠가, 춥지 않느냐는 말을 하며 입을 맞췄을 때처럼 뜨거운 입술이었다. 시우가 주은을 똑바로 바라보며 그녀의 손가락마다 입을 맞추었다. 사뿐히 내려앉았다가 떨어질 때마다 손끝이 파르르 떨렸다.

"내일은 뭐 할까요?"

"내일은…… 읏."

시우의 입술이 그녀의 검지를 머금었다. 이가 그녀의 손끝을 아프지 않게 깨물었다. 그 작은 자극에 기분이 미묘해졌다.

"하지…… 마."

주은이 미약하게 얼굴을 찌푸렸다.

"뭘요?"

"그, 그거."

"이 손은 내 거잖아요."

시우의 입술이 중지로 옮겨갔다. 깨물 거라는 예상과 달리 부드럽고 촉촉한 혀가 중지를 감아왔다. 붉은 혀가 입술 사이로 나와 손가락을 할짝거리는 퇴폐적인 모습에 눈앞이 아찔해졌다.

"그, 그래도 하지 마."

"그럼 키스해줘요."

시우가 얼굴을 그녀의 앞에 내밀며 말했다. 새까만 어둠 속에 은은하게 드러나는 그의 얼굴이 야하게 보였다. 살짝 나른하게 뜬 눈, 올리고 있는 입꼬리, 자신이 어서 들어오길 기다리는 듯한 붉은 혀까지.

주은의 손을 거두려 하자, 시우가 그녀의 손을 꽉 움켜쥐었다.

"키스 먼저."

시우의 요구에 주은이 조용히 그에게 다가갔다. 스윽, 얼굴이 베개를 쓸고 지나가는 소리가 크게 들렸다. 얼굴이 가까워질수록 공기가 점점 줄어드는 기분이었다. 먹잇감이 다가오는 광경을 바라보듯 시우의 얼굴 위로 서서히 즐거움이 번졌다. 서로의 얼굴이 제대로 보이지 않을 즈음, 입술이 닿았다. 주은의 입술이 벌어졌음에도 시우의 혀는 밀고 들어오지 않았다. 마치 주은이 먼저 움직이기를 기다리는 것처럼.

주은의 혀가 시우의 입안으로 조심스럽게 침범했다. 부드럽고 촉촉한 점막을 채 느끼기도 전에 시우의 혀가 주은의 혀를 부드럽게 감쌌다.

"음."

생각지 못한 자극에 주은이 목 안에서 낮은 소리를 냈다.

시우의 큰 손이 빠져나갈 수 없도록 주은의 뒷목을 끌어안았다.

춥.

끈적하고 야한 소리가 오갔다. 시우의 입술이 주은의 입술을 완전히 점령했다. 조금의 빈 공간도 허락할 수 없다는 듯 입술이 완전히 밀착하자, 그의 혀가 주은의 입안을 유린했다. 자신이 다가간 것에 비해 과한 공격이 들어오자 주은이 그의 품에서 바르작거렸다. 숨을 쉴 수가 없었다. 고통스러운 데 비해 등골이 오싹할 정도로 기분이 좋았다. 키스만으로 이렇게 될 수 있다는 게 신기할 정도였다.

“하아, 하아.”

시우의 얼굴이 떨어지자마자, 벅찬 숨을 뱉느라 그녀의 가슴이 오르락내리락했다.

“읏.”

숨을 다 고르기도 전에, 그가 그녀의 몸 위로 올라탔다. 그는 그녀의 얼굴을 똑바로 내려다보며 입고 있던 옷과 바지를 벗었다. 순식간에 벌어진 일에 주은이 시우를 쳐다보았다.

“뭐 하는 거냐는 얼굴로 쳐다보지 마요. 착하게 잠든 척하고 있었는데, 주은 씨가 깨운 거잖아요.”

“내가 언제?”

“그렇게 야하게 얼굴을 만져놓고 모르는 척하는 거예요?”

얼굴을 만지는 게 야한 행동이 될 수도 있다는 걸 처음에야 알았다. 주은은 억울했으나, 항변할 수 없었다. 시우의 얼굴이 목덜미에 닿았다. 뜨겁고 간지러운 느낌이 목덜미에 확 퍼지자 몸이 움찔거렸다. 그의 손이 주은의 티셔츠 사이로 파고들었다. 한 손으로 감싸기 좋은 가슴을 움켜쥐었다. 그의 손끝이 살짝 솟은 가슴 끝을 문질렀다.

"으흣."

발끝까지 찌릿해지는 감각에 주은이 흠칫했다. 시우는 최대한 그녀에게 밀착했다. 가슴, 목덜미, 그리고 그의 다리가 어느새 그녀의 다리 사이를 문지르고 있었다. 아래가 축축하게 젖어가는 게 느껴졌다.

"싫어요?"

시우가 주은의 목덜미를 빨아들이며 물었다. 주은이 천장을 바라보았다. 까만 천장을 제대로 눈을 뜨고 볼 수 없을 만큼 자극적이었다.

"아니."

오히려 좋았다. 정신이 혼미해지는 기분이 들어서.

주은의 대답이 마음에 든 듯 시우가 낮은 웃음소리를 냈다. 그 웃음이 채 끝나기도 전에 그의 손이 주은의 바지와 속옷을 단번에 벗겨냈다. 이불도 어느새 저 아래로 내팽개쳐져 있어서, 피부에 서늘한 기운이 닿았다. 주은이 그를 끌어안았다.

"추워."

주은의 말에 시우가 그녀를 꽉 안았다.

다리 사이로 부드럽고 단단한 무언가가 닿았다. 그가 느릿하게 허리를 움직이자, 허벅지 사이로 그의 중심이 오갔다. 삽입한 것도 아닌데 스치는 것만으로도 미묘한 기분이 들었다. 온몸이 뜨거워지면서 머릿속이 아득해져갔다. 그것도 잠시 애가 탔다. 아랫배가 조이면서 다리 사이에 자꾸 힘이 들어갔다.

"이렇게 자극해도 되는 거예요?"

시우가 두 손으로 그녀의 얼굴을 감싸쥐고서 물었다. 주은이 마른침을 삼켰다. 저를 바라보는 눈동자에 색기가 흘렀다. 슬쩍 미소를 머금은 입술마저도 아름다웠다. 자극적이라는 말은 지금 시우가 짓는 표정에 써야 어울릴 것 같았다.

"다리에 힘이 자꾸 들어가."

"왜요?"

"……."

"말 안 할 거예요?"

시우가 낮게 웃으며 주은의 가슴을 머금었다. 혀끝이 솟은 살점을 부드럽게 휘감았다.

"으응."

주은이 신음을 흘렸다. 그녀가 눈을 꽉 감았다. 그러자 온몸의 감각이 더욱더 생생하게 느껴졌다. 금방이라도 파고들 것처럼 다리 사이에서 움직이는 뜨거운 것과, 자신의 가슴을 머금고서 핥는 행동까지도.

"어서 말해봐요."

시우가 조르듯이 말했다.

"뭐, 뭘?"

"왜 자꾸 다리에 힘이 들어가는지."

그가 시선만 들며 말했다. 주은이 홀린 것처럼 시우를 바라보다가 입을 열었다.

"……하고 싶어."

"……."

"아주 많이."

주은의 말이 끝나자마자 시우의 얼굴에서 천천히 웃음이 사라졌다. 장난으로 시작한 일이 지나치게 큰 자극이 되었다. 시우의 손끝이 주은의 아래를 가르고 들어왔다. 안에 고여 있던 뜨거운 애액이 금세 손가락을 적셨다. 그곳을 두어 번 문지르자, 주은이 신음을 흘리며 흠칫거렸다.

풀린 눈동자, 이리저리 흔들리는 시선, 반쯤 벌어진 입술, 그 사이로 간헐적으로 새어나오는 신음까지.

그 무엇 하나도 빠짐없이 사람을 홀렸다. 시우가 자신의 물건을 쥐고서 주은의 몸 안으로 밀어넣었다. 빡빡한 내부에 시우가 잠시 숨을 참았다. 아주 잠깐 강렬한 자극이 뒤통수부터 전해졌다.

"위험했어요."

넣자마자 사정할 뻔했거든요.

시우가 그 말을 하며 옅게 웃었다. 그가 주은을 끌어안은 채 허리를 움직이기 시작했다.

"으읏."

그의 물건이 몸의 깊은 곳을 찌르고 빠져나갔다. 그가 움직일 때마다 주은의 몸이 파르르 떨렸다. 아랫배에서 치고 올라온 감각이 금세 뒤통수까지 치고 올라왔다. 누워 있는 게 다행일 정도로 눈앞이 어지러웠다.

"하아……. 아앗!"

주은이 이리저리 몸을 비틀었다.

그가 몸을 일으키더니 주은을 앉혔다. 주은과 시우의 눈높이가 맞았다. 주은이 허리를 곧게 편 채, 시우의 어깨에 팔을 올리고 있었다. 은은한 달빛에 반쯤 드러난 그녀의 윤곽을 시우가 홀린 눈으로 바라보았다.

"시우……. 시우야."

주은이 가늘게 경련하며 그의 이름을 불렀다. 촉촉하게 젖은 주은의 눈을 바라보던 시우가 아랫입술을 지그시 깨물었다.

"그렇게 보면 위험해요."

시우가 말하며 몸을 움직였다. 주은의 몸이 살짝 떴다가 아래로 내리박혔다. 그의 중심이 더욱 깊은 곳으로 훅 파고들었다.

"으읏."

주은이 시우의 어깨에 이마를 대고서, 그를 끌어안았다. 그의 체향이 짙게 맡아졌다. 금세 방 안의 공기가 후덥지근해지고, 숨소리가 점점 거칠게 엉켜들었다.

주은을 뒤로 돌려 눕힌 시우가 안으로 깊게 파고들었다.

"읏!"

갑작스럽게 관통당한 주은의 몸이 파르르 떨렸다. 그의 움직임은 거친 것 같으면서도 섬세했다. 몰아붙이듯 강하게 하지 않으면서도, 자극적이었다.

"으읏……!"

시우의 움직임이 강해질수록, 주은이 베개에 얼굴을 파묻었다. 그녀의 손이 베개를 꽉 움켜쥐었다. 허리에서부터 야릇한 감각이 끝없이 치고 올라왔다.

"하아……. 아아…… 앗!"

주은의 몸에 힘이 바짝 들어갔다가 금세 축 늘어졌다. 감은 눈 위로 별이 번쩍거렸다. 시우가 자신의 것을 빼냈다. 주은은 자신의 등이 뜨끈해지는 걸 느꼈다.

하아.

시우의 낮은 신음이 들렸다. 한 박자 늦게 주은의 아래에서 울컥 애액이 쏟아져 나왔다.

"이불을 버렸네."

주은이 난처하다는 얼굴로 중얼거렸다. 시우는 왜요, 라고 묻지도 않고 손끝으로 주은의 아래를 훑었다.

"읏."

주은이 움찔했다.

"이것 때문에 그래요? 괜찮아요."

시우가 신경 쓰지 말라는 듯 대답하고 몸을 일으켰다. 주은이 가물가물한 눈으로 티슈를 챙겨 다가오는 시우를 보았다. 실컷 몸을 움직인 건 시우인데, 왜 자신이 이렇게 피곤한 지 모르겠다. 시우가 부드러운 손길로 그녀의 등을 닦아주었다. 티슈로 한 번, 물티슈로 한 번, 마무리까지 티슈로 한 번 더 닦은 시우가 주은을 보았다. 주은이 곧 잠들기 직전의 얼굴을 하고 있었다. 시우가 피식 웃었다.

"잠 와요?"

"……응. 조금."

대답과 달리 목소리는 잔뜩 잠겨 있었다. 시우가 이불을 가져 와 그녀의 몸 위에 덮어준 후, 그녀를 끌어당겨 품에 안았다. 주은이 이리저리 뒤척거리더니 시우의 가슴에 이마를 쿵 박았다. 그러더니 "미안." 하고 사과했다. 시우가 웃음을 꾹 참으며 입술을 깨물었다. 오늘따라 왜 이렇게 귀여운지 모르겠다.

"그런데 시우야."

"네."

시우가 미소 짓는 얼굴로 대답했다.

"넌 왜 여기로 이사 온 거야?"

주은이 잠에 취한 목소리로 물었다.

"갑자기 그건 왜 물어요?"

"갑자기 궁금해져서."

잠이 오는 와중에 그런 게 다 궁금할 줄이야. 시우가 귀여워 죽겠다는 눈으로 주은을 바라보았다.

"이주은 씨 보러 왔어요."

시우가 주은의 머리를 쓰다듬어주며 대답했다.
“거짓말하지 말고.”
“거짓말 아닌데.”
“…….”
주은은 알아듣지 못할 말을 웅얼거리더니 금세 잠이 들었다. 시우는 잠든 주은의 머리를 쓰다듬으며 저 멀리를 바라보았다.
“정말 이주은 씨 보러 온 건데…….”
시우가 작은 목소리로 다시 한 번 중얼거렸다.

옆으로 손을 뻗은 시우가 눈을 떴다. 따뜻하고 부드러운 온기가 사라지고 차가운 시트가 느껴졌다. 몸을 벌떡 일으킨 시우가 방문을 벌컥 열었다. 그러자 구수한 된장국 냄새가 훅 밀려왔다. 국자를 든 주은이 시우를 바라보았다.
“일어났…….”
주은이 말을 하다 말고 어쩔 줄 몰라 하는 얼굴로 말끝을 흐렸다. 그녀가 어색한 표정으로 국자를 만지작거렸다.
“일찍 일어났네요.”
시우가 안도의 한숨을 내쉬며 말했다.
“응. 사실 네가 늦게 일어난 거긴 하지만. 일단, 옷 좀 입고 올래?”

주은이 말하고서야 시우는 자신이 맨몸으로 문을 열고 나왔음을 알았다. 다 벗은 건 자신인데 주은이 민망해하고 있었다. 그 모습이 재미있어서 놀려줄까 하다가 관두었다. 방으로 도로 들어간 시우가 옷가지를 챙겨 욕실로 향했다. 씻고 나오자 한상 가득 차려져 있었다.

"어제 저녁 차려준 보답. 이건 먹을 만할 거야. 물론 내가 한 건 된장국이랑 계란말이밖에 없지만. 다른 반찬들은 냉장고 안에 있기에 먹을 만큼만 옮겨 담았어. 괜찮지?"

"네."

그가 젖은 머리에 수건을 얹은 채 식탁 앞에 앉았다.

"머리 말리고 오는 게 좋을 것 같은데? 머리카락에서 물 떨어져. 감기라도 걸리면 어쩌려고."

주은이 시우의 젖은 머리카락을 만졌다.

"밥 먼저 먹고 싶은데, 안 돼요?"

시우가 숟가락을 든 채 그녀를 물끄러미 바라보았다. 그 모습이 비 맞은 강아지처럼 사람의 동정심을 자극했다. 결국 주은이 "알았어."라며 한발 물러났다. 당장이라도 밥을 떠먹을 것 같던 그는 턱을 괸 채 식탁을 물끄러미 바라보았다.

"또 외우고 있어?"

"네."

왠지 그 모습이 마음 아팠다.

"다음에 또 차려줄게."

"그건 그거고, 이건 이거니까요."

"……."

김이 모락모락 피어오르는 국, 밥, 계란말이를 바라보던 시우의 표정이 편안해졌다. 가사 도우미들이 드나들면서 반찬과 밥을 해놓고 갔지만, 그들이 차려주는 법은 없었다. 냉장고 안에 정돈되어 있는 반찬들은 차가웠다. 아무리 음식을 뜨겁게 데워서 먹어도 혼자 먹는 밥은 얼음처럼 시리기만 했다. 그걸 깨닫고 나선 좀처럼 밥을 먹지 않았다. 간단히 끼니를 때울 수 있는 것들로 챙겨 먹곤 했다.

"잘 먹을게요."

오랜 시간 밥상을 바라보던 시우가 마침내 숟가락을 들었다. 어쩔 수 없이 함께 기다리고 있던 주은도 젓가락을 들었다. 가사 도우미가 해놓고 간 반찬들은 모두 다 맛있었다. 전문가답게 맛도 깔끔하고 간도 적당했다. 자신의 실력과 차이가 많이 날 것 같아 걱정이었다.

그러나 시우의 손은 계란말이, 국, 밥에만 닿았다. 순식간에 밥그릇을 다 비운 시우가 수저를 내려놓은 채 빙긋 웃었다.

"맛있게 잘 먹었어요. 모처럼 행복한 식사시간이었어요."

행복…….

주은이 그 말을 작게 곱씹어보았다. 주은은 그제야 자신의 마음 상태를 표현할 수 있는 말을 찾았다고 생각했다.

누군가를 위해 요리를 해주는 내내 피식 웃음이 나오는 것. 그가 깨어나 나오길 기다리는 것. 함께 무언가를 할지 몰라도 모두 다 기대되는 것.

자신은 행복해하고 있었다.

주은이 시우를 보며 마주 웃었다.

"응. 나도 행복해."

모처럼의 다디단 행복에 주은의 얼굴에 미소가 번졌다.

소파에 앉아 있던 주은이 시계를 보았다. 어느덧 일요일 밤이 흘러가고 있었다. 휴대전화를 끈 채 지내니 세상이 고요하게 느껴졌다. 그간 얼마나 쓸모없는 것들에게 이유 없이 시간을 빼앗겼는지가 느껴졌다. 그러나 계속해서 이렇게 지낼 순 없었다. 자신이 저질러놓은 것들을 대충이라도 수습해야 했다.

휴대전화를 챙겨 자리에서 일어나자, 막 방에서 씻고 나온 시우가 그녀를 빤히 쳐다보았다. 어디 갈 거냐는 눈을 하고 있었다.

"이제 집에 가보려고. 내일 출근해야지."

자신이 빠지면 다른 직원들이 고생한다는 걸 알기에, 무조건 빠질 수만은 없었다. 그리고 천천히 회사생활을 정리할 생각이었다.

"옷 챙겨서 내려와요."

"그럴까?"

주은이 장난스럽게 물었다.

"네."

시우가 가볍게 고개를 끄덕였다.

"조금만 기다려줘."

"……."

시우는 잠시 그녀를 바라보다가, 느릿하게 고개를 끄덕였다. 무엇을 기다려야 하는지 묻지도 않은 채.

주은은 현관으로 가기 전, 그의 앞에 멈춰 섰다. 주은이 까치발을 들어 시우의 입술에 입을 맞추었다. 평소보다 뜨겁고 촉촉했다. 양쪽으로 수건이 막고 있어 금세 마주 댄 얼굴 사이가 뜨거워졌다.

주은이 고개를 떼어내자, 시우가 다시금 고개를 숙였다.

쪽.

다시금 입술이 마주쳤다. 마치 장난을 치듯 키스를 주고받았다. 여러 번의 키스가 오가자, 주은의 얼굴에 말간 미소가 피어올랐다.

별것 아닌 소소한 장난으로 가슴이 따뜻해질 수 있다는 게 신기했다. 여태껏 한 번도 불어온 적 없는 온풍이 가슴을 뜨겁게 채우는 기분이었다.

이대로 시우와 영영 지낼 수만 있다면.

주은은 갈증이 나는 눈으로 시우를 바라보았다.

"기다리고 있을게요."

시우는 마치 주은의 마음을 알고 있다는 듯 말했다. 찾아오면 언제나 볼 수 있게끔 기다리겠다고. 주은은 저도 모르게 시우의 소맷자락을 꽉 붙들었다.

"응. 또 볼 거니까. 이제 정말 가볼게."

주은의 말에 시우는 아쉬운 눈을 하면서도 그녀를 잡지 않았다. 예전엔 그게 당연하게 느껴졌는데, 주은은 처음으로 자신을 쉽게 보내는 그에게 섭섭했다. 좋아하는 마음을 자각하니 걷잡을 수 없이 커지는 모양이었다.

주은은 그가 자신을 배려하는 거라 생각하며 돌아섰다.

"언제든지 시간 나면 연락해요."

시우가 현관문 앞에 서서 말했다.

"응."

주은이 그에게 손을 흔들어 보였다.

쿵.

현관문이 완전히 닫히자, 먹먹해졌다. 주은은 갑자기 세상에 덜렁 혼자 남겨진 느낌에 마른침을 삼켰다.

"후우."

그녀는 숨을 깊게 들이마신 후, 길게 내뱉었다. 위층으로 올라간 주은이 집에 들어섰다. 쿵 하고 문이 닫혔다.

"누나!"

그 순간, 기다렸다는 듯이 벼락같은 외침이 귀를 찌르고 들어왔다. 고개를 들자, 호성이 쿵쾅거리는 걸음으로 그녀에게 다가왔다. 호성은 잔뜩 화가 난 얼굴을 하고 있었다.

"놀랐잖아. 왜 그래?"

주은이 피곤한 표정으로 호성을 쳐다보았다. 호성은 이제 막 일어난 건지, 아니면 침대에만 누워 있었던 건지 부스스한 꼴이었다. 방금 전까지 행복했는데, 호성을 보자마자 피곤해졌다.

"왜 그러냐고? 지금 왜 그러냐고 물은 거야? 전화 왜 안 받았어?"

"당분간 찾지 말라고 문자 보냈잖아."

"그거 하나 달랑 보내면 다야? 누나가 사춘기야? 왜 갑자기 안 하던 짓을 하고 그래? 가족들이 걱정하는 건 생각 안 해?"

호성이 버럭버럭 소리쳤다. 주은은 자신의 예상보다 일이 빨리 닥쳐 피곤함을 느꼈지만, 차라리 잘됐다는 생각이 들었다. 그녀가 창백한 얼굴로 호성을 바라보았다.

"걱정할 필요 없는데, 뭐하러 했어."

"그걸 말이라고 해? 대체 어디 있었어?"

"아는 사람 집에."

"누구? 내가 아는 사람일 거 아냐."

"호성아, 걱정시킨 건 미안한데……."

주은이 조용한 목소리로 그를 불렀다. 그녀가 마음먹은 듯 이야기하려 할 때였다.

"그리고 결혼 안 한다는 건 대체 무슨 소리야! 또! 왜? 태현 형님이랑 싸웠어? 무슨 결혼 준비도 하기 전에 약혼 하나 딸랑 하면서 이 난리를 쳐? 솔직히 약혼, 누나만 해? 왜 이 난리야?"

그러나 호성은 주은의 말을 들을 정신이 없다는 듯, 말을 일방적으로 쏟아냈다. 그 말들이 그녀에게 어떤 상처가 될지 전혀 고려하지 않은 말들이었다. 이전의 그녀였다면 이런 일을 벌이지도 않았겠지만, 설령 벌였다고 하더라도 '미안해.'라는 말로 덮어버렸을 거다. 그럼 다혈질인 호성도 잠시 머뭇거리다가 '후우, 내가 말이 심했어. 누나.'라며 사그라질 일이었다. 그러나 지금은 그때와 달랐다.

왜 나만 참아야 해.

주은은 처음으로 견딜 수 없이 화가 치밀어 올랐다. 그러자 오히려 냉정해지는 게 느껴졌다.

"이제 이 결정 뒤엎는 일 없을 거야."

주은이 단호한 표정으로 말했다.

"뭐?"

"그 약혼 확실히 안 하기로 했어. 약혼을 안 하니 결혼도 당연히 안 하겠지."

"누나! 대체 왜 그래? 태현 형님 좋은 사람이라는 거 알잖아! 그리고 부모님이 얼마나 걱정하시는지 알아?"

"태현 씨가 좋은 사람이라고 누가 그래? 네가 만나봤어?"

주은의 날카로운 물음에 순간 호성이 말문이 턱 막힌 표정을 지었다.

"그건 아니지만……. 그래도……."

그가 머뭇거리듯 대답했다. 그러나 여전히 자신의 고집은 꺾을 수 없다는 얼굴을 하고 있었다. 주은이 냉랭한 얼굴로 호성을 바라보았다.

"좋은 사람? 무슨 기준으로? 알지도 못하면서 네 멋대로 판단해서 떠들지 마. 부모님이 걱정하시는 거 알아. 왜 내가 모를 거 같아? 그런데도 내가 왜 이런 결정을 했는지 한 번이라도 생각해봤어?"

"누, 누나……. 갑자기 왜 그래?"

처음으로 주은이 화를 낸 걸 본 호성은 당혹스러움을 감추지 못했다.

"그리고 너 정말로 부모님 걱정하는 거 맞아?"

"그걸 말이라고 해? 당연하지."

"그렇게 부모님이 걱정되면 네가 효도할 생각을 해야지. 왜 내가 원치 않는 결혼까지 해서 인생 버려가면서 효도를 해야 해?"

"그건……."

호성이 말끝을 흐렸다.

"왜 이 집안에서 힘들고 불행한 건 내가 다 떠맡고, 너는 편하게 있는 건데? 왜 그래야 하는데?"

처음으로 쏟아내는 주은의 말에 호성은 아무 대답도 하지 못했다. 충격받은 얼굴로 멍하게 주은만 바라보았다.

"이호성, 정말로 집안이 걱정되면 네 씀씀이부터 줄여."

"……."

"부모님한테서 받는 돈으로 호의호식하고 싶은 마음에 누나 팔아치울 생각 하지 말고."

"누나는 무슨 말을 그렇게 해!"

"그럼? 정말, 진심으로, 부모님을 위한 마음만 있어? 너?"

주은의 한 발자국 다가서서 호성을 빤히 바라보았다. 호성의 눈가가 파르르 떨렸다. 찌를 듯이 파고드는 주은의 눈빛을 견디지 못한 호성이 시선을 다른 곳으로 돌렸다.

"거봐, 대답 못 하잖아. 그게 호성이 네 진심인 거야. 적당히 눈 감고 있으면 편하게 상황이 돌아갈 테니까, 그거나 기다리자는 마음."

주은의 잔인한 말에 호성의 입술이 바들바들 떨렸다. 이윽고 그가 주먹을 꽉 쥐었다. 파르르 떨리는 주먹과 달리 그는 아무 말도 하지 못했다. 화는 나는데 어찌해야 할지 모르는 얼굴이었다.

주은은 그런 호성을 마치 타인을 바라보듯 쳐다보았다.

"그리고 나, 좋아하는 사람 생겼어."

"……뭐?"

호성의 표정이 삽시간에 달라졌다.

"시우랑 만나고 있어. 축하해달라는 말은 안 해. 그렇지만 방해하지는 마. 부모님한테서 연락 오면 말씀드려. 시간될 때 연락드리겠다고. 그리고 결혼 안 하겠다는 그 마음엔 변함없을 거라고도."

돌아서던 주은이 무언가 생각났다는 듯 그 자리에 멈춰 섰다. 호성은 마지막 기대를 놓지 않겠다는 표정으로 주은을 바라보았다.

"빠른 시일 내에 이 집 처분할 거야. 너도 방 구할 준비해."

주은이 차갑게 돌아서서 방으로 들어갔다. 한 박자 늦게 호성이 방문을 쿵쿵 두드리며 "누나! 누나! 이야기 좀 해!"라고 달려들었지만, 주은은 방문을 열지 않았다. 그녀는 불이 꺼진 방 한가운데에 우뚝 서 있었다.

속마음을 털어놓는 일, 실은 별것 아니었다. 뱉고 나니 편안해졌다.

그 자리에 주저앉은 주은이 무릎을 끌어안았다. 그녀는 일부러 시우가 해주었던 말들을 떠올렸다.

따뜻한 표정, 마주 잡던 손, 마주 바라보던 눈빛까지도.

잠시 날이 섰던 마음이 조용히 가라앉는 게 느껴졌다.

시우, 보고 싶다.

주은이 금세 안온한 표정으로 무릎에 얼굴을 묻었다.

달칵.

시우가 문을 열자 호성이 그의 멱살을 거머쥐었다.

쿵!

호성이 거칠게 시우를 벽으로 밀쳤다. 그 반동에 시우가 쥐고 있던 휴대전화가 아래로 곤두박질쳤다. 본체와 배터리가 분리되자, 시우가 얼굴을 구겼다. 주은의 연락을 기다리던 중이었다.

"우리 누나한테 뭐 한 거야?"

"무슨 소리야?"

"왜 우리 누나 입에서 형을 만난다는 말이 나와? 왜?"

"주은 씨는?"

"주은 씨? 형, 지금 뭐 하는 짓이야? 대체 우리 누나한테 무슨 짓을 한 거야? 나 없는 데서 뭐 했어? 우리 누나, 애인 있는 거 몰라? 다른 사람도 아니고 형이 우리 누나를 만나? 미쳤어?"

시우가 호성의 손목을 단번에 뜯어냈다. 힘에 밀린 호성이 되레 반대편 벽에 부딪쳤다.

"너희 누나가 행복했으면 내가 그러진 않았겠지."

시우가 눈을 가느스름하게 떴다. 주은이 행복하게 살고 있었다면 그 곁을 지키다가 조용히 사라지려고 했다. 그렇게 울 것 같은 눈으로 자신을 보지만 않았더라도…….

"행복했는지 안 행복했는지 형이 어떻게 알아? 뭐, 형이 더 행복하게 해주겠다는 그런 구질구질한 말을 하려는 건 아니지?"

"적어도 울게 하진 않겠지."

"우리 누나를 괴롭게 하는 건 형이야!"

"주은 씨가 그래?"

"뭐?"

"주은 씨가 직접 그랬냐고."

시우의 차가운 물음에 호성의 말문이 막혔다. 오히려 주은은 시우와 같은 말을 했다.

그러나 호성은 시우에게 주은이 홀린 거라 여겼다. 지금 뭔가 씌어서 단단히 착각을 하고 있는 게 틀림없다고 생각했다.

"그런 건 안 물어도 아는 거야. 형 때문에 우리 누나가 달라졌어."

호성이 이를 바득바득 갈며 노려보았다.

"달라진 게 아니라, 이제야 제대로 된 거지."

"입 닥쳐."

"이호성, 이주은 씨가 행복한지 불행한지 한 번이라도 관심은 가져봤어? 늘 누나가 참으니까 죽을 때까지 참을 거라고 여긴 건 너 아냐? 그런데 네 생각과 다른 행동을 보이니 달라졌다? 네 누나가 애인과 헤어지는데 왜 네가 화를 내? 너랑 네 애인이 헤어질 때에도 이주은 씨가 그렇게 화를 내?"

"당연히 화낼 일이지. 누나는 태현 형이랑 잘 지냈으니까."

"잘 지내지 않았으니 날 만났겠지. 그리고 지금 화내는 거, 정말로 누나를 위한 거야?"

"그걸 말이라고 해?"

"왜 내가 보기엔 투정을 부리는 것처럼 보일까?"

팔짱을 낀 시우가 차갑게 질문을 이어갔다. 그의 질문이 끝나자 호성은 어금니를 꽉 물었다.

"아무것도 모르면서 아는 척하지 마."

호성이 시우를 노려보았다. 그가 위협적인 표정을 지었다. 당장에라도 주먹을 날릴 기세였지만, 마주 선 시우는 덤덤했다.

"아무것도 모르고 싶은 건, 너겠지."

“…….”

“이주은 씨에 대해 아무것도 모르면서, 이주은 씨를 위해서 나선다? 앞뒤가 전혀 안 맞잖아.”

차분한 시우의 말에 호성의 입술이 바들바들 떨렸다. 화가 나서 미칠 것 같았지만, 주먹이 나가질 않았다. 친하게 지내도 시우는 어려운 구석이 있었다. 쉽게 화내지 않고 차분하게 상대를 내리누르는 위압감이 있었다.

“으윽!”

화가 난 호성이 주먹으로 신발장을 내리쳤다.

“내가 뭘 그렇게 몰라! 대체 뭘 알아야 하는 건데!”

호성이 화가 나서 소리쳤다. 시우가 문을 활짝 열어젖혔다.

“돌아가서 생각해봐. 사랑하지 않는 사람과 결혼해야 하는 입장을.”

“…….”

“진심으로 네가 할 수 있을 것 같은 것만, 이주은 씨한테 요구해. 네가 할 수 없는 건 상대방도 하기 힘들다는 뜻이니까.”

칼바람에 섞인 시우의 목소리가 호성의 가슴을 관통해 지나갔다.

탁.

크리스털 술잔이 대리석 테이블에 놓였다. 술잔을 쥔 남자의 손끝이 하얗게 질려 있었다.

태현은 자신이 술잔을 부술 듯이 움켜잡고 있다는 사실도 잊은 채 테이블 끄트머리를 노려보았다.

「제가 시우가 없으면 안 되겠어요. 사랑하게 되었거든요.」

그 말이 그의 머릿속을 베고 지나갔다. 그의 눈가가 파르르 떨렸다.

호성의 생일날, 주은이 시우의 편을 들었을 때와는 차원이 다른 분노였다. 다른 사람들에게 피해를 끼칠까 조심하는 이주은이 이런 선택을 할 거라곤 추호도 생각지 못했다. 자신에게 복수하려고 이러는 줄로만 알았다. 적당히 자신을 약 올린 후, 제자리로 돌아올 거라 여겼다. 그래서 그녀의 목줄을 잡아당길 방법을 알면서도, 최후의 수단으로 보류해둔 채 기다리고 있었다.

그게 실수였다. 이주은이 다른 짓을 하고 있을 때 방심하는 게 아니었다. 술잔을 쥔 태현의 손이 바들바들 떨렸다.

"무슨 걱정 있냐? 왜 혼자서 술을 마시고 있어, 이 오밤중에?"

다정하게 물어오는 목소리에 태현이 고개를 들었다. 아버지가 지하 홈 바로 걸어 내려오고 있었다.

"안 주무셨어요?"

"응. 요즘 잠이 통 안 오는구나. 나도 한 잔 주렴."

동명이 빈 잔을 꺼내 내밀었다. 태현이 잔에 술을 따랐다. 동명은 양주를 스트레이트로 쭉 들이켜더니 인상을 썼다.

"양주가 이래서 좋아. 써서 먹고 나면 아무 생각도 안 나거든. 그래. 보아하니 걱정이 있는 거 같은데 무슨 일이야?"

"아무 일도 없어요."

"그런 표정을 하고 그런 말을 하면 믿을 줄 알고? 쯧쯧."

동명이 혀를 끌끌 차며 고개를 가로저었다. 잠시 침묵 속에 술잔이 오갔다. 동명은 양주를 두어 잔 더 마신 후, 태현을 바라보았다. 늘 여유만만하고 자신감 넘치던 태현의 얼굴에 초조함이 가득했다. 회사에 일이 있다기엔 지나치게 심각해 보이는 얼굴이었다. 더군다나 그의 회사에 문제가 있다는 말은 들어보지 못했다.

"주은이가 네 맘대로 되지 않나 보지?"

동명이 툭 던진 말에 태현이 곧장 반응했다. 그의 눈썹이 떨리는 걸 동명은 놓치지 않고 보았다.

"쯧, 한심한 놈."

동명이 혀를 찼다.

"결혼 전부터 여자 하나 못 잡아서 어쩌려고 이러는 게야? 앞으로 해내야 할 일이 한참 많은 녀석이……! 그럴 거면 그 결혼 때려치워라. 여자가 걔 하나뿐이야? 처음엔 마음에 들었다만 약혼이 진행될수록 영 별로구나. 집에 얼굴도 비치지 않고. 때려치우고 다른 여자 구해. 지금이라도 이 약혼 없던 일로 하마."

주은의 집안에 포진되어 있는 정치인들을 인맥으로 만들 수 있는 기회를 놓치는 게 아쉽긴 했지만, 그렇다고 구질구질하게 매달릴 정도는 되지 않았다. 게다가 성태의 사업은 시간이 흐를수록 쇠락기라 메리트가 더욱 없었다.

"걱정 끼치지 않게 잘 진행하겠습니다."

태현의 말에 동명의 눈이 얍실해졌다.

"꼭 이주은과 결혼하겠다?"

"네."

"왜? 넌 우리가 말한 사람이면 누구도 상관없다고 했잖느냐."

동명이 태현을 똑바로 쳐다보았다. 그의 눈이 예리하게 빛났다. 지금은 금융권에 몸담았다지만, 할아버지 대부터 사채업으로 시작해 각종 험한 일을 하며 지내온 사람이었다. 작은 체구에 서글서글해 보이지만 그는 실제로 굉장히 잔인하고 약은 사람이었다.

그는 자신의 어린 시절과 비슷한 성격을 가진 태현을 좋아했다. 그러면서도 아버지의 말이라면 고분고분하게 잘 듣는 태현이라 특히 더 마음에 들었다.

"갖고 싶어서요."

"그래?"

태현의 대답에 동명의 입술이 옆으로 늘어났다.

갖고 싶다라.

사람과 친해지고 싶다, 가까워지고 싶다도 아니고 갖고 싶다고 표현하는 것 역시 자신을 닮았다. 태현은 주은이 굉장히 마음에 든 듯했다.

"네."

"하긴, 나도 네 엄마가 갖고 싶었지. 그런 여자가 없었거든. 그래서 지금껏 만족하고 살지. 이왕이면 결혼은 갖고 싶은 여자랑 하는 게 맞지. 그래야 평생 보고 살면서 후회를 안 하거든. 그런데 말이야, 그러려면 초장부터 아주 잘 잡아야 하는 법이란다."

동명이 목소리를 낮추며 태현의 빈 잔에 술을 따랐다.

"잘 따라오면 칭찬을, 잘 안 따라오면 호되게 압박을 해줘야 말귀를 알아듣는 여자들이 더러 있거든. 다행히 네 엄마는 처음부터 나를 잘 따라서 그런 일은 없었지만 말이다. 네가 원한다면 무슨 일이라도 해줄 테니 어디 한번 해봐."

동명이 말을 마친 후, 술잔에 담긴 술을 탁 털어 넣었다. 목구멍이 화끈해졌다.

주은과 결혼을 하든, 안 하게 되든 그들이 가진 공장은 자신들의 것이었다. 부지를 비롯해 공장에 근저당을 설정해두었으니 부채를 갚지 않으면 경매에 넘겨버리면 그만일 일이었다. 그 부지와 공장을 고스란히 낙찰받아 운영해도 되고, 아니면 사업체 자체를 처음부터 삼켜버리면 될 일이었다. 그러니 자신들은 손해 볼 일이 없었다.

"3차 대출일이 언제였죠?"

"내일이지."

"잠시 보류해주세요."

"그러마."

동명이 비리게 웃으며 대답했다. 자신의 아들이 원하는 여자라면 쥐여줄 생각이었다. 원하는 여자를 끼고 있어야 사업도 잘되는 법이다.

"어디 한번 잘해보거라."

동명의 응원에 태현은 생각에 잠긴 얼굴로 술을 마셨다.

월요일 오전이었다. 선유는 자리에서 일어나는 주은을 경악한 표정으로 쳐다보았다. 출근한 지 두 시간 만에, 팀장인 태현은 주은을 무려 두 번 불렀다. 그리고 지금 막 세 번째 불렀다. 태현이 팀원을 팀장실로 연달아 계속해서 부르는 일은 처음이라 선유가 걱정스러운 얼굴로 주은을 바라보았다.

"설마, 또 팀장님이야? 정말?"

선유가 믿을 수 없다는 듯 물었다.

"네."

"하, 무슨 일이지? 주은 씨 사고 쳤어?"

주은이 덤덤한 얼굴로 보고할 서류를 챙겼다.

"보고서가 마음에 안 드신다네요."

"지금 들고 있는 거 말이야? 메일로 보내도 되잖아. 꼭 가지고 오래?"

"네."

"하아, 대체 그게 뭔데?"

선유가 대체 그 대단한 서류가 뭔지 구경이라도 해보자는 듯 목을 쭉 뺐다. 보통은 월요일 아침부터 보고할 일은 없었다. 더군다나 연달아 두 번씩 불러가면서 고치라고 할 만한 서류는 더더욱 없었다.

"별거 아니에요."

"그렇구나. 저기, 혹시…… 주은 씨."

선유가 조심스럽게 그녀를 불렀다. 주은이 말하라는 듯 선유를 내려다보았다.

"혹시…… 에잇. 아니야. 주은 씨가 팀장님이랑 그렇고 그런 사이일 리가 없지. 팀장님은 옆 부서 허 대리랑 그런 사이라고 하던데. 미안해. 내가 잠시 오해했어."

선유의 말에 주은의 가슴 어귀가 답답해졌다. 선유가 이런 오해를 하고 있다면, 다른 직원들도 충분히 이런 생각을 할 수 있다는 말이었다. 주은은 이 이상 가십에 시달리고 싶지 않았다.

"혹시 늦을지도 모르니까 먼저 점심 드세요."

"그래, 알았어. 그래도 기다릴 만큼 기다려볼게. 파이팅!"

선유의 응원을 받으며 주은이 팀장실로 향했다. 팀장실 팻말이 점점 크게 보일수록 주은의 표정은 점점 더 어둡게 변했다. 그녀는 휴대전화를 꺼내 녹음 기능을 눌렀다.

태현은 터지기 직전의 폭탄 같았다. 혹시나 하는 마음에서 그와의 통화내역은 물론이고, 그를 만날 땐 모조리 녹음을 하기 시작했다.

똑똑.

문을 두드리는 소리에, 문 너머에서 "네."라는 대답이 들렸다. 문을 열고 들어서자 태현에게서 나는 향이 훅 밀려들었다. 여직원들은 이 향기가 좋다고 했지만, 주은은 이제 더 이상 싫었다. 이 향기보다 조금 더 부드러운 시우의 향기를 맡고 싶었다.

주은이 태현에게 서류철을 내밀었다. 전자보고서로 대체 가능하지만, 태현은 주은에게 꼭 서류철로 직접 보고하라고 명령했다. 태현은 책상에 놓인 서류철을 보지 않았다. 그의 시선은 모니터를 향해 있었다.

오늘 오전, 그가 두 번 불렀을 때에도 이런 식이었다. 서류철을 내밀고 그녀는 그가 말하길 한참 기다렸다. 그러나 태현은 끝내 말하지 않았다. 기다리다가 지친 주은은 '그만 나가보겠습니다.'라는 말을 하고 나가버렸었다.

사무실 내에 침묵이 흘렀다. 주은은 시선을 책상 끄트머리에 두었다.

"하실 말씀이 없으시면……."

"오늘이 세 번째 대출을 받는 날이라고 하던데."

"……."

"아무리 남자한테 정신이 팔려 있어도 그렇지, 집안 사정이 어떻게 돌아가는지 모르는 건 아니지?"

주은의 시선이 태현에게 닿았다. 그의 냉랭한 옆얼굴이 보였다. 그가 천천히 고개를 돌려 마주 댄 양쪽 손끝에 턱을 걸쳤다. 그의 차가운 시선이 주은에게 닿았다.

"그 대출, 내가 잠시 보류해뒀어."

주은이 태현을 쳐다보았다.

"왜? 놀랐어? 이렇게 일이 급하게 진전될 거라고는 생각 못 했나 봐?"

"……."

"그러게 말을 뱉을 땐 어떤 파장이 돌아올지 알고 했었어야지. 지금이라도 하시우 씨 정리해. 그러면 대출 무사히 진행될 수 있게끔 내가 아버지께 부탁드릴 테니까."

태현이 차가운 눈으로 말했다.

"뜻대로 하세요."

주은이 덤덤하게 말했다. 그녀의 대답에 태현의 표정이 사납게 변했다.

"뭐?"

"원하는 대로 하시라고요."

주은이 태현의 눈을 바라보며 대답했다.

"이 정도는 각오했어요."

"가족을 버릴 만큼 하시우가 좋다?"

"가족도 내 인생을 생각해주지 않는데, 저라도 제 인생을 챙겨야죠."

"누가 들으면 나랑 결혼하는 게 굉장히 고통스러운 일인 줄 알겠어."

"맞아요."

"……."

"저한테는 고통스러워요."

주은의 즉각적인 대답에 태현의 표정이 와락 구겨졌다.

"이주은."

"팀장님 보시기에도 제가 행복해 보이진 않았잖아요."

그녀의 말이 그의 가슴 깊은 곳에 푹 박혔다. 맞는 말이었다. 그녀는 언젠가부터 자신을 보면 굉장히 불행한 표정을 지었다. 자신의 영향력을 느끼는 그녀를 볼 때마다 그는 미약한 희열을 느꼈다. 그게 잘못일까. 흔들리려는 마음을 태현은 다잡았다.

그럴 리 없다.

사랑 같은 건 부질없으니까.

"그래서 하시우랑 있을 땐 행복하다?"

"꼭 대답해야 할 질문은 아닌 것 같아요. 하실 말씀 없으시면 나가보겠습니다. 그리고 결재서류는 전자보고서로 올리도록 하겠습니다. 문제가 있으면 답신 주세요. 더는 이렇게 이유 없이 시간 뺏지 않으셨으면 해요."

주은이 고개를 까딱 숙인 후, 지나가려 할 때였다. 손목이 뜨거워짐과 동시에 잡아당기는 강한 힘이 느껴졌다. 고개를 돌리자, 태현이 그녀의 손목을 꽉 움켜쥐고 있었다. 태현이 자리에서 벌떡 일어나 주은을 벽면으로 밀쳤다.

쿵!

그녀의 등이 벽에 부딪쳤다.

"윽."

태현이 그녀의 가까이로 다가왔다. 그러더니 주은의 턱을 거머쥐었다.

"이주은, 넌 뭐가 이렇게 어려워. 해달라는 대로 다 해줬잖아. 회사 어려운 사정도 돌봐주고 있고, 허윤정과도 헤어졌고, 하시우랑도 적당히 즐긴 거 눈감아주겠다잖아. 대체 날더러 뭘 더 어떻게 하라는 거야. 내가 뭘 더……!"

태현이 이를 바득바득 갈며 물었다.

상냥하게 굴어도 듣지 않고, 협박을 해도 먹히지 않았다. 더 이상 여유로운 척도 할 수 없었다. 극으로 몰리는 기분이었다. 이주은이 뭐라고 자신이 이러나 싶다가도, 어느 순간 그녀를 하시우한테 뺏긴다고 생각하니 숨이 턱 막혔다. 인정하기 싫지만, 자신은 이주은에게 휘둘리고 있었다. 이렇게라도 해서 이주은을 갖고 싶었다.

주은이 고요한 눈으로 태현을 올려다보았다.

"비키세요. 더는 팀장님이랑 아무 말도 하고 싶지 않아요."

주은이 조용한 목소리로 말을 꺼냈다. 끝까지 자신을 거부하는 주은을 보며 태현의 눈이 독하게 변했다.

"아아, 몸을 주니 마음이 따라간 거야? 그럼 내가 애초부터 계약을 잘못한 건가? 이주은을 처음부터 안았어야 했는데. 남자가 어떤 건지 나를 통해서 배우게 했어야 했는데 내가 뭘 몰랐네. 지금이라도 가르쳐줘야 하나 봐, 응?"

태현의 말에 주은의 눈이 새빨갛게 변했다. 눈물이 고일지언정, 주은은 태현의 눈을 피하지 않았다.

더는 누군가에게 당하거나, 피하고 싶지 않았다.

"비켜."

주은이 차갑게 말했다. 그녀의 반말에 태현의 표정이 싸늘하게 굳었다. 주은은 그런 태현의 눈을 똑바로 쳐다보며 말했다.

"언제까지 이럴 거야?"

"……."

"아직도 모르겠어? 네가 지금 나한테 구질구질하게 매달리고 있다는 거."

"……."

"그리고 내가 또 너를 차버렸다는 거. 그런데 날 안아?"

"……."

"처음부터 내가 왜 그 쇼윈도 커플 계약서에서 잠자리 조항을 뺐겠어? 너랑 죽어도 자기 싫다는 말이었어. 그러니까 착각하지 마. 넌 하시우랑 비교도 안 돼."

"이주은!"

"놔. 안 그러면 소리지를 거야. 팀장생활 무사히 하고 싶으면 내 몸에서 당장 손 떼. 난 너한테 내 몸에 손대라고 허락한 적 없으니까.”

주은의 말에 태현의 손끝이 부들부들 떨렸다. 그가 어금니를 꽉 깨문 채 물러섰다.

“한 번만 더 이런 짓 하면 회사생활 힘들어지게 할 줄 알아.”

주은이 독한 말을 뱉은 후, 뒤도 돌아보지 않은 채 팀장실을 벗어났다. 등 뒤에서 책상을 내리치는 듯 쾅 소리가 났다. 잠시 움찔했지만 주은은 돌아보지 않았다.

그녀는 직원들의 눈을 피해 다급히 화장실로 향했다. 다리에 힘이 풀려 몇 번이고 휘청했지만, 그럴수록 걸음을 재촉했다. 마침내 화장실의 가장 깊숙한 칸에 도착한 주은은 변기 뚜껑을 덮고서 그 자리에 털썩 주저앉았다. 힘이 풀린 다리가 덜덜 떨렸다. 눈앞이 아득해졌다. 그녀는 덜덜 떨리는 손으로 휴대전화를 꺼내 녹음 기능을 멈췄다. 설마 했는데 이 녹음 기능이 필요한 순간이 올 줄 몰랐다.

“하아.”

주은이 두 손에 얼굴을 파묻었다. 손끝이 가늘게 떨렸다. 팀장실이 아니었다면 그가 무슨 짓을 했을지 모른다. 태현의 눈은 제정신이 아니었다. 자신에게 이토록 강하게 집착할 줄도 몰랐다. 이쯤이면 자신에게서 떨어질 줄 알았는데…….

“후우.”

숨을 깊게 들이마셨다가 내쉬던 주은은 허리를 곧게 세웠다. 흐트러지려는 마음을 다잡아야 했다. 이 일을 해결할 수 있는 사람은 자신밖에 없었다.

주은이 힘겹게 몸을 일으켰다.

점심시간, 시끌벅적해야 할 사내식당이 조용했다. 원래 월요일은 평일 중 가장 조용했다. 가장 시끄러운 날은 금요일이었다. 다만 평소와 다른 건, 자신의 등을 좇는 사람들의 시선이었다. 주은은 식판에 담긴 밥을 먹다 말고 고개를 들었다. 그러자 자신을 쳐다보던 사람들의 시선이 흩어지는 게 느껴졌다. 여태껏 멍하게 있느라 의식하지 못했는데, 한번 의식하니 신경 쓰였다.

"제 얼굴에 뭐 묻었어요?"

주은이 선유에게 조심스럽게 물었다.

"아니. 왜?"

"아니에요. 사람들이 쳐다보는 거 같아서, 어디 이상해서 그런가 했어요."

"아, 주은 씨 스캔들 때문에 그러는 거 같은데?"

선유가 대수롭지 않다는 듯 대답했다.

"……스캔들요?"

주은이 무슨 소리냐는 듯 물었다.

"아, 몰랐겠구나? 하긴 원래 소문이라는 게 당사자는 모르게 나는 법이니까. 주은 씨랑 하시우 팀장님이랑 워크숍에서 둘만 사라진 후로 소문이 있더라고. 안 그래도 나도 물어볼까 했는데 대체 어떻게 된 일……."

선유가 묻다 말고 입을 다물었다. 그녀의 시선이 주은의 어깨 너머를 향해 있었다. 왠지 주변이 고요해진 기분에 주은이 고개를 돌렸다. 시우가 고개를 비스듬히 기울인 채 그녀를 바라보고 있었다.

"시……우 팀장님."

자신도 모르게 시우야, 라고 상냥하게 부르려다가 주은이 말을 멈췄다.

시우야라니.

시우를 보면 자신도 모르게 바보가 되는 기분이었다.

"식사 맛있게 하고 있어요?"

시우가 다정하게 주은에게 다가와 물었다. 그의 눈빛이 한없이 따스해서, 주은의 입꼬리가 자연스럽게 올라갔다. 눈이 마주치기만 했는데 가슴이 따스해지는 기분이었다.

「주은 씨를 보면 손을 잡고 싶어요.」

언젠가 했던 그 말이 떠올랐다. 그땐 이해하지 못했는데, 지금은 알 것 같았다. 손을 잡고 싶고, 안고 싶고, 체온을 나누고 싶다.

"네."

주은이 주변을 의식해 대답했다. 주변에서 식사하던 사람들의 흥미진진한 시선이 느껴졌다.

시우는 등장과 동시에 화제를 집중시켰다. 파격적인 인사채용과 함께 화려한 스펙, 그보다 더 화려한 외모 때문에 늘 화제의 중심이었다. 그런 시우와 알고 있었던 사이라는 이유만으로 주은도 드문드문 사람들의 입방아에 오르곤 했었다. 그런 두 사람이 워크숍에서 사라졌으니 그 사실만으로도 화제가 되었다. 두 사람을 의심의 눈초리로 보는 이들도 많았다.

"식사는요?"

주은이 주변의 눈을 의식하며 시우에게 조심히 물었다.

"다 했어요. 여기서 주은 씨가 식사하는 줄 알았으면 이쪽으로 옮길걸 그랬어요."

"팀장님."

시우의 말이 끝나기가 무섭게, 누군가가 그를 불렀다. 사람들의 시선이 한곳에 쏠렸다. 윤정이 팔짱을 낀 채 그에게 다가왔다.

"또 여기 계셨어요? 왜 제가 찾으러 올 때마다 이주은 씨와 함께 계시는지 모르겠네요."

윤정의 말에 주변이 술렁거리는 게 느껴졌다.

"그러게요. 친한 선후배 사이에 이 정도 할 순 있는데, 이것도 대리님한테 보고해야 하나요?"

시우의 상냥한 물음 안에 뼈가 있었다. 윤정의 얼굴이 붉어졌다.

"무슨 일이죠?"

시우가 할 말이 없으면 가라는 듯이 물었다.

"잠시 따로 드릴 말씀이 있어서요. 급한 일이에요."

"여기서 하세요."

"팀장님."

윤정의 얼굴이 더할 나위 없이 붉어졌다.

"그렇게 급한 보고가 아니라면 정리해서 메일로 보내세요. 내가 확인할 테니까. 식사시간만큼은 보장받고 싶네요. 꽤 기다렸던 식사시간이거든요."

시우의 말에 윤정이 주은을 바라보았다. 그녀와 함께하는 식사시간을 방해하지 말라는 말로 들렸다.

윤정이 마지못해 몸을 돌려세웠다. 고개를 돌리던 시우는 사내식당에 막 들어서는 우원을 보았다. 그가 시우와 윤정을 번갈아 보았다.

사장실에 박혀서 임원진들과 회의하느라 바쁠 그가 요즘은 종종 눈에 띄었다. 우원은 시우, 윤정, 마지막으로 자리에 앉아 있는 주은을 바라보고는 다른 곳으로 시선을 돌렸다.

그가 지나가는 곳마다 사람들이 일어나 꾸벅 인사를 했다. 시우는 못 본 척 다른 곳으로 시선을 돌렸다.

막 양치질을 마친 후, 주은은 손수건으로 젖은 입가를 닦아냈다. 입술이 하얗게 질려 있었다. 붉은색 립스틱을 꺼냈다. 평소라면 사무실로 옮겨서 립스틱을 바를 테지만, 언제 어디서 시우를 만날지 모른다고 생각하니 그냥 나갈 수가 없었다. 립스틱을 바르고 나니 슬며시 웃음이 나왔다.

누군가를 사랑하게 된다는 건 신기한 일이었다.

띠리리. 띠리리.

주은이 주머니에서 휴대전화를 꺼내 액정을 확인하곤 얼굴을 구겼다.

[아버지]

어머니의 부재중 전화가 빗발치는 게 조금 잠잠해졌나 했더니, 아버지의 전화가 쏟아지기 시작했다. 대출이 막히자 급한 마음에 자신에게 전화하는 게 분명했다. 그나마 다행인 건 호성에게선 어떤 전화도 오지 않았다는 거였다.

휴대전화를 바라보던 주은의 눈동자가 검게 물들었다. 심장이 쿵쿵 뛰면서 손끝이 떨렸지만, 주은은 애써 외면했다. 이럴 거라고 예상했었다. 이제 시작이니 앞으로 이것보다 더한 일들이 벌어질 거다.

주은이 흔들리는 마음을 꾹 참으며 휴대전화를 주머니에 넣으려고 할 때였다.

"왜 전화 안 받아요? 가족 전화를 그렇게 무시해도 돼요? 착한 줄 알았는데, 아니었네."

곁에서 들리는 목소리에 주은이 고개를 들었다. 네모난 거울 너머로 윤정이 팔짱을 낀 채 서 있었다. 정신이 팔려 그녀가 다가오는지도 몰랐다. 휴대전화를 주머니에 넣은 후, 윤정을 지나치려 할 때였다.

"그렇게 안 봤는데, 주은 씨. 인사성 완전 꽝이네. 옆 팀 대리는 대리로도 안 보인다 이거죠?"

윤정이 트집을 잡았다.

"제 인사는 안 받고 싶어 하시는 줄 알았죠. 꼭 받고 싶으시다면 할게요."

"이주은 씨."

주은이 예의상 고개만 까딱하려는 찰나, 윤정이 불렀다. 주은이 고개를 들어 윤정을 쳐다보았다. 늘 여유롭던 그녀의 얼굴에 불안함과 불쾌함이 뒤엉켜 있었다.

"불렀으면 말을 하시죠."

"하시우 씨랑 아직 만나요?"

윤정의 물음에 주은이 화장실 안을 살폈다. 점심시간이 끝나갈 무렵이라 화장실 안은 한산했지만 그래도 신경이 쓰였다.

"허 대리님과 제가 사적인 이야기를 나눌 만큼 친한 사이는 아니지 않나요?"

"친한 사이는 아니죠. 난 주은 씨랑 친하게 지낼 생각이 전혀 없거든."

"마찬가지라 다행이네요."

주은이 미소 지었다.

"그런데 하시우 씨는 말이 다르죠. 하시우 씨는 내가 좀 관심이 있거든요."

윤정의 말에 주은의 표정이 미미하게 굳었다.

"하시우 씨는 주은 씨가 감당할 수 있는 남자가 아니에요. 우리 같은 이런 집안 사람들은 끼리끼리 만나야 해요. 그 대

가로 지금 누리는 것들을 누리는 거고……. 그걸 어기면 어떻게 되는지 알아요?"

우리 같은 사람들.

그 말이 거슬렸지만, 이어지는 대화에 깊게 생각할 틈이 없었다.

"별로 궁금하지 않은데요."

"알아둬야죠. 주은 씨 때문에 하시우 씨가 어떤 일들을 겪을지."

윤정이 생긋 웃었다.

"어떤 일이든 우리가 알아서 할게요."

우리.

명확하게 선을 긋는 말에 윤정의 눈가가 가늘어졌다.

"알아서 하는 건 주은 씨가 아니라 시우 씨겠죠. 아마 전 재산을 모조리 잃고 알몸으로 쫓겨날 거예요. 많은 것들을 누리고 살던 남자가 순식간에 빈털터리가 되면 과연 어떻게 될까요? 아주 잠깐 비운의 사랑이라도 하는 것처럼 행복하겠죠. 그치만 얼마 못 갈 거예요. 아마 눈물 나게 예전이 그리워질 거예요. 그럼 결국 다시 돌아가겠죠. 그게 아니면 서로 굉장히 불행한 삶을 살든가요."

"하실 말씀 다 끝났나요?"

주은이 덤덤하게 되물었다.

"느껴지는 바가 없나 봐요."

"대리님이 아는 거면, 시우 씨도 잘 알겠죠. 시우 씨가 알아서 할 거라고 생각해요."

주은이 가볍게 목례를 한 후, 돌아서려 할 때였다.

"뻔뻔하고 이기적이네요. 주은 씨가 행복할 동안 혼자 고생할 시우 씨가 불쌍하네요."

뒤통수를 치는 못된 말에 주은이 그 자리에 멈춰 섰다. 돌아선 주은이 윤정을 물끄러미 바라보았다. 윤정이 의기양양한 얼굴로 주은을 바라보았다. 그러다 조금씩 그녀의 표정이 구겨졌다. 자신의 말에 타격을 입었을 거라는 예상과 달리 주은은 조금도 흔들리는 표정이 아니었다.

"시우 씨한테 여전히 관심이 많은가 봐요."

"그런데요?"

"시우 씨가 저랑 헤어져도 윤정 씨한테 가진 않을 거예요. 걔도 사람 볼 줄은 알거든요. 그리고 더는 붙잡지 마세요. 누구와 달리 낙하산이 아니라서 열심히 일해야 하거든요. 곧 빈털터리 될 남자의 생계도 책임져야 하고요. 그럼."

주은이 윤정을 등지고서 화장실을 벗어났다. 홀로 남은 윤정이 이를 꽉 물었다.

기분 상하게 만들 생각이었는데, 되레 자신의 기분이 상했다. 예전에 자신이 알던 주은이 아닌 것 같았다. 아무리 생각해도 기분이 나빴다.

저렇게 별것 아닌 여자한테 하시우라니.

윤정은 비명을 지르고 싶은 것을 꾹 참았다.

자리에 앉은 주은이 멍하게 모니터를 바라보았다. 보고서를 쓰던 중간에 행동이 멈췄다.

'우리 같은 이런 집안 사람'.

윤정이 했던 말이 뒤늦게 떠올랐다. 윤정이 어떤 집안의 딸인지는 대충 알고 있었다. 꽤 유명한 재벌가 출신이고 사회경험을 쌓는다는 이유로 취업했다고 했다. 그 때문에 팀장급이나 높은 급의 직책이 아니라 대리로 발령받았다고 했다. 물론 그마저도 첫 입사에 높은 직급이었지만.

그러고 보면 시우는 굉장히 잘사는 것처럼 보였다. 그의 집 인테리어나 타고 다니는 차, 하고 다니는 것들을 보면 그녀도 잘 아는 브랜드였다. 더러 호성이 갖고 싶어 하는 브랜드의 물품도 있었다. 시우가 호성에게 종종 선물도 하는 것 같았다.

단지 잘산다고 생각했을 뿐, 그가 어떤 집안의 자식인지는 묻지 않았다. 시우가 자신의 집안에 대해 묻지 않길 바랐던 것처럼, 그녀 또한 시우에 대해 묻지 않았다. 시우만 보고 싶었다. 그를 에워싸고 있는 환경 같은 건 아무래도 상관없다는 마음이었다. 무서웠는지도 모른다. 그의 세계에선 자신이 살 수 없을까 봐.

그럼에도 그가 대체 어떤 삶을 살고 있는 건지 주은은 궁금해졌다.

퇴근 후, 집으로 향하는 엘리베이터를 탄 주은은 배터리가 방전된 휴대전화를 들었다. 아버지의 전화가 줄기차게 이어지더니 퇴근할 무렵에는 완전히 방전되었다. 이럴 줄 알았으면 꺼놓을걸 그랬다. 충전할 틈도 없었다. 오후엔 일이 많았고, 퇴근할 땐 태현을 피해 회사를 벗어나느라 정신이 없었다.

주은은 방전된 휴대전화를 꼭 쥔 채 엘리베이터 벽면의 거울을 바라보았다. 웃고 있지만 표정은 초췌했다. 시우 생각을 하면 행복하지만, 다른 것들을 생각하면 가슴이 답답했다.

회사는 어떻게 하지?

주은이 엘리베이터 벽에 기대섰다. 아버지의 회사가 부도나면 여파는 그녀에게까지 미칠 거다. 살고 있던 집에서 쫓겨날지도 모르고, 월급도 차압당할 거다. 당장이라도 그만두고 싶지만 당장 집이 망할 판국에 대기업을 그만둔다는 건 무리였다.

괜찮을까.

새삼 주은은 덜컥 겁이 났다.

「아주 잠깐 비운의 사랑이라도 하는 것처럼 행복하겠죠. 그치만 얼마 못 갈 거예요. 아마 눈물 나게 예전이 그리워질 거예요. 그럼 결국 다시 돌아가겠죠. 그게 아니면 서로 굉장히 불행한 삶을 살든가요.」

윤정의 말이 가슴을 쿡 찔렀다.

자신의 선택이 그를 불행하게 할지도 모른다라…….

딩동.

엘리베이터 문이 열리는 소리에 상념이 달아났다. 집으로 향하는 걸음이 무거웠다. 호성을 마주하고 싶지 않았다. 오늘 아침엔 유야무야 넘어갔지만, 호성이 언제까지 조용히 있으리라는 법은 없었다. 대충 짐을 챙겨 시우의 집으로 가든지, 아니면 다른 곳으로 가야겠다는 생각을 하면서 집의 문을 열었다. 현관에 익숙한 신발 두 켤레가 있었다. 익숙하지만, 이곳에 없었으면 하던 그 신발이었다.

덜컹, 심장이 내려앉는 듯했다.

천천히 고개를 든 주은의 머리카락이 바람에 날리었다. 눈이 시려 잠시 감았다 뜨자, 거실에서 자신을 보고 있는 두 쌍의 눈이 보였다.

"왔니."

잔뜩 갈라진 목소리가 바람 소리와 함께 귓가로 빨려들었다.

왜 생각하지 못했을까. 아버지와 어머니가 자신의 집을 찾아올 거라는 걸. 아버지는 그녀의 독립 후, 어머니의 재촉에 못 이겨 딱 한 번 찾아올 정도로 자식들의 일에 관심이 없던 사람이었다. 그래서 오지 않을 거라고 여겼다.

문을 닫고 도망치고 싶은 마음이 들었다.

"주은아."

어머니가 다가와 귀신처럼 그녀의 손을 거머쥐었다. 집 안에 있었을 텐데도 그녀의 손끝은 무서우리만큼 차가웠다. 주은은 그녀의 손을 뿌리친 채 도망가고 싶었다. 그러나 몸은 이미 집 안으로 끌려들어가고 있었다.

"무슨 일이세요?"

거실로 끌려 들어와 세워진 주은이 목도리를 풀며 부모님의 눈을 피했다.

"저희 집엔 좀처럼 안 오시던 분이."

주은의 말에 대답한 건 어머니였다.

"너도 알고 있지? 오늘 아버지 대출 못 받았다. 일주일 후까지 빚을 못 갚으면 아버지 회사 파산이야. 부도난다고. 주은아. 그러면 정말 우리 가족 쫄딱 다 죽는 거야. 응? 제발 태현이한테 말 잘해서 해결해봐."

"제 손을 떠났어요."

"주은아! 그런 게 어딨어! 오늘 태현이랑 통화해봤는데, 네 마음만 돌리면 해결해준다고 하더라. 응? 어떻게 네가 이럴 수가 있니! 그간 키워주고 먹여준 정을 봐서라도 이러면 안 되지! 집이 망하면 우리만 힘들어지는 줄 알아? 너도 힘들어진다고!"

"알아요. 아는데…… 안 되겠어요. 그래서 말씀드렸잖아요. 드린 돈으로 동남아에 가서 피신하고 계시든, 뭐라도 하시라고요."

"그걸 말이라고 하니? 여태껏 이 나라에서 살았는데 어떻게 다른 곳으로 가? 응?"

어머니가 주은을 잡았다. 연신 그녀의 눈을 마주하려고 그녀의 몸을 이리저리 돌려댔다. 그럴수록 주은은 어머니의 시선을 더더욱 피했다. 더는 견디지 못한 주은이 어머니의 손을 강하게 뿌리쳤다. 그러고는 한 걸음 물러났다.

"키워주신 건 감사하지만, 그것 때문에 남은 제 인생이 불행해지는 걸 원치 않아요."

시우를 사랑한다고 깨닫는 순간, 작은 씨앗이 마음에서 움트는 느낌이었다. 이제 막 움을 틔운 이 소중한 씨앗을 죽이고 싶지 않았다.

"돌아가세요."

주은이 차갑게 말했다. 온몸으로 가족들을 거부했다. 냉랭하게 얼어붙은 주은의 얼굴을 보고서, 어머니는 두 손에 얼굴을 파묻고 울기 시작했다.

"네가 어떻게 이러니…… 네가 어떻게……."

지긋지긋했다. 모두가 이기적일 때, 왜 자신만 희생해야 하는지 알 수 없었다.

"돌아가세요. 저는 더 이상 드릴 말씀 없어요."

주은이 두 사람을 등지고 방으로 들어가려 할 때였다.

툭.

바닥으로 무릎이 떨어져내렸다. 주은이 눈도 깜빡이지 못한 채 눈앞의 광경을 바라보았다. 아버지가 두 무릎을 꿇고 있었다.

"……주은아."
주은이 빈 입술을 벙긋거렸다.
왜 이러세요.
그 말을 뱉고 싶은데 아무 말도 나오지 않았다.
"한 번만 살려다오."
"……."
"이 애비를 한 번만 살려줘."
"……."
"섭섭한 거 있었다거나 힘든 게 있었다면 다 사과하마. 네가 힘들었다면 그것도 다 사과하마. 네 뺨을 때렸던 것도 모두 다 사과하마. 그러니 제발…… 한 번만 봐다오. 이번 대출만 받아서 무사히 넘기면 돼. 내가 이끌고 있는 사람은 우리 가족만이 아니야. 우리 회사에서 오래도록 일한 사람들, 그 사람들의 가족들까지…… 그 수많은 사람들이 한 번에 길거리에 나앉게 되는 거다. 그 회사는 나다, 주은아. 회사가 망하면 나도 죽는 거야!"

아버지의 손이 점점 안으로 말려들었다. 그르륵. 손톱이 바닥을 긁는 소리가 들렸다. 꽉 쥔 주먹이 바들바들 떨렸다. 그 주먹 위로 굵은 눈물이 떨어졌다.

젊을 때부터 지금 이 나이가 되도록 그의 삶을 지탱해온 건 회사였다. 회사가 없는 자신의 삶은 상상조차 할 수 없었기에 성태는 절박한 마음으로 소리쳤다.

"여보오, 어쩌자고 당신이 자식 앞에 무릎을…… 으흡."

어머니가 몸을 돌려세우더니 더 서럽게 울기 시작했다. 그 모습을 타인처럼 바라보던 주은의 표정이 서서히 굳어져갔다.

순간 몸의 껍데기만 남기고 텅 비었다. 부는 바람에 그녀의 빈 몸이 와장창 깨어질 것 같았다.

왜 이렇게까지……. 대체 왜 이렇게까지 저를 끝으로 몰아가세요. 아버지…….

바짝 말라 있던 주은의 눈에 서서히 눈물이 고여갔다. 아버지는 끝까지 자신을 그토록 싫어하는 곳으로 밀어넣으려고 하고 있었다. 이유도 제대로 묻지 않고서. 그럼 전 누가 살려주나요.

주은이 입술을 벙긋거리려다가 꽉 깨물었다. 시선을 내리깐 주은이 소파에 올려둔 목도리를 쥐고서 현관문을 박차고 나갔다.

"주은아!"

등 뒤에서 아버지가 부르짖었다. 등 뒤로 어머니가 쫓아오는 소리가 들렸다. 그녀는 다급하게 계단으로 내려갔다.

"주은아!"

뒤따라 어머니가 쫓아오다가 포기했는지, 난간을 잡고서 그녀를 불러댔다. 건물 밖으로 나온 주은은 막상 갈 곳이 없었다. 누군가에게 전화하고 싶은데 휴대전화는 배터리가 다 된 지 오래였다. 주차장에서 멀리 떨어진 벽에 몸을 숨긴 주은이 숨을 몰아쉬었다.

투둑.

한 박자 늦게 남은 눈물이 떨어져내렸다. 아버지의 손등으로 떨어지던 굵은 눈물이 떠올랐다. 처음 보는 아버지의 모습이었다. 납작하게 엎드린 아버지의 작은 어깨와, 흘리던 눈물이 그녀의 눈앞에 아른거렸다.

차라리 이전처럼 윽박지르고 화를 내지. 못된 딸이라고 욕이라도 하지. 그랬더라면 더 편했을 텐데…….

주은이 울음을 삼키려는 듯 입술을 꽉 깨물었다.

주은이 문 앞에 섰다. 손을 들었다가 내려놓길 반복했다. 자신의 집에 들어가는 일이 이토록 힘든 건지 몰랐다. 고민하던 주은은 발길을 돌려 아래층으로 향했다. 시우가 보고 싶었다. 그를 붙잡고서 이야기하고 싶었다. 벨을 눌렀지만 집을 비웠는지 아무도 나오지 않았다.

결국 주은은 다시금 건물 밖으로 나왔다. 화단 앞에 선 그녀는 길을 잃은 아이처럼 주변을 살폈다. 그 어디에도 자신이 갈 곳은 없었다. 끈 떨어진 연이 된 기분이었다. 이대로 바람 따라 훨훨 날다가 이름 모를 곳에 처박혀 끝이 날 것 같은 기분.

화단에 선 주은이 부는 바람 앞에 흔들리는 갈대처럼 화단 구석에 있을 때였다.

"여긴 무슨 일이야?"

익숙한 목소리에 그녀가 고개를 들었다. 시우였다. 주은의 표정이 누그러졌다.

시우에겐 내색하지 말아야지. 그냥 얼굴만 보고 집으로 돌아가야지.

이런 다짐들을 하며 발을 내딛던 주은이 그곳에 우뚝 멈춰 섰다. 건물로 들어오던 시우가 누군가에게 말을 걸었다. 통화를 하고 있는 줄 알았는데, 웬 남자와 마주 서 있었다. 상대방의 얼굴을 확인한 주은의 표정이 미묘해졌다.

큰 키에 날카롭게 생긴 외모. 위압감이 확 느껴지는 그는 우원이었다. 몇 해 전 사장으로 취임해 요즘 부쩍 사원들이 많이 모인 곳에 모습을 드러낸다는 그. 오늘 점심시간에 사내식당을 찾은 우원 때문에 오후 내내 사무실 안이 시끌벅적했다. 그랬던 그가 시우와 함께 있었다. 친근해 보이는 모습으로.

"너야말로 무슨 일이야?"

우원이 바지 주머니에 손을 넣은 채 물었다.

"왜?"

시우가 그의 맞은편에 서며 물었다. 조금 피곤해 보이는 얼굴로 미소 지어 보였다. 우원은 시우의 미소가 습관적으로 짓는 것임을 알고 있었다. 어렸을 적부터 그랬으니까.

"일단 올라가지."

"여기서 말해."

발이 땅에 붙은 듯 시우가 그 자리에 서서 말했다.

"사람들이 볼 거라는 생각은 조금도 안 하나 보지."

우원이 눈가를 찌푸렸다.

"사람들이 보는 것보다 형을 우리 집에 들이는 게 더 별로라서."

시우가 웃는 낯으로 아무렇지 않게 말을 뱉었다.

"왜 요즘 회사가 네 스캔들로 시끄럽지? 대체 뭘 하고 다니는 거야?"

"사장실까지 내 스캔들이 들어가나 봐."

"말 돌리지 마. 네가 누구랑 놀든 상관없어. 그렇지만 이 일이 커져서 아버지 귀에 들어가면 굉장히 일이 복잡해질 거라는 건 알아둬. 그리고 적당히 놀고 정리하도록 하고. 아버지가 널 봐주는 건 이번 한 번이 마지막이라는 거 알아둬. 사고 치면 곧바로 출국해야 할 거야. 그리고 영영 못 돌아올 거다."

"알아."

"사고 치지 마라. 네 인생은 네 것이 아니야."

"알아. 그리고 형이 있는 그 회사도 형 건 아니지."

시우가 미소 지으며 건넨 말에 우원의 얼굴이 딱딱하게 굳었다.

"혹시 모르잖아. 내가 회사를 물려받고 싶어서 여기 온 걸지도. 괜히 입사한 게 아니라는 거 알고 있을 테고."

"……."

"그거 때문에 날 감시하고 있는 거고."

"……쉬어라."

"아버지한테 안부 전해줘. 주식도 잘 받았다는 말 전해드리고."

시우의 말에 돌아서던 우원의 몸이 멈칫했다. 그는 벌벌 떨리는 주먹을 꽉 움켜쥐었다. 그는 주식을 증여받지 못했다. 이번엔 증여가 없을 거라고 말했던 아버지였다. 그가 홱 돌아서서 차로 성큼성큼 다가갔다.

우원이 탄 차가 멀어지는 걸 물끄러미 바라보던 시우가 돌아섰다. 언제 미소 지었냐는 듯 냉랭한 표정을 짓고 있었다. 그는 우원이 잡았던 어깻죽지를 털며 건물 안으로 들어섰다.

홀로 남은 주은은 멀어지는 시우를 바라보았다. 그녀가 벽에 기대섰다. 냉기가 옷을 파고들었으나, 그녀는 느끼지 못했다. 봐선 안 될 걸 본 기분이었다.

「혹시 모르잖아. 내가 회사를 물려받고 싶어서 여기 온 걸지도. 괜히 입사한 게 아니라는 거 알고 있을 테고.」

그의 말이 머릿속에서 뱅뱅 돌았다.

그랬구나.

무언가가 깨달아지는 기분이었다.

자신의 세상 중심이 시우이듯, 시우의 중심도 자신일 거라 생각하고 있었다. 그에게 꿈이 있을 거라는 걸 왜 몰랐을까. 그가 꺼내는 말들이 달달해서일까. 평생 자신과 이렇게 지낼 거라 생각했다. 자신이 어리석었다. 어린아이 소꿉장난하듯 지낼 수 있는 나이가 아니었는데…….

주은이 허탈하게 웃다 말고 손으로 얼굴을 덮었다. 입술을 깨물었다.

처음으로 스스로가 초라하게 느껴졌다. 자신은 그의 평생 꿈을 이루어줄 수 있는 사람이 아니었다. 부도 직전의 집안, 아무것도 없는 자신은 그에게 짐이 될 뿐이었다.

여태껏 느끼지 못하던 추위가 엄습해왔다. 아무리 몸을 둥글게 말아도 찬바람은 가슴을 뚫고 지나갔다.

시우에게 하고 싶은 말이 많았는데……. 그 많은 말들을 뱉지 않고 잠시만 안겨 있어도 좋겠다고 생각했는데.

주은이 눈을 꽉 감았다.

이른 아침, 창문에서 환한 햇살이 치고 들어왔다.

씻은 후 부엌으로 들어온 주은이 식빵을 토스트기에 넣었다. 노릇하게 구워진 토스트가 튀어오른 지 한참이 흘렀지만, 그녀는 멍하니 창밖만 바라보았다. 집으로 돌아온 후 휴대전화를 켜지 않았다. 그 사실도 인지하지 못한 채 주은은 매시간 멍한 표정으로 어딘가를 바라보았다.

"흠, 흠."

호성이 낮게 헛기침을 했다. 그가 식탁에 앉고서야, 주은의 눈동자에 초점이 돌아왔다.

"……누나."

호성이 낮게 그녀를 불렀다.

"응."

주은이 아무렇지 않게 대답했다. 그러나 그의 눈을 바라보지 않았다. 호성은 처음으로 자신의 누나가 아주 멀리 있는 것처럼 느껴졌다.

"나도 토스트 하나만 구워줄 수 있어?"

호성이 조심스럽게 말을 걸어왔다. '빵 하나만 구워줘!'라고 활달하게 말하던 평소와 달랐다. 주은이 빈 그릇에 식빵을 담아 그에게 내밀었다. 접시를 받아든 호성이 컵 두 개를 꺼내 자신과 주은의 앞에 컵을 놓았다. 그가 우유를 꺼내 따르는 것도 처음이었다. 언제나 식탁 앞에 앉아 그녀가 차려주길 기다리던 호성이었는데.

주은이 의아하다는 눈으로 호성을 바라보았다. 뭔가 이상했다. 평소 같으면서 평소 같지 않은 느낌. 이질적인 느낌에 호성을 바라보았다. 그의 머리가 검게 물들어 있었다. 이리저리 요란하던 헤어스타일이 말끔해졌다. 페인트칠이 되어 있거나 아니면 이리저리 찢어져서 세탁하기 곤란하던 청바지 대신 깔끔한 면바지를 입고 있었다. 머리부터 발끝까지 액세서리가 하나도 없이 반듯한 차림새였다.

"……뭐야. 왜 이렇게 다 멀쩡해?"

주은이 호성을 보며 물었다.

"왜? 이상해?"

호성이 멋쩍은 듯 머리를 긁적였다. 요란한 스타일보다 평범한 스타일이 더 어색해 보였다. 주은이 대답 못한 채 바라보는 사이, 호성이 주은에게 우유가 가득 담긴 잔을 스윽 내밀었다. 그녀가 멍하게 있는 사이, 그녀의 그릇에 담긴 토스트에 잼을 발라주기까지 했다.

"뭐 하는 거야?"

주은이 건조한 목소리로 물었다.

어머니와 아버지가 전화해서 그녀를 잘 달래라고 한 모양이었다. 부모님의 말이라면 잘 듣는 아이니까.

주은이 차갑게 호성을 바라보았다.

"그냥…… 미안해서."

"됐어. 내가 할게."

주은이 호성의 손에 들린 토스트를 빼앗았다. 토스트에 잼을 발라 일어나려고 하자, 호성이 다급하게 "누나!" 하고 불렀다. 주은이 바라다보자 호성이 눈치를 보았다.

"잠시 이야기 좀 해."

호성의 기어들어가는 목소리에 주은의 표정이 더욱 굳었다.

"무슨 이야기? 부모님이랑 같은 이야기라면 다음에……."

"엄마 아빠가 뭐라고 했어?"

호성이 되물었다.

"집에 다녀가셨잖아."

주은이 몰랐냐는 듯 물었다.

"언제? 난 몰랐어."

"……."

"엄마 아버지 전화 안 받고 있었거든."

"넌 왜? 나한테 그렇게 부모님 생각하라고 할 땐 언제고."

"그냥 생각 좀 해본다고."

"……."

"곰곰이 누나 입장에서 생각해봤는데 누나 말이 틀린 게 하나도 없더라."

호성이 괜시리 곁에 놓인 우유 잔을 만지작거리며 말했다. 그는 수많은 생각이 오가는 듯 잠시 말을 끊었다가 조심스럽게 시작했다.

"좋은 집안에 시집가면 누나가 편해질 거라고 생각했어. 아니, 그럴 거라고 내 마음대로 믿었어. 누나가 힘든지, 행복한지, 그런 건 전혀 궁금해하지도 않았어. 누나 말대로 내가 너무 이기적이더라."

"……."

"누나 말대로 나는 내가 편한 게 우선이었어. 누나니까 당연히 희생하는 게 맞다고 생각했어. 엄마가 나만 용돈 챙겨주는 것도 당연하다고 여겼어. 그런데 생각해보니 당연한 게 없더라. 누나는 그냥 나보다 먼저 태어났을 뿐인데, 그 이유만으로 희생해왔잖아. 그래서 정신 차리기로 했어. 공부도 제대로 하고, 아버지 회사도 어떻게든 살려보도록 노력할 거야. 힘들겠지만 한번 해봐야지."

주은은 호성의 말에 어떻게 반응해야 할지 알 수 없어서 그냥 동생을 바라보기만 했다. 이런 말을 들을 거라곤 예상치 못했다.

"그러니까 누나만 너무 걱정하지 말라고. 그리고 여태껏 말 심하게 한 거 미안해."

자리에서 벌떡 일어난 호성이 "그만 나가볼게."라는 말을 한 후 훌쩍 집을 나섰다. 호성이 떠난 자리에는 반도 제대로 먹지 않은 토스트가 놓여 있었다. 앉은자리에서 몇 개나 먹을 만큼 토스트를 좋아하는 호성이었다.

민망한 모양이네.

주은이 토스트를 치우며 생각했다. 동생의 사과를 받았으니 마음이 풀리든지, 아니면 여전히 화가 나야 하는데 어떤 감정도 들지 않았다. 누군가가 가슴을 도려내 간 것처럼 텅 빈 기분이었다.

사람이 없는 집 안에 홀로 남아 주은은 퍽퍽한 토스트를 뜯어 먹었다. 아무 맛도 느껴지지 않았다. 그녀는 다시금 멍하게 창밖을 바라보았다.

의식 끄트머리에서 희미하게 문을 두드리는 소리가 났다.

똑똑.

처음엔 손끝으로 노크를 하는 듯 가벼운 소리였다. 그러나 그 가벼운 소리에서 숨길 수 없는 조급함이 느껴졌다. 침대에 몸을 파묻은 채 잠들어 있던 주은은 일어나야 한다고 생각하면서도, 그 소리를 가만히 듣고만 있었다. 온몸이 천근만근이었다. 술을 마신 것도, 어디 아픈 것도 아닌데 손가락 하나 까딱하고 싶지 않았다.

똑똑.

다시금 누군가가 문을 두드렸다. 아무런 반응이 없으면 돌아갈 만도 한데, 상대방의 손길은 점점 더 거칠어졌다.

쾅쾅!

이윽고 문을 부술 듯이 누군가가 거칠게 두드려댔다. 그 소리에 주은의 눈이 번쩍 뜨였다. 몸을 일으킨 주은이 비척거리며 현관으로 걸어갔다.

"누구세요?"

문 너머에서는 어떤 답도 돌아오지 않았다.

"문 열어요."

주은이 돌아서려는 찰나, 문 너머에서 꽉 잠긴 목소리가 들렸다. 주은이 고개를 들어 문을 바라보았다. 시우일 줄 알았더라면 조금 더 참을걸 그랬다. 주은이 텅 빈 눈으로 문을 바라보았다.

"안에 있는 거 아니까 문 열라고요."

시우가 다시 한 번 더 말했다. 주은이 마지못해 문을 열어젖혔다. 문틈 사이로 차가운 바람이 몰아쳤다. 시린 바람에 눈을 잠시 감았다 뜬 주은은 자신을 똑바로 바라보고 있는 시우와 눈이 마주쳤다. 아무 말 못 한 채 바라보자, 시우가 안으로 성큼 들어섰다.

"들어오지 마. 집에 호성이 있……."

"호성이 없는 거 알아요."

시우가 말을 가로챘다. 그러니 변명 같은 건 집어치우라는 말투였다. 시우는 나갈 마음 없다는 듯 문을 닫았다. 쿵 하고 문이 닫히면서 한 줄기 바람이 훅 스치고 지나갔다. 그녀의 머리카락이 붕 떴다가 아래로 착 가라앉았다. 작게 한숨을 내쉰 주은이 돌아섰다.

"들어와."

집 안으로 들어가는 내내 뒤따라오는 발소리가 들렸다.

"편한 곳에 앉아. 식탁이든, 소파든."

"지금 나한테 편한 곳이 있겠어요?"

시우가 평소처럼 다정한 목소리로 물었다. 그러나 잔뜩 화가 난 듯 눈가가 굳어 있었다. 주은이 시우를 마주 보았다. 오랫동안 밖에 서 있었는지 그에게서 한기가 느껴졌다. 그러고 보니 시우와 연락을 안 한 지 만 하루가 흘렀다. 그런 일은 종종 있어왔는데 그가 왜 화가 난 건지 알 수 없었다.

"어디 다쳤어요?"

시우가 그녀의 어깨를 감싸쥐고서 물었다.

"아니."

"그럼 어디 아팠어요?"

"아니. 괜찮았어."

"그런데 왜 연락이 안 돼요?"

"폰이 꺼져 있는지 몰랐어."

"하루가 넘도록요?"

"응."

"그동안 내가 보고 싶지도 않았고요?"

"……."

처음으로 말문이 막혔다. 눈을 깜빡이던 주은이 참았던 숨을 내쉬었다. 숨을 쉬는데 쉬는 것 같지 않았다. 가슴에 물이 찬 것처럼 울렁거렸다.

시우를 보자 무작정 미뤄놓았던 무언가가 툭툭 터져나오는 기분이었다.

"대답, 안 해요?"

"시우야."

"말해요."

시우는 무슨 말이든 들어주겠다는 얼굴을 하고 있었다.

네가 꿈꾸는 미래에 내가 있을까.

주은은 하고 싶은 말을 속으로 물었다. 아무리 상상하려 애써도 그려지지 않았다. 그가 꿈꾸는 미래에 자신이 설 곳은 없어 보였다. 한 기업을 이끌고 싶어 하는 남자에게, 빚이 많은 자신이 어울리기나 할까. 설령 그가 그 모든 걸 이해해 준다고 하더라도, 자신의 가족들은 도를 넘어서 바랄 거다.

주은이 마음으로 나오려는 말을 삭혔다.

"우리 처음에 했던 약속 기억해?"

"……."

주은이 고요한 목소리로 물었다. 이번엔 시우가 대답이 없었다. 그는 대답을 피했지만, 처음 약속을 기억하고 있는 얼굴이었다.

둘 중 누군가가 헤어지자고 했을 때, 군말 없이 이별하자는 말이었다.

습관처럼 겨우 올라가 있던 시우의 입꼬리가 완전히 일직선을 이루고 있었다. 완전히 무표정한 시우의 얼굴은 오랜만이었다. 온기가 완전히 사라져 보는 것만으로도 시렸다.

"왜 대답을 안 해?"

주은이 덤덤한 목소리로 물었다.

"……그 말을 왜 지금, 여기서 하는 거예요?"

시우의 물음에 주은은 잠시 입을 다물었다. 고요한 침묵이 흘렀다.

하루간 무엇을 먹어도, 뭔가를 보아도 다른 세상의 것을 보는 것처럼 이질적이게 느껴졌다. 마치 병이 난 사람처럼 멍하게 앉아 있다 잠들기를 반복했다. 그것이 아픔을 애써 외면하려는 행동이라는 걸 알면서도, 그조차도 모르는 척했다. 그러다 시우를 본 순간 문이 열린 것처럼 무언가가 마음 위로 와르르 쏟아져 내렸다.

"그냥, 우리에게도 그런 날이 올지 모르니까."

"……."

주은의 눈가에 서서히 눈물이 차올랐다. 참으려 눈을 크게 뜰수록 더 많은 양의 눈물이 차올랐다. 견디지 못한 주은이 고개를 돌렸다.

"혹시 나를 만나는 게 힘들어지면 미안해하지 말고 말해. 그래도 괜찮다고 말하는 거야. 사람이야 만나다가 헤어지기도 하는 거니까. 너한테 그렇게 크게 의지하고 있는 것도 아니고. 그러니까 적당히 만나다가 네가 지겨워지면 헤어지자고 해도 돼."

힘겹게 눈물을 참은 주은이 최대한 덤덤하게 말한 후 돌아섰다. 주먹을 꽉 움켜쥐었다.

"아, 오늘은 조금 피곤하다. 쉬고 싶어서 그런데 나가줄래? 내일 전화할게."

내일도, 모레도 휴대전화를 들다 그냥 내려놓길 반복하겠지만 주은은 그렇게 말했다. 그래야만 시우가 돌아서서 나갈 것 같았다. 주은이 완전히 고개를 숙였다. 툭 눈물이 떨어졌지만, 그녀는 모르는 척했다.

이별 같은 건 아무래도 괜찮다는 듯이 웃으면서 말하고 싶었다. 사랑하는 마음 하나로 해피 엔딩을 맞이할 수 없다는 걸 이미 아는 나이니까, 다 괜찮다고……. 혼자 있는 것도 익숙하고, 홀로 남는 것 또한 괜찮으니까 걱정하지 말라는 말도 하고 싶었다.

그러나 마음과 달리 그 말을 하자마자 왈칵 울음이 나올 것 같아 주은은 성급하게 대화를 마무리지었다.

"너도 돌아가서 쉬어."

주은이 어깨를 굽힌 채 돌아서는 순간, 시우가 그녀의 손을 낚아챘다. 몸이 핑글 도는가 싶더니 어느새 시우와 마주

섰다. 주은의 눈에서 눈물이 또 한 번 떨어졌다.

"이러는데 내가 가서 쉴 수 있겠어요?"

시우의 목소리가 전보다 더 차가웠다. 온도로 친다면 영하 쯤 될 것 같았다.

주은이 다급하게 손으로 눈물을 닦아냈다.

"놔줘. 피곤해."

주은이 고개를 숙였다. 그럴수록 시우는 주은의 뺨을 감싼 채 들어올리려 애썼다.

"놓으라고."

마침내 시우가 주은의 얼굴을 들어올려 자신의 얼굴을 마주 보게 했다. 그의 까만 눈동자가 무서우리만큼 새까맣게 빛났다. 그는 자신이 들은 말들을 부정하려는 얼굴이었다.

"대체 그런 말을 왜 하는 건데요?"

"말했잖아. 힘들어지면 말하라고 하는 거라고."

시우에게 먼저 헤어지자는 말을 할 자신이 없었다. 언제 시작되었는지 모르는 사랑이라서, 끝내는 법도 알 수가 없었다. 그래서 시우가 이별을 고할 때까지 기다리기로 했다. 그렇게라도 아주 조금이라도 더 시우와 함께 있고 싶었다.

자신에게 제대로 된 온기를 전해줄 사람이라곤 시우밖에 없었다.

"그러니까 왜 헤어지는 걸 염두에 두냐는 말이에요."

"……."

"집안 빚 때문에 그래요?"

시우의 물음에 주은의 눈이 크게 벌어졌다. 그의 입에서 자신의 집안 이야기가 먼저 나올 거라고는 생각지 못했다. 주은이 빈 입술을 달싹거렸다.

"그걸…… 어떻게 알아?"

주은의 눈동자가 흔들렸다.

"호성이한테서 들었어요. 그것 때문에 주은 씨가 힘들어한다는 것도."

"……."

시우가 말했다. 호성에게서 듣기도 했지만, 이전부터 그녀의 집안 사정이 어렵다는 건 알고 있었다.

그녀의 표정이 점점 허물어졌다.

왜 생각지 못했을까. 호성이 시우와 친하니 충분히 고민상담을 했을 거라는 걸.

가장 들키기 싫은 비밀이 까발려진 기분이었다. 주은이 마른침을 삼켰다. 계속해서 목울대를 치고 올라오는 감정을 삼켰지만, 그럴수록 더 큰 감정이 치고 올라왔다.

"……응. 맞아."

주은이 눈을 내리깐 채 인정했다. 그러자 온몸이 발가벗겨진 기분이었다. 처음으로 자신이 무기력하게 느껴졌다. 가슴이 아래로 꺼지는 기분이 들면서도 입술은 제멋대로 움직였다.

"아버지 사업이 부도가 날 것 같아. 아마 가족들은 길거리에 나앉겠지. 힘들겠지만, 어떻게든 되겠지 하는 마음이었는데 내 생각보다 더 엉망진창이 될 거 같아."

아버지가 무릎을 꿇었다. 파산을 신청하고 없던 때로 돌아가면 그만인 건데, 아버지는 끝내 무너져가는 회사를 세우길 택했다.

그때까지만 해도 어떻게든 견딜 수 있을 것 같던 마음이, 방금 전 시우의 이야기를 듣는 순간 무너졌다. 그에게 자신은 짐 같은 존재였다. 자신이 가족을 짐처럼 여기듯이. 자신의 짐을 시우에게 나눠 지게 할 수 없었다.

덤덤한 목소리와 달리, 시우의 옷자락을 거머쥔 주은의 손에 힘이 바짝 들어갔다. 시우의 시선이 주은의 손에 닿았다.

"아마 TV에 나오는 것보다 더 처참한 상황이 벌어지게 될 거야. 난 태현 씨와 결혼을 하게 되겠지. 그게 아니면 나랑 호성이가 번 돈으로 부모님 빚을 갚으며 근근이 살겠지. 이건 어떻게든 해낼 수 있겠는데……."

주은이 입술을 꽉 깨물었다. 주은의 말에 시우의 표정이 일순 텅 비었다. 가족들의 고통은 어떻게든 버텨내도, 또 다른 무언가는 자신이 없다는 말이었다. 그 무언가가 자신이라고 말하고 있었다.

"내가 문제라는 거예요?"

"……."

"내가 뭐가 문제인데요? 대체 뭐가……?"

시우의 목소리에서 힘이 쭉 빠져나갔다. 마치 자신이 부담을 준 적이라도 있냐는 듯한 말투였다. 주은은 그가 오해하고 있다는 걸 알았다. 이건 그의 탓이 아니었다.

"아니. 네가 문제가 아냐. 너한테 내가 해줄 수 있는 게 없어서 그래. 아니, 더 힘들어질 거야. 네가 생각하는 것 이상으로."

시우는 말을 하다 말고 고개를 숙이는 주은을 바라보았다. 사력을 다해 자신의 옷자락을 거머쥐고 있는 주은의 몸이 사시나무처럼 떨렸다. 그간 주은이 힘겹게 참아냈을 고통이 맞닿은 살을 통해 전해졌다.

"고작 그게 다예요?"

시우가 고저 없는 목소리로 물었다. 수많은 감정이 휘몰아친 후, 텅 빈 목소리였다.

"……뭐?"

주은이 고개를 들었다. 주은의 얼굴에서 눈물이 주르륵 흘러내렸다.

"나랑 헤어지려고 하는 이유, 그게 다냐고요."

"……."

"내가 싫다거나, 무섭다거나, 끔찍한 건…… 아니죠?"

시우의 목소리 끝이 가늘게 떨렸다. 주은이 젖은 눈으로 그의 눈을 번갈아 보았다. 그의 눈에 희미한 통증이 드러났다가 사라졌다. 마치 깊은 곳에 묻어놓은 상처를 내보인 얼굴이었다.

시우가 손으로 주은의 젖은 뺨을 닦아냈다.

"그런 건 아니죠?"

그가 다시 한 번 물었다. 대답하라는 듯 고요한 목소리엔 힘이 실려 있었다. 그는 조금 초조해 보였다. 어딘가 겁을 먹은 얼굴이었다.

주은이 눈을 감은 채 고개를 끄덕였다.

"……응. 아니야."

그럴 리 없다.

시우는 그녀에게 가장 특별한 존재였다.

"그럼 됐어요. 그런 거면…… 다 됐어요."

안도한 시우가 이해하지 못할 말을 중얼거리며 주은을 끌어안았다. 다시는 놓기 싫다는 듯 주은을 꽉 부둥켜안은 시우는 그녀의 목덜미에 얼굴을 파묻고서 숨을 깊게 들이마셨다. 마치 어딘가에서 해방된 것처럼 큰 숨결이었다.

주은이 그를 꽉 끌어안았다.

출근을 하러 나온 주은이 긴 한숨을 내쉬었다. 입술 사이로 뽀얀 입김이 흘러나왔다. 밤새 잠을 설친 탓에 피곤했다.

"주은 씨."

등 뒤로 익숙한 목소리가 들렸다. 돌아서지 않아도 목소리의 주인이 누구인지는 알고 있었다. 시우가 목도리를 맨 채 그녀에게 다가왔다. 그는 어젯밤 일을 모두 잊은 듯 평온한 얼굴을 하고 있었다.

"좋은 아침이에요."

"응."

주은이 고개를 주억거렸다.

"잠은 잘 잤어요?"

시우가 그녀의 곁에 다가와 옷매무새를 고쳐주며 물었다.

"응. 넌?"

제대로 잠을 이루지 못했지만 주은은 시우를 걱정시키고 싶지 않아서 대충 대답했다. 자신을 살피는 눈동자가 평소보다 더 집요했다.

"나도 잘 잤어요."

시우가 입술을 늘이며 웃었다. 습관처럼 입술이 보기 좋게 말리었다. 시우의 어깨 너머로 겨울의 차가운 하늘이 펼쳐져 있었다.

구름 한 점 없는 새파란 하늘은 눈이 시릴 만큼 차가워 보였다. 눈이 시려 반쯤 감자, 시우가 알아서 한 발자국 다가와 주었다. 동시에 그녀의 시야가 시우로 가득 찼다.

"이대로 어디론가 놀러 가면 좋겠네요."

"그러게."

"곧 놀러 가요. 이제 시간이 많이 남을 테니까."

"응?"

주은이 무슨 말이냐는 듯 물었다. 그러자 시우가 "곧 알게 될 거예요."라고 말하며 상냥하게 웃었다. 왠지 그의 눈빛에서 희미한 어둠이 보였지만, 주은은 자신이 잘못 본 거라고 생각했다.

⁂

태현이 성큼성큼 복도를 걸어갔다. 그의 표정은 며칠간 내내 굳어 있었다. 그가 신경질적으로 넥타이를 느슨하게 풀었다. 그런데도 여전히 숨이 막혔다.

주말 내내 주은과 연락이 되지 않았다. 늦은 밤, 견디지 못하고 그녀의 아파트까지 찾아갔다. 그녀의 집은 막 불이 꺼져 있었다. 순간 수만 가지 생각이 스쳐 지나갔다.

잠이 든 건지, 그 녀석의 집을 찾아간 건지, 아니면 아예 집에 없는 건지.

연락은 여전히 불통이었고, 참지 못한 태현은 자신의 휴대전화를 바닥에 집어 던지고서도 한참을 진정하지 못했다. 이후 집으로 돌아와 그녀의 부모님에게 전화를 했지만, 늘상 들어왔던 '어떻게든 해보겠네.' 등의 답변밖에 듣지 못했다. 시간이 지나도 약혼 문제가 지지부진하게 진행되자 어머니는 못마땅한 표정을 지었고, 그를 지지해주던 아버지조차도 불편한 표정을 감추지 못했다.

고작 그깟 여자 하나 때문에.

태현이 이를 까드득 악물었다. 문제는 고작 그깟 여자 하나가 자신의 손에서 벗어나 다른 남자와 함께 지낼 걸 생각하니 눈앞이 핑 도는 기분이라는 거였다.

세상 모든 일이 다 자신의 뜻대로 되었는데, 주은만이 자신의 뜻대로 되지 않는다는 건 그의 인생에서 용납할 수 없었다. 그 콧대 높고 도도한 허윤정마저 침대에 눕혀 제 뜻대로 다루었는데, 고작 이주은 따위가.

빠르게 문으로 다가간 그가 허락도 받지 않고 사장실 팻말이 달린 문을 확 열어젖혔다. 미래의 장인어른이 될 사람의 집무실이라는 건 태현에게 지금 중요한 게 아니었다. 그에겐 일을 지지부진하게 진행하는 무능력한 사람에 불과했다.

"이런, 노크도 안 하고 문을 열었군요. 실례했습니다."

무례하게 문을 연 사람답지 않게 태현이 당당한 미소를 지었다. 그러자 낡은 책상 앞에 앉아 있던 성태가 몸을 일으켰다. 벌컥 열린 문이 벽에 부딪쳐 도로 튕겨 나오는 걸 바라보며 얼굴을 미미하게 찌푸렸다.

"그러게나 말이야. 자주 보는구먼."

"제 회사 근처에서 보시는 게 좋았을 텐데요."

태현이 왜 찾아오지 않고 번거롭게 자신을 여기까지 부르냐는 투로 말했다.

"내가 요즘 몸이 좋지 않아서 말이야. 바쁜 사람 오라 가라 한 것 같아 미안하긴 하구먼."

성태의 여유로운 대답에 태현의 미간이 바짝 좁아졌다.

"일단 앉게나."

성태가 사장실 가운데 있는 낡은 소파를 가리켰다. 태현은 소파에 앉아 주변을 둘러보았다. 팻말에 걸맞지 않게 사장실은 초라했다. 초라한 사장실보다 더 보기 불편했던 건, 성태였다. 그는 며칠 새 마른 오징어처럼 어깨가 바짝 좁아져 있었고, 얼굴은 보기 흉할 정도로 늙어 있었다. 며칠간 잠도 못 자고 끼니도 제대로 해결하지 못한 티가 역력했다. 삶의 고통이란 고통은 다 짊어진 채 자신만 나타났다 하면 구세주라도 만난 양 벌벌 기던 그가 오늘따라 조금 다른 분위기를 풍겼다.

성태가 어깨를 펴고 앉더니 태현을 쳐다보았다.

"차라도 마시겠나?"

"일이 바빠서 금방 가봐야 합니다."

"그런가. 하긴 한창 바쁠 나이지."

성태가 말을 빙빙 돌렸다.

이 늙은이가.

태현은 와락 성질이 치밀었지만 참았다. 초조한 티를 내고 싶지 않았다.

"주은 씨는 어떻게 되고 있는 겁니까?"

태현이 성태를 위협적인 표정으로 바라보며 물었다.

"안 그래도 그것 때문에 보자고 했네. 아무래도 우리 주은이 마음을 돌리기 힘들겠어."

"……지금, 뭐라고 하셨습니까?"

태현의 목소리가 뚝뚝 끊어졌다.

"어쩌겠는가. 내 딸아이가 자네가 싫어서 회사 부도까지 내겠다고 나서는 걸. 본인 인생도 헤아려달라고 울고불고하는데 봐줘야지. 오랜 시간 기다리게 해서 미안하구만. 진즉에 이야기했어야 했는데, 급한 일을 마무리하느라 차일피일 늦어졌구먼. 하여튼 정말 미안하네. 자네에게도 아주 좋은 짝이 생길 걸세."

"지금 상황 판단을 제대로 못 하시나 봅니다."

태현이 손의 깍지를 끼며 상체를 앞으로 숙였다.

"못 하는 건 내가 아니라 자네 같은데."

성태가 소파 등받이에 등을 대고서 거들먹거렸다. 하룻밤 사이에 성태는 완전히 다른 사람으로 돌변해 있었다. 그는 더 이상 태현의 앞에서 구질구질하게 굴지 않았다.

태현의 한쪽 입꼬리가 차갑게 휘었다.

"이틀 전만 해도 제 앞에서 무릎이라도 꿇겠다고 하시던 분이 아니신 거 같습니다?"

"흐음. 그땐 그때고, 지금은 상황이 다르다는 걸 알지 않는가."

생각하기도 싫다는 듯 성태의 미간이 좁아졌다.

"이런 식이면 대출 못 해드립니다. 잘 아시지 않습니까?"

"무슨 소린가? 대출이라니."

성태의 말에 태현의 미간이 확 구겨졌다.

"아직 듣지 못한 모양이구먼. 내가 대출금을 모두 갚았다는 걸 말일세."

"……."

태현은 제 귀를 의심했다. 한 사업체가 빌리기엔 소액이긴 하지만, 그 소액조차도 없어서 이곳저곳에 쩔쩔매고 다니지 않았던가. 그런데 하룻밤 사이에 자신의 빚을 모두 변제하고, 더 이상 빌리지도 않아도 된다니.

"……회사를 파산시키기로 하신 겁니까?"

태현이 침착하게 물었다.

"그럴 리가. 내 목숨보다 귀한 회사를 그럴 순 없지. 다 그럴 만한 수가 생겼다네. 원래 인생이라는 게 그렇지 않은가. 사람이 죽으라는 법은 없다는 말이 참인 모양일세. 하여튼 여태껏 자네가 이모저모 편의를 봐준 점 고맙게 생각하네만, 그간 나도 마음고생 많이 하고, 자네 비위 맞추느라 힘들었다네. 나이가 이만큼 들어서 젊은 자네 비위 맞추는 게 어디 쉬웠겠는가?"

성태가 옛이야기를 꺼내는 듯 웃는 얼굴로 말했으나, 그의 입꼬리는 단단하게 굳어 있었다. 성태는 그간 태현에게 당한 것들을 생각하면 마른 눈에서 피눈물이 나는 것 같았다. 욕지거리와 하대만 하지 않았을 뿐, 태현은 자신을 아랫사람 다루듯 대하고 있었다.

자신의 삶이 고스란히 담긴 회사를 버릴 수가 없어서 참고 있었지만, 그간 주은을 보는 마음도 편치 않았다. 더욱이 딸아이에게 무릎을 꿇던 그 순간은 다시 떠올리기조차 싫었다.

"길게 이야기할 시간 없으니 그렇게 알고 나가보게나."

"……."

"바빠서 그런다네."

성태가 보란 듯 휴대전화를 들어 보였다. 통화를 해야 하니 당장 자리를 비키라는 태도였다. 전화벨이 울린 것도 아니었다. 생각지 못한 축객령에 태현이 자리에서 일어나 하하고 한숨을 뱉었다. 입안이 썼다.

다른 곳도 아니고 이깟 허름한 회사에서 자신이 쫓겨나다니.

"다음 기회는 없을 겁니다."

태현이 차갑게 경고했다.

"그런 일이 있어서야 되겠나."

성태가 엄살을 피우듯 대답했지만, 그의 눈도 여전히 차가웠다.

태현이 사장실을 박차고 나오며 곧장 휴대전화를 꺼냈다. 아버지인 동명에게 전화를 걸었지만 받지 않았다. 그는 다시 한 번 다른 곳으로 전화를 걸었다.

– 네.

동명의 비서가 그의 번호를 알아보고 깍듯하게 대답했다.

"아버지 어디 계셔?"

– 이사진과 회의 중이십니다.

태현의 버릇없는 말투에는 익숙하다는 듯 비서가 침착하게 대답했다.

"시운기업이 빚을 모두 변제했다는 게 사실이야?"

– 시운기업이면 이성태 사장의 회사 말씀이십니까?

"그래."

– 알아보고 곧바로 연락드리겠습니다.

통화를 마친 후, 성태의 회사를 벗어난 태현이 담배를 입에 물었다. 그는 담배에 불을 붙인 후 깊게 숨을 들이마셨다. 폐부의 깊은 곳까지 담배 연기가 밀려들어왔음에도 전처럼 개운함을 느끼지 못했다.

그가 고개를 들어 사장실을 보았다. 2층 끄트머리에 자리한 사장실의 창가에 누군가가 서 있었다. 멀리서 보아도 성태라는 걸 알 수 있었다. 바쁘다는 말이 핑계였던 듯, 그는 창가에 뒷짐을 지고서 서 있었다. 보란 듯이 서 있는 성태의 모습에 빈정 상한 태현이 앞니로 담배 필터를 꽉 씹었다.

그는 욕지거리를 뱉으며 운전석에 올라탔다.

회사로 돌아온 태현이 주은의 자리로 성큼 다가갔다.

"이주은 씨 어디 갔습니까?"

태현의 물음에 선유가 자리에서 벌떡 일어났다.

"예?"

"어디 갔냐고 물었습니다."

미적거리는 걸 기다려줄 틈 없다는 듯 태현이 차갑게 몰아붙였다. 번쩍 정신이 든 선유가 빠르게 대답했다.

"잠시 외근 나갔어요. 거래처에서 급하게 연락이 와서 팀장님껜 연락 못 드리고 갔나 봐요. 돌아오는 대로 보고서 올릴 테니까……."

"이주은 씨랑 통화 돼요?"

"네? 아, 네."

평소와 완전히 다른 팀장의 태도에 당황한 선유가 어찌할 바를 몰랐다.

"그럼 전화해서 돌아오자마자 팀장실로 오라고 지금 당장 전해요. 내가 기다리고 있겠다고. 아니, 지금 어딘지 확인해서 바로 나한테 보고해요. 알겠어요?"

"네."

선유는 겁에 질려 있는 힘을 다해 고개를 끄덕였다. 그녀의 시선이 파티션을 부술 듯이 움켜쥔 태현의 손에 닿았다. 이유는 모르겠지만, 그는 단단히 화가 난 것처럼 보였다.

팀장이 사라진 후, 선유는 자리에 주저앉아 손을 덜덜 떨었다.

"주은 씨, 대체 무슨 짓을 저지른 거야. 어휴."

선유는 걱정과 두려움이 뒤엉킨 얼굴로 얼른 주은에게 전화를 걸었다.

외근업체에 막 도착해 안으로 다급하게 걸음을 옮기던 주은은 선유의 전화를 받고서 그 자리에 우뚝 멈춰 섰다. 사람들이 종종걸음으로 목적지를 향해 가는 동안, 그녀는 갈 길을 잃은 사람처럼 한자리에 서 있었다. 바람이 휑하니 불어 머리카락을 흩어놓았다. 주은은 손으로 머리카락을 쓸어넘겼다.

– 팀장님 엄청 화나신 것처럼 보여. 주은 씨 어디 있는지

당장 찾아내서 보고하라는데 어떻게 하지?

"저를, 왜요?"

– 나야 모르지. 모르니까 주은 씨한테 이야기하잖아. 일단 내가 시간 끌고는 있는데, 팀장님이 다른 사원한테 물어보면 주은 씨 어디 갔는지 단번에 알게 되잖아. 하여튼 무슨 일을 저질렀는지 모르겠지만 잘 수습하라고 연락했어. 팀장님 엄청 무섭더라. 어휴.

선유는 지금 생각해도 소름 끼친다는 듯 혀를 내둘렀다.

"알려주셔서 감사해요. 그리고 당분간 팀장님한테는 보고하지 말아주세요. 제가 따로 복귀해서 보고할게요."

– 그랬다간 날벼락이 떨어질 텐데…….

"많이 곤란하시면 15분만 기다려주세요."

– 후우, 알았어. 조심해.

"네. 고마워요."

통화를 마친 후, 주은은 참았던 숨을 몰아쉬었다. 태현이 갑작스레 자신을 찾았다는 말을 듣기가 무섭게 숨이 턱 막혔다.

회사를 계속 다니는 건 아무리 생각해도 무리였다. 다른 곳에 취직하면 대기업만큼은 연봉이 나오지 않아 고민하고 있었는데, 더는 견딜 수가 없을 것 같았다. 태현이 없는 곳이면 어디든 괜찮을 것 같았다.

"여기서 뭐 하세요?"

미팅하기로 했던 협력업체 사원이 기다리다 못해 밖으로

나와 주은을 불렀다.

"아, 죄송해요."

주은이 사과를 하며 직원을 따라 안으로 들어섰다. 그 때문에 딩동 하고 울리는 휴대전화를 확인하지 못했다.

[팀장님이 어디론가 나갔어. 주은 씨 있는 곳으로 간 거 같아.]

선유가 보낸 문자가 그녀의 휴대전화 액정에서 반짝였다.

차에 올라탄 태현이 핸들을 홱 꺾었다. 그러자 차가 빠르게 다른 차선으로 건너갔다. 하마터면 사고가 날 뻔한 차가 뒤에서 빠앙 클렉슨을 울렸다. 태현은 아랑곳하지 않고 차를 몰았다.

주은이 퇴근해서 돌아올 곳이라고는 뻔했다. 어차피 회사고, 곧 만나게 될 거라는 걸 알고서 최대한 침착하려 애썼다. 그런 노력이 수포로 돌아간 것은 한 통의 전화 때문이었다. 아버지인 동명의 비서로부터 걸려온 전화였다.

– 말씀하신 시운기업은 빚을 모두 변제한 걸로 확인되었습니다.

「그게 말이 돼? 갑자기 하늘에서 돈벼락을 맞은 것도 아닐 테고, 그 기업에서 그 돈이 나올 일이 뭐가 있어? 다른 계약이라도 체결된 거 있어?」

태현은 스스로가 말하면서도 터무니없는 소리라고 생각했

다. 망해서 쓰러져가는 회사에 투자를 할 만큼의 눈먼 기업이 어디 있단 말인가.

– 네. 투자계약이 체결된 모양입니다.

「뭐? 어느 기업?」

태현은 제 귀를 의심했다.

– 우성그룹에서 투자를 하기로 했답니다.

우성그룹.

우성그룹은 현재 태현이 근무하고 있는 회사였다. 아버지가 큰 회사의 흐름을 알아야 작은 회사의 흐름도 알 수 있다며 입사를 권유한 회사였다. 재무구조나 비전상으로나 배울 점이 많은 회사였기에 그도 서류와 실무면접을 보고 입사했다.

아버지의 배경이 작용하긴 했지만, 그는 수많은 결과를 만들어내며 팀장 자리에 올랐다. 그 때문에 자신이 몸담고 있는 회사에 애착이 있었다.

그런데 그 눈먼 회사가 자신이 몸담은 회사라니.

태현은 인상을 쓰는 건지 비웃는 건지 모를 모호한 표정을 지었다. 잔뜩 비틀린 입술에서 나온 것은 하 하는 한숨뿐이었다.

– 그런데 이상한 점은, 가계약을 했을 뿐인데 모든 채무를 변제해주었다는 겁니다. 보통 본 계약이 이루어진 당일에 채무를 변제해주는 것과는 다른 행보라서 누군가의 입김이 작용한 게 아닌가 하는 의심이 듭니다.

「그게 누구야?」

– 자세한 건 조금 더 확인해봐야 알겠지만, 현재로서는 우성그룹의 하우원 부사장의 결정이 아닌가 생각하고 있습니다. 비서팀에서는 우성그룹의 이름으로 하우원 부사장의 재산이 개인적으로 쓰였다고 추정하고 있기도 합니다. 우성그룹의 계좌가 아니라, 하우원 부사장의 개인계좌에서 이체되었다고 합니다.

태현은 비서의 보고가 틀렸다고 생각했다. 이번 일을 움직인 건 하우원처럼 보이지만, 태현은 하우원을 움직인 누군가가 있다고 판단했다.

태현이 아는 사람 중, 하우원을 움직일 수 있는 유일한 사람이 있었다.

하시우.

태현은 그 이름을 입안에서 깨부술 듯이 힘주어 중얼거렸다. 비서가 '죄송하지만 무슨 말씀을 하셨는지 못 들었습니다.'라고 말하는 걸 들으면서, 그는 통화를 끝냈다.

빚을 변제해주다니.

상상조차 못 할 스케일이었다. 자신은 감히 도전할 수 없는 차이였다. 그만큼 이주은을 갖고 싶다는 건가. 순간 시우를 사랑한다고 말하던 주은의 말이 떠올랐다.

헛웃음을 흘리던 태현의 얼굴이 완전히 서늘하게 식었다. 이보다 더 최악일 수 없었다. 이제 자신이 이주은의 목줄을 거머쥘 방법은 없었다. 완전히 자신의 손바닥에서 도망치기 전에 이주은을 잡아야 했다.

태현의 차가 협력업체 안으로 들어서려 하자 경비원이 막아섰다.

"우성에서 나왔습니다. 저희 직원이 안에 있는 걸로 압니다."

태현이 창문을 내린 채 말했다.

"우성이요?"

경비원이 의심스럽다는 눈초리로 태현을 바라보았다.

"이주은이라는 여직원 말입니다."

태현이 인내심이 다한 얼굴로 한마디 보탰다. 그러자 경비원이 기억났다는 듯 잠시 얼굴이 밝아지더니 고개를 가로저었다.

"이주은……. 아아, 그분이요? 방금 전에 돌아갔어요. 업체 방문증 반납하고서요."

경비원의 심드렁한 대답에 태현의 얼굴이 돌처럼 굳었다.

이주은을 또 놓쳤다. 다 잡았다 싶을 즈음 이주은은 빨리도 사라졌다. 마치 온 힘을 다해 자신을 피하는 사람처럼.

그 생각에 이르자 태현이 더는 참지 못하고 핸들을 내리쳤다.

빠앙!

클랙슨이 소란스럽게 울려퍼졌다. 그의 눈이 독하게 번들거렸다.

버스에서 내린 주은이 자신의 팔을 쓸어내렸다. 자꾸만 한기가 느껴졌다. 몸살이 오는 건 아닌 것 같은데 몸 상태가 좋지 않았다. 자신뿐만 아니라 자신 주변 사람들이 모두 다 이상해진 것 같았다.

어젯밤을 기점으로 아버지에게서 연락이 뚝 끊겼다. 어머니에게선 연락이 드문드문 왔는데, 그마저도 오늘 아침이 되자 완전히 사라졌다.

[꼭 연락 다오.]

그 문자가 끝이었다. 자신을 포기할 가족들이 아니었기에, 그녀는 이상함을 느꼈다. 가장 그녀가 이상하게 느껴지는 건 태현이었다. 그의 집요함은 날이 갈수록 상상을 초월했다.

늦은 밤, 잠이 오지 않아 창문 앞에 섰다가 집 앞에 세워진 익숙한 차를 보았다. 그가 있다는 걸 알고 난 후부터 그녀는 방에 불을 밝히지 못했다.

회사를 그만둬야 하나.

주은이 진지하게 생각하며 회사로 막 들어설 때였다.

"이주은."

머릿속에서 뱅뱅 돌던 섬뜩한 목소리가 들렸다. 뻣뻣해진 목을 억지로 돌리자, 길가에 아무렇게나 세워둔 차에서 내리는 태현이 보였다.

주은은 자신도 모르게 회사 주변을 살폈다. 주변에 사람이 없었다. 마른침을 꼴깍 삼킨 주은은 순간 윙 하고 울리는 휴대전화를 들었다.

슬쩍 시선을 내리깔자 '시우'라는 이름이 보였다. 주은이 통화버튼을 눌렀다. 스피커를 곧장 최소한으로 낮추었다.

"차에 타."

"팀장님, 근무시간이에요. 회사 앞에서 왜 이러세요?"

태현이 잡으려고 하자, 주은이 한 발자국 물러섰다.

"근무시간인 거 나도 잘 아니까 타라고."

"전 팀장님과 함께 차를 탈 이유 없습니다."

주은이 명확하게 선을 그었다.

"팀장님?"

딱딱한 호칭에 기분이 상한 듯 태현이 미간을 확 좁혔다.

"아, 이제 빚을 다 갚았으니 팀장이라 이건가? 네 아버지도 그렇고, 너도 그렇고 참 본인들의 기분만 생각하나 봐."

"그게 무슨 소리예요?"

"아아, 아직 몰라?"

태현이 말끝을 길게 늘였다. 그의 입술이 슬쩍 올라갔다가 아래로 내려갔다. 뭔가를 감지한 얼굴이었다. 느릿하게 한 걸음 다가오는 그의 눈빛이 사냥꾼처럼 날카롭게 빛났다.

제정신이 아니야.

주은은 저도 모르게 얻어맞을지도 모른다는 생각을 했다. "먼저 들어가보겠습니다."라는 말을 흘리며 돌아서던 주은은 제 팔을 움켜쥔 강한 힘에 윽 소리를 냈다.

"타."

태현이 주은의 팔을 끌어당겼다. 왠지 저 차를 타면 위험한 일이 벌어질 것 같았다. 주은이 몸을 뒤로 젖히며 주변을 살폈다. 업무가 한창인 시간이라 그런지 회사 앞이 한산했다. 저 안에서 경비원이 이곳을 흘깃대며 보고 있는 게 느껴졌다. 어째야 할지 모르겠다는 얼굴이었다.

"살……!"

입술을 덮은 손 때문에 나오려던 말이 뭉개졌다.

살려주세요.

주은이 고개를 좌우로 돌리며 부르짖었지만, 말이 제대로 나오지 않았다. 태현이 억지로 주은을 보조석에 태우고는 문을 닫았다. 철커덕. 문이 잠기는 소리에 등골이 서늘해졌다. 주은이 조수석 문을 당겼지만 꼼짝도 하지 않았다. 이곳저곳을 더듬어 잠금장치를 풀고 막 문을 열려고 하는 순간, 반대편에서 당긴 힘에 주은의 몸이 시트에 처박혔다.

"가만히 있어."

고저 없는 목소리가 그녀를 섬뜩하게 관통했다.

"미쳤어요?"

주은이 태현을 무섭게 쳐다보았다. 손끝이 벌벌 떨렸지만, 주먹을 움켜쥐는 걸로 참았다. 그러면서 벗어날 곳을 찾아 눈을 더듬었다. 슬그머니 등으로 풀린 잠금장치를 가렸다.

덜거덕.

잠금장치가 도로 잠겼다. 주은의 얼굴이 흙빛으로 변했다.

"어, 미칠 수밖에. 요즘 나도 내가 아닌 거 같거든. 네가 자꾸 다른 새끼랑 뒹구는 게 상상이 가."

"다른 사람이랑 나뒹군 건 태현 씨도 마찬가지였잖아요. 태현씨가 나를 이렇게 대할 이유 없어요. 그러니까 당장 차 세워요."

"아, 그 일에 대한 복수다? 그래서 난 끝냈잖아. 끝을 낼 때를 모르고 일을 이 지경으로 만든 건 너야. 그러게 얌전히 있지 그랬어. 내가 최선을 다해서 너한테 다정하게 대할 때, 가만히 따라왔으면 이런 일은 없었잖아. 안 그래?"

태현의 눈동자가 알 수 없는 빛으로 번들거렸다.

"그래서 지금 어쩌자는 거예요. 이거 범죄예요. 인생 끝내고 싶어요?"

"글쎄. 이런 걸로 인생 망가지지 않아. 난 그렇게 허술한 인간이 아니거든."

태현이 건조하게 대답하며 차의 핸들을 돌렸다. 차가 서서히 출발하려 하자, 그녀의 심장이 아래로 곤두박질쳤다.

"이주은이 생각보다 멍청해서 섹스와 사랑을 구별하지 못하는 것 같아서 알려주려고 해. 말보단 몸으로 가르치는 게 나을 것 같아서. 오랫동안 제대로 알려주면 잘 이해하겠지. 안 그래?"

그의 말에 뒷덜미가 선득해졌다.

"……미쳤어."

주은이 중얼거렸다. 태현은 욕을 들은 것에 비해 덤덤한 얼굴이었다. 오히려 그 말을 수긍하는 것처럼 보이기까지 해 섬뜩했다.

"대체 나한테 왜 이러는 거야……."

"내가 갖지 못하면 다른 놈한테도 주지 않아."

태현의 눈동자에 이채가 서렸다.

이주은을 갖지 못한 것은 생각보다 파장이 컸다. 여자 하나 잡지 못했냐는 동명의 실망 어린 눈빛, 일을 그르친 것에 곤란해하는 어머니, 그리고 성태의 오만함이 태현의 자존심을 자극했다.

차라리 성태와 주은이 자신의 앞에서 무릎이라도 꿇고서 헤어져달라고 빌었더라면 아주 잠깐 깨끗한 이별을 생각했을지도 모른다. 물론 이주은이 탐나서 다시 잡아버렸겠지만.

태현의 광기 어린 눈빛에 주은은 소름이 끼쳤다.

"차 세워."

태현은 대답하지 않았다. 그녀의 예상대로 그는 자신의 요구를 들어줄 생각이 없어 보였다. 경찰에 신고하려고 휴대전화를 꺼내자마자 태현이 낚아챘다. 뒷좌석으로 휴대전화가 날아갔다. 휴대전화를 찾으려고 하자, 태현이 그녀의 손목을 거머쥐었다.

"신고라도 하겠다? 그건 안 되지. 아직 우린 시작도 못 했는데 말이야."

그는 완전히 미친 사람의 얼굴을 하고 있었다. 제정신이 아니었다. 이대로 자신을 끌고 가서 험한 짓을 할 것 같았다. 이성적인 대화도 불가능했다. 차 내부를 훑었지만 어떤 것도 무기로 사용할 만한 것이 보이지 않았다.

눈앞이 캄캄했다.

어째야 하지…….

"아니."

주은이 차갑게 말했다.

"죽었으면 죽었지, 너한텐 절대로 안 끌려가."

주은이 주먹으로 태현의 눈가를 세게 내리쳤다.

"윽!"

비명을 지른 태현이 핸들을 놓친 틈에 주은이 홱 꺾었다. 도로로 막 진입하려던 차가 방향을 틀어 가로등에 처박혔다. 차가 덜컹거리며 순식간에 온몸이 앞에서 뒤로 강하게 부딪쳤다.

쿵!

뒤차가 들이받은 듯했다. 다시 한 번 일어난 반동에 그녀의 몸이 바람 앞의 촛불처럼 크게 흔들렸다.

"윽."

강한 충격에 주은이 짧은 신음을 삼켰다. 시트에 부딪친 뒤통수가 얼얼했다. 구역질이 나오려는 걸 참고서 차 문을 더듬었다. 잠금장치를 푼 후, 있는 힘을 다해 문을 열어젖혔다. 밖으로 굴러 떨어지듯이 나온 주은이 기침을 토했다.

"이주은!"

차 안에서 태현이 소리쳤다. 소름 끼칠 정도로 무서워서 돌아보지도 못했다.

"콜록, 콜록."

구토를 할 것 같았다. 힘겹게 반쯤 몸을 일으킨 주은이 기다시피 몸을 끌었다. 태현에게 붙잡히고 싶지 않았다. 자신의 남은 삶은 스스로의 의지대로 살고 싶었다.

좋아하는 사람과, 좋아하는 공간에서 행복하게…….

그 모든 소망의 중심에 시우가 있었다. 주은의 절박한 눈동자에 물기가 스며들었다.

"살려…… 살……."

숨이 턱 막혀서 말이 제대로 나오지 않았다. 주은의 팔이 휘청할 때였다. 저를 덥석 붙잡는 손길에 주은의 몸이 흠칫했다.

태현에게 잡힌 건가. 다시금 그에게 끌려갈 생각을 하니 눈앞이 캄캄했다. 있는 힘을 다해 남자에게 몸을 맡기지 않으려고 버텼다. 그녀가 다시 한 번 주먹을 휘두르려 할 때였다.

"주은 씨."

저를 부르는 소리에 주은이 고개를 들었다. 시우의 새하얀 얼굴이 서늘하게 굳어 있었다. 그는 안심하라는 듯 부르고는 그녀의 몸을 살폈다.

"나예요."

"……."

"부러진 곳이나 크게 다친 곳은요?"

시우의 물음에 주은은 괜찮다는 듯 고개를 끄덕였다. 그사이 자신을 붙든 손을 보았다. 자신을 부축하느라 손끝이 하얗게 되어 있었다. 왈칵 울음이 나려 했다.

"……시우야."

"아픈 곳은요?"

"괜찮아. 시우야."

그 이름을 부르고서야 안심이 된 듯, 주은이 어깨를 축 늘어뜨렸다. 시우를 보자 안심이 되었다. 마음과 달리 몸은 여전히 덜덜 떨렸다.

시우는 저를 잡고서 파들파들 떠는 주은을 바라보았다. 아무리 자신이 힘을 주어도, 주은의 떨림 앞에선 속수무책이었다.

"잠시만 기다려줄래요?"

시우의 차분한 말투에 주은은 고개를 끄덕였다. 시우의 시선이 자신을 향해 다가오는 태현에게 닿았다. 경황이 없던 주은은 시우의 말투가 이상할 정도로 차분하다는 걸 알아채지 못했다. 그저 이 지옥 같은 상황에서 벗어나고 싶었다.

쾅!

강한 파열음과 누군가의 끅끅거리는 비명이 들렸다. 순간 예리한 감이 등허리를 훑고 지나갔다. 주은의 내면은 치열하게 갈등했다.

확인해야 한다, 확인하지 않아야 한다. 아니, 확인하고 싶지 않다.

그 수많은 갈등에도 불구하고 주은의 고개가 삐거덕 소리가 날 만큼 뻑뻑하게 돌아갔다. 태현의 얼굴이 보닛에 처박혀 있었다. 사람의 얼굴을 보닛에 정면으로 내리꽂고도 시우의 얼굴엔 어떤 감정적인 동요도 없었다.

분노의 극을 찍어 완전히 고요해진 상태인 건지, 사람 얼굴 하나쯤 부수는 건 아무렇지도 않은 건지 구분이 되지 않았다.

하나 확실한 건, 시우는 완전히 다른 사람 같았다. 세상에 피어나는 모든 만물을 다정하게 볼 것 같은 눈빛에서 온기가 싹 빠져 있었다.

시우가 태현의 뒷머리를 잡고서 들었다가 다시 보닛에 내리찍었다.

쾅!

태현의 몸이 간헐적으로 떨렸다. 그는 얼굴에 가해진 충격으로 인해 반항조차 못 하는 상태였다.

쾅! 쾅!

시우가 연이어 태현의 얼굴을 보닛에 처박았다. 몸에서 힘이 풀려 바닥에 쓰러지고서야 태현을 놓아주었다. 시우는 바닥에 쓰러진 태현을 냉담한 눈으로 바라보다가 다리를 치켜들었다. 시우는 정말로 이 자리에서 태현을 죽여버릴 것 같았다.

아, 안 돼……. 안 돼.

주은이 중얼거리며 몸을 일으켰다. 이리저리 비틀거리면서도 시우를 향해 달려들었다. 그의 허리를 끌어안았다. 안 된다는 말을 하고 싶은데 바짝 말라붙은 목구멍에선 아무 소리도 나오지 않았다. 그녀가 할 수 있는 건, 최대한의 힘으로 시우를 껴안는 거였다.

"어설프게 처리하면 골치 아파져요. 다시는 주은 씨한테 다가오지 못하도록 만들어야죠."

거칠고 혼란한 분위기와 달리 시우는 여전히 담담했다. 소름 끼칠 정도로 차분해서 다른 사람 같았다. 이젠 태현보다 시우가 더 무서웠지만, 그녀는 그를 놓지 않았다.

"……싫어. 시우야."

주은이 가까스로 말을 뱉었다.

네가 이러는 거 싫어.

주은의 만류에도 태현을 죽일 것처럼 달려들던 시우의 행동이 '싫어.'라는 한마디에 뚝 멈추었다. 건전지를 뺀 인형 같았다. 시우가 잠잠해진 걸 확인한 주은이 그에게서 떨어졌다. 자신을 보고 있는 시우를 보자 왈칵 울음이 나려 했다. 그녀의 눈이 가늘게 떨렸다.

"……그만해."

말을 하자마자 눈물이 툭 떨어졌다.

"……누구 때문에 우는 거예요? 이 남자 때문에 우는 거예요? 왜요?"

시우가 갈라진 목소리로 물었다. 그는 무언가를 참고 있는 듯했다.

"너 때문에 우는 거야."

"……."

"너라고. 시우야. 그러니까 제발 그만해."

주은이 한 번 더 명확하게 말하고서야 시우가 한 걸음 물러섰다. 그가 주은을 바라보았다. 할 말이 많은데, 감정을 말로 담아 표현할 방법이 없는 얼굴이다. 서서히 표정이 스며드는 시우의 얼굴을 보며 주은은 왜인지 울고 싶어졌다.

위잉. 위잉.

사이렌 소리를 내며 경찰차가 망가진 태현의 차 앞에 멈춰 서고서야 주은의 시선이 돌아갔다. 다가오는 경찰을 보면서도 주은은 느꼈다.

자신의 뺨에 와 닿는 시우의 시선을.

주은이 고개를 들었다. 열린 창문 틈으로 날 선 바람이 얼굴을 스치고 지나갔다. 통증을 느끼고서야 그녀는 자신이 살아 있다는 걸 느꼈다.

태현은 사고현장에서 곧장 병원으로 이송되었다. 주은은 시우와 함께 경찰서에 연행되어 온 후, 그와 다른 자리에서 조사를 받았다. 그녀는 조사 중 같은 말을 여러 번 반복해야 했다. 손끝이 덜덜 떨리고 몇 번이나 현기증이 났지만 입술을 사리문 채 경찰이 묻는 말에 꼬박꼬박 대답했다. 그래야만 빨리 끝날 것 같았다.

태현에게 주은이 끌려가는 것을 경비원이 목격했다고 진술했다. 아무래도 수상해서 신고를 했다고 했다. 목격자의 진술과 CCTV의 영상까지 확보되어 태현의 죄가 확실해졌으나, 문제는 시우였다. 그는 이 사건에 직접적인 관계가 없었다. 주은은 넋이 나간 와중에도 시우의 편을 들었다. 자신 때문에 그의 인생 한 귀퉁이가 망가지는 것 같아 겁이 났다.

「그러니까 납치되기 직전에 하시우 씨에게서 전화가 걸려왔고, 그 전화를 받았다는 겁니까?」

경찰관이 자판에 가지런히 손을 올려놓은 채 물었다. 골치 아픈 사건을 맡게 되어 난처한지 그의 표정이 내내 굳어 있었다.

「경찰에 전화를 할 상황이 아니라 시우에게서 걸려온 전화를 받았어요. 시우가 대신 신고를 해줄 거라고 생각했어요.」
「그와는 어떤 사이입니까?」
「사귀는 사이입니다.」
「그럼 강태현 씨와는요?」
「헤어진 사이예요.」
「헤어졌다라……. 보고받은 바로 강태현 씨는 전혀 다른 진술을 하고 있던데요.」
「그 사람이 진술을 했다고요?」
「네. 진술은 가능한 정도입니다. 뭐, 들어보니 코뼈가 부러지고 피부가 까진 거 말고는 괜찮다고 하네요.」
「저는 분명히 이별을 요구했고, 집안 간의 약혼도 없던 일로 되었다고 들었어요.」

핏기가 가신 입술로 그녀는 꼬박꼬박 대답했다.

주은의 조사가 끝날 무렵, 시우의 변호사가 찾아왔다는 말을 전해 들었다. 그는 다급한 걸음걸이로 시우가 조사받는 곳으로 향했다.

먼저 조사가 끝난 주은은 넋이 나간 사람처럼 경찰서 한구석에 앉아 있었다.

다리에 힘이 들어가지 않아 움직일 수도 없었지만, 지금은 사람이 많은 곳이 좋았다. 고요한 가운데 뚝뚝 떨어지던 태현의 섬뜩한 목소리는 그녀의 어깨를 움츠러들게 만들었다. 그녀는 고개를 반쯤 숙인 채 시우를 기다렸다.

"주은아!"

경찰서 안에서 들리는 제 이름에 주은이 고개를 들었다. 아버지와 어머니가 다급한 걸음걸이로 경찰서 안을 가로질러 그녀에게 다가왔다.

"괜찮니?"

"이게 무슨 일이야!"

어머니와 아버지가 정신없이 주은을 살폈다. 입도 벙긋할 힘이 없는 주은은 아무 말도 하지 않았다. 부모님이 찾아왔는데 안도가 되지 않았다. 오히려 더욱 불안해졌다. 그녀는 창백한 얼굴로 그들이 쏟아내는 말들을 가만히 듣고만 있었다.

"어디 다친 곳은 없어?"

아버지인 성태의 물음에 주은은 힘없이 고개를 끄덕였다. 지금은 머리가 멍해서 어딘가가 아파도 느낄 수가 없었다.

"잠시 경찰 좀 만나고 올 테니, 주은이 잘 데리고 있어."

"알겠어요."

성태가 말을 남긴 후, 경찰에게 다가갔다. "수고하십니다."라는 말을 시작으로 경찰에게 질문을 하는 성태의 등을 바라보았다.

그래도 가족은 가족이라는 건가.

울어야 할지, 웃어야 할지 모르겠다. 전혀 기쁘지도, 행복하지도 않았으니까.

"대체 강태현 차를 왜 탄 거야! 헤어진 사이라면서!"

탄 게 아니라 끌려간 거였다. 거기까진 못 들은 건지, 선숙이 그녀의 팔을 꽉 잡고서 물었다.

"……끌려간 거예요."

주은이 정정해주었다. 이것만큼은 억울해서 바로잡고 싶었다.

"그러게 왜 태현이를 만나? 사람들 입에 오르내리면 어쩌려고! 우성그룹에서 네 소식 들으면 얼마나 골치 아파하겠니?"

안개가 찬 것처럼 멍하던 주은의 눈동자에 잠시 초점이 돌아왔다. 그녀는 선숙의 얼굴을 똑바로 바라보았다. 섬뜩한 주은의 시선에 선숙은 저도 모르게 움찔했다.

"……우성그룹이라니요?"

"그렇게 물으면 내가 뭐라고 대답해줘야 하니? 우성그룹이 우성그룹이지."

선숙이 어물거리며 대답했다.

"그 이름이 왜 여기서 나오냐는 거예요."

잠시 멎은 것처럼 조용하던 심장이 쿵덕거리기 시작했다. 예리한 바늘에 찔린 것처럼 손끝이 따끔거렸다. 뭔가를 듣기 전부터 감지한 것처럼.

"우성그룹의 차남이랑 만나고 있다며."

"……."

"왜 진즉에 말 안 했니? 그런 깊은 사이면 우리가 너한테 태현이를 계속 만나라고 할 일 없었을 거 아니니? 안 그래? 그래도 우성그룹 차남 쪽에서 네가 아주 마음에 들었나 보구나. 태현이한테서 널 구해준 것도 우성그룹 차남이지?"

선숙의 목소리에 희미한 부러움이 실려 있었다.

우성그룹 차남.

주은은 누군지 곧바로 알아챘다. 우원과 대화를 나누며 우성그룹을 갖겠다고 선전 포고를 하던 시우의 모습이 떠올랐다. 눈앞이 아득해지는 기분이었다.

"시우…… 만났어요?"

주은이 선숙의 팔을 꽉 잡았다.

"시우? 네가 만나는 남자 이름이니? 그런데 왜 그렇게 이름이 낯익지? 어머, 혹시 호성이 생일에 왔던 그 남자니? 세상에나! 호성이는 왜 그런 남자랑 알고 지내면서 나한테 일언반구도 없었던 거야! 보자. 우성그룹이면…… 혹시 과외할 때? 어머머. 세상에나!"

선숙이 생각났다는 듯 호들갑을 떨기 시작했다. 그러면서 시우와 얼마나 가까운 사이인지를 계산하고 나섰다.

"내가 시우 만나는 거 어떻게 알았냐고요!"

참지 못하고 주은이 소리쳤다.

"윽! 얘는 왜 갑자기 소리를 치고 그래? 이 손 좀 놓으렴. 팔 아프다. 왜 이렇게 세게 잡아?"

"어떻게 알았냐고 묻잖아요!"

주은이 소리쳐 물었다. 질문을 꺼낸 입술이 덜덜 떨렸다.

조각조각 나 있던 퍼즐들이 하나둘 맞아떨어지는 기분이 들었다. '잘될 거예요.'라던 시우의 목소리. 갑자기 통제력을 잃은 태현. 달라진 부모님의 태도가 모두 한 가지를 가리키고 있었다. 그러면서도 그녀는 마음으로 자신이 헛짚은 것이길 간절히 바랐다.

선숙이 주은의 팔을 뿌리쳤다.

"어휴, 아파. 웬 힘이 이렇게 세? 아직 못 들었어? 우성그룹에서 네 아버지 회사에 투자하겠다면서 빚을 싹 다 없애줬잖니."

"……뭐라고요?"

"여기저기 수소문해서 알아보니 우성그룹 하우원 사장인가 뭔가 하는 사람이 갚아줬다잖아. 온갖 인맥 다 동원해서 겨우 사장 비서한테 물어보니 '이주은 씨를 돕기 위한 하시우 씨의 배려입니다.'라잖아. 그게 뭐겠어? 남녀 사이에 뻔하지. 너야말로 대체 우성그룹 차남은 어떻게 만난 거야?"

"……."

"그런 게 있었으면 진즉에 말했어야지. 그럼 우리가 이런 고생을 할 일도 없잖니. 어휴, 어쨌든 한시름 놨다."

선숙의 다그침에 잠시 멍하게 서 있던 주은이 눈을 들었다. 주은과 눈이 마주친 선숙이 움찔하며 한 걸음 물러섰다.

"그걸 받았어요?"

"뭐?"

선숙이 제 귀를 의심하는 듯한 얼굴로 물었다.

"투자해준다는 명목으로 빚 갚는 걸 받아들였냐고요."

"그럼 준다는데 안 받아? 네 아버지 사업이 얼마나 급하게 돌아가는지 아는 애가 그렇게 말해? 너야말로 가족들이 길바닥에 내앉게 생겼는데 너 하나 살겠다고 나선 애가, 지금 우리를 원망하는 거니?"

우리.

그 명확한 경계 앞에서 주은은 또 내쳐졌다. 그러나 이전처럼 아프거나 괴롭지 않았다. 그녀는 창백한 얼굴로 선숙을 내려다보았다. 수만 가지 감정이 치솟아 올랐다가 가라앉은 눈동자가 딱딱하게 굳었다.

"사업 운영을 잘못해서 망하게 되었으면 망해야죠. 능력부족 사장이 억지로 회사를 끌고 나간다고 직원들이 좋아할 거 같아요? 그 회사가 지금 투자받는다고 살아날 것 같아요? 그랬으면 진즉에 살아났어야죠. 몇 해 동안 여기저기 돈 끌어 쓰면서 적자 나는 거 나도 아는데, 살아날 것 같아요? 그리고 아버지가 좋아서 시작한 사업, 망하게 될 때가 되니까 왜 나한테 책임을 지라고 해요?"

"가족이니까 그렇지!"

선숙은 변한 게 하나도 없었다. 어쩐지. 자신이 다쳤다는데 냉큼 달려와 자신을 살필 때부터 이상함을 느꼈다. 이젠 실망할 여력도 없었다.

"그 가족은 필요할 때만 가족이네요. 이전부터 느끼던 거지만 참 염치없네요, 당신은."

주은의 눈동자에 경멸이 어렸다.

짝!

그 순간 커다란 손이 주은의 뺨을 후려갈겼다. 고개가 홱 돌아간 주은은 한 박자 늦게 왼쪽 뺨에서 열이 오르는 것을 느꼈다.

"보자 보자 하니까 아주 말버릇이 돼먹지 못했구나! 누가 널 그렇게 가르치든!"

아버지의 불호령이 떨어졌다. 고개를 돌리자 자신을 잡아먹을 것처럼 노려보는 성태와 말리는 선숙이 보였다. 그러나 선숙도 성태의 소맷자락만 잡고서 말리는 척할 뿐, 진심은 아니었다.

경찰서 안에 있던 사람들의 이목이 모두 집중되었다. 주은은 손등을 뺨에 댔다. 퉁퉁 부은 뺨은 마비라도 된 것처럼 어떤 느낌도 들지 않았다.

"이것보다 더 못돼처먹기 전에 관두죠."

"뭐야!"

"이제 가족 행세 그만하죠. 없는 자식이라고 생각하세요."

주은이 건조한 눈으로 아버지와 어머니를 바라보았다. 그녀의 낯선 얼굴에 손을 치켜들던 성태가 머뭇거렸다. 선숙도 충격받은 얼굴로 주은을 바라보았다.

"이, 이 녀석이……!"

성태가 버벅거렸지만, 주은은 그를 냉정하게 쳐다보았다.

"나이 스물까지 키워주신 값은 스무 살이 될 때부터 지금껏 다 갚아드린 것 같으니 계산 끝났잖아요."

"네가 뭘 했다고 그런 말을 해! 네가 우리한테 뭘 해줬다고!"

"제가 뭘 했는지 일일이 내역 뽑아 말씀드려요?"

"……."

"적어도 미친놈한테 딸 팔려고 해서 2차 대출은 받으셨잖아요. 갚지도 못하셨지만. 이거 말고 더 말씀드려요?"

"……."

"아니면 계산 제대로 해보실래요? 아버지의 과욕으로 제가 강태현이라는 미친놈에게 무슨 일을 당해왔는지 하나씩 다 읊어드려요? 그래서 제 인생이 어디까지 곤두박질칠 뻔했는지, 몇 번이나 죽고 싶었는지 다 말씀드릴까요? 왜 아무 말도 안 하세요? 막상 들으려니 무서우세요? 본인이 얼마나 무능력한지 하나하나 확인하려니까 속 쓰리시냐고요."

주은이 건조한 눈으로 말하자 성태와 선숙은 씩씩거리면서도 아무 대꾸도 하지 못했다.

말을 하는 내내 마음이 퍼석퍼석 말라갔다. 툭 치면 와르르 무너질 것 같은 마음은 겨우 형태만 유지한 채 버티고 서 있었다.

자신의 가족도 이렇다는 걸 왜 이제야 알았을까. 겨우 이름만 갖고 있는 가족이라는 걸.

그들을 에워싼 공기가 서늘하게 내려앉았다. 사람들의 이목 속에서도 주은은 성태의 시뻘게진 눈을 바라보았다. 성태의 손이 바들바들 떨렸다.

"너…… 이 괘씸한!"

"때리려면 때리세요. 경찰서니까 여기서 바로 해결하면 되겠네요. 절대로 그냥 넘어가진 않을 거예요."

주은의 고저 없는 목소리엔 감정이 하나도 담겨 있지 않았다. 대신 그녀는 독하게 자신의 뺨을 들이밀었다. 순하고 착한 자신의 딸이 아닌 것 같아 성태는 말을 더듬었다.

"이주은, 너 정말로……!"

"주은 씨."

성태의 고함과 함께 누군가의 목소리가 맞물렸다. 차분한 목소리였다. 주은은 한마디를 듣고도 제 곁에 누가 다가왔는지 알아챘다. 곁에 있는 것만으로도 주변의 분위기를 바꿔버리는 사람.

여태껏 무표정하던 주은의 얼굴이 조금씩 허물어졌다. 시우가 주은의 곁에 서서 성태와 선숙에게 고개를 숙였다.

"하시우라고 합니다."

"아……."

선숙이 호성의 생일파티에 찾아온 시우를 기억해낸 듯 아는 체를 했다. 그러더니 다급하게 머리 손질을 하기 시작했다.

시우는 그런 선숙을 못 본 척하며 주은을 바라보았다.

"뺨이 부었네요."

그가 미간을 찌푸리며 벌겋게 부은 주은의 뺨을 어루만졌다.

"그 새끼가 이런 거예요? 얼굴이 아니라 손가락 마디마디를 다 부숴놓을걸, 잘못했네요."

주은의 얼굴에 이제 막 상처가 생겼다는 걸 알면서도, 시우는 모르는 척 성태를 바라보았다.

"소중한 따님의 얼굴이 이렇게 되어서 속상하시겠어요."

던지는 시우의 말에 성태의 얼굴이 민망함에 벌겋게 달아올랐다.

"오늘은 상황이 좋지 않으니 주은 씨는 제가 데리고 가겠습니다. 괜찮으시죠?"

성태는 갑작스레 나타난 시우를 바라보았다. 그는 상냥한 태도와 단정한 미소와는 달리 오만한 눈빛을 하고 있었다.

거절해도 데려가겠다는 의도가 다분한 표정이었다. 그러나 예의상 체면을 위해 물어봐주겠다는 게 여실히 느껴졌다.

"그래. 지금은 우리랑 있는 거보다 자네랑 있는 게 도움이 되겠지. 시우 군이라고 했나, 다음에 따로 밥 한 끼 하세."

성태가 마지못해 고개를 끄덕였다. 시우는 대답 대신 웃어 보이고는 주은을 잡아끌었다. 그녀는 힘없이 그에게 끌려갔다.

경찰서를 벗어나자 차가운 바람이 퉁퉁 부은 뺨을 스쳤다. 차가운 바람이 닿자 조금은 낫는 기분이었다. 그러나 주은의 얼굴은 여전히 깊은 밤처럼 어두웠다.

"가요."

시우가 멍하니 앞을 바라보고 있는 주은의 손을 잡았다.

"……왜 그랬어?"

주은이 여전히 앞을 바라본 채 낮은 목소리로 물었다.

"뭐가요?"

"알잖아. 내가 뭘 묻는지."

"……."

"왜 그랬어? 네가 이러면…… 내가 네 얼굴을 마음 편하게 못 보잖아, 시우야."

그의 이름을 부르는 순간, 주은의 목소리가 갈라졌다. 슬픔을 억누른 목소리가 더 서글펐다. 시우가 주은의 시야를 가렸다. 초점이 없던 주은의 눈동자에 일순 빛이 돌아왔다. 시우를 담은 주은의 눈동자에 서서히 물기가 차올랐다.

아버지에게서 맞을 때에도 눈물 한 방울 안 흘렸는데, 거짓말처럼 시우를 보자마자 눈물이 나려 했다. 그녀가 무슨 말을 하려고 마른 입술을 벙긋거리다가 다물었다. 어떤 말도 지금 이 감정을 담을 수가 없었다.

시우에게 미안해서 아무 말도 할 수가 없었다. 자신 때문에 시우가 번번이 힘들어지는 것 같아서, 그에게 자신의 사랑이 독처럼 느껴졌다.

가족들에게서 이용당한다는 기분을 느낄 때보다, 당당하게 사랑할 수 없는 지금이 더욱 비참했다.

주은이 입술을 사리물고서 목구멍으로 넘어오는 울음을 억지로 참았다. 시우가 허리를 숙이더니 주은의 얼굴 앞에서 멈췄다. 눈높이가 같아지고서야 시우가 다정한 목소리로 말했다.

"……다 이야기해줄게요. 집으로 가요."

시우가 그녀의 손을 잡아끌었다.

소파에 앉은 주은은 싱크대 앞에서 오가는 시우의 뒷모습을 바라보았다. 티스푼을 꺼내 드는 그의 행동은 어제와 다름없었다. 그래서 이질적이었다. 사람의 얼굴을 보닛에 때려 박고 경찰 조사를 받고서도 그는 덤덤해 보였다. 때린 사람은 저토록 멀쩡한데, 지켜본 자신의 손은 아직도 덜덜 떨렸다.

주은이 손끝을 말아쥐었다.

"마셔요."

시우가 김이 모락모락 오르는 커피잔을 그녀의 앞에 내려놓았다.

"응."

대답은 했지만, 주은은 컵을 감싸쥐지 못했다. 떨리는 손끝을 들키고 싶지 않았다. 시우는 주은과 마주 보는 풋스툴에 걸터앉았다. 그도 커피를 가져오긴 했지만 마실 기분은 아닌지 잔을 쥐고만 있었다.

"……어떻게 된 거야?"

"주은 씨 아버님이 진 빚을 다 갚았어요."

시우가 순순히 사실을 실토했다. 간당간당하게 달려 있던 희망이 뚝 끊어지는 기분이었다.

"그게 말이 돼?"

주은이 얼굴을 구겼다.

"전 안 되는데 하우원은 가능하거든요. 넘치는 게 돈이라서. 그런 표정 할 거 없어요. 하우원과 저는 서로 윈윈하는 거래를 한 거니까요. 하우원은 회사를, 저는 이주은 씨를 도운 거죠."

"회사 가지는 게 네 목표라며."

"그걸 주은 씨가 어떻게 알아요?"

시우가 눈만 치켜들며 물었다.

"아……. 미안해. 예전에 화단에서 하우원 씨랑 너랑 대화 나누는 거 들었어. 기업을 물려받는 게 꿈이라는 거. 엿들으려고 한 건 아니었어."

"아아, 그래서 그랬구나."

시우가 나지막하게 중얼거렸다. 그러더니 감이 온다는 듯 고개를 작게 끄덕였다.

얼마간 주은은 다른 사람 같았다. 자신에게 뭔가를 못해 주는 것에 대해 굉장히 미안해했다. 집에 빚이 있다는 사실도, 자신의 형편이 어려워지는 것에 대해서도 굉장히 고통스러워하는 얼굴이었다. 꿈을 이루는 데 도움이 되지 못한다는 자괴감 때문인 모양이었다.

"회사엔 별 관심 없어요."

"시우야."

주은이 거짓말하지 말라는 듯 그를 불렀다.

"진심이에요."

주은을 바라보는 시우의 눈빛이 진실을 말하는 듯 또렷했다.

"……."

"난 애초부터 회사 같은 거엔 관심 없었어요. 회사를 갖고 싶다고 말한 건, 그래야 하우원이 조바심을 느끼고 내 제안을 받아들일 테니까요."

"대체 무슨 제안을 한 건데?"

"내가 가진 회사 주식 지분을 모두 증여하겠다는 각서를 썼어요."

"……뭐?"

분명히 들었는데 한 번에 이해가 되지 않았다. 회사 주식 지분을 모두 증여하다니?

"물론 아버지가 돌아가신 후에 상속받을 주식까지 미리 포함이에요. 아마 회사 총 지분의 10퍼센트 정도는 되지 않을까요?"

시우가 별것 아니라는 듯 덤덤하게 말했다. 주은은 자신의 귀를 의심했다. 그 가격이 얼마일지 도무지 가늠이 되지 않았다.

그러나 하나 확실한 건, 하우원으로서는 이득인 거래였다. 10퍼센트의 주식이면 대주주가 바뀔 수도 있는 상황이었다. 10퍼센트의 주식을 갖게 된 하우원은 경쟁자도 없애고, 안정적으로 자신의 입지를 굳힐 수 있게 되었다. 하우원에겐 이득이지만, 시우에겐 굉장한 손해였다. 우성그룹의 주가를 생각해보면 대략 계산하더라도 엄청난 액수다.

그 엄청난 금액을 포기했다고?

주은이 입술을 벙긋거렸다. 이젠 대체 왜 그랬냐는 말조차 나오지 않았다. 한 대 얻어맞은 것처럼 멍하게 시우를 바라보았다.

"왜 그랬냐고요?"

시우가 주은의 얼굴을 보며 설핏 웃었다. 주은은 그의 입을 바라보았다.

"불안했거든요."

"……."

"이러지 않으면 이주은 씨가 날 버릴 것 같아서."

시우의 말에 주은의 목울대가 오르내렸다. 헤어진다가 아니라 버린다고 말했다. 마치 그런 경험이 있는 사람처럼.

시우가 입꼬리를 조금 더 올리며 미소 지었다.

"이 정도 하면 못 버리지 않겠어요? 미안해서라도?"

그는 농담처럼 보이려고 애쓰고 있었다. 그럴수록 그의 말이 진심인 게 느껴졌다. 그는 자신이 버림받을까 봐 두려워하고 있었다. 그 두려움을 웃는 얼굴로 가리고 있었다.

예전엔 몰랐던 시우의 감정이 이젠 제대로 보였다. 그는 웃고 싶은 게 아니었다. 웃는 걸로 감추고 있을 뿐.

"……왜 웃어?"

주은의 물음에 시우의 입가가 굳었다.

"웃을 일 아니잖아."

주은이 창백한 얼굴로 이어 말했다. 그녀가 조금씩 내려앉는 그의 입꼬리를 바라보았다. 순간 주은의 미간이 확 찌푸려졌다.

머릿속으로 날카로운 기억 하나가 스치고 지나갔다. 언젠가 이 말을 한 적 있었다. 떠오르는 풍경이 안개 속에 갇힌 듯 흐릿하게 떠올랐다.

억지로 힘주어 웃고 있는 작은 입술, 끄트머리가 가늘게 떨리고 있는 입꼬리.

「괜찮아요.」

앵무새처럼 반복하던 어린 말. 밀쳐질까 봐 빳빳하게 힘주고 있던 어깨까지…….

주은의 시선이 시우의 어깨에 닿았다. 어깨를 타고 느릿하게 시선이 올라갔다. 날카롭게 뻗은 턱선, 자그마한 얼굴, 습관처럼 웃고 있는 입술, 사람을 빤히 바라보는 눈동자.

기억 속의 누군가와 달라진 건, 그의 머리색밖에 없었다.

"……너."

가까스로 주은이 물었다. 시우가 입을 다문 채 그녀를 응시했다.

"나, 알고 왔지?"

"……."

"우리 예전에 만난 적 있지?"

주은의 물음에 시우의 얼굴이 눈에 띄게 굳었다.

"할머니 댁에서 만났던 걔…… 너지?"

주은이 확신한 듯 말했다. 그녀가 눈동자를 굴렸다. 그녀의 시선이 바닥 어딘가를 훑다가 창밖의 흐린 하늘에 닿았다. 그 순간 잊고 있었던 기억이 떠올랐다.

7

한창 추운 겨울이었다. 아홉 살이 된 주은은 홀로 친할머니 댁을 찾았다. 함께 오기로 했던 호성은 감기몸살로 오지 못했다. 부모님이 바쁜 탓에 맡겨진 것이나 다름없었다.

할머니를 따라 경로당에 갔지만 재미가 없어서 혼자 밖으로 나섰다. 그녀는 누군가를 찾아서 주변을 두리번거렸다. 작년부터 할머니 댁에 오면 예쁘장한 아이와 놀곤 했었다. 아이는 인형인가 싶을 정도로 예뻤는데, 조금 이상한 구석이 있었다.

남자아이가 분명한데 자신보다 머리카락이 훨씬 길었고 이상하게 말수가 적었다. 아는 놀이도 별로 없고, 뭔가를 시키면 멍하게 서 있기 일쑤였다. 그러면서도 도망치지도 않고 자신이 놀자는 말에도 거부하지 않았다. 혼자 있는 것보다 함께 있는 게 좋아서 종종 어울리곤 했다. 그런데 그 아이가 며칠째 보이지 않았다.

"오늘은 없나 보네."

아이를 찾아 이리저리 걷던 주은이 추위를 못 견디고 집으로 돌아가려 할 때였다.

박박.

손톱이 나무판을 긁는 소리에 주은이 가던 길을 멈추었다. 섬뜩한 기분과 동시에 호기심이 들었다.

혹시 강아지나 고양이일지도 몰라.

주은이 발소리를 죽인 채 신경을 곤두세웠다. 바람이 휘휘 지나가는 소리 말곤 어떤 소리도 들리지 않았다. 김이 새서 다시 걸음을 옮기려고 발을 막 떼어냈다.

바악바악.

이전보다 느린 속도지만 뭔가가 나무를 긁고 있었다. 이리저리 주변을 돌리던 주은의 눈에 정원이 딸린 작은 집이 보였다. 그 집의 정원에 나무판으로 만든 간이 집이 있었다. 집이라고 하기엔 창고에 가까운 누추한 건축물이었다. 귀퉁이 이곳저곳엔 구멍이 나 있었고, 눈비를 맞아 구석마다 시커멓게 썩어 있었다.

주은은 설마 저런 곳에 뭔가가 있을 거라고 생각지 못했다. 그 순간 다시금 박박 긁는 소리가 났다. 짐승을 가둬놓은 건가 하는 생각을 할 찰나 바람을 타고 사람 목소리가 들렸다.

"……주……세요."

끊어질 듯 더듬더듬 이어지는 목소리였다. 등골이 서늘했다. 덜컥 겁도 났다. 잠시 주뼛거리던 주은이 고개를 돌려 다시 정원이 딸린 집을 바라보았다. 그러고 보니 낯익은 집이었다.

작년에 남자아이가 들어가는 걸 본 적 있었다. 혹시나 그 아이일지도 모른다고 생각했다. 도망치고 싶은 마음을 다잡은 주은이 조금씩 나무집을 향해 다가갔다. 문은 생각보다 쉽게 열렸다. 그 너머의 광경을 확인한 주은이 그 자리에 우뚝 멈춰 섰다.

남자아이가 나무 틈에 얼굴을 박고 있었다. 한 손은 벽을 긁고 있었는데, 얼마나 오래되었는지 손끝이 피로 물들어 있었다. 문을 두드릴 힘이 없어진 손이 가까스로 벽을 긁고 있었다.

"괜찮아?"

주은이 다급하게 뛰어들었다. 그사이 쿵 하는 소리와 함께 문이 닫혔다. 이 어설픈 나무집에 쇠문이 달렸다는 걸 이상하게 여겼어야 했지만, 그걸 알아채기에 주은은 어렸다.

"괜찮냐고!"

주은이 억지로 아이를 안아 들었다. 얼마나 오랫동안 있었는지 몸이 꽝꽝 다 얼어 있었다. 특히 입술 부분이 하얗게 질려 있었다. 주은이 고개를 들어 아이가 얼굴을 박고 있던 곳을 보았다. 자그맣게 구멍이 난 부분이 보였다. 저 틈으로 입을 대고 말을 한 모양이었다.

아이가 억지로 힘을 주어 눈을 뜨더니 그녀를 보고서 희미하게 웃었다. 자신을 알아본 건지, 죽어서 천사를 만났다고 생각한 건지 구분이 가질 않을 만큼 아이의 표정은 몽롱했다. 순간 머리를 한 대 맞은 것처럼 멍했다. 어떻게 해야 할지 가늠이 되지 않아 이리저리 생각하던 주은이 아이를 내려놓은 후 벌떡 일어났다.

"조금만 기다려. 어른 데리고 올게."

주은은 몸이 꽁꽁 얼어붙은 아이를 데리고 나갈 힘이 없었다. 더욱이 밖은 이곳보다 더 추웠다. 문 근처로 달려간 주은이 그 자리에 뚝 멈춰 섰다.

문이 평평했다. 문고리가 없었다. 눈앞이 아찔해진 주은이 문을 밀었으나 요지부동이었다. 꽉 닫힌 문은 그녀가 온 힘을 다해 몸을 밀어도 틈조차 벌어지지 않았다. 사면의 벽을 온몸으로 밀쳐도 마찬가지였다. 구멍이 나서 어설퍼 보였지만 생각 외로 단단해서 어린아이의 힘으로는 부술 수 없었다.

"누구 없어요! 저기요! 여기 사람 있어요! 살려주세요!"

주은이 문을 두드리며 소리쳤다. 그러나 시골 외곽에 위치한 이곳을 지나다니는 사람은 드물었다. 한참 소리를 치느라 힘이 다 빠진 주은이 아이 옆에 털썩 주저앉았다. 목이 아프다 못해 타들어가는 것 같았다.

이리저리 뛰어다닐 땐 몰랐는데 쉬고 있으니 추위가 엄습해왔다. 여기저기 구멍 뚫린 곳에서 찬바람이 밀려들었다.

자신은 잠깐 있었는데도 이렇게 추운데, 이 아이는 얼마나 힘들까.

"괜찮아?"

주은의 물음에 아이는 아무런 대답이 없었다. 코 가까이 귀를 가까이하자 얕은 숨소리가 들렸다. 주은이 자신의 목도리와 장갑을 벗어 구멍을 막았다. 그러고는 아이를 끌어안았다. 오히려 혼자 있을 때보다 더 추웠지만, 주은은 아이를 꽉 끌어안았다. 조금 있으니 그래도 괜찮아지는 기분이 들었다.

"너, 괜찮아?"

다시 한 번 주은이 물었지만 돌아오는 대답은 없었다. 아이의 몸은 여전히 차가웠다.

"하아."

주은이 아이의 옷 안에 따뜻한 입김을 불어넣었다. 아이의 외투 안에 입김을 불어넣던 주은이 띵한 머리를 잡고서 누웠다. 그러다 반쯤 눈을 뜬 아이와 눈이 마주쳤다.

"괜찮아? 조금만 기다려. 할머니랑 마을 사람들이 우리 찾으러 올 거야. 내가 장갑 하나를 구멍 밖으로 던져놨거든. 아마 곧 사람들이 발견할 거야. 그러니까 괜찮아."

"……주……세요."

"뭐? 뭘? 혹시 배고파? 나 가진 게 없는데."

주은이 난처한 얼굴로 주머니를 뒤적거렸다.

"용서……해……주세요."

주은이 하던 행동을 멈추고 아이를 바라보았다. 까만 눈동자엔 초점이 없었다. 오랜 추위와 싸우다가 의식이 가물가물해 보였다. 아이는 자신을 보고 있는 게 아니었다. 자신이 말하고자 하는 대상을 향해 말하고 있었다.

"……용서……해주세요."

아이의 눈동자에 물기가 스며들었다. 이윽고 덩어리진 눈물이 눈꼬리를 타고 흘러내렸다.

주은이 아는 어린아이들의 울음은 비명과 함께 빽빽대는 거였다. 자신의 동생인 호성도 그렇게 울었다. 그런데 자신의 동생보다 조금 커 보이는 이 아이는 울음소리를 내지 않으려 안간힘을 다하고 있었다. 바짝 얼어붙은 입꼬리를 간신히 올린 모습이 마치 웃으려 애쓰는 것 같기도 했다.

"용서해……주세요."

"넌 잘못한 게 없어."

"용서……해주세요."

주은이 아이의 맨손을 잡았다. 꽁꽁 얼어붙은 손에서 전해진 한기가 살갗을 아프게 찔렀지만, 주은은 놓지 않았다. 아이가 불쌍했다. 가능하다면 자신의 온기 절반을 딱 잘라 나눠주고 싶다는 생각이 들었다.

"용서해주세요."

용서해주겠다는 말이 나올 때까지 아이는 빌 것 같았다.

"응. 용서해줄게."

주은이 용서해주겠다는 말을 하고서야 아이는 잠잠해졌다. 아이가 한 박자 늦게 눈물을 떨구었다. 얼어붙은 나무판자에 배어드는 눈물이 왠지 마음 아팠다.

"전부 다, 모든 걸 용서해줄게."

"……."

"걱정하지 마. 다 괜찮아질 거야. 그리고 울지 말고."

주은이 아이의 눈물을 닦아주었다. 그럴수록 이상하게 아이의 눈에서 더 많은 눈물이 쏟아져내렸다. 주은은 아이의 눈물을 끝까지 닦아주었다. 괜히 마음이 아팠다. 자신이 본 얼굴 중에서 가장 슬프게 우는 얼굴이었다.

"울면 얼굴 얼어. 그러면 아프단 말이야. 그리고 나도 슬프고. 왜 울고 그래?"

주은은 아이의 눈물을 다 닦아준 후, 끌어안았다. 그녀의 눈에도 눈물이 그렁그렁 맺혀 있었다.

"하아."

주은이 아이의 목덜미에 뜨거운 입김을 불어넣었다. 그 후에 온기가 빠져나가지 못하도록 손으로 덮어주었다. 이래봤자 별 도움이 안 될 걸 알지만, 주은은 멈추지 않았다. 아주 조금이라도 녹이고 싶었다. 아이의 얼어붙은 몸과 마음을.

주은은 아주 잠깐 잠이 들었다가 깨어나서 다시금 아이의 몸을 데워주었다.

"괜찮아. 괜찮아. 다 괜찮아."

주은은 자신에게 하는 말인지 아이에게 하는 말인지 모를 말을 계속 중얼거렸다. 아이는 깨어나면 용서해달라고 빌었다. 그때마다 주은은 아이에게 "용서해줄게. 넌 잘못한 게 없어. 괜찮아. 다 괜찮아."라는 말로 안심시켰다. 아이가 잠들고 혼자 의식이 있을 때면 두려움이 왈칵 밀려들었다.

이대로 누구도 자신들을 찾지 못하는 게 아닐까.

그럴 때마다 주은은 아이를 꽉 끌어안았다. 아이에게서 미미하게 전해지는 온기를 느끼면 조금의 안도감이 들었다. 자신은 이렇게 이 아이라도 있는데, 자신이 오기까지 이 아이는 혼자서 얼마나 무서웠을까. 어린아이가 혼자 있기에 이곳은 남루하고 지나치게 추웠다.

아이와 주은이 발견된 건 밤 10시가 넘어서였다. 주은이 사라진 것을 안 할머니가 마을 사람들에게 부탁해 이곳저곳을 뒤지고 다닌 끝에 찾아냈다. 결정적인 건 그녀가 구멍 사이로 내던져놓은 붉은 털장갑 때문이었다.

병원에 도착한 주은은 꼬박 만 하루를 잠들었다. 다시 아이를 만난 건, 막 잠에서 깨어났을 때였다.

긴 머리를 한 가닥으로 묶은 아이가 자신의 침대 옆에 서 있었다. 확실하진 않지만, 오래전부터 그곳에 서 있었던 느낌이었다.

여기저기 생채기가 나 있고 바짝 마른 모습이었지만 예쁜 이목구비는 여전했다. 아이는 눈이 마주치자 입꼬리를 끌어올리며 미소 지었다. 주은의 얼굴은 무심했다.

몸을 일으켜 세운 주은이 침대에 걸터앉아 아이를 바라보았다. 그러고는 손을 뻗어 아이의 다친 상처를 어루만졌다.

"아파?"

"……."

"괜찮아?"

"……."

"응?"

주은은 대답하지 않는 아이에게 계속해서 물었다.

"괜찮냐고. 대답을 해야지."

주은이 난처하다는 듯 얼굴을 찌푸리자, 아이는 그제야 웃는 얼굴로 고개를 끄덕이며 대답했다.

"네."

"밥은 먹었어?"

"네."

"아픈 건?"

"괜찮아요."

"상처가 심해 보이는데."

"괜찮아요."

아이가 웃었다. 주은의 얼굴은 그럴수록 찌푸려졌다. 뭔가 이상했다. 한 박자 늦게 주은은 그 이유를 알아챘다.

"근데 너 왜 자꾸 웃어?"

웃을 일이 아닌데 아이는 시종일관 웃고 있었다.

"네?"

아이가 눈을 동그랗게 뜨며 물었다. 그러면서도 슬쩍 올라간 입꼬리는 여전했다. 원래부터 올라가 있는 입꼬리가 아니었다. 입 끝에 억지로 힘을 준 미소였다.

"왜 웃냐고."

주은이 얼굴을 찌푸리자 아이가 더 환하게 웃었다. 마치 자신에게 인상 쓰지 말아달라는 듯이. 그 모습이 이질적이라 주은은 더욱 얼굴을 찌푸렸다.

"웃지 마. 힘든데 왜 웃어?"

"괜찮아요."

"안 괜찮아 보여."

주은의 직설적인 말에 아이의 눈에 눈물이 그렁그렁 맺혔다. 그 아이의 입꼬리가 파들파들 떨렸다. 그러면서도 눈을 똑바로 뜬 채 미소 지었다.

"괜찮아요, 저는."

앵무새처럼 아이는 괜찮다는 말을 반복했다. 그 말이 이상했다. 전혀 괜찮지 않은 모양새로 아이는 괜찮다고 말했다. 아이는 눈을 부릅떴다. 절대로 울 수 없다는 얼굴이었다.

"그냥 울어. 왜 참아?"

주은의 말에 아이의 표정에 금이 갔다.

"울면…… 싫어할 거잖아요."

아이의 말을 주은은 이해하지 못했다.

울면 왜 싫어하지?

그사이 아이의 입꼬리가 딱딱하게 굳었다. 이젠 입꼬리를 올리는 것조차 힘겨워 보였다.

"내가 왜 싫어해?"

"화났어요? 용서해주세요."

"용서해달라는 말 그만해."

"아……. 미안해요. 용서해……."

다시 용서해달라는 말을 하려고 하는 아이를 주은이 와락 껴안았다. 호성이 울거나 안 좋은 말을 하면 주은은 호성을 끌어안곤 했다. 그녀에게 어린 남동생을 껴안는 건 흔한 일이었다. 그런데 왜인지 아이의 몸은 나무토막처럼 뻣뻣했다. 마치 처음 안겨본 사람처럼.

"용서해달라는 말 하지 마. 그리고 그냥 울어. 울어도 안 싫어해."

주은의 손이 아이의 등에 닿았다가 떨어졌다. 토닥거리는 손놀림에 아이의 입꼬리가 완전히 일직선을 이루었다. 이윽고 그의 입꼬리가 아래로 떨어졌다. 잔뜩 굳어 있던 아이가 바들바들 떨기 시작했다. 경련인가 싶어 주은이 긴장했다.

"으흑."

그러다 터지는 울음을 듣고야 알았다. 아이가 울기 시작했다는 걸. 아이는 처음인 것처럼 우는 것에 서툴렀다. 꾸역꾸역 참았다가 한번 왕 터트렸다가 다시금 꾸역꾸역 참길 반복했다. 주은은 아이가 참을 때마다 등을 두들겨주었다. 호성이 울 땐 울지 말라고 달래주었는데, 왜인지 이 아이에겐 더 울라고 해야 할 것 같았다. 주은은 오래도록 아이의 등을 도닥여주었다.

그날을 끝으로 주은은 그 아이를 더는 만나지 못했다. 아이는 다음 날 사라졌고 다음해에 할머니 댁에 갔을 때 그 아이의 집은 텅 비어 있었다.

"너…… 맞지?"

주은이 이유 없이 떨리는 목소리를 참으며 물었다. 시우는 아무런 대답하지 않았다. 그의 눈빛은 담담했다. 그 침묵에서 주은은 그가 긍정하고 있다는 걸 알았다.

아홉 살 때 그 일이 있은 후, 할머니 댁에 들를 때마다 그 아이를 떠올렸다. 집이 비어 있다는 걸 알면서도 꼭 한 번은 들러서 바라보곤 했다. 그들이 갇혔던 판잣집 같은 간이 집은 오간데 없이 사라졌고, 깔끔하게 정리되어 있던 정원은 엉망진창이 되었다. 관리되지 않은 집은 순식간에 폐허가 되었다.

할머니가 돌아가신 후로, 그 마을에 더는 갈 일이 없어지면서 서서히 기억에서 잊혀갔다. 그러다 어느 순간엔 완전히 잊고 살았다.

주은은 생경하다는 눈으로 시우를 다시 한 번 바라보았다. 그 아이는 여자애라고 오해할 만큼 예뻤다. 검고 긴 머리카락에 자그마한 얼굴. 팔다리가 가늘고 길었다. 그래서 처음엔 여자아이로 착각해서 '언니랑 놀래?'라고 말을 걸기도 했었다. 그랬던 아이가 이렇게 자랐을 줄이야.

주은이 멍한 얼굴로 바라보았다.

"왜요? 실망……했어요?"

시우가 짧게 끊으며 물었다. 싫다고 대답할까 봐 겁을 내는 얼굴이었다.

"……아니. 낯설어서. 내가 알던 모습이랑 많이 달라서. 이렇게 자랄 줄은 몰랐거든."

"그러게요. 예전의 나를 아는 사람들은 다 그렇게 말하더라고요. 이렇게 자랄 줄 몰랐다고."

"왜 처음부터 나한테 말 안 했어?"

"기억을 전혀 못 하는 것 같아서요. 굳이 말해서 좋을 일도 아니고."

시우가 입꼬리를 슬쩍 올렸다. 그는 다시 여유로운 분위기를 찾았다. 그에 비해 복잡해진 건 주은이었다. 호성의 선배가 아니라 처음부터 자신을 알고 찾아온 거라고 생각하니 섬뜩했다. 뒤돌아보니 거대한 덫이 자신의 머리 위로 떨어지고 있는 걸 목격한 기분이었다.

"우리가 다시 만난 거 우연 아니지?"

"처음에 다시 만난 건 우연이었죠. 무슨 수로 이름밖에 모르는 여자애를 찾아내겠어요. 얼굴도 잘 기억 안 나는데 말이에요. 다만 나는 보자마자 이주은 씨를 알아봤다는 거고, 이주은 씨는 나를 몰라봤다는 거에요."

"……."

"그 우연을 필연으로 만들려고 꽤 노력하긴 했어요. 그 덕에 우리가 지금 마주 보고 있는 거고요."

시우가 덤덤하게 인정했다. 그의 대답에 복잡한 주은의 머릿속이 더 엉켜들었다.

"왜…… 나야?"

시우를 만난 건 고작해야 아홉 살 때의 일이었다. 자칫하면 죽을 뻔했던 심각한 상황이긴 하지만, 평생 잊지 못할 일도 아니었다. 더더군다나 전 재산을 거의 다 바쳐가며 자신을 도울 일도 아니었다.

"대체 왜……."

말을 차마 잇지 못하는 주은의 얼굴이 하얗게 질려갔다. 더듬더듬 말을 뱉는 주은을 시우가 고요한 눈으로 응시했다.

"좋아한다니까요."

"……."

"진심으로."

"알아. 네가 날 좋아한다는 거. 그렇지만…… 나중에 후회하면 어쩔 건데. 시간이 지나서 후회하면 그땐……."

네가 날 원망할 텐데.

주은이 차마 뱉지 못할 말을 삼켰다.

"처음으로 안겨봤어요, 사람한테."

그가 말을 툭 던졌다. 주은이 고개를 들어 시우를 바라보았다. 그가 그녀를 바라보고 있었지만, 시선은 이미 아득해져 있었다. 그는 오래전을 떠올린 듯했다.

주은은 그의 충격적인 말에 내쉬던 숨을 멈추었다. 사람에게 처음 안겨봤다니. 그런 것처럼 보였지만, 정말 그럴 줄은 몰랐다.

"누군가가 나를 위해 손을 잡아주고, 안아주고, 웃어주고……. 목덜미에 불어넣어주던 숨도 처음이었어요."

말을 잇는 시우의 얼굴이 아득해졌다.

"어머니가 계셨잖아……. 어머니랑 둘이 살았었다며."

"그랬었죠."

"그런데……."

그럴 수가 있어?

주은이 뒷말을 삼켰다.

선숙도 어린 시절 자신을 안아주었다. 애정이 있었는지 없었는지 알 수 없었지만 그녀가 아홉 살이 될 즈음까진 안아주었었다. 아홉 살이 된 후론 다 컸다는 이유로 안아주지 않았지만, 호성이 종종 그녀에게 매달리듯 안겨들었다.

"내가 왜 그 시각에 그런 나무상자 집에 있었을까요?"

"……."

"그리고 왜 문은 안에서 열리지 않게 되어 있었을까요?"

시우가 덤덤하게 말을 던졌다. 잠시 흐려졌던 주은이 대답을 찾은 듯 얼굴을 굳혔다. 시우는 시시각각 변하는 주은의 얼굴을 바라보며 말을 이었다.

"어머니는 내가 죽길 바랐거든요."

"……."

"자신을 강간한 남자의 자식이니까."

"……."

"커갈수록 징그러웠을 거예요. 나는 아버지를 많이 닮았거든요. 아무리 머리를 길게 길러도, 아버지처럼 커지지 않으려고 먹지 않아도, 남자아이가 아닌 척 여자아이처럼 굴어도 어머니에겐 내가 그날의 상징이 되어버렸으니까요."

시우의 말에 주은은 그 자리에 가만히 얼어붙었다.

⁂

그가 세상에 대해 인지하게 되었을 때 그의 곁에 어머니밖에 없었다. 그 외에 노인들 몇몇과 농사를 짓는 어른들 몇이 살긴 했지만, 어머니는 마을 사람들과 교류를 하지 않았다. 일주일에 한 번씩 누군가가 장을 봐놓거나 음식을 해두고 사라졌다.

어머니는 자식인 시우를 살갑게 돌보지 않았다. 식사를 챙겨주었지만 함께 밥을 먹지 않았고, 이불을 깔아주었지만 함께 자지 않았다. 방은 뜨거운데 이상하게 추웠던 날, 그는 자기 몸만 한 베개를 질질 끌고 어머니의 방에 들어갔다가 뺨을 얻어맞았다.

"징그러운 새끼! 침대에 기어들어오는 것까지 똑같아서는!"

그 욕이 무엇을 의미하는지 몰랐다. 그저 새파랗게 질린 어머니의 얼굴과 파르르 떨리던 어머니의 손끝만이 기억에 남았다. 어렸던 그는 정확하게 설명할 수 없었지만, 어머니가 자신을 거부하고 있다는 걸 느꼈다.

자신을 만들어낸 존재가 자신을 거부하는 상황.

그는 슬펐지만 베개를 끌고서 방으로 돌아와야 했다. 코끝까지 울음이 밀려왔다. 이불에 파묻혀 엉엉 울고 싶었지만, 울지 못했다. 어머니는 그가 우는 걸 세상에서 가장 싫어했다. 떼를 쓰며 울던 날 열두 시간 동안 어두컴컴한 방에 갇힌 후로, 그는 우는 게 세상에서 가장 겁이 났다.

그는 늘 혼자 집에서 놀았다. 간간이 TV를 보고, 창밖의 풍경을 바라보았다. TV 속 세상은 시끄러운 반면 자신이 있는 곳은 고요해서 가끔 꿈처럼 느껴지기도 했다.

어머니는 그의 뺨을 때린 후에도 달라지지 않았다. 그에게 요리를 주고 잠자리를 제공했지만 자신의 방에서 절대로 나오지 않았다. 그가 그녀의 방에 들어갈 수도 없었다. 가끔 어머니가 오가며 열고 닫는 문 너머로 어머니의 공간을 상상해 보고 짐작하는 것밖엔 없었다. 그에게 어머니의 방은 TV만큼이나 꿈같은 존재였다.

어머니가 달라진 건 낯선 남자가 찾아 어느 날 오후였다. 남자는 굉장히 체격이 거대했다. 고개를 한참이나 젖히고서야 남자의 턱 끝을 볼 수 있을 정도였다. 남자가 무릎을 반쯤 꿇고 앉았다. 그제야 남자의 얼굴을 제대로 보았다. 남자는 TV 속에 간간이 나오는 멋진 분위기를 풍기는 사람과 비슷했다. 새까만 슈트를 입었는데, 그의 짙은 검은 머리카락만 유난히 인상에 남았다.

"너구나. 듣던 대로 정말 많이 닮았네."

남자의 목소리가 웅 울렸다. 남자는 그를 보며 딱 한마디

하고는, 어머니의 방으로 들어갔다. 자신은 절대로 들어갈 수 없었던 그 방에 남자는 아무렇지 않은 듯 들어갔다. 이윽고 어머니의 비명이 났다. 하지 말라는 비명이 끔찍해서 손끝이 덜덜 떨렸다.

어머니가 고통에 찬 비명을 내질렀다. 소름 끼치게도 들어간 남자에게선 아무런 소리도 들리지 않았다. 어머니의 비명이 뇌를 울렸다.

삐거덕, 삐거덕.

뭔가가 닳는 소리만 들렸다.

"……어, 어머니. 어…… 어머니."

난생처음 겁이 났다. 남자가 어머니를 빼앗아가는 것 같았다. 어머니가 죽을 것 같았다.

"어머니!"

시우가 방문을 열려고 문고리를 돌렸으나, 꼼짝도 하지 않았다. 아무리 몸을 내던져도 문은 열리지 않았다. 온몸이 얼얼해지도록 애써도 달라지는 건 없었다. 주변의 물건도 모조리 집어 던졌다. 그러나 방 안은 다른 공간이라도 된 것처럼 반응이 없었다.

까드득. 까드득.

그의 여린 손끝이 방문을 긁었다. 소름 끼치도록 무섭게 한참을 긁어댔다. 손끝에서 피가 났지만, 시우는 멈추지 않았다. 자신이 할 수 있는 건 그것밖에 없었다. 난생처음 겪은 무기력함과 불안감, 공포가 뒤엉켰다. 부릅뜬 눈에선 눈물이 뚝뚝 떨어졌다.

삐거덕.

한참 만에 문이 열렸다. 남자는 들어갔을 때처럼 말끔한 모습이었다. 그러나 남자의 다리 사이로 보이는 어머니의 모습은 처참했다. 앙상한 어머니의 맨등이 보였다. 여름에도 목 티와 긴팔을 입던 어머니의 벗은 등은 충격적이었다. 그녀의 아랫도리는 이불에 가려져 있었다.

시우의 입술이 덜덜 떨렸다.

어머니가 죽어버린 걸까.

겁이 났다.

“이런, 집을 엉망으로 해놨구나. 어머니 말씀 잘 들어야 한다.”

남자는 어머니를 괴롭게 해놓고도 아무렇지 않아 보였다. 오히려 점잖게 시우의 머리를 쓰다듬곤 그대로 돌아섰다.

턱이 덜덜 떨리면서 머리가 띵해졌다. 시우가 휘청거리는 다리에 억지로 힘을 주고서 아무 돌이나 집어 들었을 때 남자를 태운 차가 사라졌다. 시우가 어렵사리 던진 돌은 남자의 차에 닿지도 못했다.

그날부터 어머니는 달라졌다. 끼니를 챙겨주지 않았다. 방에서 나오지 않는 시간이 점점 더 길어졌다. 시우는 어머니의 방문 앞에 쭈그리고 앉아 문이 열리기만을 기다렸다. 마침내 만 하루가 꼬박 지나고 나서야 어머니가 문을 열고 나왔다.

"……어머니."

시우가 어머니의 얼굴을 보았다. 지독했던 비명과는 달리 어머니의 얼굴은 상처 하나 없이 말끔했다. 다만 그녀의 눈에는 초점이 없었다.

"어머니."

시우가 어머니를 보며 미소를 지었다. 우는 얼굴을 싫어하니 웃기라도 해야 할 것 같았다. 자신이 해줄 수 있는 일은 이것밖에 없었다.

"징그러운 새끼."

어머니의 눈동자는 새빨갛게 물들어 있었다.

"너만 아니었으면…… 그랬으면……."

그녀는 뜻을 모를 말을 중얼거리더니 그를 스쳐 지나갔다. 어머니는 줄곧 그를 모르는 척했다. 식사도 챙겨주지 않았고, 이부자리도 봐주지 않았다. 그의 방엔 보일러도 들어오지 않았다. 어머니는 그를 없는 사람으로 취급하기 시작했다.

시우는 자신이 잘못한 게 있을 거라고 생각했다. 늘 자신이 받아먹기만 해서 어머니가 화가 난 거라고 여겼다. 그가 낡은 나무판에 밥과 수저, 냉장고 안에 들어 있는 반찬을 챙겨 담았다. 온몸이 휘청할 만큼 무거웠지만, 그는 낑낑대며 그 나무판을 들고 어머니의 방 앞으로 갔다. 무릎을 접은 채 어머니가 나오길 기다렸다.

그래도 밥을 차려놓은 걸 보면 드시기는 하겠지. 그러면 그 옆얼굴을 조금 지켜볼 생각이었다.

보고 싶었으니까…….

원망이나 두려움보다 그리움과 보고 싶은 마음이 더욱 컸다. 그는 무릎을 모으고 앉아 기다리다가 꾸벅꾸벅 졸았다. 그러다 삐거덕 문이 열리는 소리에 시우는 몸을 일으켰다. 다리에 쥐가 나서 어정쩡하게 섰다. 방에서 나온 어머니는 그와 그가 차려 온 밥상을 번갈아 보았다. 어머니는 밥상을 들어 쓰레기통에 쓸어 담았다.

"쓸데없는 짓 하지 마."

어머니가 도로 방으로 들어가려 했다. 시우가 손을 뻗어 어머니의 옷자락을 거머쥐었다.

"어…… 어머니."

잠시만 있어주세요. 딱 1분만 여기 있어주세요. 얼굴 좀 보게 해주세요. 아무 말도 안 걸고, 울지도 않고, 밥 달라고 하지도 않을 테니까…… 그냥 여기 있기만…….

시우는 눈물이 그렁그렁 맺힌 얼굴로 미소 지었다.

"더러운 손 치워라."

어머니는 매정하게 그의 손을 뿌리치고 방으로 들어갔다. 성벽처럼 굳건하게 닫힌 그 문 앞에서 시우는 입꼬리를 끌어당겼다 놓길 반복했다. 웃어야 하는데, 자꾸만 울음이 났다. 입꼬리가 올라가야 하는데 자꾸 내려가서 더욱 슬펐다. 왜 이렇게 입꼬리가 무거운지 이유를 알 수 없었다.

"……어머니."

작게 불러보았다. 혹시나 그 부름을 듣고 나올까 봐. 그러나 어머니는 끝내 나오지 않았다.

더럽다는 말에 아무리 깨끗이 씻어도 어머니는 그를 봐주지 않았다. 온몸에서 비누 냄새가 나도 어머니는 그에게 늘 더럽다고 말했다.

어느 순간 외로움과 그리움이 켜켜이 쌓이다 못해 돌이 되어버렸다. 모순적이게도 그렇게 되자 조금은 버틸 만해졌다.

더는 이불 안에서 우는 것도, 울다가 이러면 안 되지 싶어서 웃는 것도 관두었다. 배가 고프면 냉장고에서 밥을 꺼내 먹고, 일주일에 한 번씩 찾아오는 이름 모를 아주머니가 씻겨주면 얌전히 씻었다.

그러다 어느 날, 아주머니가 퇴근하면서 반쯤 열어놓은 대문을 보았다. 시우는 마당 한가운데서 대문을 물끄러미 바라보았다. 어머니의 방문과 대문을 번갈아 보았다. 어머니는 나가지 말라는 말을 한 번도 한 적 없었다. 어머니가 싫어할까 봐 그가 참고 있었을 뿐.

어차피 그가 사라져도 어머니는 모를 것 같았다. 아주 잠깐 대문 밖으로 발 한 번만 내딛고 들어와야지, 라는 생각으로 대문을 나섰다.

"어? 너 여기 살아?"

자신보다 머리 하나 더 큰 여자아이가 불쑥 말을 걸었다. 시우는 당황했다. 낯선 사람이 자신에게 친근하게 말을 거는 건 처음 있는 일이었다. 뭐라고 대답해야 할지 몰라 가만히 지켜보다가 도로 집으로 들어가려 할 때였다.

"나랑 놀래?"

"……."

"같이 놀자."

여자아이가 성큼 다가왔다. 깜짝 놀란 시우가 한 걸음 물러서자 여자아이가 더 다가왔다. 어느새 여자아이가 자신이 들어갈 대문을 가로막고 섰다. 시우가 조마조마한 표정으로 대문과 여자아이를 번갈아 보았다.

"술래잡기할래?"

아까부터 여자아이는 모를 소리를 했다.

"너 머리 되게 길다. 예쁘네."

여자아이는 서슴없이 자신의 머리카락을 만졌다. 그 손길이 부드러워서 당황스러웠다. 어머니조차 더럽다며 만지지 않는 자신의 몸인데. 시우가 고개를 제대로 들자 여자아이의 눈이 동그랗게 변했다.

"우와, 너 예쁘다."

"……예쁜 게 뭐예요?"

시우가 참지 못하고 물었다. 아까부터 여자아이가 하는 예쁘다는 말뜻을 알 수가 없었다.

"어? 예쁜 거? 음. 보면 좋고, 아름답고, 또 보고 싶고…… 그런 거?"

"……어머니?"

"응? 뭐, 어머니라고도 할 수 있지. 어머니가 예쁘다면."

"말도 안 돼."

시우는 고개를 가로저었다. 예쁜 건 자신의 어머니에게나 어울릴 만한 말이었다. 그런 말을 자신에게 쓰다니. 있을 수 없는 일이라고 생각하면서도 손가락이 자꾸 꼬물거려졌다.

"놀러 가자."

여자아이가 시우의 손을 덥석 잡았다. 시우는 움찔하며 손을 빼려고 했지만, 여자아이의 힘은 생각보다 강했다. 시우가 당황한 표정으로 문과 여자아이를 번갈아 보았지만, 금세 저만치 끌려갔다.

그날 시우는 처음으로 술래잡기를 배웠다. 재미있었다. 자신을 투명인간 취급하는 게 아니라, 누군가가 숨어 있는 자신을 찾으려고 애쓴다는 사실에 가슴이 두근거렸다. 자신을 찾을 때 "찾았다!" 하며 웃는 여자아이의 얼굴도 좋았다.

어머니만큼은 아니지만, 자신을 보며 활짝 웃는 여자아이의 미소가 예뻤다.

실컷 다 논 후에 집으로 돌아왔다. 여자아이와 있을 때와는 달리 집 안의 공기는 정적이고 무거워서 여자아이가 말한 귀신이라는 게 튀어나올 것 같았다. 시우의 얼굴에서 서서히 웃음이 사라졌다. 예상대로 어머니는 그가 나갔다 온 걸 전혀 모르는 눈치였다.

다음 날, 시우는 고민하다가 슬쩍 대문을 밀고 나갔다. 대문이 닫히지 않도록 커다란 돌로 막아놓았다. 한참을 기다리자 여자아이가 나타났다.

"어? 있었네?"

시우는 그날 또 한 번 여자아이와 놀았다. 여자아이는 많은 것을 알고 있었고, 그와 노는 걸 즐거워했다. 여자아이가 웃을 때마다 시우는 왠지 가슴 안쪽에 불이라도 난 것처럼 뜨거워지는 것 같았다. 헤어지기 전, 여자아이는 그에게 자신의 이름을 알려주었다.

"이주은."

그 이름을 까먹을까 봐 시우는 집 안에서 수백 번도 더 넘게 중얼거렸다. 여자아이와 만난 지 닷새쯤 되었을 때, 여자아이는 내일부터 놀 수 없을 거라고 말했다. 다음에 또 놀자며 약속을 하고는 심심해서 그려봤다며 종이 하나를 내밀었다.

종이 안에는 검은 머리카락을 길게 늘어뜨린 무서운 여자가 서 있었다.

"이거 너야. 예쁘지?"

주은이 의기양양하게 말했지만, 받은 시우는 난처했다. 어딜 봐도 예쁘지 않고 무섭기만 했지만 주은의 눈엔 이게 예쁜 건가 보다 하고 고개를 끄덕였다.

"여기 봐. 네 주변에 빛이 반짝반짝한다니까."

검은 머리를 풀어헤친 여자 주변에 노란 별 모양이 수십 개 그려져 있었다. 주은은 이게 별빛이라고 했다. 아름답고 예쁜 사람한테만 나타나는 거라는 말을 들었을 때, 시우는 다시금 손끝이 간질간질해지는 걸 느꼈다.

집으로 돌아온 시우는 그 그림을 이불 아래에 숨겨놓았다. TV를 보다가, 밥을 먹다가, 아주 문득 홀로 잠들기 무서운 비 오는 날이면 시우는 그 그림을 오래도록 보았다.

"반짝반짝."

그는 그 말을 중얼거리며 그림을 꼭 껴안았다. 그러자 조금은 가슴 안을 꽉 채우고 있던 차가운 무언가가 스르륵 빠져나가는 듯했다.

시우는 주은이 오는 날만 손꼽아 기다렸다. 그녀는 여름과 겨울에 찾아왔다.

짧으면 사흘, 길면 닷새.

가장 덥고 가장 추운 날이었지만 시우에겐 그날이 가장 즐거운 날이었다. 놀고 가면 그에겐 자그마한 선물이 남았다.

자신을 그린 그림, 함께 가지고 놀던 돌, 주은이 주고 간 스티커 등등. 주은이 먹으라고 주고 간 떡은 고이 보관해놨다가 썩었다. 차마 버리지 못하고 방에 고이 놓아두면 일주일에 한 번 오는 아주머니가 냄새를 맡고는 버렸다.

주은이 주고 간 흔적들이 방에 남을 때면 조금씩 행복해지는 기분이었다. 아주 긴 기다림을 참아내야 했지만, 버틸 만했다.

그의 행복과 반비례해서 어머니는 점점 이상해져갔다. 언젠가부터 손찌검을 시작했고, 알아듣지 못할 욕설을 퍼부었다.

"똑같이 생겼어."

늘 욕의 시작은 그 말이었다. 시우는 어머니가 말하는 똑같이 생겼다는 말뜻을 이해하지 못했다. 정장 차림의 남자가 왔다 간 날이면 어머니는 미친 사람처럼 그를 두들겨 팼다. 그런 날이면 시우는 주은이 주고 간 물건들을 모조리 이불 속에 넣은 후 추억을 되새김질하고서야 겨우 잠들 수 있었다.

그를 바라보는 어머니의 눈빛은 점점 더 무섭게 변했다. 어느 날 숨이 막힐 듯이 심심해서 주은과 함께 갔던 시냇가에 놀러 갔다가 돌아온 시우는 어머니와 맞닥뜨렸다. 어머니의 새빨간 눈동자가 무섭게 그를 바라보았다.

"어딜 갔다 온 거야?"

어머니는 화를 참는 얼굴로 물었다.

"자, 잠시…… 놀다가 왔어요."

"발정난 개새끼처럼 돌아다녀? 이건 뭐야?"

어머니의 손에 주은이 그려준 그림이 들려 있었다. 그가 꽁꽁 숨겨놓은 것이었다.

어떻게 찾은 거지.

시우가 아무 말 못 하자 어머니가 그림을 찢었다.

"아, 안 돼요!"

시우가 태어나 처음으로 한 반항이었다. 그 말에 어머니가 시우를 노려보았다. 어머니의 눈동자가 새빨갛게 물들어 있었다. 섬뜩함에 뒷골이 당겼다.

"안 돼? 그놈 새끼라고 벌써부터 여자를 밝혀? 네가 한 짓은 다 되고, 내가 하는 건 안 돼?"

어머니가 또 뜻 모를 소리를 늘어놓기 시작했다. 시우는 어머니가 자신을 바라보고 있지만, 다른 누군가에게 말하고 있다는 걸 알아챘다.

"너 때문에 잃어버린 내 인생은? 너만 아니었으면 난 행복했어. 그 사람과 결혼도 했을 거고, 예쁜 아이도 낳았겠지."

무섭도록 눈이 새빨개진 어머니는 폭언을 퍼부으며 그를 창고에 가둬놓았다. 밖에서만 열 수 있고 안에서는 열 수 없는 낡은 간이 나무집은 여름엔 너무 덥고 겨울엔 굉장히 추웠다. 그가 종종 갇혀 있는 곳이었다.

그곳에 몇 시간 갇혀 있으면 어머니가 문을 확 열어주곤 방으로 돌아갔다.

아주 추운 겨울날 그의 머리채를 잡아 창고에 가둔 어머니는 평소보다 긴 시간 아무런 기척이 없었다. 아무래도 그가 창고에 있다는 것도 잊은 듯했다.

몸을 웅크리고 있어도 추위가 가시지 않았다. 그가 할 수 있는 거라곤 구멍 뚫린 곳에 입을 대고서 어머니께 용서를 비는 거였다.

"용서……해주세요."

나무판을 두드릴 힘이 없어서 손끝만 겨우 움직였다.

바득. 바득.

문을 긁어대며 그는 한없이 용서를 빌었다. 눈앞에 뿌옇게 변하면서 세상이 흐려졌다. 더 이상 추위도 느껴지지 않았고, 몸도 움직여지지 않았다.

눈동자에 서리가 낀 것처럼 제대로 보이지 않을 즈음 문이 열렸다. 그는 당연히 어머니일 거라 생각했다. 뭐라고 말은 하는데 들리지 않았다. 그는 사력을 다해 용서를 빌었다. 그러자 어머니가 그의 손을 잡더니 꽉 끌어안아주었다.

곁에 함께 누워주다니.

무서우면서도 좋았다. 용서해준다고 했다. 동시에 그의 얼어붙은 몸에 입김을 불어주었다. 눈물 나게 행복해서 시우는 이대로 영영 시간이 멈췄으면 좋겠다고 생각했다.

자신을 안아준 사람이 주은이라는 걸 알게 된 건, 병원에서였다. 그리고 왜인지 그날부터 어머니를 볼 수 없었다.

방에 침묵이 감돌았다. 잠시 생각에 잠겼던 그는 다시금 주은을 바라보았다. 그녀는 무슨 말을 해야 할지 모르겠다는 표정을 하고 있었다. 입술만 벙긋거렸다. 그러다 그걸로 초조함을 달래길 부족했는지 주먹을 쥐었다가 펴길 반복했다.

"……그러면 어머니는?"

주은이 떨리는 목소리로 물었다.

"자살하셨어요, 주은 씨랑 내가 갇혀 있던 그날 밤. 아무래도 그런 곳에 날 가둬놓고 자살했다는 건 내가 죽길 바랐다는 뜻이겠죠."

남의 이야기를 하듯 시우가 덤덤하게 말했다. 칼바람이 몰아치던 밤, 그가 두 손을 모으고서 용서를 빌던 순간 어머니는 목을 맸다.

"함께 죽기조차 싫었다는 거겠죠."

"아닐 거야. 뭔가 다른 뜻이 있겠지. 널 키우셨잖아. 네가 정말 싫었다면 널 키우지 않았겠지."

주은이 차분하게 대답했다. 자신의 말이 시우의 깊은 상처를 봉합해줄 수 있길 바랐다. 그러나 시우의 눈빛엔 변함이 없었다.

"처음엔 그랬던 것 같아요. 다정하진 않아도 밥 정도는 챙겨줬으니까. 남자인 내가 싫었겠죠. 다들 어머니를 닮았다고 하는데, 어머니 눈에는 제게 아버지가 보였나 봐요. 이런 내가 나도 가끔 구역질이 나게 싫은데, 어머니는 얼마나 날 찢어 죽이고 싶었을까요?"

"……."

"내가 생기지만 않았어도 어머니는 사랑하는 사람과 결혼할 수 있었다고 하더라고요."

시우의 눈빛이 어둑하게 가라앉았다.

⁂

오랫동안 찾아 헤맨 끝에 어머니의 언니인 이모를 겨우 찾을 수 있었다. 그녀는 이름을 처음 들어보는 마을에서 남편과 함께 살고 있었다. 어렵사리 찾아 어머니의 아들이라고 인사를 드리는 순간, 변하던 이모의 눈빛이 아직도 기억에 생생했다.

"그 더러운 새끼의 자식이 어디라고 기어들어와! 네 엄마 잡아먹었으면 입 닥치고 구석에 박혀 살 것이지! 어딜 기어 오냐고!"

"저 애가 무슨 죄라고 그래!"

보다 못한 이모부가 이모를 말렸다.

"왜 죄가 없어! 저것만 안 들어섰어도 우리 은성이가 그 미친놈이랑 왜 결혼했겠어! 그 미친놈만 아니었어도 그 선생하던 놈이랑 결혼도 하고 행복하게 잘 살았을 건데! 왜 이 마을에 찾아와서 은성이를……. 그렇게 모질게……."

오랜 세월이 흘러도 이모는 그날의 일을 잊지 못하는지 눈물을 뚝뚝 떨구었다. 이모부가 이모를 방으로 들여보낸 후, 홀로 나왔다. 마당에 하얗게 질린 얼굴로 서 있는 시우에게 이모부가 다가와 어깨를 툭툭 두들겼다.

"놀랐지? 미안해. 아직 잊히지가 않아서 그래. 그나저나 무슨 일로 여길 온 겐가?"

"어머니에게 남자가 있었나요?"

"뭐 옛날 일을 들추고 그래. 알아서 좋을 거 없으니 그냥 돌아가게나."

"알려주세요."

시우의 요청에 이모부는 갈등하는 얼굴이었다.

"알려주실 때까지 계속 찾아올 거예요."

시우의 말에 이모부는 포기했다는 듯 긴 한숨을 내쉬었다. 알아도 후회하지 않겠냐는 이모부의 말에 시우는 고개를 끄덕였다. 이모부는 그를 데리고 슈퍼마켓으로 향했다. 그는 담배 한 갑을 사서 피우며 옛 이야기를 꺼냈다.

시우의 어머니인 은성에겐 근처 학교에서 교사로 일하던 연인이 있었다. 두 사람은 잘 어울리는 선남선녀로 마을에서도 유명했다. 두 사람이 결혼날짜까지 잡아놓은 어느 날, 차가 고장 났으니 하루만 재워달라며 한 남자가 은성의 집에 찾아왔다. 비가 추적추적 오고 밤이 깊은 날이라 돌려보내기도 곤란한 데다 남자가 제시한 금액이 상당히 컸다.

하루 먹고살기도 곤란한 형편이라, 할머니는 남자를 별채에서 재웠다. 하루면 가겠다고 한 남자는 무슨 이유에서인지 돈을 지불하며 계속 집에 머물렀다. 이제 그만 가줬으면 한다는 할머니의 말에 남자는 어머니를 바라보았다.

얼마 지나지 않아 남자는 마을을 또 찾아왔다. 집이 편하고 좋았다며 넉살 좋게 찾아온 남자를 뿌리치지 못한 할머니는 또 한 번 남자를 집에 재웠다. 그다음 날, 남자는 훌쩍 떠났고 어머니는 그날부터 말수가 줄어들더니 집 밖으로 나오지 않았다.

이상 행동은 그때부터 시작되었다. 연인인 남자가 찾아와도 어머니는 집 밖으로 나오지 않았다. 오히려 매정하게 이별을 고하고는 잘 다니던 면사무소에 사표를 냈다. 집안이 발칵 뒤집혔지만 어머니는 아무 말 없이 울기만 했다.

그러다 남자가 서울에서 또 한 번 내려왔고, 어머니는 남자를 보자마자 경기를 일으켰다. 병원에 실려 간 어머니가 임신했다는 사실이 밝혀졌고, 남자는 그 자리에서 어머니에게 청혼을 했다.

어머니는 그 남자를 피하려 안간힘을 다했고, 남자는 그럴수록 어머니를 집요하게 쫓아다녔다.

결혼도 안 한 여자가 외간 남자의 아이를 덜컥 임신한 걸 안 할머니는 어머니를 남자에게 시집보냈다. 억지로 끌려가듯 결혼하는 자리에서 어머니는 시든 꽃 같았다. 그때부터 어머니는 영영 친정집에 돌아오지 않았다.

몇 년 후, 딸의 변고를 듣고 달려간 할머니는 그날 처음으로 딸의 일기장을 받아보았고, 그 안에 담긴 참혹한 이야기에 그 자리에서 혼절했다.

원래 아버지에겐 이미 부인이 있었고, 어머니에게 반해서 첩으로 두었다. 평생 아버지에게 마음의 문을 열지 못한 어머니는 아프다는 이유로 공기 좋은 외진 마을에 터를 잡았다. 본부인의 눈치를 본 아버지 또한 어머니를 마을 깊은 곳에 숨겨두었다.

한참을 잊고 지낸 듯이 살던 아버지가 어느 날 어머니가 생각나 찾아온 순간부터, 어머니의 고통은 다시 시작되었다. 그리고 결국 그 고통을 참지 못하고 자살을 택했다. 인생이 모조리 망가진 여자의 이야기가 자신의 어머니의 이야기라는 사실에 시우는 눈물조차 흘리지 않았다.

그저 자신을 향하던 원망이 무엇인지 희미하게나마 알 수 있었다. 어머니에게 자신은 그녀가 당했던 가학적인 날의 증거이자 상징이었다.

"절…… 목 졸라 죽이지 않은 게 다행이군요."

시우가 고작 한 말은 그것이었다.

나이가 들어 자신과 어머니의 관계가 몹시 비정상적이라는 걸 안 순간, 시우는 어머니를 원망했다. 그럴 거면 낳지 말지, 라는 생각도 했었다. 그러나 모든 사실을 알게 된 순간 시우는 자신을 어떻게든 견뎌내려 했던 어머니가 처음으로 불쌍해졌다.

❖

이야기를 마친 시우가 건조한 목소리로 말을 이었다.

"어머니가 날 괴롭힌 건 줄 알았는데, 알고 보니까 제가 어머니를 괴롭힌 거더군요. 배 속에서 만들어진 순간부터 어머니가 죽을 때까지……."

덤덤하게 말을 한 시우가 느릿하게 눈을 감았다 떴다. 오래된 상처라 더 이상 눈물은 나지 않았다. 그저 어제보다 오늘 조금 더 곪아 들어갔다.

주은이 손을 뻗어 시우의 손을 잡았다. 주은은 아무 말도 할 수 없었다. 입을 벌리면 왈칵 울음이 나올 것 같았다. 시우가 텅 빈 얼굴로 맞잡은 손을 바라보았다. 그가 머뭇거리다가 주은의 새끼손가락 하나를 감싸쥐었다. 이렇게 맞닿은 것 자체가 기적이라는 듯, 그의 눈동자에 물기가 스며들었다.

"절대로 아버지같이 되지 말자고 생각했는데…… 핏줄은 어디 안 가나 봐요."

"……."

"놔야 하는데, 놓을 수가 없었어요."

시우가 주은의 새끼손가락을 힘주어 잡았다. 알고 있었다. 이 손을 감히 잡아서는 안 된다는 걸. 그녀에겐 그녀의 세계가 있고, 자신은 감히 그곳에 들어갈 수 없다는 걸 알면서도…… 욕심이 났다.

자신에게 하나의 세계를 선물해준 주은의 곁에 조금이라도 더 머물고 싶었다. 아버지처럼 되어서는 안 된다고 혀를 깨물며 생각해도 주은을 보면 욕심이 치밀어 올랐다.

조금만 더 머무를 수 있기를. 조금만 더 함께하기를.

주은이 필요한 순간까지만 머물겠다고 다짐했는데, 정작 이별을 입에 담는 주은을 보는 순간 눈앞이 핑 돌았다. 자신이 가진 걸 다 집어던지고, 주은만 데리고서 어디론가 사라지고 싶었다. 헤어지고 싶을 때 말하라는 주은의 눈물 젖은 얼굴을 본 순간, 드문드문 고개를 치켜들던 새까만 욕심이 완전히 모습을 드러냈다.

가진 걸 다 포기할 수 있었다. 주은만 잡을 수 있다면.

그 욕심에 자신은 결국 주은에게 빚을 지워주었다. 자신이 이런 짓을 벌이면 주은이 책임감에서라도 자신을 못 떠날 성격이라는 걸 잘 알고 있었다. 알면서도 그는 모든 수단을 동원해 주은을 제 곁에 잡아두었다.

이게 아버지랑 다른 게 뭔지, 알 수가 없었다.

"곁에만 있다가 사라지려고 했는데 그게 안 되네요. 미안해요."

그 말을 끝으로 시우가 눈을 감았다. 그러더니 심호흡을 하며 억지로 입꼬리를 끌어올렸다. 우는 모습을 보이지 않으려고 애쓰는 것처럼 보였다.

「싫어할 거잖아요.」

그 옛날 시우가 했던 말이 새삼 가슴을 치고 지나갔다. 누군가에게서 미움받기 싫어서 웃는 것이 습관이 되어버린 아이. 그 아이는 오랜 세월이 지난 지금까지도 변하지 않았다.

"그냥…… 울어."

주은이 저도 모르게 꺼낸 말에 시우의 입술이 비틀렸다.

"무슨 말이에요?"

시우가 억지로 미소를 지으며 물었다.

"울어. 안 싫어할 테니까. 아니, 운다고 싫어하지 않아. 영원히."

위를 향했던 시우의 입술이 무거운 추를 단 듯 차츰차츰 아래로 떨어졌다. 이윽고 완전히 일직선을 이룬 그의 입술이 아래로 처졌다.

투둑.

어머니의 이야기를 할 때까지만 해도 말라 있던 그의 눈에서 눈물이 쏟아져내렸다. 투명하고 굵은 눈물이 그녀의 손등으로 떨어져내렸다.

그는 진심으로 미안해하고 있었다. 자신의 사랑에.

그리고 비참해하고 있었다. 결국 아버지처럼 집착해버린 자신을 보면서.

처음으로 무너지는 시우의 얼굴을 보면서 주은은 아프도록 입술을 깨물었다.

시우가 처음 다가왔을 때를 떠올렸다. 자신을 이용하고 버려도 좋다는 듯한 태도에 처음에는 반감이 들었다. 바람둥이처럼 만남을 가볍게 여기는 것 같아 거부감이 들었는데, 지금 보니 그는 노력하고 있었다.

아버지처럼 좋아한다는 이유로 누군가를 구속하지 않게끔. 자신의 사랑이 집착으로 보이질 않게끔. 그 사람을 처참하게 만드는 사랑이 아니라, 그 사람을 지킬 수 있는 사랑을 하게끔…….

그 모든 노력이 스스로를 고통으로 몰고 가도 그는 버텨내고 있었던 거였다. 사리물고 있던 주은의 입술에서 기어코 울음이 새어나왔다.

너를 어쩌면 좋니, 시우야.

다리에 힘이 풀린 주은이 무릎을 꿇은 채 엉금엉금 기어갔다. 자신의 새끼손가락조차 잡는 걸 미안해하는 시우의 손과 다리를 감싸 안았다.

"시우야."

"……."

"눈 떠. 응? 시우야."

그녀의 부름에 시우가 가까스로 눈을 떴다. 새빨개진 그의 눈동자가 단박에 그녀를 바라보았다.

왜 몰라봤을까. 자신을 간절하게 바라보는 이 눈을.

감당할 수 없는 크기의 울음이 목을 아프게 죄어왔다. 주은이 손을 뻗어 시우의 뺨을 쓰다듬었다. 손바닥이 금세 축축해졌다.

긴 세월 동안 이 눈동자에 담겨 있었을 눈물이 얼마나 많았을까.

그의 얼굴을 매만지는 그녀의 손바닥이 아파왔다. 그녀는 힘겹게 입술을 끌어올렸다.

"넌 내가 원한 걸 해준 거야."

"……."

"그러니까 네 탓이 아니야, 시우야."

그녀의 말에 시우의 미간이 좁아졌다. 아픈 부분을 쿡 건든 듯 그는 괴로운 표정을 지었다. 주은이 그의 손에 입을 맞추었다.

"정말로 네 탓이 아니야. 내가 원한 거야."

입술에 닿은 눈물이 짰다. 아마 그의 인생은 이것보다 훨씬 더 짜고 썼을 거다. 그 긴 시간을 이겨내고 여기까지 와준 게 고마웠다.

주은은 다시 한 번 시우의 손등에 입을 맞추며 말했다.

"태어나줘서 고마워. 날 찾아와줘서 고마워. 시우야."

그녀의 말에 시우가 손으로 제 눈가를 가렸다. 그의 입가가 바들바들 떨렸다. 난생처음 들은 말에 그는 더 이상 참지 못했다.

후드득.

이전보다 더 많은 눈물이 그녀의 머리로 쏟아져내렸다.

주은이 두 손을 뺨 아래에 가져다 놓은 채, 잠든 시우의 얼굴을 바라보았다. 모처럼 그가 깊이 잠든 것처럼 보였다.

「이렇게 운 건 초등학교 입학 이후로 처음이네요.」

씻고 나온 시우가 퉁퉁 부은 얼굴로 난처하다는 듯이 말했다. 부은 눈두덩에 차가운 숟가락을 대는 그 모습이 귀여우면서도 애잔했다. 우는 것도 받아주는 사람이 있어야 할 수 있다. 긴 시간 참았을 시우를 보자 애잔한 마음이 들었다.

주은은 잠든 시우와 호흡을 맞추었다. 그가 들이마실 때 숨을 마시고, 그가 뱉을 때 따라 숨을 내쉬었다. 가슴이 함께 부풀었다가 가라앉았다. 그러자 자신의 곁에 시우가 있다는 게 여실히 느껴졌다.

주은은 코끝이 찡해지는 걸 참으며 눈을 감았다. 시우가 꿈에 나왔으면 했다. 이왕이면 어린 시절의 시우가 나왔으면 했다. 어린 날의 시우를 꼭 안아주고 싶었다.

그리고 그 말을 꼭 해주고 싶었다.

'괜찮아. 넌 잘 태어난 거야.'

8

"앉아."

주은이 씻고 나온 시우를 데려와 식탁 앞에 앉혔다.

"이게 다 뭐예요?"

"밥 먹자고."

주은의 말에 시우가 식탁을 바라보았다.

김이 올라오는 새하얀 밥, 된장찌개, 계란프라이, 야채볶음이 먹음직스럽게 올라와 있었다. 샤워하는 내내 계속 시끄럽더니 요리를 한 모양이었다. 그러나 식탁을 바라보는 시우의 표정은 이전처럼 밝지 않았다. 시우가 활짝 웃을 거라곤 생각지 않았지만, 이런 반응을 보일 거라고도 예상은 못 했기에 주은이 그를 의아한 눈으로 쳐다보았다.

"왜? 별로야? 속이 별로 안 좋아?"

"아뇨. 갑자기 밥은 왜 해주는 건데요?"

"아침이니까."

"우리가 아침을 한두 번 맞이한 것도 아니잖아요. 새삼스럽게."

그가 허리를 곧게 폈다. 그러자 어깨가 자연스럽게 펴지면서 그의 상체가 딱 벌어졌다. 마치 단단한 성벽처럼 보였다. 그의 눈빛은 그 성을 지키는 기사처럼 차가웠다.

"왜? 내가 따뜻한 밥상 차려주고 도망갈까 봐 겁나? 아니면 동정하는 것 같아서 싫은 거야?"

"……."

정곡을 찔린 듯 시우의 표정이 미미하게 굳었다.

"둘 다 아니니까 편하게 앉아. 그냥 네가 내가 차려준 밥상 좋아하는 게 기억나서 한 거니까."

주은이 대답하며 식탁 앞에 앉았다. 그녀가 숟가락을 들어 밥을 뜨는 걸 보고서야 시우가 그 맞은편 자리에 앉았다. 식탁 위가 고요했다. 달그락거리는 수저 소리가 나는 것 외에 두 사람은 아무 말도 하지 않았다. 서로 말하지 않았지만, 알고 있었다. 그들에게 해결해야 할 문제가 산더미처럼 쌓여 있다는 것을.

그는 습관처럼 숟가락을 들고서 밥상을 바라보았다. 사진을 찍듯 밥상을 바라보던 그는, 한참이 지나서야 숟가락을 움직이기 시작했다.

"밥 먹고 나랑 산책 가자."

주은의 말에 시우가 불안한 표정으로 그녀를 바라보았다. 마치 주인에게서 버림받을까 봐 전전긍긍하는 강아지 같았다. 시우가 이런 표정을 짓는 건 처음이었기에 마음이 아팠다. 그는 괴로워하면서도 거절하지 않고 고개를 끄덕였다.

식사를 마친 후, 주은은 설거지를 해놓은 후 외투를 걸쳐 입었다. 태현의 차에서 기어 나오다가 소매 부분이 더러워지긴 했지만 어쩔 수 없었다. 소매를 돌돌 말아 보이지 않게 한 다음 방에서 나오자 기다리고 있던 시우가 고개를 들었다. 롱코트에 목도리를 두른 그는 큰 키와 자그마한 얼굴 때문에 스타일리시해 보였다.

"가자."

주은이 손을 내밀었다. 그러자 시우가 그 손을 빤히 바라보았다. 마치 믿기 힘들다는 눈으로 바라보다가 그녀의 손을 거머쥐었다. 시우의 손을 잡아주고 싶었는데, 되레 그의 손에 잡힌 기분이었다.

날씨는 생각보다 춥지 않았다. 손을 잡고 걸으면 오랫동안 걸을 수 있을 만큼 선선한 정도였다. 시우는 주은이 가자는 대로 순순히 따라 걸었다.

동네 한 바퀴를 빙 돈 주은이 그를 데리고 간 곳은 근처 아파트 단지 내에 있는 놀이터였다. 추운 날씨 탓에 아이들이 하나도 없는 빈 벤치에 두 사람이 나란히 앉았다.

"시우야."

주은의 부름에 앞을 물끄러미 바라보고 있던 시우의 표정이 올 게 왔다는 듯 변했다. 그녀가 이 모든 사실을 알고 자신을 떠난다고 하면 어떻게 해야 할까. 그녀를 보내줘야 한다는 걸 알지만 시우는 주은을 보낼 수 없을 것 같았다.

"네."

시우가 한 박자 늦게 대답했다. 그의 입술에서 뽀얀 입김이 새어나왔다.

“내가 진 빚이 정확히 얼만지 모르겠지만, 천천히 갚을게.”

주은이 꺼낸 말에 시우의 눈빛이 일순 텅 비었다. 그는 더 이상 대답하지 못하고 마른침을 삼켰다.

“어떻게든 갚을 테니까 조금만 기다려줘.”

“…….”

“그리고 강태현은 내가 처리할게. 도움이 필요하면 너한테 말할 테니까 지켜봐줘. 그리고 나랑 만나다 보면 우리 부모님이 널 찾아와서 괴롭힐지도 몰라. 그럴 땐 어른으로 대접하려고 노력하지 말고, 그냥 나랑 이야기하라고 돌려보내. 또…… 음.”

주은이 말을 생각하듯 눈을 데굴데굴 굴렸다. 그사이 뺨에 와 닿는 시우의 눈길을 느꼈다.

“너희 아버님은…… 나한테 소개해주고 싶으면 그렇게 하고, 만약 네가 거부감 느끼거나 힘들면 소개해주지 않아도 돼. 또 호성이한테도 내가 잘 말할게. 어차피 대충은 알고 있지만.”

“……지금, 무슨 말을 하고 있는 거예요?”

시우의 떨리는 목소리에 주은이 고개를 돌려 그를 마주 보았다. 그는 자신이 제대로 이해하고 있는지 모르겠다는 표정을 짓고 있었다.

“앞으로 우리의 계획들.”

주은이 덤덤한 표정으로 대답했다. 시우가 뚫어져라 바라보자, 그녀가 뒷말을 이었다.

"왜? 나랑 헤어지려고 했어? 나는 너랑 살려고 했는데……."

"……."

"네가 무슨 생각을 하든 나는 너랑 안 헤어질 거야. 나한테 남은 게 너밖에 없는데 어떻게 너랑 헤어져? 그러니까 너도 앞으로 나 책임져. 만약 그게 부담스러우면 내가 널 책임질게. 어쨌든 못 헤어져."

주은의 말에 시우의 눈가가 느슨하게 풀어졌다. 잠시 눈을 감았다가 뜬 그는 작게 입술을 벌렸다. 그러다 바짝 마른 입술을 혀끝으로 핥더니 낮은 안도의 한숨을 내쉬었다. 그의 얼굴에 차츰 미소가 번지기 시작했다.

주은은 사람의 미소가 이토록 아름다울 수 있다는 게 신기했다. 수백 번도 더 본 시우의 미소인데 생경하면서 이유 없이 울컥했다. 그를 더 웃게 해주고 싶고, 행복하게 해주고 싶었다.

"다행이다."

시우가 자그맣게 말했다. 주은이 조용히 시우의 손을 마주 잡았다. 커다란 손은 묵묵히 오랫동안 자신을 잡아주고 위로해주었다. 정작 자신에게 있을 수많은 상처는 어루만지지 못해놓고. 주은의 손가락이 시우의 손등을 슥슥 문질렀다.

마치 그의 상처를 위로라도 하려는 듯이.

"시우야."

그는 조용한 눈으로 주은을 바라보았다. 그녀가 눈만 들어 시우의 눈과 마주쳤다. 깨끗하고 선명한 눈동자였다.

두근두근.

가슴이 세차게 뛰었다. 마치 첫눈에 반한 것처럼. 그의 갈색 눈이 어떤 이야기라도 들어주겠다는 듯 바라보았다.

"좋아해."

그녀가 읊조리듯 말한 순간 바람이 멎었다. 세상에서 모든 소리가 사라진 것처럼 고요한 가운데, 주은이 한 번 더 말했다. 시우의 눈이 가느다랗게 떨렸다.

"사랑해."

그가 보여주기만 했던 말을, 주은이 고백했다.

그에게 사랑은 늘 아픈 것이었을 거다. 태어나 어머니를 사랑했을 때에도, 마침내 만난 아버지에게 의지했을 때에도, 그리고 다시 자신을 만났을 때조차도.

그 단어가 슬픈 것만은 아니라는 걸 알려주고 싶었다. 자신이 시우에게서 배웠듯이.

주은이 시우의 뺨을 감싸쥐며 조금 더 가까이 얼굴을 마주했다.

"사랑해."

그의 가슴속에 뭉쳐져 있는 불온한 감정과 탁한 슬픔을 닦아내기라도 하려는 듯, 주은이 한 번 더 말했다.

"……한 번만 더 말해줄래요?"

"사랑해."

"……."

"사랑해, 시우야."

일자로 굳어 있던 시우의 입술이 서서히 위를 향했다. 그가 손을 뻗어 주은의 뒷목을 감싸쥐었다. 시우의 입술이 주은의 입을 덮었다.

맞닿은 입술이 따뜻하다고 느끼기가 무섭게, 시우의 혀가 밀고 들어왔다. 그는 주은의 입안을 샅샅이 핥았다.

마치 그녀의 입안에 남아 있는 고백을 맛보고 싶다는 듯이.

침대 헤드에 등을 대고 앉은 주은이 몽롱한 눈으로 시우를 바라보았다. 술을 마시지도 않았는데 온 머리가 멍했다. 그렇지 않고서야 맨몸으로 이러고 있을 수가 없었다.

그녀의 허리를 한 손으로 감싼 채 반쯤 엎드려 누운 시우는 그녀의 가슴에 입을 맞추고 있었다. 똑같이 나체인 그는 눈을 감고서 집중하고 있었다. 방금 전 한 차례 섹스를 마친 후 시우가 장난치듯 그녀의 몸을 지분거리고 있었다.

할짝.

그의 혀가 그녀의 가슴을 핥았다. 등허리를 휘감는 전율에 주은이 지그시 눈을 감았다 떴다. 방금 전까지 눈을 감고 있던 시우가 그녀의 눈을 바라보고 있었다. 그녀의 반응이 재미있다는 얼굴이었다.

"오늘 정말 아무것도 안 했네요."

"그러게."

주은이 시우의 머리카락을 쓸어넘기며 대답했다.

"이래도 재미있는 건 처음이에요."

시우의 말에 주은이 미소 지었다.

"나도 방금 그 생각 하고 있었어."

주은의 말에 시우의 표정이 더욱 편안해졌다. 뭘 했는지 기억나지 않을 정도로 두 사람은 침대나 소파에 붙어 앉아서 아무것도 하지 않았다. 그런데도 마치 굉장히 재미있는 일을 마치고 가벼운 마음으로 귀가한 것처럼 개운했다.

평생 이렇게 살 수 있다면. 자신을 보고 있는 시우의 눈이 지금처럼 평온하기를.

주은은 하루에도 몇 번씩 간절히 빌었다.

마주 웃던 시우가 손으로 주은의 몸을 쓸어내렸다. 그의 손이 그녀의 안쪽 허벅지를 훑고 올라왔다. 예민한 허벅지 안쪽을 손끝으로 둥글게 문질렀다. 살짝 상체를 떼어낸 시우의 손이 주은의 벌어진 다리 사이로 들어왔다. 손끝이 가장 예민한 안쪽에 닿을 듯 말 듯 문질렀다.

"으음."

주은이 저도 모르게 낮은 신음을 흘렸다. 눈썹을 좁힌 채 입술을 꽉 다문 주은의 모습을 시우는 예술품 감상하듯 바라보았다. 자신의 손길에 반응하는 주은의 모습을 보는 게 즐거웠다. 그의 손길이 조금씩 안쪽으로 밀고 들어갔다.

질척.

이윽고 시우의 손이 주은의 가장 여리고 예민한 살점에 닿았다. 방금 전 섹스 때문인지, 아니면 가벼운 애무 탓인지 그녀의 안쪽에서 젖은 물소리가 났다.

스윽.

시우의 손끝이 주은의 젖은 곳을 문지르자, 주은의 다리에 힘이 실렸다. 그러나 시우의 몸에 막혀 옴짝달싹도 할 수 없었다.

"……시우야."

"네."

얌전한 그의 대답과 달리 아래의 손은 농밀하고 야하게 움직이고 있었다.

"으읏."

"불렀으면 말을 해야죠."

시우가 다정하게 대답을 하며 손가락을 조심스럽게 안으로 밀어넣었다. 흡 하며 주은의 상체가 앞으로 무너져내리자, 그녀의 가슴이 시우의 입술에 닿았다. 그는 놓치지 않고 주은의 가슴을 깊게 빨아들였다.

"아…… 아아."

주은의 젖은 곳을 가르고 깊게 들어온 손가락이 느릿하게 움직이기 시작했다. 무언가를 찾듯 이리저리 움직이는 그의 손길을 따라 쾌락의 불길이 일었다. 그만하라고 말하고 싶은 마음과 이대로 내버려두고 싶은 마음이 공존했다.

어느새 그가 손가락을 하나 더 밀어넣었다. 이전보다 더 거칠게 오가는 손가락에 주은의 몸이 파르르 떨렸다.

"……시…… 시우야."

밀려오는 강한 감각에 어쩔 줄 모르겠다는 듯 주은이 시우를 불렀다. 그녀는 시우의 어깨를 꽉 움켜쥐었다. 자신의 손길에 취해 어쩔 줄 몰라 하는 주은을 시우는 황홀한 눈으로 바라보았다. 지금 봐도 꿈만 같았다. 주은을 모조리 다 가질 수 있다는 게.

시우가 주은의 양다리를 벌려 그 사이로 입을 가져다 댔다. 시우야, 라고 부르는 주은의 목소리는 다급함에 갈라져 나왔다. 평소 자신의 이름을 부르는 주은의 목소리가 좋았지만, 특히 침대에서 갈라진 목소리로 다급하게 부르는 목소리가 가장 좋았다. 마치 아이가 부모한테 매달리듯, 자신을 찾을수록 그는 흥분했다.

고개를 든 시우의 입술이 잔뜩 젖어 있었다. 그는 손가락으로 입술을 훔쳐냈다. 주은이 손바닥으로 마저 그의 입술을 닦아주려 할 때였다. 그가 입을 벌려 주은의 손가락을 아프지 않게 깨물었다. 그러고는 손가락을 가볍게 빨았다.

단지 손가락을 빨았을 뿐인데, 얼굴이 홧홧해질 정도로 야릇했다. 움직이는 입술, 자신을 흘깃 바라보는 시선까지. 시우의 얼굴엔 색기가 흘렀다.

주은의 얼굴이 붉어졌다. 자신을 멍하게 바라보는 주은에게 시우가 다가갔다. 그러고는 그녀를 침대 아래로 끌어내려

눕혔다.

푹!

잔뜩 솟아오른 물건이 마치 제자리를 찾아가듯 한 번에 주은의 몸을 꿰뚫고 들어섰다.

"아!"

주은의 몸에 바짝 힘이 들어갔다. 꽉 조이는 아래에 시우가 낮은 숨을 뱉으며 그녀의 어깨와 뺨에 입을 맞추었다. 잠시 굳어 있던 주은의 몸이 조금 풀렸다. 그 틈에 시우의 몸이 거칠게 움직이기 시작했다. 그는 섹스를 하는 내내 주은의 얼굴에서 눈을 떼지 않았다. 아니, 뗄 수가 없었다.

발긋하게 물든 얼굴, 반쯤 벌어진 입술 사이에서 흘러나오는 희미한 신음, 이따금씩 눈을 떠 자신을 바라볼 때면 간절히 기다렸던 걸 본 것처럼 감동적이기까지 했다.

"……시우야."

희미하게 끊길 듯한 신음 속에 주은이 그의 이름을 불렀다. 힘겹게 눈을 뜬 주은이 그의 눈을 바라보았다. 시우는 그 순간을 놓치지 않고 바라보았다.

"사랑해."

흔한 말이라는 걸 알면서도, 사랑한다는 말을 대신할 말이 없었다. 촉촉하게 젖은 주은의 눈가를 마주 보던 시우가 잠시 멈칫했다. 그러더니 그녀의 몸을 끌어안은 채 어깨에 턱을 댔다.

그러고는 작은 목소리로 속삭였다. 그 말에 천장을 바라보던 주은의 눈이 커다랗게 벌어지는가 싶더니 금세 웃음이 맺혔다. 웃느라 접힌 주은의 눈꼬리에 눈물이 맺혔다.

처음이었다.

시우가 직접적으로 '사랑해요.'라고 말한 것은.

⁂

일부러 높은 하이힐을 신은 주은이 걸을 때마다 또각거리는 소리가 났다. 그녀의 시선이 VIP 병실 입구에 붙어 있는 이름으로 향했다.

[강*현]

이름을 확인한 주은이 낮은 숨을 내쉬었다.

「괜찮겠어요?」

시우는 그녀를 병원 앞에 데려다주면서 물었다. 그땐 괜찮다고 대답했지만, 막상 병실 앞에 서니 눈앞이 캄캄했다. 광기에 물들어 있던 태현의 얼굴을 떠올리자 손끝이 떨렸지만, 그녀는 다시 한 번 마음을 다잡았다.

강해져야 했다. 시우를 위해서라도, 그리고 자신을 위해서라도.

똑똑.

예의상 노크를 마친 후, 병실 문을 열어젖혔다. 얼굴 절반에 붕대를 감고 있어 남자의 눈은 하나밖에 보이지 않았다. 그다지 크게 다친 곳이 없다는 경찰의 말은 틀렸다. 붕대에 가려 보이지 않았지만 그의 얼굴은 엉망진창이었다. 누군지 알아볼 수 없을 정도라, 주은은 자신이 잘못 찾아온 게 아닐까 의심했다. 그러다 자신을 보곤 남은 한쪽 눈을 치켜뜨는 남자를 보고서야 그 의심을 접었다.

"말은 할 수 있어요?"

주은이 문가에 선 채 물었다. 그는 아무 말 없이 주은을 노려보았다.

"긴말 안 할게요. 어차피 얼굴 보고 있어봐야 서로 좋을 것도 없고요. 더 이상 날 찾지 말라는 말을 하고 싶어서 온 거예요."

"어디라도 가나 봐?"

태현이 이를 갈며 물었다.

"글쎄요. 모르겠네요, 어딜 갈지."

"하시우랑 갈 건가?"

"어딜 가게 된다면 시우랑 가겠죠."

"그 말을 하러 온 거야?"

태현이 사납게 물었다.

"네. 그리고 나와 시우를 찾아내거나 나쁜 일을 계획한다면 더는 가만히 넘어가지 않을 거라는 말을 하러 왔어요."

"왜? 얼마 전의 그 일을 기사화라도 시켜서 매장시키게?"

태현이 자조적으로 비웃으며 물었다.

"네. 그것뿐만 아니라 여태껏 그쪽이 해온 협박들, 혹은 대화내용 녹음한 파일을 따로 저장해놨어요. 스토커로 신고하진 못해도, 사회적으로 매장은 가능하겠죠."

준비라도 하고 온 듯 주은의 대답이 술술 나왔다. 태현의 입매가 딱딱하게 굳었다. 그의 눈빛이 미묘하게 차가워졌다.

"하시우도 힘들어질 텐데? 자폭이라도 하겠다?"

"우린 힘들지 않아요. 지켜야 할 것들이 더는 없으니까요."

대답하는 주은의 얼굴이 평온해 보였다. 어둡고 고요하던 이전의 얼굴은 찾아볼 수 없었다.

"이번 일은 넘어갈게요. 내가 놀란 만큼, 그쪽도 엉망진창이 되었으니까."

회사에서도 이번 일로 권고사직 당했고, 얼굴엔 흉터까지 남는다고 했다. 아버지는 감방에 처넣으라고 했지만, 주은은 그렇게까지 그를 극으로 몰아넣고 싶지 않았다.

"하지만 다음은 없을 거예요. 다음에 또 만약 이런 일을 벌인다면 그땐 정말로 가만히 안 있어요. 혹시나 내가 하는 말들이 거짓말처럼 느껴질까 봐 메일로 자료 보내놨으니 열람해보세요. 이게 마지막이었으면 좋겠네요."

"그런 협박이 나한테 먹힐 거라고 생각해?"

태현이 사납게 물었다.

"먹힐지 안 먹힐지는 자료부터 봐요."

주은이 냉정하게 돌아섰다. 주은의 뒷모습이 마지막이라고 생각하니 미칠 것 같았다.

"대체 왜!"

태현이 소리치더니 병원이라는 걸 깨닫고는 호흡을 갈무리했다.

주은이 경계하는 눈빛으로 쳐다보자, 그의 가슴이 홧홧하게 달아올랐다. 주은의 눈동자에 경계심이 가득했다. 마치 범죄자를 보는 눈이었다. 그가 이를 꽉 깨물었다.

왜 자신에게 기회를 주지 않는 건지 화가 났다. 주은에게 최선을 다하려 했다. 윤정과도 헤어졌고, 잘하겠다고 했고, 선물도 주었다. 다른 여자에게 해보지 않은 집착도 했다. 그는 충분히 주은을 사랑했다.

"네가 얌전히 결혼했으면 끝날 일이었어. 난 널 충분히 사랑했어, 이주은."

"아직도 내 탓이라고 생각해요?"

"하시우 탓도 있겠지."

태현의 눈이 시뻘겋게 변했다. 순간 겁이 났지만, 주은은 다리에 힘을 꼿꼿하게 준 채 태현을 보았다.

"하나만 물을게요. 나랑 결혼해서 뭘 하고 싶었는데요?"

"……."

순간 태현이 말문 막힌 표정으로 그녀를 보았다. 결혼해서 하고 싶은 거라니. 남들처럼 사는 것 아닌가.

그럴 줄 알았다는 듯 주은이 태현을 바라보았다.

“난 시우와 결혼하면 자그마한 주택에서 살 거예요. 가꾸기 좋은 조그마한 정원도 있을 거고요. 아침은 내가 꼭 차려줄 거예요. 밤이면 같이 산책을 하겠죠.”

“지금 무슨 소리를 하는 거야?”

태현이 이해가 안 간다는 얼굴로 물었다.

“꿈과 바람이 있다는 말을 하는 거예요.”

“…….”

“사랑을 하게 되면 그 사람과 하고 싶은 것들, 그 사람과의 행복한 미래를 그리게 되더라고요. 태현 씨는 나와 이루고 싶은 꿈이 있었어요?”

“그깟 꿈 따위…….”

태현이 이를 갈았다.

“그게 태현 씨와 내가 안 되는 이유예요.”

“…….”

“날 사랑하는 사람으로 본 게 아니라, 가져야 할 꽃쯤으로 알고 있으니까. 결혼해서 집에 데려다 놓고 예쁜 꽃처럼 지켜보기만 하려고 했겠죠. 난 그런 거 싫어요. 그건 사랑이 아니라 감금이에요.”

시우를 사랑하면서 자그마한 꿈들이 생겨나기 시작했다. 너무나 소소해서 꿈이라고 이름 붙이기 힘든 것들. 그러나 그 작은 것들이 모여 하나의 이루고 싶은 그림을 완성한 순간, 주은은 모처럼 설렘을 느꼈다.

시우와 하고 싶은 것들을 생각하며 옅게 웃던 주은이 언제 그랬냐는 듯 태현을 무표정하게 바라보았다.

"그러니까 날 사랑한다는 이유로 괴롭히려고 들지 마요. 그 사랑, 난 더 이상 받지 않을 테니까."

주은이 냉정하게 돌아섰다. 태현이 "이주은!" 하고 소리쳤지만 그녀는 뒤돌아보지 않았다.

"다 끝났어요?"

병실에서 나오자마자 복도 한가운데 서 있는 시우를 발견했다. 코트 주머니에 손을 푹 찔러넣은 채 서 있는 그를 사람들이 힐끔거리며 지나갔다.

"왜 여기까지 와 있어?"

"걱정돼서요. 괜찮아요?"

시우의 시선이 주은의 몸을 쭉 훑었다. 조금이라도 큰소리가 나면 병실 문을 열고 들어갈 생각이었다.

"응. 얼굴이 엉망진창 되어 있는 거 말곤."

"얼굴만 그런 거면 다행이죠."

시우가 상냥하게 웃으며 말했다. "주은 씨가 말리지 않았으면 팔다리 하나쯤은 부수었을 거예요."라고 이었다. 언뜻 농담처럼 들렸지만, 주은은 그가 진심으로 하는 말이라는 걸 알았다. 태현의 뒤통수를 잡고서 그대로 보닛에 내리찍을 때, 시우의 얼굴은 사람의 것 같지 않았다.

그는 그 순간 그녀에게 어머니를 투영했을 거다. 어린 시절 무기력하게 어머니가 당하던 모습을 지켜봐야 했던 죄책감에 잠시 제정신이 아니었을 수도 있고.

주은은 조용히 시우의 손을 감싸쥐었다. 아무렇지 않게 사람을 망가뜨리는 그지만, 무섭지 않았다.

"가자."

주은이 로비를 벗어나 환하게 빛이 쏟아져내리는 길로 한 발자국 내딛었다.

"맛있는 거 먹고, 산책하다가 들어가자."

남들처럼 아주 소소한 것들을 하고 싶어 하는 주은을 보며 시우는 미소를 지었다. 주은은 어디에서든 자신의 손을 잡는 걸 꺼리지 않았다.

"그러죠."

시우가 맞잡은 손에 힘을 주며 미소 지었다.

갑작스레 비가 내리기 시작했다. 커다란 통창문에 빗줄기가 뭉쳐져 흘러내렸다. 오늘따라 따뜻하다 싶더니 눈이 아니라 비가 내렸다.

주은이 턱을 괴고서 그 빗줄기를 바라보았다. 빗줄기를 따라 눈동자가 아래로 떨어졌다가, 금세 위를 향했다. 그녀의 시선이 아래에 닿았을 즈음, 테이블에 놓인 손가락이 뜨거워졌다. 시우의 손이 그녀의 검지를 감싸쥐고 있었다. 검지의 여린 살을 만지작거렸다.

주은이 쳐다보자, 시우가 물었다.

"무슨 생각 해요?"

"언제 사표를 낼까 하는 생각."

"아직 안 관뒀군요."

"응. 너도 관둘 거지?"

"전 관뒀어요. 하우원 씨한테 직접 냈으니 지금쯤 수리됐겠네요."

"정말…… 괜찮아?"

주은이 조심스럽게 물었다. 그러자 시우가 무슨 소릴 하냐는 표정으로 쳐다보았다.

"정말 그 주식 다 포기해도 돼? 나중에 후회할까 봐 겁나."

"네. 일곱 살 이후의 삶은 덤이니까요."

"……."

"주은 씨 먹여살릴 정도만 있으면 돼요."

"주식을 다 팔았는데 어떻게? 내가 먹여살릴게."

주은이 웃으며 농담처럼 말했다.

"가진 게 주식만 있을 리가 없잖아요. 부동산도 섭섭하지 않게 갖고 있어요."

"……."

"얼마나 가지고 있는지 궁금하면 물어요. 다 알려줄게요."

시우가 뭐든 다 물으라는 표정으로 바라보았다. 주은은 고개를 가로저었다. 그의 재산에 대해 알고 싶지 않았다. 다시 한 번 그와 자신의 간극을 느끼고 싶지 않았다.

"달라고 하면 줄 수도 있어요."

그 말을 듣는 순간, 주은은 더욱 강하게 고개를 가로저었다.

"됐어. 너 가지고 있어. 그리고 나 가지고 그런 장난 치지 마."

"장난 같아 보여요?"

주은이 식기류를 챙기다가 힐끔 시우를 바라보았다.

"그리고 내가 주은 씨를 가진 건 맞아요?"

"……."

"주은 씨가 날 가진 거 같은데."

그가 턱을 괴고서 아직도 모르겠냐는 듯이 말했다.

"처음부터 날 줬잖아요. 다 하라고."

그러니 자신이 가진 모든 것을 주은에게 줄 수 있었다. 그녀가 필요하다면 다 줄 수 있었다. 주은이 자신의 옆에만 있을 수 있다면.

"내가 만약에 결혼하겠다고 헤어지자고 하면 어쩌려고 그랬어?"

주은이 걱정스러운 눈으로 물었다.

"처음엔 상관없었어요. 조그마한 추억을 갖는 것만으로도 행복했으니까."

수십 시간을 기다려 겨우 갖게 된 잠깐의 만남, 몇 통 되지 않는 문자, 이따금씩 잡을 수 있는 손. 모두 다 보석처럼 소중해서 그는 주은과의 만남이 끝나면 머릿속으로 수십 번도 더 곱씹었다.

그러다 주은이 자신에게 먼저 키스한 순간부터 욕심이 조금씩 넘쳐흘렀다. 자신의 사랑이 독이 될지도 모른다는 생각을 하면서도 몸이 먼저 움직였다.

복잡하게 변하는 시우의 표정을 보며 주은이 그의 손을 잡았다.

"나쁜 생각 하지 마. 난 어디 안 가니까."

주은의 말에 시우의 미소가 짙어졌다. 주은이 얌전히 어디 안 간다는 말을 할 때가 좋았다. 가장 좋은 건 자신의 눈을 보면서 사랑한다는 말을 해줄 때지만.

주문한 파스타와 샐러드가 테이블에 놓였다.

"오늘 저녁에 영화 보러 갈까?"

주은이 스파게티를 돌돌 말며 물었다.

"무슨 영화 볼까요?"

"보고 웃을 수 있는 거."

"집에 가서 찾아볼까요?"

"응."

주은이 미소를 지으며 고개를 끄덕였다. 심화영화 보자, 몇 시에 보자, 영화 다 본 후에 맥주를 사서 집에 가자 등의 사소한 이야기가 오갔다. 별것 아닌 이야기를 하는 동안 주은의 표정이 모처럼 밝아졌다. 주은이 최신 영화를 고민하며 식사할 때였다.

"결혼식은 우리 단둘이 할까요?"

"응?"

그는 마치 내일 아침 뭐 먹을까요, 라는 질문을 던지듯 평이하게 물었다. 주은은 저도 모르게 '글쎄.'라고 대답하려다가 시우를 바라보았다.

"실내는 답답하니까 실외에서 하죠."

"……."

"하객 없이 단둘이 하는 게 좋겠어요."

그의 말에 주은은 그를 물끄러미 바라보다가 쥐고 있던 포크를 내려놓았다.

"……그거 프러포즈야?"

"왜요? 아닌 거 같아요? 스파게티에 반지라도 넣어놓을걸 그랬나 봐요."

시우가 선선하게 미소 지었다. 티슈로 입가를 닦은 주은이 빠르게 눈을 깜빡였다.

"음식 가지고 장난치면 안 돼."

기껏 주은이 할 수 있는 대답은 그것이 전부였다.

"결혼 생각 없었어요?"

시우가 수저를 내려놓은 후, 턱을 괴었다. 그 탓에 이전보다 얼굴 사이의 거리가 가까워졌다.

"아니. 생각은 있었지만……."

"이왕 할 거 빨리 하면 좋잖아요."

"……."

"걸리는 게 있으면 말해요. 해결해줄 테니까."

그는 결혼을 위해서라면 모든 걸 다 해낼 것 같은 표정을 지었다. 주은은 한 치의 의심 없이 저를 바라보는 시선을 마주 보았다. 깨끗한 눈동자가 올곧게 자신을 바라보았다. 마주 선 자신이 부끄럽도록. 시우를 바라보던 주은의 입술이 길어졌다.

이 깨끗한 눈동자를, 저를 바라보며 평온한 웃음을 짓는 이 남자를 어떻게 거부할 수 있을까.

"그래. 하자."

주은이 담백하게 대답했다. 고민할 필요 없었다.

"그럼 지금처럼 단출하게 살자. 가능하면 자그마한 단독주택에서 우리 둘이서 살자. 아파트 팔고 우리 둘만 아는 곳으로 가는 거야. 손바닥만 해도 작은 정원이 있었으면 좋겠어."

주은이 눈을 굴리며 차근차근 미래의 그림을 그렸다.

"그리고요?"

"아이는 둘쯤 낳고. 회사는 집과 가까운 곳이었으면 좋겠어."

"또요?"

"음, 조그마한 2층짜리 집이면 좋겠어. 1층은 가족 공간, 2층은 침실. 아아, 아이를 위해서 단층집이 좋을까?"

주은의 이야기를 듣던 시우의 얼굴에 미소가 그려졌다. 진지하게 자신과의 미래를 그리는 이 여자의 얼굴이 한없이 아름다웠다. 이 여자의 미래에 자신의 자리가 있다는 게 눈물겹게 행복해서, 시우는 가만히 그녀의 이야기에 귀를 기울였다.

"침대 뒤로 창문이 있었으면 좋겠어. 넌?"

주은이 시우를 바라보며 물었다.

"내가 눈을 떴을 때 주은 씨가 옆에 늘 있었으면 좋겠어요."

"……."

"내가 잠들기 전에 마지막으로 보는 게 주은 씨 얼굴이었으면 좋겠고."

"……."

가능하면 내 인생이 끝나는 마지막 날에도.

시우의 말에 주은은 잠시 목이 멘 표정을 짓더니, 웃었다.

"그러자."

주은이 예쁘게 웃는 얼굴로 고개를 끄덕였다. 시우는 그런 주은을 눈에 새기듯이 오래도록 바라보았다.

집에서 간단히 저녁을 먹은 후, 주은이 외투를 들다 말고 한숨을 내쉬었다. 하루 종일 소매를 버린 옷을 입고 다니려니 지겨웠다. 주은이 고민하다가 집으로 향했다. 간단히 갈아입을 옷과 속옷에다 이참에 세면도구까지 한 번에 챙겨 내려올 생각이었다. 집에 들어선 주은은 때마침 거실에 서 있던 호성과 마주쳤다.

"누나."

호성이 놀란 듯 그녀를 불렀다.

"응."
주은이 어색하게 대답했다.
"집에 온 거야?"
"아니. 짐 챙기러 온 거야. 이사 갈 집은 구했어?"
주은이 호성의 눈을 피하며 물었다. 태현과 불미스러운 일이 생긴 후, 호성에게서 몇 번 전화가 왔지만 그녀는 받지 않았다. 시우에게도 호성의 전화를 받지 말라고 일러두었었다. 호성의 잘못은 없었지만, 그녀는 가족들에게 지쳐 있었다. 그 누구와도 연락하고 싶지 않았다.
"……시우 형 집에 있었던 거야?"
"응."
"벨 눌러도 아무 대답 없어서 어디 간 줄 알았는데…… 그랬구나."
"집에 없을 때도 있었어."
"그래."
호성이 씁쓸한 얼굴로 고개를 주억거렸다. 주은에게 큰일이 생겼다는 걸 안 순간, 호성은 다급히 시우의 집으로 향했다. 아무리 벨을 눌러도 안에선 어떤 소리도 들리지 않았다. 완전히 인터폰을 꺼놓은 듯했다. 문을 두드리고 전화를 해도 받지 않아서 두 사람이 어디론가 사라진 줄로만 알았다.
"이 집은 곧 팔릴 거 같아. 부동산에서 누나한테 전화할 거야."
"……응."

주은이 대답하자마자 서먹서먹한 공기가 감돌았다.

“나는 짐 챙겨 갈게. 당분간 시우 집에 있을 거야.”

“그래.”

주은이 돌아서서 방으로 들어가려 하자, 호성이 “누나.” 하고 다급히 불렀다. 주은이 돌아보자, 호성이 민망한 듯 눈을 굴렸다.

“너무 늦게 묻는 것 같은데…… 괜찮은 거지? 안 좋은 일 있었다는 거, 엄마한테서 대충 들었어.”

“응. 보다시피 괜찮아.”

“다행이다. 부모님한테는 시우 형네 집이 어딘지 말 안 했어. 말하면 찾아갈 거 같아서. 당분간 편하게 쉬어.”

“고마워.”

“누나.”

“응. 말해.”

“누나는…… 내가 불편하지?”

“넌 내가 편해?”

“……아니. 미안해서 편하지가 않아.”

“나도 그래. 나도 너한테 미안해. 그리고 불편하기도 하고. 어머니한테서 들었을 거 아냐. 내가 의절하겠다고 했다는 말.”

“응. 들었어.”

호성이 착잡한 얼굴로 고개를 끄덕였다.

“진심이야. 그리고 그 결정 바뀔 리 없어. 네 입장에선 이런 결정을 한 게 이상해 보이겠지. 그치만 정말 못 견디겠더라, 호성아. 부모님은…… 날 제대로 사랑하시는 게 아니었어.”

그들에겐 더 중요한 것이 있었다. 아버지에겐 회사, 어머니에겐 그런 아버지와 호성. 그 누구에게도 그녀는 우선이 되지 못했다. 주은의 눈가가 촉촉하게 젖어갔다.

“알아, 누나가 어떤 마음인지. 누나처럼 착한 사람이 그런 결정을 내린 데에는 이유가 있을 거라고 생각하고 있었어. 그러니까 더는 힘들게 설명 안 해도 돼. 짐 잘 챙겨서 가.”

호성이 돌아섰다. 주은은 자신이 불편할까 봐 자리를 피하는 호성의 뒷모습을 보았다. 호성에게 하고 싶은 말들이 거품처럼 차올랐다가 사그라졌다.

어떤 말도 멀어진 관계를 가깝게 할 수 없었다. 아주 오랜 시간이 흘러 과거의 일을 덮어놓을 수 있을 즈음에야 호성에게 웃어줄 수 있을 것 같았다.

주은이 방에 들어와 커다란 가방을 꺼냈다. 그 안에 갈아입을 옷, 속옷, 기타 등등 꼭 필요한 물건들을 챙겨 넣으려고 준비했다. 그러다 침대 위에 곱게 놓인 봉투를 보았다. 봉투에서 꺼낸 편지를 펼치자 투박한 글씨가 보였다.

[누나. 언제 이 편지를 볼지 모르겠지만, 미안해. 이젠 누나가 편한 대로 살아. 그럴 수 있도록 내가 노력할게.]

고민이 가득 담긴 짧은 편지를 보자, 바짝 말라 있던 눈동자에 눈물이 차올랐다. 호성에 대한 미안함, 아련함, 그럼에도 더는 호성을 예전처럼 대할 수 없을 것 같은 마음에 더욱 미안해졌다.

주은이 편지를 곱게 접어 가방에 넣었다. 언젠가 이 편지를 두고 웃을 날이 오길 바라면서.

짐을 모두 챙긴 주은이 방문을 열고 나와 호성의 방문을 보았다. 인사를 하고 가야 할까, 아니면 말아야 하나 고민하는 찰나 삐삐삑 도어록 잠금이 해제되는 소리가 들렸다. 문이 열리자 서늘한 바람이 치고 들어왔다. 고개를 돌린 주은은 들어오는 누군가를 보곤 얼굴을 굳혔다.

"호성아. 집에 있니? 이거 어서 받……."

호성을 부르며 들어오던 선숙이 주은을 발견하곤 말을 멈추었다.

"왜 갑자기 멈춰 서는 거야?"

성태가 멈칫하며 한소리 하려다가 뒤따라 주은을 보곤 입을 꾹 다물었다. 선숙의 손엔 커다란 짐 가방이 들려 있었다. 가방 너머로 반찬통이 보였다. 호성이 밥을 굶을까 봐 반찬을 해서 들어오는 길이었다. 두 사람은 모임에 가려는 참인지 평소보다 훨씬 차려입은 모습이었다.

"네가 왜 여기 있니?"

선숙의 물음에 주은이 고개를 기울였다. 자신이 잘못 들었나 했다. 이 집의 주인은 자신이었다. 자신이 호성을 쫓아내도 할 말이 없는 상황이었다.

"제 집이니까요."

주은이 모르냐는 듯 말했다.

"아아, 그랬지? 어디 가는 거니? 시우한테 가는 거니?"

시우의 이름을 말하는 목소리가 유난히 상냥했다. 마치 오랫동안 알고 지낸 듯했다.

"네. 시우한테 가서 지내려고요. 아무래도 이 집에서 지내는 건 불편해서요. 그런데 집의 비밀번호는 어떻게 아셨어요? 전 알려드린 적이 없는데요? 아아. 호성이가 알려줬어요? 부동산에 알려주라고 했더니 아무한테나 다 알려줬나 봐요."

"주은아, 무슨 말을 그렇게 하니? 섭섭하구나."

"섭섭이요?"

주은의 입꼬리가 삐딱하게 올라갔다.

"아직도 저한테 받아 가실 게 있나 봐요. 섭섭하다는 말을 하면서 달래려고 하실 줄은 몰랐네요. 그리고 전에 말씀드렸을 텐데요, 없는 자식으로 치라고요."

가시와 독이 잔뜩 박힌 주은의 말에 선숙은 일그러지려는 얼굴을 힘겹게 폈다.

"주은아, 그때 아버지한테 맞은 것 때문에 그래? 네 아버지가 얼마나 속상했으면 그랬겠니. 너도 딱히 잘한 건 아냐. 이러지 말고 대화로 잘 풀자꾸나. 너랑 시우 결혼하려면 어쨌든 부모 도움이 필요할 거 아니니? 상견례도 해야 할 거고."

"진심으로 그렇게 생각하세요?"

"그럼. 그래도 부모인데 설마 너한테서 받기만 하겠니?"

마음에도 없는 말을 꺼내는 선숙을 보며 주은이 쓰게 웃었다.

"그래요? 그럼 결혼할 때 주신다는 도움 거절하지 않을게요. 저희 가진 돈이 하나도 없거든요. 시우, 가진 재산 모두 처분했어요. 우리 집 빚을 갚은 건 그 돈이고요."

"아니. 그게 무슨……."

선숙이 무슨 소리냐는 표정으로 성태를 보았다. 주은이 하는 말을 알아들은 듯, 성태의 표정이 굳었다.

"회사의 지분도, 권리 행사도 할 수 없어요. 지금은 빚더미에 올라앉았는데……. 결혼할 때 보태주실 거죠? 빚도 갚아주시면 고맙고요. 그리고 이번에 우리 집 빚을 갚아주면서 가족들과 싸워서 시우 측에선 아무도 오지 않을 거예요."

주은의 말에 선숙의 표정이 더 딱딱하게 굳었다. 우성그룹 차남의 사돈이 될 줄 알았는데, 자신의 상상과는 전혀 다르게 흘러가고 있었다.

"어……. 그래야지……."

선숙의 입술이 바들바들 떨렸다. 그러더니 참지 못하고 한마디 덧붙였다.

"그나저나 사돈댁이 정말 너무하구나. 그런 것 때문에 의절하고 말이야."

"사업 빚 갚겠다고 딸 팔아치우려는 집보단 양호하죠."

"이주은!"

듣다 못한 성태가 버럭 소리를 질렀다. 주은은 눈 하나 깜빡하지 않고 성태를 보며 "네, 말씀하세요."라고 대답했다. 시우의 손을 잡은 날부터, 주은은 가족들이 하는 어떤 압박에도 아무 마음도 들지 않았다. 정작 그녀를 부른 성태는 아무 말도 못 한 채 씩씩거렸다. 선숙은 주은이 하는 말이 사실일지 계속 확인하는 얼굴이었다. 주은이 늦을세라 말을 이었다.

"저희 결혼하려면 집, 혼수, 예식 비용 다 해서 몇억 들 거예요. 부모님이 시우를 통해 도움받으신 거에 비해서 약소하긴 하지만, 이 정도 보태주실 순 있으시죠? 저희 언제 결혼할까요?"

주은의 말에 선숙은 벙어리가 된 듯 입을 다물었다. 그러더니 성태를 흘깃거렸다. 무슨 말이라도 해보라는 표정이었다. 성태 또한 난처한 표정이었다. 투자를 받은 후, 자신이 아는 지인들에게 우성그룹과 사돈이 되게 생겼다고 자랑해놨는데 일이 엉망이 되었다.

"정말…… 시우 군이 우성그룹과 의절했어?"

선숙이 떠보듯 조심스럽게 물었다.

"의절하기만 했을까요? 아예 쫓겨났죠."

주은의 확언에 선숙이 눈을 굴리더니 조심스럽게 말을 꺼냈다.

"주은아, 그건 천천히 생각하자꾸나. 남녀 사이 어떻게 될지 모르는데, 시우 군과 꼭 결혼하리라는 보장도 없고……. 돌아가는 상황을 봐가면서…….”

주은은 쓰게 웃었다. 아직도 정신 못 차리고 계산기를 두드리는 성태와 선숙을 보고 있자니 역했다. 그사이 문이 열렸다. 막 옷을 갈아입은 듯 호성이 부스스한 머리를 쓸어내리며 나섰다.

“이게 무슨 소리야?”

호성이 얼굴을 굳힌 채 선숙에게 물었다.

“우리 집 빚을 왜 시우 형이 갚아줘?”

“그건 또 몰랐어?”

주은이 덤덤한 얼굴로 물었다. 호성이 눈가를 파르르 떨더니 선숙과 성태를 무섭게 노려보았다.

“그래서 나한테 시우 형 집이 어딘지, 두 사람이 어떤 사이인지, 두 사람 결혼할 수 있게 도우라고 한 거였어?”

호성이 버럭 소리쳤다.

“호성아.”

선숙이 진정하라는 듯 그를 불렀다.

“대체 왜 그래! 그 돈으로 차 바꿨어? 사업 잘됐다며! 아니었어? 그냥 투자받은 거였어? 대체 엄마랑 아버지는…… 하아.”

호성이 선숙에게 소리치다 말고 이마를 짚었다. 여태껏 조용해서 호성이 집에 없는 줄로만 알았던 선숙의 얼굴이 하얗게 질렸다. 그녀가 눈을 데굴데굴 굴리더니 이윽고 소리쳤다.

"너야말로 시우 군이랑 그렇게 친하면서 어떻게 엄마한테 말을 안 할 수가 있니? 응?"

"엄마가 한 짓을 생각해봐! 초등학생 때부터 내 친구들 급 나누고, 집안 별로면 만나지 말라고 하고, 못사는 애들 대놓고 무시하는데 내가 어떻게 엄마한테 내 지인들이 어떤 사람들인지 말해? 내가 시우 형 알고 지내는 거 알았으면? 얼마나 사람 귀찮게 했겠어?"

"그…… 그건."

선숙이 깜짝 놀라 성태의 눈치를 보았다. 성태가 이게 무슨 소리냐는 듯 선숙을 무섭게 쳐다보았다.

"그리고 대체 누나한테 왜 그래? 내가 그러지 말라고 말했잖아! 누나한테 부담 주지 말라고! 앞으로는 내가 어떻게든 하겠다고! 그리고 시우 형이 빚을 다 갚아줬는데, 결혼을 반대하는 거야? 왜? 시우 형이 돈이 없어서? 우리 집은 뭐가 있는데! 겨우 빚도 막은 주제에 뭐가 있어서!"

"호성아! 그만해! 아버지 화내신다!"

"내가 틀린 말 했어? 내가 앞으로 알아서 한다고 했잖아! 누나 좀 내버려두라고 했잖아! 태현이 그 개새끼한테 별의별 일 다 겪고 돌아온 누나한테 그러고 싶어? 누나가 멀쩡히 살아 돌아온 것만으로도 고맙게 생각해!"

주은이 화를 내다 말고 한숨을 내쉬는 호성을 바라보다 선숙과 성태에게로 시선을 옮겼다. 두 사람은 호성이 이렇게 나올 줄 몰랐다는 듯 어쩔 줄 몰라 하는 표정을 짓고 있었다. 여태껏 있었던 일들을 호성에게 제대로 설명하지 않았던 모양이었다. 자신을 설득하려던 것과는 달리 호성의 말에 꿈쩍도 못 하는 부모님을 보며, 기대를 저버리지 않는다 싶었다. 쓰게 웃던 주은은 입을 열었다.

"전 시우랑 결혼할 거예요."

"……그래, 해야지. 하는데 조금만 더 생각을……."

"부모님 없이요."

"……뭐?"

되물은 건 선숙이 아니라 성태였다. 그의 입술이 벌벌 떨렸다.

"이쯤 하면 키워주신 빚은 다 갚고도 남은 거 같아요."

주은이 건조한 눈으로 그들을 바라보았다. 가족이라는 껍데기조차 무의미해졌다. 한때는 그 껍데기가 날아가버리는 게 무서워 억지로 부여잡고 있었다. 머리 위로 쏟아질 시련이 무서웠었다. 공포에 오들오들 떨면서 세상 밖으로 나가지 못한 채 갇혀 있었지만, 이젠 곰팡이 핀 껍데기 안보다 밖이 더 아름답다는 걸 알았다.

자신을 부르는 입술, 감싸쥐는 손, 반질반질한 눈동자에 가득 담겨 있는 아름다운 빛까지. 그 모든 것들을 느끼자 껍데기는 더 이상 무의미해졌다. 자신의 손으로 완전히 부숴도 될 만큼.

"주은아, 무슨 말을 그렇게 하니. 설마 우리가 도움을 안

준다고 해서 그래? 그리고 가족이 끊는다고 끊어지니?"

이어진 선숙의 말에 주은이 그녀를 물끄러미 바라보았다.

"그래요? 그럼 아까 제가 말한 것처럼 저와 시우와의 결혼식 비용을 전부 감당해주실 수 있으세요? 빚도 갚아주고, 집도 사주고, 혼수까지 해주시고, 나중에 아이를 낳으면 그 아이의 양육도 도와주셔야 해요."

"……그, 그거야……."

"아아, 물론 우성그룹과는 완전히 별개인 시우를 받아주셔야 해요. 둘 다 우성그룹에서 쫓겨나서 직업도 없네요. 물론 언젠가 구하겠지만, 언제가 될지 모르겠네요."

"……."

선숙과 성태가 할 말을 잃은 얼굴로 쳐다보았다.

"자신 없으시죠?"

주은이 예의상 웃음을 지으며 물었다.

"해주기는 싫고, 뭔가는 받고 싶고……."

"……."

"가족이라는 말을 참 편하게 하시네요."

"……."

"전에도 말했다시피 저는 이제 가족이 없다고 생각하고 살 거예요. 찾아오시면 신고할 거고, 휴대전화 번호도 바꿀 거예요. 그러니까…… 다시는 찾지 마세요."

"……."

"건강하세요."

주은이 두 손을 가지런히 모은 채 선숙과 성태에게 머리를 숙였다가 들었다. 뚝, 안에서 무언가가 끊어지는 소리가 나면서 가슴속에서 알 수 없는 감정이 치고 올라왔지만 내색하지 않았다. 그저 모든 게 끝났구나 하는 생각이었다.

주은이 선숙과 성태를 지나쳐 밖으로 나왔다. 선숙과 성태는 멍하게 서 있다가 그녀를 불렀다.

"아! 제발 좀 누나를 내버려둬!"

호성이 고함을 치는 통에 두 사람이 멈춰 섰다. 그사이에 주은은 비상구 계단으로 빠져나갔다. 한 층을 뛰어 내려오다시피 한 주은은 시우의 집 앞에서 멈춰 섰다. 고개를 푹 숙인 채 바닥을 바라보았다. 벨을 눌러야 하는데 팔이 무거워서 꼼짝을 할 수 없었다.

달칵.

문이 열리고 시우의 신발이 보였다. 그녀가 호성에게 생일날 사주었던 신발이었다. 주은이 느릿하게 고개를 들었다. 마치 자신이 문 앞에 이러고 서 있을 줄 알았다는 듯 시우가 문에 기대선 채 그녀를 바라보고 있었다. 그가 천천히 팔짱을 꼈다. 그의 시선이 커다란 가방과 그녀의 처량한 얼굴을 번갈아 보았다.

"오늘 날씨 좋은데, 왜 비 맞은 얼굴이에요?"

주은의 눈동자에 울음이 가득 담겨 있었다.

"……그러게."

주은이 힘겹게 대답했다.

"집에 갔다 왔어요?"

"응. 오늘 부모님한테 의절하자고 말하고 왔거든. 잘했지? 늘 생각만 했는데 오늘 겨우 말했어. 아, 속 시원하다."

주은이 입꼬리를 끌어올리며 웃었다. 힘주어 올린 입꼬리는 겨우 일자였다. 그녀의 입술이 바들바들 떨리며 아래로 내려갔다 올라오길 반복했다. 시우의 눈이 가느스름해졌다.

"웃지 마요."

"……."

"나한테 그러지 말라더니, 왜 본인이 그러고 있어요."

시우가 가벼운 타박을 하더니, 그녀를 끌어당겨 안으로 들어갔다. 문을 닫자마자 그는 주은을 품에 안았다.

"울고 싶으니 안아달라고 해야지."

시우의 커다란 손이 주은의 등을 토닥토닥 달래주었다.

"나, 안 슬픈데."

주은이 중얼거리듯 말했다. 시우의 품에 얌전히 안겨 있던 주은이 주먹을 꽉 움켜쥐었다. 그딴 가족과 이별했는데 슬플 리 없었다. 홀가분했다. 그런데 왜인지 입가로 울음이 몰려들었다.

"으흡."

기어코 참지 못하고 울음이 터져나왔다.

토닥토닥.

"수고했어요."

시우가 다독거리며 그녀의 머리에 입을 맞추었다. 상처를 다독여주는 그의 손길에 주은은 그의 품으로 더욱 깊게 파고 들었다. 마치 이곳이 유일하게 숨 쉴 수 있는 공간이라도 되듯이.

⁜

전화 한 통을 받고 주차장으로 내려온 시우가 주변을 살폈다. 지하주차장 한구석에 서 있던 자동차의 헤드라이트에 번쩍 불이 들어왔다. 그곳으로 걸어가자, 운전석에서 내린 남자가 성큼성큼 다가갔다.

"너! 무슨 짓이야?"

태현이 시우의 멱살을 거머쥐었다. 그의 눈이 벌겋게 달아올랐다. 시우가 덤덤한 눈으로 태현을 내려다보았다.

"갑자기 왜 이러십니까, 강 팀장님? 아, 회사를 관두셨으니 태현 씨라고 불러야겠군요."

"연기 집어치워! 태영저축은행 비리 폭로, 너지?"

오늘 오후, 특보로 태영저축은행 비리가 뉴스에 나왔다. 그 소식에 태현이 얼른 아버지인 동명에게 전화를 걸었지만 불통이었다. 가까스로 통화가 된 비서는 난처한 목소리로 '일이 조금 힘들게 되었습니다. 자세한 건 나중에 설명드리겠습니다.'라며 전화를 끊었다. 어머니에게도 전화를 했지만, 그녀는 울기만 할 뿐 별다른 정보를 갖고 있지 않았다.

그 순간 태현은 범인으로 하시우를 떠올렸다. 언젠가 자신이 다른 여자를 만나고 다니는 걸 다 안다는 식으로 흘린 적이 있었다. 자신의 정보를 입수해 자신을 곤란하게 만들 만큼 배짱 있는 사람 또한 하시우뿐이었다.

"내가 그럴 힘이 어디 있겠습니까?"

시우가 평연한 말투로 대꾸했다. 그러자 태현의 얼굴이 더욱 붉게 달아올랐다. 그는 일부러 말을 높인 채 자신을 독에 갇힌 쥐마냥 가지고 놀고 있었다.

"내가 널 가만히 둘 거 같아? 이주은도, 너도 가만 안 둬. 절대로."

이주은이라는 말에 평온을 유지하던 시우의 안색이 달라졌다. 그가 손을 뻗어 멱살을 거머쥔 태현의 손을 잡아 비틀었다.

뚝.

손가락이 눌리며 뼈 소리가 났다.

"으윽."

상상을 초월하는 힘에 태현의 얼굴이 한껏 구겨졌다. 버텨보려 했지만, 순식간에 끌려 내려갔다. 그러고도 시우는 손에 힘을 풀지 않았다.

"지금 누구 이름을 입에 담아?"

시우가 무섭도록 차분하게 물었다.

"윽."

"내가 한 거라고 눈치챘으면 입 다물고 구석에 박혀 있어야지."

시우가 고저 없는 목소리로 조용히 말했다. 힘에 눌린 태현이 자존심 상한 듯 시우를 노려보았다.

"그러게 내가 누군지 알았으면 조용히 물러났어야지. 이주은을 또 입에 담아?"

"……."

"이게 끝인 거 같아? 경고야. 이주은과 나와 관련된 모든 것에서 손떼. 어설프게 내 뒷조사하는 것도 관두는 게 좋을 거야."

"……."

"어기면 다음 뉴스는 네 사생활이야. 방탕하게 논 태영저축은행의 외동아들. 성매매법 위반. 학창시절 폭력사건 등. 사회적으로 매장되겠지. 너를 싸고돌던 태영 회장도 힘들어지겠지?"

"……너!"

태현이 이를 갈았다.

"그러고도 정신을 못 차리면 내가 어떻게 할까?"

시우의 눈빛에 이채가 서렸다. 고개를 숙인 시우가 고요한 눈으로 태현을 바라보았다. 그저 바라보기만 했을 뿐인데, 위에서 뭔가가 누르는 듯 어깨가 무거워졌다. 태현이 그의 시선을 더는 버티지 못하고 눈을 내리깔았다.

"살 수 있는 기회를 줬는데 어리석게 계속 죽겠다고 달려들면…… 원하는 대로 해줘야겠지?"

태현은 자신이 상대를 잘못 골랐다는 걸 알았다. 시우는 위험했다. 그는 빈말을 하는 게 아니었다. 진심으로 태영금융, 자신의 사회적 위치, 마지막으로 자신의 목숨까지도 빼앗을 수 있는 놈이다.

시우 때문에 다친 얼굴의 상처가 더욱 아파오는 기분이었다.

"어떻게 할래?"

시우가 그의 손을 조금 더 강하게 비틀었다. 태현이 비명이 나오려는 걸 꾹 참았다.

"……사, 살려줘."

태현이 가느다란 목소리로 목숨을 구걸했다. 자존심이 상했지만, 방법이 없었다. 시우는 이 자리에서 당장 자신을 죽일 것만 같았다. 그제야 시우가 그의 팔을 놓았다.

"다시는 찾아오지 마."

시우가 그를 밀친 후, 돌아섰다. 홀로 남은 태현은 비틀린 팔을 움켜쥔 채 그 자리에 풀썩 주저앉았다.

화가 났지만 방법이 없었다. 이주은에게 복수하려다가 자신의 모든 것을 잃을 순 없었다.

"으윽."

태현의 시뻘건 눈에 눈물이 고여갔다.

"정말 관두는 거야? 정말?"

선유가 믿을 수 없다는 표정으로 짐을 챙기는 주은을 바라보았다. 주은은 대답 대신 미소를 지었다.

"어휴, 아쉬워서 어떻게 해."

"죄송해요."

"아냐. 뭐."

선유가 말끝을 흐리며 손을 내저었다. 태현의 사고 소식이 사무실에 알려지던 날, 목격담이 순식간에 퍼져나갔다. 주은이 태현의 차 문을 열고 나온 것과, 뒤에서 차를 들이받은 시우가 태현의 뒷머리를 거머쥐고서 보닛에 처박은 것까지 상세하게 알려졌다. 그날 이후 부장으로부터 태현과 시우가 회사를 그만두었다는 소식이 전해졌다. 사람들은 삼각관계라고 생각해서 그녀를 보며 쑥덕거렸지만, 선유는 다르게 생각했다.

태현과 함께 있을 때 주은의 얼굴은 새까맣게 죽어갔다. 단순히 어려운 팀장을 대하는 사람의 얼굴이 아니었다. 그에 비해 시우와 있을 땐 긴장하긴 해도, 밝아졌다.

"하 팀장님이랑 사귀는 거지?"

선유가 주변에 들리지 않을 만큼 작은 목소리로 말했다.

"네."

주은이 순순히 대답했다.

"역시 그랬구나. 어쩐지 자기를 보는 하 팀장님의 눈길이 남다르다더니. 그럴 줄 알았어. 잘 어울려. 좋겠다. 나는 언제 그런 훈남을 만나보니."

선유의 장난스러운 말에 주은이 빙그레 미소를 지었다.
“그만 가볼게요.”
“짐 들어줄게.”
“괜찮아요. 가벼워요.”
“옮길 직장은 구했어?”
“아뇨. 조금 쉬다가 구해보려고요.”
“그래.”
선유가 고개를 끄덕였다.
“아, 옆에 허 대리 있지? 허윤정 대리. 회사 관뒀어.”
“……그래요?”
“응. 결혼한대.”
주은이 무감한 얼굴로 고개를 끄덕였다. 윤정은 시우를 좋아하긴 했지만, 끝까지 매달릴 것 같지는 않았다. 이성적이고 계산적인 여자인 만큼 다른 남자를 만나 결혼할 거라 생각했다.
“그만 들어가보세요.”
주은이 선유에게 말했다.
“아쉬워서 그러지.”
“대리님.”
“응?”
“감사했어요.”
“갑자기 왜 그런 말을 해? 더 섭섭해지게.”
“진심이에요. 대리님 덕분에 그래도 편하게 회사 다닐 수 있었어요. 늘 좋은 말씀 많이 해주셔서 감사합니다. 그리고 별건 아니지만 책상 두 번째 서랍에 조그마한 거 넣어놨어요. 쓰세요."

"아휴, 뭐 그런 것까지……."

선유가 더욱 섭섭한 표정을 지었다.

"진심으로 고마워서요. 또 연락드릴게요."

"그래. 조만간 식사나 같이 하자고."

"네."

선유에게 인사를 한 후, 사무실 직원들에게도 일일이 인사를 했다. 사람들은 머쓱한 얼굴로 그녀의 인사를 받아주었다. 개중에 호기심을 참지 못한 사람들은 그날의 스캔들에 대해 물었다. 주은은 하 팀장과 사귀냐는 물음에 맞다고 인정했다. 태현과의 관계를 묻는 사람에게는 "오해가 있었어요."라는 말로 얼버무렸다.

사무실 사람들과 마지막 인사를 한 주은이 엘리베이터 앞에 섰다.

"이주은 씨 되십니까?"

정장을 입은 남자가 정중하게 말을 걸어왔다.

"네. 그런데요?"

"사장님이 찾으십니다. 잠시 시간 내주시죠."

어디서 봤다 했더니 사장실의 비서인 모양이었다. 그가 따라오라는 듯 반쯤 몸을 틀었다. 주은은 잠시 갈등했다. 시우에게 말할 것인지, 아닌지. 고민 끝에 주은은 순순히 그의 뒤를 따랐다. 그를 따라 꼭대기 층에 올라가 비서실에 자신의 짐을 맡긴 후, 사장실로 들어갔다.

집무를 보는 책상 앞에서 서류를 살피고 있던 우원이 고개를 들었다.

훤히 드러난 이마, 깔끔하게 뒤로 넘긴 헤어스타일, 흐트러짐 없이 말끔한 슈트가 그의 성격을 대변하고 있었다. 얌전해 보이는 옆얼굴과 달리 눈동자엔 야욕이 있었다.

"앉으시죠."

우원이 소파를 손으로 가리켰다. 주은이 그 자리에 앉자 우원이 그녀의 얼굴을 살펴보았다. 멀리서는 몇 번 본 적 있어도 이렇게 가까이서는 처음이었다. 예쁘장한 외모이긴 했지만, 재산의 대부분을 내놓을 만큼 욕심날 정도는 아니었다.

"갑자기 불러서 놀라셨을 거라 생각합니다. 실례인 줄 알면서도 호기심을 이기지 못했습니다."

우원이 정중한 미소를 지었다. 형제라지만 배가 달라서인지 두 사람의 얼굴, 풍기는 분위기, 흘리는 시선, 말투까지 모조리 달랐다.

"괜찮습니다."

"차라도 드시겠습니까?"

"아뇨. 괜찮습니다."

"그럼 바쁘신 것 같으니 간단히 말씀을 드리도록 하죠. 저는 시우가 주은 씨와 평온하게 살길 바랍니다. 고민 없이 편안하게 말입니다. 필요한 부분이 있으면 언제든 말씀하세요. 도움이 될 수 있으면 돕도록 하겠습니다. 이민도 좋고, 아주 멀리 집을 구해달라고 하면 기꺼이 해드리겠습니다. 결혼식도 최대한 빨리 하실 수 있도록 도와드리죠."

그러니 경영권이나 회사엔 관심을 꺼달라는 말로 들렸다.

"호의는 감사드립니다만, 여태껏 해주신 것만으로도 감사드려요. 나머지는 제가 알아서 하도록 하겠습니다."

"그렇군요. 언제든 원하는 게 생기면 말씀해주세요. 그리고 곧 아버지가 주은 씨를 찾으실 겁니다. 불편하시면 연락주시죠. 괜한 만남으로 시간 허비하지 않도록 돕겠습니다. 아버지가 무서운 분이라 주은 씨가 힘드실 것 같아 드리는 말씀이니 오해하지 않으셨으면 합니다."

우원이 근사한 미소를 지었다. 그는 주은을 위하는 것처럼 말했지만, 실은 그녀가 아버지와 만나길 바라지 않았다.

우성그룹의 회장이자 시우의 아버지는 시우라면 껌뻑 죽었다. 처음엔 이해할 수 없었다. 하늘에서 뚝 떨어지듯 집에 들어온 그 아이는 인형처럼 예쁘게 생겼었다. 그것 말곤 도무지 정상적인 게 없었다. 웃지도, 울지도 않는 그 아이는 이상한 물건들을 잔뜩 가지고 있었다. 이상한 그림, 돌멩이 등등. 그것들을 이불 속에 넣고 잠든 그 이상한 아이가 동생이라는 게 우원은 믿기지 않았다.

하루는 그 이상한 것들을 견디기 힘들어 모조리 쓰레기통에 쓸어다 버린 적이 있었다. 그다음 날, 우원은 하교를 하고 돌아왔다가 엉망진창이 된 자신의 방을 보았다. 책이란 책은 모조리 찢어져 있었고 서랍들은 모조리 빠져나와 있었다. 침대 아래에 넣어둔 옷들도 찢어져 있었다. 그러고는 무감하게 자신을 바라보는 시우를 본 뒤부터, 우원은 더 이상 그의 물건에 손대지 않았다. 어린 나이에 하는 행동치곤 몹시 잔인한 구석이 있었다.

그러나 그런 이상한 아이가 자신의 동생이 되었다는 사실보다 더욱 견디기 힘든 건 아버지의 차별이었다.

아버지는 시우를 지독하게 편애했다.

사람을 때렸다는 이유로 자신의 뺨을 수없이 후려갈긴 아버지는 시우가 고등학교 때 사람을 죽일 뻔했던 순간에도 그를 해외로 빼돌리고 얼른 상황을 수습했다. 만신창이가 된 아이의 부모에게는 거액을 주었다.

자신에게 무서운 아버지는 시우를 볼 때면 눈에 늘 눈물이 고여 있었다. 자신이 사랑했지만 그 탓에 죽어버린 여자를 쏙 빼닮아서 그런다는 걸 알기까지는 꽤 오랜 시간이 걸렸다. 여자를 향한 아버지의 죄책감과 여전한 사랑은 그대로 시우에게 이어졌다. 그가 말하는 것이라면 모든 걸 다 들어주려고 할 만큼.

정작 시우는 아버지의 사랑을 온몸으로 거부했다. 시우가 아버지에게 요구한 것은 '미국에서 살고 싶어요.'라는 것 하나였다. 아들과 함께 살고 싶지만, 그의 첫 부탁을 거절할 수 없었던 아버지는 시우를 유학 보냈다.

우원은 시우를 향한 아버지의 편애가 끝났을 거라 생각했다. 고등학생이 된 그가 돌아오기 전까지만 해도.

아버지가 소중하게 보관한 사진 속 여자를 그대로 빼다 박은 시우가 나타난 순간, 아버지는 또다시 시우에게 애정을 기울였다. 우원이 만점에 가까운 대학 입시 점수를 받았을 때에도, 명문대에 입학했을 때에도 시우가 아버지에게 한마디 말을 건넬 때보다 못했다.

허탈함과 패배감이 교차했다. 시간이 흘러 어느 순간 우원은 아버지의 애정 대신 회사에 욕심을 내기 시작했다. 아버지의 청춘과 일생이 고스란히 담긴 트로피 같은 회사를 소유하는 것으로 방향을 돌렸다. 노력은 결실을 거두어 이젠 자신이 갖기 직전이었다. 시우가 나타나 방해만 하지 않는다면 충분히 승산이 있었다.

이것만큼은 빼앗길 수 없었다.

우원의 손끝이 힘이 실렸다.

"저는 시우가 원하는 대로 할 예정이에요. 시우가 아버님을 만나 뵙길 원한다면 그럴 거고, 만나지 않길 바란다면 그렇게 할 거예요."

주은의 대답이 실망스러운 듯 우원의 미간이 좁아졌다.

"하나 확실한 건, 시우는 이 회사를 욕심내지 않을 거예요. 우리는 지금만으로도 충분히 감사하니까요."

직설적인 그녀의 대답에 우원이 허를 찔린 표정을 지은 것도 잠시, 능숙하게 웃음으로 감추었다.

"무슨 말씀이신지 모르겠군요. 제가 드린 말씀을 오해하셨나 봅니다."

"그러게요. 제가 오해했나 봐요. 신경 써주셔서 감사합니다."

주은이 싱긋 웃으며 자신이 오해했다고 대답했지만, 그의 말을 전부 다 믿지 않았다. 원하는 대답을 얻은 듯, 그는 입을 다물고 있었다.

* * *

오후 늦은 햇살이 치고 들어오는 창가에 선 주은이 집 안을 둘러보았다. 이사 온 집은 그녀가 꿈꾸던 것과 비슷했다.

손질하기 편하도록 작은 정원, 자그마한 단층짜리 집의 주변으로는 성인의 가슴까지 오는 나무 울타리가 쳐져 있었다. 나무색으로 푸근한 분위기를 풍기는 외관과 달리 내부 인테리어는 화이트 계열을 많이 이용해 넓고 깔끔한 느낌을 풍기도록 했다.

직업을 잃은 후, 둘이 이곳저곳 돌아다니며 겨우 구한 집이었다. 이전 주인이 꽤 높은 가격을 제시했으나, 집이 마음에 든 둘은 고민할 것 없이 계약했다.

이사 날이 잡히는 것과 동시에 시우와 주은이 가장 먼저 한 것은 휴대전화 번호를 바꾸는 일이었다. 주은은 호성에게도 번호를 알려주지 않았다.

「누나, 휴대전화 바꿨구나.」

「응.」

「방금 전화해보니 바뀐 번호라던데……. 안 가르쳐줄 거지?」

호성은 바뀐 주은의 휴대전화를 보면서 착잡한 표정을 지었다. 호성은 이미 직감한 듯했다.

「응. 지금은 그래. 미안해, 호성아.」

주은이 조심스럽게 자신의 마음을 이야기하려 할 때였다.

「후우, 됐어. 섭섭하긴 한데 이해해. 이제 누나도 사랑하는 사람 만나서 편하게 지내고 싶겠지. 나라도 그럴 거야. 누나가 괜찮아질 때 연락 줘. 내 휴대전화 번호는 바꾸지 않을 테니까.」

호성의 배려에 주은은 고맙다는 말을 남긴 후, 자신의 방에 남은 짐을 정리했다. 호성은 본가로 들어가게 되었고, 주은은 집을 팔았다. 그러고서 마련한 자신들의 보금자리였기에, 주은은 더없이 소중한 이 행복이 깨어질까 봐 아주 조금 불안했다.

"가만히 있으라니까요."

방의 정리를 마치고 나온 시우가 거실 한구석에 서서 허리를 주무르는 주은을 보며 인상을 썼다.

"너만 할 순 없잖아. 거실 정리 거의 다 했어. 백수 된 지 한 달이나 됐는데 집정리라도 열심히 해야지."

"천천히 하면 되잖아요. 허리 아파요?"

시우가 다가와 주은의 허리를 문질러주며 말했다. 커다란 손에서 따뜻한 온기가 전해져오자 주은의 입술에 미소가 맺혔다.

"아니. 괜찮아."

"아닌 것 같은데요."

"응?"

시우가 한 발자국 더 다가와 주은을 껴안다시피 한 채 그녀의 허리를 문질러주었다. 처음엔 마사지 같았는데 점점 손길이 야하게 느껴졌다.

"시우야."

당황한 주은이 그의 이름을 불렀다.

"네."

시우의 목소리는 몹시 침착해서, 주은은 자신이 오해를 한 게 아닌가 싶었다. 그러다 무심코 고개를 들었을 때, 웃는 시우를 보고 장난치는 것임을 알았다.

"일단 뒷마무리부터 다 하자."

"그러고는요?"

"응?"

"그러고 나선 뭘 할 건데요?"

시우의 입가에 더 짙은 웃음이 맺혔다. 주은이 웃는 얼굴로 시우의 뺨을 감싼 채 입을 맞추었다.

"글쎄. 뭐 해줄까?"

주은이 눈을 똑바로 응시하며 묻자, 시우의 입술이 더욱 길어졌다.

"남은 정리를 빨리 해야겠네요."

시우가 주은의 입술에 입을 맞춘 후, 남은 정리를 했다.

그들이 구한 집은 한적한 교외로, 넓은 길가를 사이에 두고 각기 다른 디자인의 집이 마주 보고 있었다. 마당에선 성인 가슴 높이의 울타리지만, 길가에선 성인 머리 높이 정도 되었다.

주은은 자그마한 정원에 예쁜 의자 두 개를 두었다. 길가에 가로등이 드물게 있어서 맑은 날엔 별도 볼 수 있다는 전 주인의 말을 듣고 차를 마실 때 쓰려고 가져다 놓았다.

시우는 의자에 앉아 하늘을 보는 것에 만족스러워했다. 서로 하늘을 바라보며 도란도란 이야기를 하다가 고개를 돌려 보면 어느새 자신을 보고 있었지만.

오늘도 별반 다르지 않았다. 하늘을 본다던 그는 어느새 고개를 돌려 그녀를 바라보고 있었다.

"왜 그렇게 쳐다봐?"

주은이 턱을 괴고서 시우를 마주 보았다.

시우는 이렇게 드문드문 자신을 뚫어져라 바라보았다. 밥을 먹다가, 차를 마시다가, 함께 TV를 보다가도. 습관이라고 하기엔 의도적이었다.

시우가 대답을 하지 않자, 주은이 웃으며 물었다.

"좋아서 보는 거야?"

"믿기지가 않아서요."

"……."

"내 옆에 누군가가 있다는 게."

그의 말이 별안간 가슴 위로 툭 떨어져내렸다. 이사 전부터 그의 집에서 줄곧 함께 지냈다. 그동안 주은은 시우에게 생각나는 대로 하고 싶은 이야기를 모두 하게끔 했다. 들을 때마다 가슴에 불이 붙은 것처럼 따갑고 아팠지만, 그의 과거를 알고 싶었다. 처음엔 머뭇거리던 시우가 말을 하기 시작했고, 주은은 그가 얼마나 힘들게 지냈는지 어렴풋이 알게 되었다.

그리고 지금 이 말을 하는 그가 얼마나 먹먹한 마음일지 알 것 같았다.

주은이 시우의 뺨을 쓸어내렸다.

"돌멩이 놀이 기억해?"

주은의 물음에 시우가 고개를 끄덕였다. 잊을 수가 없었다. 그는 생에 처음으로 주은에게서 놀이라는 걸 배웠다. 재미있어서 시간이 어떻게 흐르는지 알 수 없었다. 놀다가 고개를 들어보면 사위가 어두컴컴했다. 그러면 집으로 돌아가야 한다는 걸 알면서도 발길이 떨어지지 않아, 멀어지는 주은의 등만 하염없이 바라보았다.

그리고 돌아와선 깊은 방 한구석에 앉아 주은이 가르쳐주었던 놀이를 홀로 하곤 했다. 그중 가장 많이 한 것이 돌멩이 놀이였다.

주은이 어두컴컴해서 잘 보이지 않는지 휴대전화로 손전등을 켜더니 돌멩이를 찾기 시작했다. 손에 잡히기 쉬운 자그마한 돌멩이를 여러 개 집어 와 그의 발치에 놓았다.

"자, 이거는 시우 돌멩이."

주은이 자신의 손바닥 반만 한 돌멩이를 그의 신발코 앞에 가져다 놓았다.

"이건 내 돌멩이."

주은이 시우의 돌멩이 옆에 자신의 돌멩이를 가져다 놓았다.

"또 이건……."

주은이 돌멩이를 집어 들었다. 시우는 순서를 잘 알고 있었다. 시우, 주은, 어머니, 아버지, 동생 순이었다. 아마 그녀가 집어든 돌멩이는 어머니 역일 거라 생각했다.

"우리 아이 돌멩이."

"……."

"둘째 돌멩이."

"……."

"셋은 낳자. 열심히 벌게. 그러니까 이건 셋째 돌멩이."

주은이 돌멩이들 옆으로 보란 듯 두 손을 활짝 펼쳤다. 시우의 돌멩이를 중심으로 주은, 아이 셋의 돌멩이가 감싸고 있었다.

"시우 돌멩이는 주은 돌멩이와 아이 셋 돌멩이와 함께 아주 오래도록 행복하게 살았답니다."

어린 시절 주은의 놀이는 늘 '행복하게 살았답니다.'로 끝났다. 행복이 뭐냐고 묻는 주은의 물음에 시우는 '음, 매일매일 웃으면서 즐겁게 사는 거야. 아주 즐거운 거!'라고 대답했다.

그 후로 시우는 행복이라는 말이 좋았다. 별것 아닌 자신의 돌멩이가 다른 돌멩이들로 둘러싸여 있는 걸 보면 조금은 덜 외로워지는 기분이 들어서 돌멩이를 하염없이 바라보곤 했다. 그러다 가끔 자신의 돌멩이와 주은의 돌멩이를 떼어내 단둘이만 놓아두곤 했다. 왠지 가족들과 있는 것보다 주은과 단둘이 있는 돌멩이가 더 보기 좋았다.

어쩌면 그때부터였는지도 모른다. 주은을 향한 마음이 싹트기 시작한 것은.

시우가 천천히 시선을 들어 주은을 바라보았다. 어린 시절과 똑같이, 그러나 그보다 더 예쁘게 구연놀이를 한 주은이 환하게 웃고 있었다.

시우가 손을 뻗어 주은의 뺨을 매만졌다. 새삼 함께 있다는 게 느껴지자, 시우의 입가에 잔잔한 미소가 머물렀다. 그의 입술이 달싹거릴 때였다.

"결혼하자, 시우야."

"……."

시우의 손이 멈칫했다. 그가 믿기 힘들다는 눈으로 그녀를 바라보았다.

"아이도 많이 낳고, 우리 둘이서 아는 사람들도 만들어가면서…… 그렇게 행복하게 살자."

"프러포즈는 저번에 내가 했잖아요."

"알아. 그건 네 프러포즈고, 이건 내가 하는 프러포즈야."

"……."

"평생 옆에 있고 싶어. 그러니까…… 나랑 결혼해줘."

"……."

말을 꺼낸 주은의 눈가가 촉촉하게 물들어 있었다.

결혼하자가 아니라 매달리듯 '결혼해줘.'라는 말이 그를 설레게 했다. 의자에서 내려와 주은의 맞은편에 무릎을 굽히고 앉은 시우가 그녀를 똑바로 보았다. 그의 미간이 좁아졌다.

"무섭지 않아요?"

그가 가슴속에 묻어두고 있던 말을 꺼냈다.

"뭐가?"

"영원히 안 놔줄 거예요."

인정하기 싫지만, 자신 또한 아버지 못지않은 집착이 있다는 걸 깨달았다. 핏줄은 어쩔 수 없었다. 자신은 주은이 도망치면 쫓아갈 거다.

"알아."
주은이 덤덤하게 대답했다.
"나중에 지칠지도 몰라요."
시우의 목소리가 가늘게 떨렸다. 주은에게서 사랑한다는 말을 들었지만 불안했다. 오히려 그녀에게서 결혼하자는 말을 듣자 불안함이 더욱 커졌다. 사랑이 행복한 단어가 아니라는 걸 오래전부터 체득한 그는 주은을 사랑하면서도 주저하게 되었다.
자신의 사랑이 주은의 목을 졸라버릴까 봐. 그래서 멀리 떠나버렸던 어머니처럼 돌아설까 봐.
"그래서 지금이라도 놔달라고 하면, 헤어져줄 거야?"
주은의 덤덤한 물음에 시우의 표정이 굳었다. 뺨에 머물러 있던 시우의 손이 멈췄다.
"아니잖아."
"……나한테서 도망치고 싶어요?"
시우의 목소리가 슬퍼졌다.
"아니."
주은이 고개를 가로저었다. 고개를 옆으로 기울인 그녀가 시우의 손바닥에 얼굴을 더욱 파묻었다. 그녀가 눈을 지그시 감았다. 손바닥의 온기를 오롯이 느끼며 그녀가 입을 열었다.
"네가 날 쫓아내도 나는 너, 쫓아갈 거야."
"……."

"난…… 너밖에 없어, 시우야."

주은이 자그마한 목소리로 고백했다.

자신을 이렇게 사랑해주는 사람도, 자신이 이렇게 사랑할 수 있는 사람도, 시우가 유일했다.

"그러니까 걱정하지 마. 네 마음도, 네 사랑도 나를 아프게 하지 않아. 다치게 하지도 않을 거고. 난 충분히 행복해, 시우야."

마치 시우의 고민이 무엇인지 안다는 듯 조곤조곤 읊는 주은의 말에 시우가 입술을 깨물었다. 자신에게 의지한 채 가만히 숨 쉬고 있는 주은이 사랑스러웠다. 이대로 시간이 멈춰서 주은만 보고 있어야 한다고 해도 좋을 것 같았다.

"결혼해요. 최대한 빠르게."

대답을 한 그가 주은의 입술에 입을 맞추었다. 입을 맞댄 채 주은이 "응." 하고 대답했다. 그 작은 떨림에 맞댄 입술이 함께 떨렸다. 시우가 주은의 얼굴을 물끄러미 바라보았다. 밤바람이 차가운지 그녀의 어깨가 움츠러들어 있었다.

"들어가죠. 추운데."

"응."

자리에서 일어난 주은의 어깨를 감싼 시우가 그녀의 이마에 한 번 더 입을 맞추었다. 대답이라도 한 듯 주은이 그의 어깨에 얼굴을 기대었다.

두 사람이 나란히 들어간 집에 따스한 불이 켜졌다.

⁂

잠에서 깨어난 주은이 습관적으로 옆을 바라보았다. 잠을 잘 때 꼭 자신의 손을 잡거나 어깨를 감싸곤 하던 시우가 없었다. 곁이 허전해 침대 시트를 매만져봤다. 그가 자리를 비운 지 오래되었는지 침대 시트가 차가웠다.

"시우야."

방문을 열고 나온 주은이 눈을 비비며 그를 찾았다. 어디 갈 때 꼭 말을 하고 가던 시우였다. 그런 시우가 사라지자 가슴이 덜컹 내려앉았다. 텅 빈 집에 우두커니 선 주은이 주변을 둘러보았다. 시우가 잠깐 사라진 것만으로도 가슴이 헛헛한데, 시우는 그 긴 외로움을 어떻게 견뎠는지 감이 오질 않았다.

끼익.

문이 열리는 소리에 주은의 고개가 돌아갔다. 시우가 꽤 큰 박스를 들고 집으로 들어섰다.

"벌써 일어났어요?"

시우가 웃는 얼굴로 말을 걸었다. 그러자 불안하게 요동치던 마음이 잠잠해졌다. 한 걸음 바짝 다가간 주은이 그의 앞에 멈춰 섰다. 조금이라도 시우의 곁에 가까이 있고 싶었다.

"벌써라니. 점심시간이 다 되어가는데. 어디 다녀와?"

"꽃집에요."

"거긴 왜?"

"집에 화분이랑 꽃이 있으면 좋겠다면서요."

"응."

어젯밤 집을 정리하며 주은이 흘리듯이 한 말을 마음에 뒀던 모양이었다. 박스 하나를 가지고 온 시우가 그 안에 담긴 자그마한 화분들을 정리하기 시작했다. TV 옆, 테이블 위, 식탁 위에 자그마한 다육식물이 놓였다. 화분 몇 개 가져다 두었을 뿐인데 벌써 집이 푸릇해진 것만 같다.

"예쁘다."

주은이 마음에 든 듯 환하게 웃었다.

"이건 선물이에요."

시우가 말을 하며 박스에 가려 있던 꽃다발을 들었다. 모처럼 보는 꽃다발이라 주은이 반가운 마음으로 한 발 다가서다가 멈칫했다. 흔히 볼 수 있는 꽃다발이 아니었다. 마치 꽃집에 있는 꽃이란 꽃은 다 한 송이씩 엮은 듯한 거대한 꽃다발이었다. 이 흔치 않은 꽃다발을 그녀는 오래전에 본 적 있었다.

고등학생 시절 그녀의 책상 위에서.

"시우야."

주은이 나지막한 목소리로 그를 불렀다.

"네."

"이것도…… 너였어?"

주은이 떨떠름한 얼굴로 물었다.

"무슨 말이에요?"

"그러고 보니 너…… 호성이랑 언제부터 아는 사이라고 했었지?"

여태껏 별로 깊이 생각하지 않았던 것들이 떠올랐다. 각기 조각나 있던 기억들이 왠지 딱딱 맞아들어가는 기분이었다.

호성은 시우를 학교 선배라고 소개했었다. 그녀는 당연히 두 사람이 대학교 선후배 사이인 줄 알았다. 그런데 언젠가 들은 바로 시우는 대학시절을 미국에서 보냈다고 했다. 그렇다면 두 사람은 고등학교나 중학교 선후배 사이란 소리였다.

"고등학생 때요."

시우가 문제 있냐는 듯 대답했다.

"너 어느 고등학교 나왔는데?"

"월령고요."

그녀의 학교 뒤쪽에 있던 외국어 고등학교였다. 거리는 가까웠으나 오가는 길이 완전히 달라서 다른 세계나 다름없었다. 호성도 그 학교로 진학하기 위해 굉장히 많은 애를 썼었다.

"……나한테 꽃다발 선물했던 거, 너…… 맞지? 내 책상에 꽃다발 두고 간 사람."

생각을 하느라 주은은 눈 한번 깜빡이지 않은 채 시우에게 물었다.

"아……."

그제야 질문의 요지를 파악한 듯 시우가 짧게 탄식하더니 몸을 일으켰다. 그러더니 복잡한 표정으로 고개를 끄덕였다.

"네."
"나 알고 있었어?"
"네."
시우가 순순히 시인했다. 생각보다 오래전부터 자신을 알고 있었다는 말에 주은은 묘한 눈으로 시우를 바라보았다.
"……그런데 그때 왜 나한테 아는 척 안 했어?"
주은의 놀란 얼굴에 시우는 곤란한 표정을 지었다.
"고3이라 바빠 보이기도 하고, 날 기억 못 할까 봐 무서워서 인사를 못 했어요. 그러다가 용기내서 인사하려고 했는데, 일이 생겨서 미국에 가게 됐어요. 인사도 할 겨를 없이 떠났고요."
"혹시 그 일이라는 게……."
주은이 말끝을 늘였다.
설마.
민태의 일과 시우가 연관되어 있을 거라고는 단 한 번도 생각하지 못했다.
"사람을 잘못 팼어요."
시우의 말에 주은의 가슴이 철렁 내려앉았다.
"설마…… 그게 나 때문이야? 혹시 민태, 네가 그랬니?"
주은의 조심스러운 물음에 시우는 잠자코 있었다. 침묵이 긍정을 의미한다는 걸 알았다. 주은이 당황한 듯 눈을 빠르게 깜빡였다. 수만 가지 생각이 머릿속을 스치고 지나갔다.
"가만히 있을 수 없었어요. 내가 못 본 사이에 주은 씨가 다

쳤잖아요."

"……."

"그 남자가 또 그러지 말라는 법 없으니까."

시우의 눈빛이 단박에 서늘해졌다. 지금 생각해도 화가 난다는 얼굴이었다. 그사이 주은은 여태껏 쌓여 있던 미스터리들이 차곡차곡 풀리기 시작하는 걸 느꼈다.

민태를 그렇게 팬 사람이 왜 드러나지 않았는지, 피해자인 민태가 왜 입도 벙긋하지 못하고 사라졌는지. 태현을 패던 시우의 모습을 떠올려보건대, 민태를 가만뒀을 리가 없다.

미스터리가 풀리자 여러 가지 감정이 맞부딪쳤다.

시우가 언제부터 자신의 인생에 깊게 관여하고 있었는지 가늠이 되지 않았다. 주은이 시우의 눈을 똑바로 쳐다보았다. 그는 생각지 못한 순간에 비밀을 들킨 사람처럼 굳은 얼굴로 그 자리에 우두커니 서 있었다. 자신에게 선물할 꽃다발을 손에 꼭 쥐고서.

"나한테 또 숨기는 거 있어?"

"아뇨."

"……."

"숨기려고 했던 건 아니에요. 나도 잊어버렸거든요."

순순히 말하는 시우의 미안한 얼굴 너머가 얼마나 잔인한지 그녀는 잘 알고 있었다. 태현의 얼굴을 아무렇지 않게 보닛에 내리찍을 때부터 그의 무서운 면을 알았다. 결핍, 비뚤어진 과거, 그 모든 것들이 응집되어 자신을 향한 집착이 되었다는 것도 알고 있었다. 그래서 위험하다는 것도 알고 있었다.

시우는 주은의 대답을 기다리듯이 잠자코 서 있었다. 미안한 얼굴에 불안함이 일렁거렸다. 방금 전까지 무섭게 느껴졌던 그가, 일곱 살의 어린 시우로 보였다.

「괜찮아요.」

그 말을 하며 미움받지 않게 위해 바짝 웃던 아이.

주은이 고민 끝에 손을 내밀었다.

"줘. 내 선물이라며."

수많은 질문이 차올랐지만 그녀는 묻지 않았다.

"물어볼 거 없어요?"

시우가 조금은 풀어졌지만, 여전히 겁이 나는 얼굴로 물었다.

"응. 없어."

"놀라진 않았어요?"

"놀랐는데 괜찮아."

주은이 옅게 웃었다. 이른 아침 자신에게 선물하겠다며 화분을 챙겨오는 이 아름다운 남자를 거부할 자신이 없었다.

시우가 한 걸음 성큼 다가와 꽃다발을 내밀었다.

"예쁘다."

꽃다발을 쓰다듬으며 주은이 미소를 지었다.

"주은 씨가 더요."

더 예뻐요, 라는 의미를 담은 채 그가 그녀의 뺨에 입을 맞췄다.

"그리고 여태껏 말 안 해서 미안해요. 정말 잊고 있었어요."

"괜찮아. 그런 건 상관없으니까."

주은은 꽃다발을 품에 안은 채 시우에게 몸을 기댔다. 꽃다발을 감싼 비닐 끝이 그녀의 턱 끝을 따끔하게 찔렀지만, 그녀는 개의치 않았다. 아름다운 꽃을 안으려면 조금의 아픔을 감수할 줄도 알아야 하니까.

본가의 거대한 거실 한가운데에 앉은 시우는 무감한 눈으로 TV를 바라보았다. 그는 다리를 꼰 채 등받이에 등을 대고 있었다. 단정한 모습의 아나운서가 무표정한 얼굴로 보도를 진행 중이었다.

[태영저축은행 파산 위기]

화면이 아나운서에서 기자로 바뀌었다. 기자는 태영저축은행 앞에 서서 길게 줄을 서 있는 사람들을 비추었다. 저축은행의 부실경영이 도마에 오르면서 예금을 돌려받지 못할 걸 우려한 사람들이 돈을 찾기 위해 대기 중이라는 보도였다.

이어 태영저축은행의 경영자인 동명의 사진이 떴다. 저축은행 본사는 경영부실 보도가 오보라며 일축했다지만, 일각에선 파산 가능성이 있다는 의견이 나오고 있다는 사실을 보도했다.

"어때?"

집으로 돌아온 우원이 근사한 미소를 지으며 물었다. 시우는 그가 들어온 걸 알고 있었다는 듯 시선도 돌리지 않았다.

"약해."

"조금 더?"

"흔들어놔. 힘들도록. 그 정도는 할 수 있잖아?"

시우가 고개를 돌리며 웃자 우원은 작게 고개를 끄덕였다.

"그래. 시키는 대로 해야지. 거래한 게 있으니."

"강태현이 눈치 못 채도록 한 건 맞지?"

시우가 다른 화제로 넘어간 뉴스에 시선을 둔 채 물었다.

"어. 이전부터 문제 되던 일이 터진 거니 눈치 못 챌 거다."

"강태현은 지금 뭐 해?"

"아버지 회사를 물려받으려고 입사했다는데, 회사가 저 꼴이니 뻔하지 않겠어? 왜? 강태현도 없애줄까?"

우원이 농담처럼 물었다.

"그럴래?"

"……."

시우의 이채 어린 눈길에 되레 우원이 멈칫했다. 고개를 든 우원은 어느새 자신을 바라보고 있는 시우와 눈이 마주쳤다. 그는 웃고 있었다. 오히려 웃지 않는 것보다 섬뜩한 분위기를 풍겼다.

"농담이야. 그대로 둬. 서서히 내려앉게."

시우가 미소 지었다.

"네가 시키는 대로 하긴 하는데, 이쯤 되면 내버려둘 때도 되지 않았어?"

"아직 멀었어. 그런데 왜 그런 소릴 해? 형이 못 하겠으면, 내가 할까?"

"뭘 하려고?"

"내가 태영까진 손을 못 대도 강태현 정도는 보낼 수 있지."

"……뒷조사해놨구나?"

"아주 오래전부터. 강태현도 알고 있어."

시우의 대답에 우원은 나오려는 한숨을 삭였다. 우원은 시우가 태현을 시시때때로 감시하고 있다는 걸 알고 있었다. 태현이 조금이라도 다른 마음을 품고 허튼짓을 하면 그의 삶을 모조리 붕괴시켜버릴 거다. 태현은 상대를 잘못 골랐다. 이런 무서운 녀석이 동생이라는 사실에 우원은 다시 한 번 한숨이 나오려 했다. 그나마 불행 중 다행인 건 시우와 자신이 협력관계라는 사실이었다.

"그냥 넌 가만히 있어. 내가 알아서 할 테니까. 네가 나서면 위험해져."

시우가 직접 움직이면 태현은 정말로 죽는 것보다 더한 고통에 시달릴지도 모른다. 태현의 고통 따위야 남 일이니 상관없지만, 문제는 시우가 자신의 동생이라는 사실이었다. 시우의 위험한 행동으로 그룹이 구설수에 오르느니 자신이 태현을 관리하는 쪽이 더 나았다.

"곧 아버지 돌아오실 거야. 말씀 잘 드려."

우원이 약속을 잊지 말라는 듯 경고했다.

"응. 받은 만큼 뱉어야지."

시우가 우원을 향해 웃었고, 그는 웃는 시우의 얼굴에 거북하다는 듯 시선을 돌렸다.

시우가 돌아와 스스로 설명하길 기다리던 종규는 결국 찾아가겠다는 강수를 놓았다. 종규와 주은이 만나길 원치 않았던 시우가 결국 직접 찾아왔다.

종규는 침음을 흘리며 자신의 앞에 서 있는 시우를 바라보았다. 시우는 자신이 죽인 여자와 아주 많이 닮아 있었다.

길게 뻗은 눈매, 일자로 반듯하게 뻗은 입술, 웃는 것처럼 보이는 외모, 자신을 내려다보는 듯한 눈빛까지도.

종규가 시우의 엄마를 본 것은 차가 고장 나 한 마을에 도착했을 때였다. 웬만한 여자들이 제게 관심을 보이는 것과 달리, 예쁘게 생긴 그 여자는 자신에게 일절 관심을 비치지 않았다. 자신이 누군지 알려주어도, 멋진 보석을 주겠다고 해도 꿈쩍도 하지 않았다.

그는 한창 젊은 나이에 혈기가 넘치고 원하는 걸 쟁취해야 직성이 풀리는 성격이었다. 그는 함락하듯 여자를 가졌다. 다른 여자들과 반응이 달랐지만, 문제가 될 거라곤 생각지 않았다.

그녀가 시우를 낳고서 서서히 말라가도 일시적인 거라 생각했다. 그는 그녀에게 집과 매달 쓰고도 남을 금액의 돈, 가사 도우미까지 보내주었기에 모든 걸 다 해주었다고 여겼다.

그는 여자와 자신의 아이가 어떤지 살피기엔 바쁜 사람이었고, 언젠가부터 자신이 찾아와도 덤덤하게 받아들였기에 모든 것이 잘되고 있다고만 여겼다.

그러다 여자가 자살을 하고, 시우가 발달지체상태로 발견되어서야 끔찍한 상황을 알아챘다. 여자가 써놓은 일기장의 한 페이지 한 페이지마다 담겨 있던 자신을 향한 폭언과 저주는 어느 순간 시우를 향하고 있었다. 종규는 그제야 모든 상황을 알았고, 모든 걸 다 포기한 눈을 하고 있는 시우에게 죄책감을 느꼈다.

여자에게 미안한 만큼, 종규는 시우의 눈을 똑바로 볼 수 없었다. 그래서 시우가 원하는 건 모두 다 해주었고, 그가 큰 사고를 쳤을 때에도 거액을 써가며 상황을 덮었다. 이렇게 하면 시우가 마음을 조금은 열 거라 생각했다.

그러나 시우는 오랜 세월이 흐른 지금까지도 자신을 내려다보고 있었다. 마치 그 여자처럼.

종규는 자꾸만 담배로 향하려는 손을 내리누르며 시우를 보았다.

“이사 갔다고 들었다. 웬 여자랑 같이 산다고 들었다. 그 여자는 누구냐? 결혼이라도 할 게야?”

“네.”

“만나보자꾸나.”

“그러실 필요 없어요. 그리고 아시겠지만 물려주신 재산도 대부분 처분했어요.”

“나한테 상의라도 했어야지. 어떻게 몇 달이 흐른 지금까지 아무 말도 안 하고 있을 수가 있는 게냐? 내가 모를 거라고 여긴 게야?”

“어머니 앞으로 남겨주신 재산을 고스란히 제가 물려받은 건데 그걸 왜 아버지께 보고를 해야 하죠?”

“그 주식은 내가 네게 준 거다.”

“어머니가 그렇게 죽은 게 미안해서 저한테 준 거잖아요. 이를테면 위자료 같은 거 아닌가요?”

시우가 미소 짓자, 종규는 깊은 한숨을 내쉬었다. 시우를 강하게 혼내야 한다는 걸 알면서도 붙은 입이 떨어지질 않았다. 시우와 눈이 마주칠 때면, 마지막으로 보았던 날 자신을 물끄러미 바라보던 텅 빈 여자의 눈이 떠올랐다. 그게 자신을 향한 질타였음을 그녀가 죽고서야 알았다. 그 죄책감이 시우에게로 고스란히 이어졌다.

“그때 그러셨죠. 넌 나랑 왜 사냐고.”

침묵을 지키던 종규가 불안한 눈으로 시우를 보았다. 종규는 한 해에 한 번 여자가 죽은 날 취하도록 술을 마셨다. 그러지 않으면 잠들 수 없었다. 그러다 오래전, 방에서 나온 시우를 붙잡고 소리친 적 있었다.

「네 어미랑 똑같은 눈을 하고서 왜 나랑 살아! 왜! 왜? 네 어미를 내가 죽인 거 같아서 복수라도 하려고 사는 게야? 그래서 나를 그렇게 보는 거냐고!」

윽박지르는 어른이 무서웠을 텐데 어린 시우는 울지도 않았다. 종규는 그 눈이 여자를 연상시켜서 도망치듯 그 자리를 떠났었다. 한 번도 그날 일을 입에 담지 않았던 시우가, 마침내 그 이야기를 꺼냈다.

"갑자기 그 말을 왜 하는 게냐?"

"떠날 이유가 없어서였어요."

"……."

"어머니를 사랑하고 이해하면서도, 조금은 미워했거든요. 어머니가 죽던 날, 절 창고에 가둬서 죽이려고 했으니…… 지킬 의리 같은 것도 없었고요. 그러니 어머니 때문에 아버지 집에서 떠날 이유가 없었던 거예요. 집도 꽤 따뜻했고요. 행복하진 않았지만 혼자 지냈던 그 골방보다는 그럭저럭 괜찮았거든요."

"……."

"이 이야기를 하는 이유는 이제 제가 인사드리러 올 일이 없을 것 같아서예요."

"……그게 갑자기 무슨 소리냐?"

"원하는 대로 하게 해준다던 그 약속, 기억하시죠?"

그의 말에 종규의 눈이 떨렸다.

설마.

그 말은 아니길 바라는 눈으로 바라보았다.

"이제 놔주세요, 저를."

"……."

"저는 어머니가 아니에요. 저한테 잘해줘 봤자 그 죄책감 안 사라져요. 그건 평생 아버지의 몫이거든요. 잘 아시잖아요."

시우의 적나라한 말에 종규의 얼굴이 딱딱하게 굳었다.

"어머니도, 아버지도, 이 집도, 회사도 다 지운 채 살고 싶어요. 물론 회사를 물려받을 일도, 일을 배울 일도 없을 거예요."

짙고 무거운 과거는 내려놓고 싶었다. 쉽지 않은 일이겠지만, 버티고 견디면 과거에서 벗어나는 일쯤은 해낼 수도 있을 것 같았다.

"그래도 한 번씩 얼굴 보여주거나 연락쯤은……."

충격으로 뻣뻣하게 굳은 종규가 입술을 막 열었다.

"이제 겨우 숨을 쉬고 사는 것 같아요. 그런데 아버지를 보면 저도 어머니가 생각나거든요."

시우의 말이 한발 빨랐다. 축축하고 음습했던 과거와 아픔이 그의 목을 졸랐다. 하얗게 질린 얼굴로 저를 바라보는 종규에게 시우가 한 번 더 강하게 말했다.

“그리고 지금처럼 흔들림 없이 지내고 싶어요. 그러니까…… 그날, 어머니와 함께 죽었다고 생각하세요.”

시우의 얼굴에 미미한 미소가 맴돌았다. 행복하다는 말을 한 순간, 온화하게 풀린 시우의 눈을 본 순간 종규는 고개를 떨구었다.

자신이 할 수 있는 마지막 일이, 아들의 인생에서 사라지는 일이라는 게 믿기지 않았다. 그러나 그는 기꺼이 숙인 고개를 끄덕였다. 언젠가 이렇게 될 줄 알았다. 무거운 추처럼 이리저리 흔들리는 종규의 얼굴에서 회한의 눈물이 뚝뚝 떨어졌다.

그런 종규를 무감한 눈으로 바라보던 시우가 돌아섰다. 그의 눈물을 바라볼 시간조차 없다는 듯이.

주은이 차에서 내려 주변을 빙 둘러보다 자신도 모르게 탄성을 뱉었다.

“우아.”

눈부시도록 새파란 하늘 아래에 하얀 메밀꽃이 넓은 땅을 수놓고 있었다. 마치 이르게 내린 눈이 녹지 않고 머물러 있는 느낌이었다. 다른 세계에 뚝 떨어진 것처럼 아름다운 이곳엔, 아무도 없었다.

반년 넘게 결혼식장을 찾아다닌 끝에 시우와 주은이 고른 곳은 메밀밭이었다. 문제는 메밀꽃이 가을에 핀다는 점이었다. 막 3월이던 그들에게 9월은 멀게 느껴졌다. 고민 끝에 혼인 신고를 일찍 하고, 결혼식을 그 날짜에 잡기로 했다. 주은과 시우는 사진 속 밭의 주인을 찾아 부탁했다.

「결혼식을 하고 싶어서요. 하객은 없고 둘이서 사진만 찍고 갈 생각인데 부탁드려도 될까요.」

「지금은 꽃이 안 피었는데 여기서 뭘 찍는단 말이오?」

「꽃이 만개하는 9월에 오겠습니다.」

밭 주인은 시우와 주은을 번갈아 보더니 통명스럽게 '그렇게 하시오.'라고 답했다. 사례의 뜻으로 간단히 먹을 것과 티셔츠, 양말 등을 선물했다. 고맙소, 라는 말 한마디로 선물을 받아든 주인은 뒤도 돌아보지 않고 본인의 집으로 들어갔었다.

"왔소?"

밭을 보며 감탄하던 주은에게 밭 주인이 다가와 물었다. 여전히 퉁명스러운 얼굴이다.

"네."

"드레스가 아니라 원피스 아니오?"

"맞아요. 사진 찍기에 드레스는 불편할 것 같아서요."

주은이 사근사근 대답하자, 주인이 고개를 끄덕였다.

"저기 저쪽이 가장 사진이 잘 나올 거요."

주인이 밭의 한가운데를 가리키며 말했다. "이리 오시오." 라며 주은을 데리고 간 그는 다른 곳보다 고랑이 넓은 곳을 가리켰다.

"이쪽으로 들어가면 될 거요."

퉁명스러운 태도와 달리 주인은 꼼꼼하게 어디가 좋은지, 무엇을 조심해야 하는지 일러주었다.

"그런데 정말 둘이 왔소?"

주인이 믿기지 않는다는 얼굴로 주은과 시우를 번갈아 보았다. 한눈에 봐도 TV에 나오는 인물들만큼이나 뛰어난 외모를 가진 데다 성격도 괜찮아 보이는데 지인이 없다고 하니 이상한 듯했다.

"소란스러운 게 싫어서요. 어차피 결혼식 주인공은 저희 둘이니까, 간단히 사진 찍고 둘만의 기념식을 가지기로 했어요."

"가족들은 없소?"

"네."

주은과 시우의 대답에 주인이 멋쩍은 듯 헛기침을 터트렸다.

"그럼 결혼식 마치고 신혼여행도 가는 거요? 신혼여행 갈 곳 없으면 뭐…… 우리 집 별채라도 빌려주겠소. 명색이 결혼인데 사진 한 장 박고 집으로 가면 슬프지 않겠소?”

주인은 조금 걱정스럽다는 얼굴로 물어왔다.

“안 그래도 결혼식 마치고 신혼여행 가기로 했어요.”

주은의 말에 주인은 그제야 안심된다는 듯 고개를 끄덕였다.

“저…… 죄송한데 부탁 하나만 드려도 될까요?”

“뭘 말이오?”

“사진 같이 찍으실래요?”

“사진을 찍어달라는 거요?”

주인이 제 귀를 의심하는 얼굴로 물었다.

“아니요. 함께 찍었으면 해서요.”

“나를? 내 꼴을 보오. 사진을 찍을 수가 없지 않소.”

아침 내내 밭일을 하다가 주은의 전화를 받고서 메밀밭 앞을 지키고 서 있었다. 이런 꼴로 남의 결혼식 사진에 찍히는 게 남세스러운 일이라며 주인은 한사코 거절했다.

“아무래도 힘드시겠죠? 바쁘실 텐데 부탁드려서 죄송해요.”

주은이 씁쓸한 표정을 짓자 주인이 긴 한숨을 내쉬었다. 처음 볼 때부터 느낀 거지만, 이 여자는 어딘가 사람 마음을 건드는 구석이 있었다.

“그럼 조금 있어보오. 결혼식 하고 있으면 옷을 갈아입고 올 테니.”

“감사합니다.”

주인은 대답 대신 홱 돌아서서 본인의 집으로 향했다. 그 사이 시우가 카메라를 설치했고, 주은이 준비해 온 가방을 곁에 두었다. 사진을 찍을 때 함께 쓸 소품이었다.

"왔소."

준비가 끝나자 주인이 터덜터덜 걸어왔다. 큰 사이즈의 양복을 입고 나온 주인은 "몇 년 전에 맞춘 건데 이것밖에 없소."라며 민망한 표정을 지었다.

"잘 어울리세요."

주은의 칭찬에 주인은 어른을 놀린다며 고개를 절레절레 내저었다. 시우, 주은은 주인과 함께 사진을 찍었다. 이후 주인이 먼저 나서서 시우와 주은이 함께 있는 모습을 찍어주겠다고 했다. 몇 장의 사진을 찍은 후, 주인이 밭을 빠져나왔다.

"이제 나는 일을 하러 가야겠으니 결혼식 끝나고 전화 주시오."

"네, 감사합니다."

홱 돌아서서 가던 주인이 다시 돌아섰다. 주은이 쳐다보자 주인은 퉁명스러운 얼굴로 말했다.

"축하하오. 잘 사시오. 우리 밭에서 결혼한 사람들은 다 백년해로했으니, 그쪽들도 그리될 거요."

주은이 감사하다는 말을 하기도 전에, 주인은 멀리 사라졌다. 거대한 밭에 주은과 시우만이 남았다. 주은은 다시 한 번 주변을 둘러보았다. 자신들의 등 너머를 제외하곤 산으로 둘러싸여 있어서 거대한 세트장 같았다.

주은이 시우를 바라보았다. 검은색 슈트 차림의 그는 머리를 반듯하게 쓸어넘기고 있었다. 이마가 드러나자 그의 짙은 눈썹과 가로로 긴 눈매가 더욱 부각되었다.

시우가 주머니에서 반지를 꺼내 그녀의 네 번째 손가락에 끼워주었다. 주은도 함께 준비했던 반지를 그의 네 번째 손가락에 끼워주었다. 각자의 손에서 같은 반지가 반짝이는 게 신기했다. 이날을 위해 그 흔한 커플링도 하지 않고 있었다.

"예쁘다."

주은이 감격스러운 표정으로 시우의 손과 자신의 손을 번갈아 보았다. 시우는 대답 대신 그녀의 네 번째 손가락에 입을 맞추었다.

"사진 찍어야 하는데…… 우리 둘밖에 없는데도 쑥스럽다."

주은이 카메라를 바라보며 웃었다.

"그러게요."

시우가 챙겨온 무선 리모컨버튼을 눌렀다. 소리 없이 사진이 찍혔다. 몇 장의 사진을 찍어도 내내 어색했다. 시간이 흐를수록 이게 잘하는 짓인가 생각이 들 즈음, 시우가 그녀의 허리에 손을 감았다.

"카메라 의식하지 말고 나를 봐요. 사진은 내가 알아서 찍을 테니까."

시우의 말에 주은이 그를 마주 보았다. 눈이 마주치자 나른하던 시우의 눈에 웃음이 맺혔다.

"예쁘네요, 오늘."

시우가 그녀의 얼굴을 바라보았다.

새하얀 얼굴에 촉촉하고 붉은 입술, 하얗게 드러난 목덜미와 쇄골이 반쯤 보이는 원피스. 시우의 눈이 몸을 쓸고 지나가자, 주은의 입가에 자그마한 미소가 맺혔다.

"다행이다. 예뻐 보이려고 열심히 준비했거든."

"여기가 실내였으면 좋겠네요."

"실내면?"

"첫째 돌멩이를 만들었겠죠."

눈을 맞추며 건네는 시우의 농담에 주은이 참지 못하고 웃었다. 그가 저런 눈으로 바라볼 때면 긴장되면서도 좋았다.

"오늘 만들면 되겠네."

주은의 도발적인 대답에 시우가 눈을 맞추며 웃었다.

사진을 찍는 사이 선선한 바람이 몰아쳤다. 푸른 잎사귀 위에 소담하게 피어 있는 메밀꽃들이 파도처럼 일렁였다. 가슴이 탁 트이는 풍경에 주은의 얼굴이 나른해졌다.

"우리 여기 또 올까?"

주은의 물음에 시우가 그녀의 얼굴을 바라보았다. 기분이 좋은 듯 몽롱하고 편안한 얼굴이었다.

"그럴래요?"

"응. 여기 예뻐."

주은의 대답에 시우의 입술이 길게 늘어났다.

새파란 하늘 아래 흰 메밀꽃의 풍경.

그의 눈에 그보다 아름다운 건 주은이었지만, 그녀의 시간을 방해하고 싶지 않았다. 시우는 주은이 바라보는 곳으로 눈길을 돌렸다. 끝이 보이지 않는 메밀꽃밭 한가운데에 자신들이 서 있었다.

시우가 주은의 손을 거머쥐었다.

"그럼 또 와요. 원할 때마다 언제든지."

"응."

주은이 기분 좋은 얼굴로 고개를 끄덕였다.

또 한 번 바람이 불었다. 주은이 숨을 들이마시며 눈을 감았다. 눈을 감아도 메밀꽃이 보였다. 하얗게 얼굴을 내민 꽃이 좋았다.

주은이 눈을 스르륵 떴을 때, 그녀의 앞에 메밀꽃이 아닌 자신을 바라보고 있는 눈동자가 보였다. 주은의 입가에 더욱 짙은 미소가 지어졌다.

메밀꽃도 예쁘지만, 아무래도 자신의 앞에 놓인 이 남자가 더 좋은 건 어쩔 수 없었다.

주은이 손을 뻗어 시우의 목을 감았다. 그녀가 이끄는 대로 고개를 숙인 시우가 그녀의 입술에 입을 맞추었다. 이제 사진은 아무래도 상관없다는 생각이 들었다. 이곳에 함께 있다는 것만으로도 충분한 기분이었다.

꼭 붙어 선 두 사람의 곁으로 선선한 바람이 휘감고 지나갔다.

에필로그

호성은 간판이 없는 카페 앞에 섰다. 'closed' 팻말이 붙은 문을 똑똑 두드리자, 얼마 지나지 않아 문이 열렸다. 허겁지겁 나온 듯 주은의 머리카락이 흐트러져 있었다.

"어서 와."

"이거 받아."

호성이 챙겨온 쇼핑백을 내밀었다.

"이게 뭐야?"

"시은이, 우주 선물. 일부러 같은 장난감 사왔어. 저번처럼 싸우지 말라고 해."

"좋아하겠네. 들어와."

주은이 한 발 비켜섰다. 호성이 건물 안으로 들어갔다. 깔끔한 외관만큼이나 내부 인테리어도 말끔했다. 호성은 자연스럽게 카운터가 잘 보이는 자리로 가서 앉았다. 주은이 아이스 아메리카노를 준비하는 동안, 그는 주변을 살폈다. 이전과 달라진 게 없었다. 주은의 얼굴이 더욱 환해졌다는 것 빼고는.

호성이 주은과 다시 연락하게 된 것은 몇 해 전이었다. 주은이 결혼했다며 메밀밭 한가운데에서 찍은 사진을 보낸 후로도 계속 없던 연락은, 호성이 용기 내어 주은에게 전화하면서 시작되었다. 거부할 거라는 예상과 달리 주은은 처음 보는 주소를 불러주며 '와서 차 한잔 마시고 가.'라고 말했다. 고민하다가 찾아온 호성은 그제야 주은과 시우가 함께 북카페를 운영하고 있다는 걸 알았다.

차의 종류는 몇 가지 없었으나, 아메리카노를 제외한 메뉴는 특색 있었다. 특히 주은이 고심 끝에 만들었다는 디저트들은 예쁜 모양과 좋은 맛을 자랑해 인기가 많다고 했다. 만드는 디저트 양은 하루에 몇 개씩 정해져 있었다.

일주일 중에 월요일과 화요일은 꼭 쉬었다. 영업시간을 놓고 아쉬워하는 손님들이 많았으나, 주은은 이 방식을 고수했다. 가족들과 시간을 더 보내기 위해서였다.

"시우 형님은?"

주은이 내민 아이스 아메리카노를 스트로로 휘휘 저으며 물었다.

"애들이랑 마트 갔어."

시우와 애들 이야기를 하는 주은의 입술에 웃음이 걸려 있었다. 말만 해도 좋은 듯했다.

"정말 행복해 보이는구나."

호성의 말에 주은이 고개를 끄덕였다.

"응. 행복해. 이렇게 살 수도 있구나, 라고 매일 생각하거든."

"잘됐네."

호성이 빙긋 웃었다. 그러면서도 마음 한구석이 묵직했다. 부모님과 자신과 함께 살 때 주은은 미소 짓는 게 전부였다. 환하게 웃을 줄 모른다고 생각했는데, 자신의 착각인 모양이었다. 이렇게 웃을 수 있는 사람을 자신들이 그렇게 만들었다는 게 미안했다.

"요즘 카페 잘된다며. SNS에서 이 카페 몇 번 봤어. 내 친구들도 몇 번 왔다 간 모양이던데."

"응. 나름대로 괜찮아."

"이런 카페 운영 안 해도 먹고살 만하지 않아? 시우 형님 성격상 정말 빈털터리 상태로 누나랑 결혼하진 않았을 거 아냐."

호성은 시우가 부동산으로 몇 채의 건물을 소유하고 있다는 걸 알고 있었다.

"아무것도 안 하고 살 순 없잖아. 애들도 커가는데 부모 직업란에 백수라고 적을 수도 없는 거고. 그리고 이 일 하면서 좋은 사람들도 많이 알게 됐어. 근처에 같이 카페 운영하는 사람들끼리 모임도 가지고, 단골손님들 중에 친해진 사람도 몇 있거든. 애들 나이가 같아서 종종 만나서 밥도 먹고 해."

주은이 빙긋 미소 지었다.

가족들과 의절한 후 도망치듯이 둘만의 보금자리를 가꿨을 때 다시는 다른 사람과 어울릴 수 없을 거라 생각했다. 더는 사람에게서 상처 입고 싶지 않았다.

짠 것도 아닌데 두 사람은 자그마한 보금자리에서 서로만 바라보고 지냈다. 아주 가끔 배우고 싶은 것이 있으면 함께 다녔다. 운동도, 공부도, 하다못해 취미생활까지도.

상황이 달라진 건 첫째 시은이 생기면서였다. 산부인과를 다니다가 출산을 하니 조리원 동기가 생겼다. 아이가 커가면서 자연스럽게 아는 사람들이 늘어갔다. 그러다 주은이 먼저 시우에게 '우리 카페 하지 않을래?'라고 권했다. 취미 삼아 바리스타 자격증도 따놓았고, 집 근처 아랫길에 카페를 차릴 만큼의 여유자금도 있었다.

「일하는 엄마의 모습을 보여주고 싶어.」

주은의 말에 시우는 고민하지 않고 곧장 가게를 계약했다. 그 당시만 해도 카페는 집에서 걸어서 5분 정도 떨어져 있는 한산한 주택가 한가운데에 있었다. 그런 주택가에 스타일리시한 인테리어의 카페가 생기자 사람들이 호기심에 들르길 시작했다. 그러다가 이 주변이 카페 골목으로 재정비되면서 주은이 차린 카페가 1호점으로 인기를 얻기 시작했다.

주은이 찻잔을 만지작거렸다.

"일을 안 하고 살아도 될 거라고 생각했는데, 막상 하니까 재미있더라. 사회적으로 인정받는 기분도 들고. 또 시우랑 함께 이야기할 것도 많아지고, 아이들도 신기해하고."

주은이 조곤조곤 하는 말에 호성이 느릿하게 고개를 끄덕였다.

"행복하다니 됐어."

"넌 어때?"

"그럭저럭. 월급 많이 주니 열심히 다녀야지."

호성이 희미하게 웃으며 말끝을 흐렸다.

"부모님은 안 궁금해?"

호성이 조용해진 가운데 물었다. 눈을 들어 호성을 바라보던 주은이 고개를 가로저었다.

"아니. 안 궁금해."

"그랬구나."

"응."

"모르는 편이 편하면, 계속 모르는 채로 지내. 그리고 소식 전할 만큼 별일이 있지도 않아."

"그렇다면 다행이고."

주은이 대답하며 커피를 마셨다. 빙긋 웃던 호성은 커피잔을 들어 입가를 가렸다. 주은이 완강히 집을 거부하는 모습을 보자 안심이 되었다.

아버지의 사업은 결국 망해 파산했다. 그 사실을 인정하기 힘들었던 아버지는 얼마 동안 정신과 치료를 받으러 다녀야 했다. 그 와중에 선숙은 집이 망한 것이 주은 탓이라 생각했다.

「적당히 좀 해! 사업이 망한 게 왜 누나 탓이야! 누나가 뭘 어쨌는데!」

보다 못한 호성이 소리쳤다.

「네 누나가 그 좋은 집안에 시집갔으면 친정을 도와야지! 저 혼자 살겠다고 쏙 빠진 것 좀 봐라!」
「정신 차려. 누나가 있었으니 아버지 사업이 지금까지 이어진 거야. 우성그룹에서 그 많은 투자금 받아놓고 사업 말아먹은 건 아버지 능력부족이야. 아버지가 제대로 된 결정을 내리게끔 하지 못한 엄마 탓이고.」
「호성아! 어떻게 너마저 엄마한테 그래! 네 누나 닮아가는 거니? 너만큼은 그러지 말아야지! 아니다, 호성아. 네 누나 어디에 있니? 너는 알지? 어디 있어?」

새빨갛게 물든 선숙의 눈을 보며 호성은 처음으로 숨이 막혔다. 선숙을 향한 애잔함과 동정심조차 사라졌다. 그녀는 점점 미쳐가고 있었다. 사돈을 만나겠다며 홀로 우성그룹에 찾아갔다가 쫓겨난 적도 있었다.

「누나가 왜 집을 떠났는지 알겠어.」

우성그룹 로비에 주저앉아 있던 선숙을 끌고 집으로 온 호성이 어금니를 꽉 문 채 말했다.

「뭐어?」

「누나가 이런 엄마를 매번 감당하고 있었으니 지쳐서 떠났지. 나도 이렇게 질리는데, 누나는 아마 굉장히 힘들었을 거야.」

「네 누나 편들지 말랬지? 아니. 누나는 무슨. 그년 편도 들지 마! 저 혼자 살겠다고 부모형제 다 버리는 게 무슨 누나야!」

「그만 좀 해! 엄마가 이러니까 안 되는 거야! 내가 누나라도 엄마 안 보겠어!」

호성이 윽박지르자 선숙이 그 자리에서 얼어붙었다. 호성이 새빨갛게 물든 눈으로 선숙을 노려보았다. 그녀는 스스로를 동정하다가 자멸하기 직전이었다. 자신에게 닥친 불행은 모조리 남 탓이고, 자신의 탓인 게 없었다. 그 때문에 주변 사람들을 모질게 괴롭히며 동정해달라고 졸라댔다. 평생 저렇게 살 것 같았다.

호성의 꽉 쥔 주먹이 부들부들 떨렸다.

「이제 나도 못 견디겠어. 생활비는 보내드릴게. 알아서 살아.」

호성은 그날 이후로 집을 박차고 나왔다. 그러고는 매달 두 사람이 쓰기에 적당한 생활비와 병원비만 보냈다. 그걸로 부족하다고 연락이 오면 전화를 끊었다. 그가 할 수 있는 만큼의 돈으로만 효도했다.

상황이 이렇게 되니 주은이 현명했다는 생각이 들었다. 호성은 이런저런 생각을 하며 커피를 한 모금 더 마셨다.

삐리릭.

울리는 벨 소리에 주은이 휴대전화를 들었다.

"응, 호성이 왔어. 지금 집으로 갈게."

통화를 마친 주은이 자리에서 일어났다.

"집으로 가자."

호성이 순순히 뒤따라 일어났다.

시우와 주은이 이사를 했다는 집은 이전보다 훨씬 넓은 평수에 인테리어는 전보다 더 깔끔했다. 장식품이나 물건이 많이 없어서 휑한 느낌이었지만, 아이들을 위해서 이랬다는 주은의 설명을 듣곤 이해가 갔다.

호성은 식사를 하면서 한 명씩 아이를 끼고 있는 시우와 주은을 보았다. 시우는 그를 꼭 닮은 아들 우주를, 주은은 그녀를 닮은 딸인 시은을 옆에 끼고서 식사를 했다. 한 명씩 챙기는 모습이 굉장히 자연스러웠다.

"자, 아."

주은의 말에 시은이 따라 "아." 하더니 아기 새처럼 입을 벌렸다.

"올해 시은이랑 우주가 몇 살이지?"

"다섯 짤!"

시은이 손바닥을 쫙 펼쳤다. 그 옆에서 밥을 먹으며 오물거리던 우주가 따라서 손가락 다섯 개를 펼쳤다.

"우주야, 넌 세 살이야."

주은이 웃으며 우주의 손가락 두 개를 접어주었으나, 아이는 강경하게 고개를 가로저었다. 꼭 누나를 따라 다섯 살이라고 우긴다며 주은이 웃었다. 자주 있는 일이라는 듯 시우 또한 웃는 얼굴로 고개를 끄덕였다.

"시은이는 삼촌이 사준 선물 봤어요?"

유난히 눈이 똘망똘망한 시은에게 호성이 물었다.

"응! 곰!"

"시은아. '네, 곰 인형이요.'라고 해야지."

주은이 말하자 시은이 금세 정정했다. 주은이 자연스럽게 시은의 입가를 닦아주었다. 별다를 것 없는 풍경이건만, 호성은 이 모습을 바라보는 것만으로도 마음이 편안해지는 걸 느꼈다.

시우와 주은은 별것 아닌 이야기를 나누면서도 꼭 서로의 눈을 바라보았다. 아이들 앞에서 자연스럽게 손을 잡았고 서로의 입가도 닦아주었다. 아이들도 스킨십에 적응이 된 듯, 서로를 안아주는 게 익숙해 보였다.

시은과 우주를 보면서 호성은 어린 시절의 주은과 자신을 떠올렸다. 기억은 잘 나지 않지만 자신은 행복했었던 것 같다. 주은의 기억 속에서 어린 시절의 자신들이 어땠는지 묻고 싶지만, 용기가 나지 않았다.

식사를 마친 후, 호성은 차 한 잔을 얻어 마시자마자 자리에서 일어났다.

"벌써 가게?"

주은이 호성을 보며 물었다.

"응. 애들도 자야지. 누나도 내일 카페 영업한다며."

"시간이 이르잖아."

주은이 거실에 걸린 벽시계를 보며 말했다. 이제 겨우 8시였다. 호성은 "다음에 또 올게."라는 말을 남긴 후, 문을 열고 나섰다.

"삼촌 안녕히 가세요, 해야지."

주은의 말에 시은과 우주가 꾸벅 인사를 했다.

"다음에 또 보자."

호성이 손을 내저었다.

"데려다주고 올게."

시우가 걸어가는 호성의 뒤를 따랐다.

"길 알아. 혼자 갈 수 있어."

호성의 만류에도 시우는 웃으며 따라나섰다.

"잠시만. 담배 한 대만 피우자."

전봇대 옆에 선 호성이 담배를 꺼내 입에 물고는 습관처럼 미간을 찌푸렸다. 시우가 의외라는 듯 팔짱을 낀 채 건너다보았다.

"언제부터 담배 피웠어?"

"좀 됐어. 한 1년? 누나한테는 아무 말 하지 마. 별로 안 좋아할 거 같으니까."

시우가 알겠다는 듯 고개를 끄덕였다. 호성은 연기를 깊게 빨아들이며 마주 선 시우를 보았다.

"형은 결혼을 해도 변하는 게 없구나. 나만 늙나 봐."

호성이 앓는 소리를 내며 긴 연기를 내뿜었다. 시우가 웃자, 호성은 "농담 아니야."라며 투덜댔다. 꼭 달라진 게 없는 것만은 아니었다. 외모와 체형은 그대로였지만, 그의 분위기는 많이 달라져 있었다. 여유로운 듯, 본인만의 세계가 있는 듯했던 과거와 달리 지금의 시우는 몹시 편안해 보였다.

주은 또한 마찬가지였다. 처음 집을 떠날 때만 해도 세상 누구와도 교류하지 않을 것 같았던 그녀는 꽤 많이 편안하고 푸근해져 있었다. 잘 웃었고 조금씩 농담도 했다. 집에서 소리 없이 지내던 이전과는 다르게 이리저리 바삐 움직이면서도 재잘재잘 잘 떠들었다.

그게 주은의 원래 성격처럼 보여서 호성은 다시 한 번 마음이 아팠다.

"저번보다 더 행복해 보이더라? 배 아파서 못 오겠는데?"

호성이 장난스럽게 투덜댔다.

"저번에 사귄다던 여자는?"

"헤어졌어."

"왜?"

"그냥 가벼운 연애가 좋아서."

호성이 어물어물 대답했다.

"하고 싶은 이야기가 있어서 온 건 아니야?"

시우가 호성을 똑바로 보며 물었다. 그의 물음에 호성은 고민하다가 고개를 가로저었다.

"도와줄 게 없는지 묻고 싶었는데, 나 없이도 완벽해 보이네."

"넌? 필요한 거 없어?"

"없어. 형 돈 많은 거 아는데 나까지 신경 쓰지 마. 우리 누나나 잘 부탁해. 나, 담배 한 대 더 피우고 갈 거야. 먼저 들어가. 담배 연기 묻히고 가면 애들한테 안 좋잖아."

"택시 타고 가는 거 보고 가려고 했는데."

"됐어."

호성이 고개를 가로저었다.

"그럼 다음에 또 보자. 연락해."

시우가 인사를 한 후 돌아섰다. 호성은 벽에 기대서서 멀어지는 시우의 뒷모습을 보았다. 가족들이 있는 환한 집으로 걸어가는 그의 걸음엔 흔들림이 없었다. 호성이 희미하게 미소를 지었다.

"좋겠네."

호성이 후우 하고 긴 연기를 내뿜었다. 결혼에 관심이 없었던 그였지만, 저렇게 살 수 있다면 결혼해보는 것도 좋겠다는 생각을 처음으로 하며 담배 한 개비를 또 꺼내 물었다.

— fin.

외전 1

거대한 유리창을 등지고 앉은 종규가 마주 앉은 아들을 바라보았다.

가로로 길게 뻗은 눈, 높은 콧대, 일자로 뻗은 입술과 하얀 피부. 큰 키까지 합쳐져 그가 지나갈 때면 사람이 여럿 흘깃대곤 했다. 어머니의 외모를 고스란히 물려받은 그는 이제 겨우 고등학생 1학년이었건만, 그를 탐내는 사람은 벌써 여럿이었다. 그런 쏟아지는 관심이 부담스럽거나 좋아야 하건만, 그의 작은아들은 별 반응이 없었다. 사람들의 반응이나 기대에 별 관심이 없었고, 언제나 시선은 사람들이 아닌 물건들이나 풍경을 향해 있었다. 아버지인 종규와 마주 앉아 있을 때에도 마찬가지였다.

"흠, 흠."

종규는 시우의 시선을 끌려고 헛기침을 해보았지만, 아이의 시선은 여전히 그의 어깨 너머 창밖으로만 향해 있었다. 무심한 눈동자에 푸른 하늘이 스쳐 지나가고 있었다. 상대방을 말끔히 무시하는 건방져 보이기까지 하는 행동이지만, 종규는 시우에게 화를 내지 못했다.

"시우야."

언제나 그렇듯 죽어가는 목소리로 그를 부를 뿐이었다. 그제야 시우의 시선이 마주 앉은 종규에게 향했다. 할 말이 있으면 하라는 듯한 얼굴이었다.

"이제 고등학교에 가야 하잖니. 생각해둔 학교는 있는 거냐?"

미국에서 부쩍 자라 돌아온 시우에게 종규가 조심스럽게 물었다.

중학교 입학 무렵 미국에 가고 싶다 청한 아들이 갑작스레 3년 만에 귀국을 바랐다. 한국에서 하고 싶은 공부가 있거나, 혹은 하려는 일이 있는 모양이라고 여겼다. 그렇기에 고등학교도 가고 싶은 곳이 있다면 그리로 보내줄 생각이었다.

종규의 물음에 시우가 눈을 내리깔았다. 잠시 생각에 잠겨 있던 그가 눈만 들어 종규를 마주 보았다. 무심한 듯, 사람의 눈을 깊게 찌르고 들어오는 눈빛이라 종규는 저도 모르게 의자에 등을 기대며 물러앉았다.

"다은동에 있는 학교였으면 좋겠어요."

"다은동?"

학교 이름이 아니라 동네 이름을 말한 게 이상해 종규가 되물었다. 시우가 가볍게 고개를 끄덕이자 종규는 잠시 고민에 잠겼다. 집에서 별로 멀지 않은 곳이었다.

"다은동이라면…… 월령고를 말하나 보구나."

다은동에 자리한 유명한 외국어 고등학교가 있었다. 대한민국에서 내로라하는 자식들이 제법 모이는 학교이기도 했다.

“네.”

그는 다은동에 있는 학교라면 어디든 상관없었기에 대충 대답했다. 그 대답에 종규의 표정이 밝아졌다. 작은아들이 뭔가를 하려 한다는 사실만으로도 뿌듯했다.

“좋아. 당장 입학할 수 있도록 도와주마.”

“감사합니다.”

대답과 동시에 시우가 자리에서 일어나자, 종규가 아쉬운 눈으로 바라보았다. 시우, 라고 종규가 아들을 부르려다가 입을 다물었다. 문을 열고 나가는 그의 뒷모습엔 아쉬움이나 아버지에 대한 궁금함은 전혀 묻어 있지 않았다. 자신에게 영원한 숙제 같은 아들이 떠나가는 모습을, 종규는 입을 꾹 다문 채 바라보아야 했다.

✣

시우는 침대에 걸터앉아 창밖을 바라보았다. 푸르던 하늘에 짙은 노을이 깔렸다. 3년이 지나도 한국의 하늘은 여전했다. 시우의 무심한 눈동자에 짙은 노을이 담겼다.

「미국으로 보내주세요.」

초등학교 6학년이 되던 해, 그는 아버지인 종규에게 처음으로 청을 했다. 반쯤 충동적인 제안이었다. 종규는 잠시 말문이 막힌 눈으로 바라보더니 이유도 묻지 않고 유학수속을 밟아주었다.

별생각 없이 간 미국은 넓고, 낯설었다. 그는 자신의 머릿속에 남은 기억들을 모조리 지우고 싶었다.

그녀를 닮았건만, 종규를 닮았다는 이유로 학대했던 어머니. 그가 미치도록 견딜 수 없었던 건 학대보다도, 함께 죽는 것조차 싫어서 각기 다른 곳에서 죽으려 했던 그녀의 선택이었다. 이후 자라서 알게 된 거지만, 그는 아버지보다 어머니 당신을 더 닮아 있었다. 어머니는 처음부터 아버지를 닮은 그를 싫어한 게 아니라는 사실을 안 후부터 더욱 마음의 문을 닫았다.

아버지와 함께 살아도 그는 어머니가 남겨놓고 간 기억에서 자유롭지 못했다. 그래서 자신이 겨우 아는 다른 나라인 미국을 택했다. 완전히 다른 세상을 만나게 되면 자신의 머릿속에 깊게 박힌 이름을 지울 수 있을 줄 알았다. 일부러 외국인들과 친구를 맺고, 활발한 척 사람들과 어울려도 봤다.

그러나 1년이 지나고 2년이 지나도 자신은 변하지 않았다. 어머니의 기억을 버리려니 자신의 마음속에 남아 있는 소중한 기억까지도 함께 버려야 한다는 사실을 알았다. 주은을 떠올리면 어머니와 함께 살았던 집 배경이 떠올랐다. 그녀와 했던 놀이를 생각하면 어머니가 화를 내며 가뒀던 그날도 함께 떠올랐다.

마치 동전의 양면처럼 두 기억이 번갈아 떠올랐다. 어머니에게서 자유로워지려면 두 기억을 다 버려야 한다는 걸 겨우 깨달았지만, 그럴 수가 없었다.

소중하다 못해 유일하게 아름다웠던 기억이라, 어떻게 지워야 할지 알 수가 없었다. 자신에게 차가운 돌멩이를 쥐여주던 따뜻한 손을, 자신에게 행복이 뭔지 알려준 그 기억을 감히 지울 수가 없었다.

그는 미국에서 거주한 지 3년이 지난 후에도 여전히 주은의 꿈을 꾸었고, 검은 머리의 주은만 한 여자아이를 보면 그 자리에 멈춰 섰다. 그곳에서 어린 이주은은 자신에게 말을 걸어왔다.

「나는 이주은. 이주은이라고 해.」

또박또박 알려주던 이름과,

「다음에 올게.」

헤어질 때 아쉬워하던 인사말과,

「나는 미국에 가보고 싶어. 되게 넓대. 차로 아무리 달려도 끝이 나오지 않는대. 그리고 모래로만 된 곳도 있대. 운동장 같은 곳인가 봐.」

다른 세상을 꿈꾸게 해준 것과

「어? 여기 있었네?」

반갑다는 듯이 건넨 인사까지.

모두 다 잊을 수가 없었다. 아니, 잊고 싶지 않았다.

자신이 기억에서 자유로울 수 없다는 사실을 인정한 후, 그는 무작정 아버지에게 전화를 걸어 한국으로 돌아오겠다고 이야기했다. 아버지는 이유도 묻지 않고 귀국수속을 밟아주었다.

아버지는 아들의 귀국엔 뭔가 이유가 있을 거라고 여기는 눈치였지만, 시우는 바라는 게 하나뿐이었다.

주은을 찾고 싶었다.

찾아서 뭘 하고 싶은 건지는 모르겠지만, 이젠 점점 흐릿해져가는 그 얼굴을 한 번 더 보고 싶었다. 어쩌면 행복해하는 얼굴이 보고 싶은 건지도 몰랐다.

똑똑.

문을 두드리는 소리에 시우가 고개를 돌렸다. "네."라고 짧게 대답하자 문을 열고 아버지의 비서가 들어왔다.

"날 찾았다고?"

비서가 다정하게 웃으며 물었다.

"네."
"무슨 일이니?"
"사람을 찾고 싶어서요."
"누군데?"
"이주은이라는 여자예요."
시우는 스스로 말하면서도 생경한 기분을 느꼈다. 늘 마음 속에 새겨놓고 곱씹던 이름이었다. 그 이름을 굉장히 오랜만에 입 밖으로 소리 내어 말하자니 어색했다. 소중한 비밀을 까발리는 것 같아 기분이 썩 좋지 않았다.
"이주은?"
비서가 그게 누구냐는 듯 되물었다.
"네. 다은동에 열아홉 살 된 이주은이라는 여자가 살고 있는지 알아봐주세요."
"그래. 알았다. 그런데…… 이주은이 누군지 물어봐도 되겠니? 회장님껜 말하지 않으마. 개인적으로 궁금해서 그런단다."
비서가 조심스럽게 물어왔다. 원하지 않으면 대답하지 않아도 된다고 했지만, 비서의 눈은 가능한 한 대답을 듣고 싶어 하는 얼굴이었다. 시우는 비서를 마주 보며 계산된 듯 깔끔한 미소를 지었다.
"같은 비행기를 탔는데 신세를 졌어요. 그걸 좀 갚으려고요. 공항에서 갚으려고 했는데, 경황이 없어서 놓쳤거든요."
"아, 그래? 그럼 이주은 양을 찾으면 내가 적당한 액수를 지불하면 되겠니?"

"아뇨. 저한테 알려주세요. 비서님이 가시면 놀랄 테니 제가 갚을게요. 별거 아니기도 하고요."

"별거 아닌데 꼭 네가 갚을 필요 있겠니?"

"굳이 빚져서 좋을 거 없잖아요."

"그래. 알겠다. 그렇게 하도록 하마."

"네. 빨리 부탁드릴게요."

"그래."

비서가 웃는 얼굴로 방문을 열고 나갔다. 비서가 나가자마자 시우의 얼굴에서 미소가 증발했다. 그는 자신이 웃으며 부탁하면 사람들이 더 잘 들어준다는 걸 알고 있었다. 인종차별이 있는 미국에서도 그는 별달리 차별을 느끼지 못하고 살았다. 그것이 부족함 없이 보살피라는 아버지의 명령도 있었지만, 자신의 외모와 미소 때문이라는 걸 언어가 트인 이후에 알았다. 그때부터 그는 필요할 때나 타인 앞에 설 때에는 습관적으로 미소 지었다. 어릴 땐 버림받지 않기 위해 익혔던 웃음을 이렇게 이용하게 될 줄은 그도 미처 알지 못했다.

"회장님께 말하지 않는다라……."

시우가 턱을 괴고서 비서가 했던 그 말을 중얼거렸다.

"거짓말."

시우의 고개가 삐딱하게 휘었다. 그가 한 말은 지금쯤 아버지에게 모두 다 흘러들어가고 있을 거다. 그럴 거라 예상했기에 그는 미리 거짓말을 준비해뒀었다.

그는 자신의 추억을 타인과 공유할 생각이 없었다.

타인의 입을 타기에 자신의 추억은 너무나 소중했다.

툭.

모자가 떨어졌다. 벌써 물건을 떨어뜨린 게 몇 번인지 모르겠다는 생각을 하며 시우가 모자를 집어 들었다. 손에서 물건들이 빠져나갔다. 손에 쥐고 있던 모자를 푹 눌러쓴 그가 거울 앞에 섰다.

「이주은 양이 다니는 학교를 알아냈어. 다은동에 열아홉 살, 이주은이라는 여학생은 한 명밖에 없더구나. 하인여고 3학년이던데.」

휴일 밤, 홀로 늦은 저녁을 먹던 시우에게 비서가 다가와 보고했다. 부탁한 지 일주일이 막 지났을 때였다. 시우는 들고 있던 젓가락을 놓칠 뻔했다. 손에 힘을 꽉 준 그는 대수롭지 않은 얼굴로 물었다.

「하인여고가 어디 있죠?」

「다니기로 한 월령고에서 얼마 안 떨어진 데 있는 학교야.」

「아, 그렇군요. 알겠어요. 알려주셔서 고마워요.」

별 반응 없는 시우를 빤히 내려다보던 비서는 자신이 도와줄 게 없냐는 의례적인 물음을 던졌다. 시우는 필요한 게 있으면 말씀드리겠다는 말로 비서를 돌려보낸 후, 들고 있던 젓가락을 내려놓았다. 손끝이 가늘게 떨렸다. 시우가 힘주어 주먹을 쥐었다. 어린 시절의 기억이 불현듯 치고 올라왔다.

「미국이라는 데서 살아요?」

어린 주은이 미국에 대해 말해주던 날, 가만히 듣고만 있던 그가 조심스럽게 물었다.

그렇게 크고 넓으며 아름다운 곳에서 사는 거냐고. 그래서 당신은 그토록 아름답고 환하며 예쁜 거냐고 묻고 싶었다. 그러나 주은은 고개를 가로저었다.

「아니. 나는 서울에 있는 다은동에서 살아. 나도 미국에 대해선 들은 거야. 얼마 전에 호성이가 다녀왔는데 계속 미국이 좋다고 하더라고. 그래서 나도 겨우 안 거야. 나도 미국 가보고 싶은데…… 다음에 갈 수 있겠지?」

주은이 멋쩍은 듯 웃으며 말했다. 그때 시우는 읊조리는 말을 미국이 아닌 다은동으로 바꾸었다. 아무리 미국이 크고 아름다워도 주은이 살고 있는 다은동만 못할 것 같았다. 그에겐 주은이 살고 있는 곳이 가장 아름다운 곳이었다.

무려 10년 전의 대화였다. 그사이에 주은이 이사 갔을 수도 있으니, 비서가 보고한 여자는 자신이 아는 주은이 아닐 수도 있었다. 그럴 거라 생각하면서도 시우는 손으로 얼굴을 가렸다. 벌써부터 눈앞이 어지러워지는 기분이었다.

쿵, 쿵.

심장이 거세게 뛰었다.

입술을 깨문 그는 자신도 모르게 튀어나가려는 제발이라는 말을 안으로 삼켰다.

늦은 밤, 교문 밖으로 나온 학생들이 모자를 푹 눌러쓴 시우를 흘깃거리며 지나갔다. 가로등 불빛이 있었지만 늦은 밤인 데다 모자를 푹 눌러쓴 그를 학생들은 경계했다. 사람들의 시선에도 아랑곳하지 않고 시우는 한곳만 바라보았다.

매일 주은을 떠올렸지만, 그녀의 얼굴은 세월 따라 조금씩 흐려졌다. 자신의 머릿속에 남은 주은의 모습이 맞는지조차 의심스러웠다. 그러나 그는 몇 안 남은 기억의 근거로 주은의 현재 모습을 그려냈다.

단정하게 묶은 머리, 하얀 얼굴, 예쁘게 웃는 얼굴. 아마도 예쁘장한 모범생이 되어 있지 않을까 생각하던 찰나다.

손에 책을 든 여학생이 나왔다. 단정하게 한 갈래로 묶은 머리, 정확하게 무릎까지 오는 교복 치마, 선생님들이 좋아할 법한 단정한 자태를 한 여학생이 손에 든 책을 뚫어져라 바라보며 나왔다. 수수하다 못해 평범한 차림인데도 시우의 눈길은 그 여학생에게 오래도록 머물렀다. 자신이 상상하던 주은의 모습 그대로인 여학생이었다. 하지만 고개를 숙이고 있는 터라 얼굴은 제대로 보이지 않았다. 시우가 다른 사람에게로 시선을 옮겼다.

"주은아, 왜 먼저 가!"

뒤에서 달려온 여학생이 책을 든 여학생의 어깨를 툭 쳤다. 그러자 여학생이 고개를 들었다.

주은아.

그 이름에 시우의 고개가 단번에 돌아갔다.

"어? 너 먼저 간 거 아니었어?"

친구를 보며 되레 묻는 여학생의 얼굴을 시우가 빤히 바라보았다. 갈증 난 사람이 물을 들이켜듯, 시우의 눈길이 주은을 샅샅이 헤집었다. 그녀의 얼굴, 눈동자, 목소리, 옷차림까지.

책에 가려 보이지 않던 그 얼굴은, 자신의 기억에 남아 있는 얼굴과 비슷했다.

"……이주은."

시우가 저도 모르게 그 이름을 뱉었다. 시끌벅적한 하굣길이라 시우의 목소리를 들은 이는 아무도 없었다. 주은과 친구가 가는 길을 시우도 따라 걸었다. 주변의 소란이 끝나고 조용한 길목으로 접어들자 두 사람의 이야기 소리가 또렷하게 들렸다.

떠드는 건 친구 쪽이었고, 주은은 가만히 이야기를 들어주는 쪽이었다. 보고 있던 책은 얌전히 손에 쥐고 있었다. 별것 아닌 습관마저도 시우는 새기듯이 바라보았다.

"야, 말도 마라. 동생인지 양아치인지. 어제 내 지갑에서 돈 싹 빼간 거 있지? 그 자식 말고는 내 지갑에 손댈 놈 없거든? 근데 아니라고 딱 잡아떼는 거야. 와, 미친. 짜증나서 돌아버리는 줄 알았어. 호성이는 안 그러지?"

친구가 씩씩거리며 주은에게 물었다.

"호성이? 응. 호성이는 용돈 많이 받아."

"아, 맞다. 너희 집 잘살지."

"잘살기는. 아니야."

"야, 그만한 집이면 잘살지. 2층 단독주택이 어디 구하기 쉬운 건 줄 아니?"

친구가 틱틱거렸다. 그러자 주은이 살풋 웃고 말았다. 이어 친구의 하소연 같은 동생 욕이 이어졌고, 주은은 간간이 "호성이도 그래."라며 친구를 달래듯이 대답해주었다. 시우는 호성이 주은의 동생이라는 걸 떠올렸다. 어린 시절 주은은 호성에 대해 간간이 이야기했고, 그때마다 그를 부러워했기에 기억하고 있었다.

시우는 주은의 뒤를 따라가며 그녀에 대한 것을 조금씩 파악했다. 2층 단독주택에 산다는 것, 말수가 적다는 것, 여전히 다정하다는 것, 가족들과 함께 산다는 것, 수험생이 되어서 여러모로 부담을 느끼고 있다는 것.

바람결에 주은의 이야기가 들릴 때면 공백으로 비어 있던 주은의 모습이 하나씩 퍼즐로 맞춰지는 기분이었다.

이주은은 이렇게 살고 있구나.

시우의 입가가 느슨하게 늘어났다.

주은에 대해 몇 가지 이야기를 듣는 사이, 주은이 멈춰 섰다. 시우는 자신도 모르게 전봇대 뒤로 숨었다.

"잘 가."

주은이 손을 흔들자 함께 하교하던 친구는 "집 가까워서 좋겠다! 내일 봐!"라는 인사를 남기고는 헤어졌다. 홀로 남은 주은은 자신의 집 앞에 서서 옷매무새를 한 번 더 정돈하고는 벨을 눌렀다.

– 누구니?

"저예요."

주은의 대답에 대문이 열렸고, 그녀는 금세 문 사이로 사라졌다. 전봇대 뒤에 서서 숨까지 멈추고 있던 시우가 천천히 걸어 나왔다. 주은이 들어간 이층집은 아담했다. 2층 창가 방에 불이 켜지자 시우의 눈이 가느스름해졌다.

자신의 생각보다 주은이 굉장히 잘 지내고 있는 것 같아 다행이었다.

그가 손을 들어 불이 들어온 창가를 향해 뻗었다. 자신의 손바닥에 2층 방이 모조리 가렸다. 그럴 리 없는데 손바닥이 따스해지는 기분이었다. 마치 주은과 맞닿았던 그날처럼.

시우의 얼굴에 모처럼 평온한 미소가 맺혔다.

시우는 아버지가 대단히 큰 착각을 했다는 걸 알았다. 그가 입학한 학교는 대한민국에서 내로라하는 집안의 자식들이 대거 입학한 사립고였다. 수업의 절반 이상을 영어로 진행하는 곳으로, 초등학생 때부터 이 학교에 입학시키기 위해 애쓰는 부모들이 있다는 말이 돌 정도였다.

그는 다은동에 있는 학교만 어디든 상관없었는데, 종규는 그의 뜻을 잘못 받아들여 지나치게 좋은 학교에 입학시켰다. 그러고는 미국에서 배우던 수업과정과 한국 교육과정이 다를 거라며 과외 자리까지 잡아주었다. 거부할 수 있었지만, 시우는 아버지의 명령을 순순히 받아들였다. 아버지가 제공하는 환경에서 살면서 제멋대로 굴고 싶지 않았다. 적당히 응해주면서 적당히 조용히 지내고 싶은 게 그의 마음이었다.

과외 자리에는 시우처럼 유학을 다녀왔거나 유난히 이해력이 떨어지는 아이들이 모였다. 그 자리에서 그는 생각지도 못한 사람을 만났다.

'이호성'.

그 이름 석 자에 시우는 곧바로 반응했다. 그 누가 다가와도 마냥 귀찮고 말을 섞기 싫어했던 그는 단번에 호성에게 손을 내밀었다. 과외가 끝난 후, 또래들이 시우를 에워쌌다.

"잠시만 나가서 기다려."

시우가 웃는 얼굴로 호성에게 말했다. 그가 머뭇거리며 나간 후, 시우는 가방을 정리했다.

"시우야, 넌 왜 한 살 어린 애랑 놀려고 하는 거야?"

한 아이가 조심스럽게 말을 붙였지만 목소리엔 불만이 가득했다.

"저런 애새끼들을 끼워주면 나중에 우리만 이상한 소리 듣는 거 몰라? 재, 지네 엄마가 우리 엄마한테 돈 엄청 찔러넣어서 겨우 들어온 애야. 그냥 적당히 괴롭히다가 지 발로 나가게 해야지 왜 편을 들어줘? 너 정말 쟤랑 놀게?"

곁에 서 있던 덩치 큰 녀석이 얼굴을 붉히며 말했다. 지익. 가방 지퍼를 모두 닫은 시우가 느릿하게 고개를 들었다.

"어. 놀려고."

덤덤한 시우의 대답에 덩치 큰 녀석이 기가 차다는 듯이 웃었다.

"야, 네 손해야. 왜 네가 저런 애랑 놀아?"

"너보단 나아서."

"뭐?"

남학생을 바라보는 시우의 눈길이 덤덤하다 못해 지루한 빛을 띠고 있었다. 노골적인 무시가 담긴 눈빛에 남학생의 낯빛이 점점 어두워졌다.

"네 말대로라면 나도 너랑 어울릴 이유가 없지. 네 엄마가 우리 집에 열심히 드나들어 겨우 들어온 건 너도 마찬가지니까."

시우의 무시에 남학생의 얼굴이 시뻘겋게 달아올랐다. 가방을 둘러멘 시우는 어쩔 줄 몰라 하는 남학생 셋을 스윽 바라보았다.

"사람의 급을 나누면서 우월감을 느끼고 싶은가 본데, 그 급이 기준이면 너희도 나한텐 미달이야. 그러니까 다시는 이딴 식으로 가는 길 막지 마. 더 재수 없는 꼴 보기 싫으면."

말을 마친 시우가 눈을 접으며 웃어 보였다. 산뜻해 보이는 미소가 화난 얼굴보다 더 무서웠다. 남학생 셋의 얼굴이 시뻘겋게 달아올랐다. 화가 나지만 시우와 싸울 수도 없었다. 집안의 재력도 재력이지만, 시우는 화산처럼 뭔가를 감추고 사는 듯 보였다. 건드려서 폭발하면 모조리 다 죽을 것 같은 위험을 본능적으로 느꼈다.

시우가 한 발자국 물러서는 그들을 지나쳐 나왔다. 이야기를 다 들은 건지 호성의 눈이 이리저리 흔들리고 있었다.

"가자."

"어, 어딜요?"

호성이 바짝 긴장한 채 물었다. 마치 도살장에 끌려가는 소 같은 눈을 하고 있었다. 자신의 누나와는 완전히 다른 눈빛이었다. 주은과는 닮지 않은 얼굴임에도, 시우는 호성의 얼굴을 샅샅이 헤집듯이 바라보았다. 마치 미세한 닮은꼴이라도 찾아내겠단 것처럼.

"밥 먹으러."

시우가 다정한 목소리로 대답했다.

"밥……이요?"

왜 갑자기 그런 소릴 하냐는 듯 호성이 되물었다.

"어. 싫어?"

시우의 물음에 호성이 빠르게 고개를 가로저었다.

"아뇨. 갈게요!"

시우는 호성을 데리고 근처 식당으로 향했다. 그때부터 시우가 근처에 둔 학생은 호성뿐이었다. 간간이 말을 섞고 어울리는 무리가 있긴 했지만, 적당한 사회생활의 일환일 뿐이었다. 자신이 홀로 다닌다는 걸 알면 아버지가 '무슨 문제라도 있는 거니?'라며 귀찮게 굴 게 뻔하기에.

처음엔 바짝 굳어 있던 호성도 시우에게 별 뜻이 없다는 걸 알곤 서서히 마음을 열었다. 어느 순간엔 묻지도 않은 이야기도 술술 뱉었다. 가족들의 이야기도 있었고, 자신의 친구 이야기도 있었다.

그중 시우가 가장 귀 기울여 듣는 이야기는 주은의 이야기였다. 주은의 이야기를 하지 않는 날이면, 시우가 떠보듯이 물어보았다.

"누나랑 사이는 좋아?"

그러면 호성은 주절주절 주은에 대해 이야기를 늘어놓았다.

"그럼요."

"다들 누나랑 많이 싸우던데, 넌 안 싸우나 봐?"

"네. 누나가 착해요. 엄마 말이라면 껌뻑 죽거든요. 아빠 말도 되게 잘 듣지만. 요즘 수험생이라고 바빠서 집에 늦게 들어오고 일찍 나가요. 아, 근데 곧 누나 생일인데 뭘 해줘야 할지 모르겠어요. 형은 누나 없어요?"

"응, 없어. 곧 누나 생일이야?"

시우가 아무렇지 않은 척 물었다.

"네. 이번 주 목요일인가……? 맞을 거예요. 뭐, 꽃다발 주면 되겠죠?"

"꽃을 좋아해?"

"네. 가끔 시간 나면 정원에 쭈그리고 앉아서 꽃을 들여다보고 있더라고요. 꽃을 보면 마음이 편하다나 뭐라나. 요즘은 공부하느라 바빠서 볼 시간도 없나 보더라고요. 그래서 슬프다나 봐요. 꽃을 못 봐서 슬프다니. 여자들은 알다가도 모르겠어요. 먹는 것도 아닌데 왜 슬픈 걸까요? 나 참."

호성은 건성으로 대답하더니 고개를 절레절레 흔들고는 곧바로 자신이 요즘 즐겨 하는 게임 이야기로 화제를 바꾸었다. 시우는 "그렇구나." 대답하면서 한편으로 주은을 떠올렸다.

자그마한 정원 한귀퉁이에 쭈그리고 앉아 꽃을 들여다보고 있는 주은은 꽤 예쁠 것 같았다. 주은을 떠올리던 시우의 입술에 작은 미소가 걸렸다.

이른 새벽, 하인여고로 들어서는 시우의 표정이 복잡했다. 트레이닝복에 어울리지 않게 그의 손엔 꽃다발이 들려 있었다. 꽃다발을, 그것도 한 손에 다 잡히지 않을 만큼 큰 꽃다발을 산 건 충동적인 일이었다.

어젯밤에 불현듯 내일이 주은의 생일이라는 걸 떠올렸고, 바빠서 꽃을 보지 못해 슬퍼한다던 이야기도 기억해냈다. 생각을 마치기도 전에 발이 저절로 꽃집으로 들어섰다. 주은이 좋아하는 꽃이 뭔지 몰라 꽃집에 있는 꽃들을 모조리 한 송이씩 담아 꽃다발을 만들어달라고 하자 꽤 큰 꽃다발이 나왔다.

이 큰 꽃다발을 이대로 둘 수 없어 시우는 이른 아침 트레이닝복을 입고 주은의 학교로 무작정 찾아왔다. 동이 제대로 트지 않은 시각이라 학교는 텅 비어 있었다. 교문은 닫혀 있었지만, 가뿐히 넘을 정도의 높이밖에 되지 않았다. 주은이 몇 학년 몇 반인지는 호성을 통해 진즉에 알고 있었기에 쉽게 찾아갔다.

3학년 1반에 찾아간 시우는 잠겨 있는 문고리를 보곤 난처한 표정을 지었다. 문이 잠겨 있을 거라곤 생각지 못했다. 혹시나 하는 마음에 자물쇠를 당겨봤지만 꽉 맞물린 자물쇠는 꿈쩍도 하지 않았다.

마지막으로 손을 뻗어 창문을 밀자 네 번째 창문이 열렸다. 꽤 큰 창문이라 그도 가뿐히 통과할 정도는 되었다. 월령고와는 다르게 보안장치가 없는지 벨이 울리거나 하지 않았다. 이름이 붙어 있는 사물함으로 걸어가던 시우의 걸음이 한곳에서 멈췄다.

[이주은]

책상 왼쪽 귀퉁이에 그녀의 이름이 박혀 있었다. 서랍에서 책을 꺼내자 주은의 이름이 적힌 교과서들이 우르르 나왔다. 주은의 책상을 바라보는 시우의 눈빛이 아득하게 가라앉았다. 그의 손끝이 주은의 책상을 천천히 쓸어내렸다. 조심스러운 손길에 애틋함이 담겨 있었다. 꽃다발만 두고 가려던 계획과 달리 그는 의자를 빼내 그곳에 앉았다. 그러고는 주은이 쓰는 책상에 엎드려 누웠다. 자그맣게 열린 창문 너머로 선선한 바람이 불어 들어왔다. 기분 좋게 머리카락을 쓸어넘기는 바람에 그의 눈이 천천히 감겼다.

뭔가를 바라고 꽃다발을 준비한 건 아니었다.

그냥…… 주은이 이걸 받고 조금은 행복했으면 했다.

생일날 주은이 슬픈 건, 싫으니까.

시간이 흐르고서야 시우는 자신이 주은의 생일을 잘못 알았다는 걸 깨달았다.

"우리 누나 생일이 목요일인 줄 알았는데 토요일이더라고요."

과외를 마친 후 함께 밥을 먹던 호성은 어깨를 으쓱거렸다. 시우는 별다른 말을 할 수 없었다. 호성에게서 주은의 생일을 듣고서 확인도 해보지 않고 그녀의 자리에 꽃다발을 놓으러 간 건 그였다.

"아, 그리고 우리 누나가 학교에서 꽃다발을 받았다고 들고 왔는데 엄청난 거 있죠? 엄마는 남학생이랑 연애하는 거 아니냐고 한숨을 푹푹 쉬던데, 누나는 좋아하더라고요. 꽃병까지 사다가 방에 꽂아둔 거 있죠? 우리 누나가 인기 많은 건 알았지만 꽃다발을 받을 정도인 줄은 몰랐네요."

"인기가 많아?"

"네. 누나가 예쁘장하게 생겼잖아요. 좀 도도하게도 생겼고. 그래서 이래저래 남학생들이 많이 따르나 봐요. 물론 누나는 대학 입학할 때까지 연애할 생각 없지만요. 다들 헛짓하고 있는 거죠."

"그래?"

주은이 연애할 생각이 없다는 말에 시우의 입술이 조금 더 길어진 걸 호성은 보지 못했다.

"좀 걱정인 게 어떤 양아치가 누나를 따라다니는 거 같던데……. 뭐, 그러다가 말겠죠."

호성이 웅얼거리듯 말하다가 그만두었다.

"양아치?"

그게 무슨 소리냐는 듯 시우가 물었다.

"네. 교문 앞에서 좋아한다고 소리쳤나 봐요. 별 미친놈이 다 있죠. 그놈 때문에 우리 누나 소문이 우리 학교까지 퍼졌잖아요."

호성은 생각만 해도 화가 난다는 듯 얼굴을 찌푸렸다. 이후 식사를 하는 내내 시우의 말수가 줄었지만, 호성은 그저 시우가 피곤해서 그런 거라 생각하고 평소보다 빨리 헤어졌다.

월령고는 야간자율학습이 없었다. 수업이 어렵고 숙제가 많은 대신 학교에 학생을 잡아두진 않았다. 일찍 하교한 시우는 옷을 갈아입은 후 주은의 학교로 향했다. 양아치가 주은의 주변을 맴돈다는 말이 마음에 내내 걸렸다. 그날부터 하루도 빠짐없이 주은의 뒤를 지켜본 결과 별다른 문제는 없었다.

평소처럼 먼발치에 선 시우는 주은이 독서실에 들어가는 걸 지켜보았다.

이틀 전부터 주은은 독서실을 다니기 시작했다. 주은이 무사히 들어간 걸 확인하고도 시우는 독서실을 물끄러미 지켜보았다.

그의 눈동자에 먹구름같이 흐린 빛이 차올랐다. 다 자란 주은이 어떤 생활을 하고 있는지, 무사한지만 알면 그걸로 충분할 것 같았는데 왜 자꾸 주은의 곁을 더 맴돌고 싶은지, 자신을 기억하는지, 자신의 이름을 불러줬으면 하는지 알 수 없었다.

주은이 무사히 독서실로 들어가는 걸 확인한 후, 귀가하던 길에 시우는 그 자리에 우두커니 멈춰 섰다. 커다란 화분들 너머로 자그마한 화분들, 그리고 색색깔의 꽃들이 한가득 자리하고 있었다.

「누나는 좋아하더라고요.」

주은의 행복에 자신이 조금이라도 기여했다는 사실이 그를 기쁘게 만들었다. 어린 시절 그는 주은이 해주는 걸 고스란히 받기만 했었다. 그걸로 부족해 목숨까지 빚졌다. 주은의 삶에 자신이 조금이라도 행복의 흔적을 남겨주고 싶었다.

"꽃을 사려고요."

"아, 그때 그 학생이네요."

꽃집 주인이 시우를 알아보곤 반갑게 말을 걸었다.

"그때처럼 꽃다발 하나 만들어주세요."

"전처럼 여기 있는 꽃들 전부 다 엮어서 말이죠?"

"네."

"여전히 선물할 분이 어떤 꽃을 좋아하는지 모르나 봐요."

"네."

시우는 고개를 끄덕였다. 아마도 영원히 알지 못할지도 모른다. 그는 주은의 앞에 모습을 드러낼 생각이 없었으니까.

뒤늦게 나타나 주은에게 그날의 기억을 되살리고 싶지 않았다. 나무집 안에서 얼어 죽을 뻔한 기억을 떠올려봤자 좋을 게 없었다.

다만 타들어가는 이 갈증은 뭔지 알 수가 없었다.

이른 새벽, 동이 트기 전 시우는 꽃다발을 들고 하인여고 안으로 성큼 들어갔다. 처음보다 더 빠르게 경비실을 피해 들어간 그는, 수월하게 창문을 넘어 주은의 책상에 꽃다발을 올려놓았다. 그녀가 사용하는 책상에 앉아 물끄러미 창밖을 바라보던 그가 학교를 빠져나올 즈음엔 몇 명이 운동장을 뱅뱅 돌며 운동을 하고 있었다. 모자를 푹 눌러쓴 채 걸음을 재촉했다. 약간의 미열로 어지럼증이 있어서 관자놀이를 꽉 누르고 걸어갔다.

"저기요."

저를 부르는 목소리에 시우의 걸음이 우뚝 멎었다. 앞을 바라보는 그의 눈동자가 가늘게 흔들렸다. 느릿하게 돌아선 시우는 자신을 보고 있는 여학생과 눈이 마주쳤다.

한 갈래로 묶은 머리, 단정한 교복 차림, 손에 든 책.

"……저기요."

모자를 푹 눌러쓴 그를 겁먹은 목소리로 불렀다. 시우는 대답해야 한다는 걸 알면서도, 마주 선 주은을 똑바로 바라보았다. 재회한 후, 이렇게 가까이서 마주한 건 처음이었다. 그녀가 자신을 불렀다는 사실이 믿기지 않았다. 시우가 아무 말도 하지 않자 주은이 무언가를 내밀었다.

"이거 떨어뜨리셨어요."

주은의 손에 그의 휴대전화가 들려 있었다.

"아……. 감사합니다."

시우가 가까스로 대답하며 휴대전화를 받아드는 사이, 손끝이 겹쳤다. 주은의 손끝은 보기보다 차가웠다. 차가운 손끝이 스쳤을 뿐인데 전기라도 통한 것처럼 가슴 한 중간이 찌릿했다.

저도 모르게 마른침을 삼킨 시우가 손을 거둬들였다. 주은은 괜찮다는 듯 꾸벅 인사하고는 학교 건물로 들어갔다. 멀어지는 주은의 뒷모습을 바라보던 시우가 그녀를 부르려고 했다. 그러나 꽉 다물린 입술은 자물쇠가 잠긴 것마냥 벌어지지 않았다.

주은이 완전히 사라진 후에도 그는 움직이지 못했다. 맞닿았던 손끝도, 뒷모습에 닿았던 눈길도, 그리고 맞물려버린 입술까지도.

* * *

시우와 호성의 과외는 일주일에 두 번이었다. 그중 한 번은 수업을 마친 후 식사를 했다. 과외를 한 집 근처에서 먹는 경우가 많았다.

호성은 식사를 하면서 마주 앉은 시우를 흘깃 바라보았다. 식탐이 전혀 없어서인지 식사하는 그의 모습은 고등학생답지 않게 점잖고 품위 있어 보였다. 그러고 보면 시우는 뭔가 다른 세계에서 뚝 떨어진 사람 같았다. 외모도, 분위기도 도무지 고등학생 같아 보이지 않았다. 그런 그는 월령고 안에서도 유명인사였다. 그와 친해지고 싶어 하는 이들이 많았지만 시우는 일절 곁에 사람을 두지 않았다. 그런 그가 유일하게 자신에게 곁을 주고 있다는 사실을 호성은 알고 있었다.

"형."

그의 부름에 시우가 고개를 들었다. 다른 생각에 잠시 잠겼던 듯, 눈빛이 흐려져 있었다.

"요즘 정신이 없어 보여요. 무슨 일 있는 건 아니죠?"

"없어."

그저 주은을 다시 만났을 뿐이다. 그리고 오늘 처음으로 이야기를 나눴을 뿐이다. 그 사실만으로도 시우의 정신은 자꾸만 다른 곳으로 쏠렸다. 상념의 끝엔 언제나 주은의 뒷모습뿐이었다.

"형, 뭐 하나만 물어봐도 돼요?"

시우가 묵묵히 호성을 바라보았다. 할 말이 있으면 하라는 얼굴이었다.

"형은 겁나는 게 있어요? 그러니까 무서워하는 게 있냐고요."

"어. 있어."

"뭔데요?"

"잊히는 거."

"네?"

호성이 저도 모르게 반문했다. 굉장히 뜬금없는 말이었다. 특히 시우의 입에서 나오리라고는 생각지도 못한 말이었다. 언뜻 듣기엔 굉장히 감수성 넘치는 말이었지만, 시우의 표정은 스산하기 짝이 없었다.

"잊히는 거. 그리고 다르게 기억되는 거."

시우가 한 번 더 강조하고 나서야 호성은 시우가 진심으로 한 말이라는 걸 알았다. 그게 대체 무슨 말이냐고 묻고 싶었지만, 묻지 못했다. 시우의 표정은 자못 심각했다. 마치 오래된 묵은 기억을 털어 부스스 올라온 잔재를 마신 사람처럼 힘겨워 보이기까지 했다. 호성은 묵묵히 식사를 했고, 시우는 쥐고 있던 숟가락을 내려놓았다.

두 사람의 식사는 시우의 기사가 데리러 왔다는 연락을 하면서 끝이 났다. 식당 문을 열고 나오자 사위가 캄캄했다. 과외 시간이 늦어 식사를 하고 나면 자정이 훌쩍 넘곤 했다.

시우가 도착한 차 앞에 막 섰다.

"잠시만요. 어, 엄마. 난 밥 먹었는데? 뭐? 누나가 어떻게 됐다고? 누군데? 어느 새끼야! 심민태 그 새끼지? 누나 옆 학교 다닌다는 그놈 맞지? 그 새끼 말고 누나한테 그런 짓을 할 놈이 어딨어?"

호성이 길길이 날뛰자 휴대전화 너머에서 진정하라는 여자의 목소리가 흘러나왔다.

"내가 진정하게 생겼어? 그 새끼는 어딨는데? 내가 가서 죽여버릴 거야. 뭐? 튀어? 경찰서에 간 게 아니라? 와, 이 미친 새끼가 진짜……. 알았어. 일단 병원으로 갈게. 어디라고? 알았어."

통화를 마친 호성이 뒤돌아섰다.

"형, 미안한데요, 누나가 미친 새끼한테 당하는 바람에 병원에 실려 갔대요. 먼저 가볼게요."

호성이 씩씩대며 말했다. 흥분한 탓에 시우가 이상할 정도로 조용하다는 걸 알아채지 못했다. 호성이 돌아서서 가려 하자 시우가 붙들었다. 빠져나오기 힘든 엄청난 악력에 놀란 호성이 시우를 쳐다보았다.

"이 차 타고 가."

"아…… 그럼 실례 좀 할게요, 형. 정말 급해서요. 미안해요."

고민하던 호성이 시우의 차에 올라탔다. 병원 이름을 댄 후, 호성은 초조한 얼굴로 입술을 깨물었다.

"누나가 어떻게 됐다고?"

시우가 조용한 목소리로 물었다. 바닥을 기듯 음산한 목소리였다. 호성은 시우의 눈이 유난히 무섭게 빛나고 있다는 생각을 했지만, 기분 탓이라 생각했다.

"누나가 독서실에서 나오던 길에 그 양아치 새끼한테 맞았나 봐요. 독서실 총무가 구하긴 했다는데 꽤 다쳤는지 응급실에 있다네요."

"그 양아치라면, 백우고 심민태?"

"네."

평소의 호성이라면 타인에 별다른 관심이 없는 시우가 민태의 학교와 이름을 정확히 알고 있다는 점을 이상하게 여겼을 테지만, 정신이 다른 곳에 팔려 알아채지 못했다. 차가 응급실 앞에 멈춰 서자, 호성이 차에서 허겁지겁 내렸다.

"고마워요, 형! 따로 연락할게요!"

고맙다는 말을 남긴 호성이 뒤도 돌아보지 않고 응급실로 뛰어 들어갔다. 호성이 완전히 사라진 곳을 시우가 물끄러미 바라보았다.

"안 타십니까?"

그를 기다리던 젊은 운전기사가 물었다.

"여기서 잠시만 기다려주세요."

시우가 잠시 머뭇거리다 말고 발길을 응급실 쪽으로 옮겼다.

병원 로고가 새겨진 응급실 자동문이 양쪽으로 갈라지며 열렸다. 때마침 문 너머로 하얀 커튼이 젖혀지며 호성의 등이 보였다. 그 너머로 상처 난 맨다리와 찢어진 교복, 까진 손등이 드러났다. 슬로 모션처럼 그 장면만 느리게 흘러갔다. 마침내 엉망진창이 된 주은의 얼굴이 보였다. 이리저리 상처가 난 주은은 눈을 감고 있었다. 마치 세상 모든 걸 보고 싶지 않다는 얼굴을 한 주은의 눈꼬리에서 눈물이 주르륵 흘러내렸다.

순간 세상이 암전이라도 된 듯 눈앞이 캄캄해졌다. 의사와 간호사가 들어간 후 커튼이 다시 쳐졌다. 간호사가 옆을 지나치며 "응급실 앞에 이렇게 서 계시면 안 돼요."라고 따끔하게 한마디 하고서야 시우의 눈에 초점이 돌아왔다. 느릿하게 고개를 돌린 시우의 눈빛이 순식간에 돌변했다.

"심민태."

그의 낮은 목소리가 씹어뱉듯 이름을 꺼냈다. 그가 저벅저벅 발소리를 내며 응급실을 빠져나갔다.

*

종규는 암담한 눈으로 마주 앉은 시우를 쳐다보았다. 하루새에 종규의 얼굴은 처참할 정도로 상해 있었다.

"정말 끝까지 말 안 할 거니?"

처음으로 종규가 엄한 표정으로 시우에게 물었다. 그러나 시우는 시종일관 입을 다문 채 눈을 내리깔고 있었다. 종규는 한숨을 내쉬며 두 손에 얼굴을 파묻었다.

어젯밤 집이 한바탕 뒤집어졌다. 아는 동생을 병원에 데려다준 후 차를 타고 집에 돌아온 시우는 별안간 학교에 뭘 놔두고 왔다며 외출을 했다.

그로부터 네 시간 후, 새벽이 다 되어서야 경찰서에서 연락이 왔다. 폭행사건이라고 했다. 시우가 누군가를 일방적으로 팼다는 소식에 놀라긴 했지만, 남학생들 간에 흔히 있는 주먹다짐쯤이라고 생각했다. 그러나 상황은 심각했다. 상대편 남학생은 얼굴이 함몰했고 갈비뼈를 비롯해 허벅지 뼈까지 부서졌다. 변호사를 통해 들은 경찰관의 진술은 더욱 처참했다.

「의식이 없는데도 주먹을 휘두르고 있었다고 합니다. 경찰관 둘이 달려들어서야 겨우 뜯어낼 수 있었다고 하더군요. 그나마 다행인 건 무기나 흉기를 쓰지 않았다는 점인데……. 상황이 워낙 좋지 않아 그마저도 참작이 될지 미지수입니다.」

"정말 이럴 거냐? 끝까지 설명 안 할 거야?"

종규의 물음에 시우가 고개를 들어 그의 눈을 보았다.

"마음에 안 들었어요."

"갑자기 그 남자애가 왜?"

"그냥요."

"시비라도 건 거냐? 그래서 그래?"

민태는 시비를 걸지 않았다. 그가 민태를 찾아갔을 뿐이었다. 찾아내는 건 쉬웠다. 독서실 근처 관할 경찰서 앞에서 민태를 기다렸더니 얼마 지나지 않아 보호자와 함께 나왔다. 같이 집에 가자는 어머니를 뿌리친 녀석은 번화가로 홀로 향하며 누군가에게 전화를 하고 있었다.

「아, 그년 따먹었어야 했는데 미친 새끼가 끼어드는 바람에 끝났어. 와, 진짜. 씨발이야. 뭐? 이렇게 끝낼 거냐고? 미쳤냐? 내가 그년 꼭 따먹는다. 이렇게 절대로 안 끝내.」

시우의 섬뜩한 눈길이 어두컴컴한 좁은 골목과 민태의 뒷모습에 닿았다. 순식간에 손이 움직였다. 민태를 골목 귀퉁이에 박아놓고서 소리 내지 못하도록 가장 먼저 입과 코를 주먹으로 내리쳤다. 이후 움직이지 못할 때까지 팼지만 그의 머릿속엔 자세한 기억이 남아 있지 않았다. 그의 머릿속을 뱅뱅 도는 생각은 그것 하나뿐이었다.

이 새끼를 죽이지 않으면 주은이 또 그런 꼴로 응급실에 실려 가게 될지도 모른다. 다음은 그보다도 더 처참한 꼴이 될 수 있다.

오랜만에 겪는 상실의 공포에 그는 제정신이 아니었다. 어머니를 잃고도 무사할 수 있었던 건 주은이 있었기 때문이었다. 주은마저 자신이 보는 앞에서 죽어버린다면 더 이상 살 자신이 없었다.

주은을 떠올리자 손과 발에 힘 조절이 되지 않았다. 몇 번 막던 민태는 목을 잘못 맞아 기절했지만 그의 발은 멈추지 않았다. 다시금 정신을 차렸을 때 그는 경찰서 안에 우두커니 앉아 있었다.

"하시우!"

딴생각을 하는 시우를 보다 못한 종규가 책상을 쾅 소리 나게 내리쳤다. 그제야 멍하던 시우의 눈빛이 초점을 찾았다.

"멀쩡하게 잘 지내더니…… 왜 이러는 거냐? 반항하는 거야?"

"아뇨. 다 아니에요. 그냥 소년원에 갈게요."

그러니 더는 시간낭비 말라는 듯 시우가 덤덤히 대답했다.

"하아!"

종규가 깊은 한숨을 내쉬었다. 평소 일면식도 없는 남학생을 갑작스레 무차별로 팼는데, 이유를 말하지 않으니 미칠 지경이었다. 결국 종규는 마음의 결정을 내린 듯 시우를 무섭게 노려보았다.

"좋다. 네가 이렇게 나온다면 내 식으로 해결하마. 넌 소년원에 갈 일 없을 거다. 네가 소년원에 가게 되는 걸 가만히 볼 수가 없다. 대신 미국으로 돌아가야 한다. 다시는 돌아오지 못할 거다. 일주일 주마. 이유를 말할지, 미국으로 갈지 정하거라."

종규의 통보에 시우의 눈빛이 일렁이는가 싶더니 이내 고요해졌다.

"네."

시우는 대답을 한 후, 유유히 자신의 방으로 돌아갔다. 아들이 영영 이유에 대해 입을 열지 않을 것임을 직감한 종규는 땅이 꺼져라 한숨을 내쉬었다. 그러나 이 또한 자신의 업이라 생각하며 휴대전화를 들어 변호사에게 전화를 걸었다.

"최선을 다해 합의를 보도록 해. 대충 달라는 금액에 맞추고, 대신 각서 단단히 받아둬. 그리고 경찰서엔 상대방이 먼저 시비 걸었다고 하고, 시우가 무기가 없었다는 점에 대해 강력히 어필하도록 해. 또 어두워서 상대방의 상태가 제대로 보이지 않았다는 점, 전과가 없다는 점, 유사 사건이 전혀 없었다는 것도 강조하도록 해. 가능하면 빨리 일처리 하고 시우 미국으로 유학 보낼 준비 하도록 해."

변호사에게 일방적인 명령을 내린 종규는 초췌한 얼굴을 손으로 쓸어내렸다.

결국 시우는 입을 열지 않았다. 자신이 입을 열면 불똥이 주은에게 튈 것이다. 시우는 주은이 낫는 것에만 집중했으면 했다. 그녀의 세상이 이전처럼 고요하고 평안하기를. 자신이 그녀의 삶을 뒤흔드는 돌이 되지 않길 바랐다.

폭력사건은 유야무야 넘어가게 되었고, 대신 그는 미국으로 유학을 가기로 결정되었다. 실망, 분노가 뒤엉킨 얼굴을 한 종규는 긴 한숨을 내쉬었다.

"내가 허락할 때까지 넌 다시는 한국 땅을 밟지 못할 거다. 이래도…… 이유를 말하지 않을 거냐?"

종규의 마지막 질문에 시우는 침묵으로 일관했다.

"……내일 오전 비행기로 미국 가거라."

종규가 실망감을 감추지 못한 채 뒤돌아섰다. 그 뒷모습에 습관처럼 인사를 한 시우가 방을 빠져나왔다. 우원, 가사 도우미, 비서의 시선이 예전과는 달랐다. 얼굴에 와 닿는 온도가 몇 도는 낮아져 있었다.

이상한 놈, 저렇게 사고 칠 줄 알았어.

그들의 얼굴에 적힌 비아냥을 무시한 채 2층으로 올라갔다. 고요한 방에 홀로 남은 시우는 휴대전화를 귀에 가져다

댔다.

– 어? 형!

휴대전화 너머 호성의 목소리가 평소보다 밝았다.

"음. 어디야?"

– 누나 퇴원했거든요. 막 짐 옮겨주고 방으로 왔어요. 와, 형, 내가 말했어요? 하늘이 착한 사람을 돕는다는 말 진짜 안 믿었는데, 사실인 거 있죠? 우리 누나 저렇게 만든 심민태 있잖아요, 그 새끼 얼굴이랑 몸 완전 박살나서 대수술 받고 지방 요양병원에 갔대요. 어떤 놈인지 몰라도 진짜 고마운 거 있죠?

"그래?"

시우의 얼굴에 미미한 웃음이 돌아왔다.

"누나는 퇴원 잘한 거야?"

– 네. 다행히 크게 다친 곳은 없어서 많이 아물었어요. 조금 예민해지긴 했는데, 그건 시간이 해결해줄 문제라고 하더라고요. 후우, 어쨌든 내일부터 학교 나간대요.

"벌써?"

시우의 미간이 좁아졌다.

– 말했잖아요, 우리 누나 굉장한 모범생이라고.

호성의 말에 주은을 떠올린 시우의 입술에 웃음이 맺혔다. 머리부터 발끝까지 주은은 모범생의 분위기를 풀풀 풍겼다. 그 모습도 마지막이었다.

– 근데 무슨 일로 전화한 거예요?

호성을 통해 주은이 무사한지 알고 싶었다.

괜찮은지, 밥은 먹는지, 크게 다친 곳은 없는지…….

직접 찾아가고 싶었지만, 얼굴을 마주할 자신이 없었다. 주은을 본다면 가장 먼저 '날 기억해요?'라고 물어볼 것만 같았다. 주은이 자신을 기억한다면 기억하는 대로, 기억하지 못한다면 못하는 대로 마음이 아플 것 같았다.

"내일 유학 가거든."

호성에겐 본심과 전혀 다른 말을 꺼냈다.

– ……내일요? 그렇게 급하게요?

"응. 원래 계획은 있었는데 앞당겨졌어."

– 미국에서 돌아온 지 얼마 안 됐잖아요.

"미국이 편해."

실은 편하지 않았다. 낯선 세계에 뚝 떨어져 있으면 사무치게 외로웠다. 그러나 자신이 외로운 게 나았다. 주은의 삶이 소란스러워지는 것보단.

"연락할게."

– 아쉽네요, 형.

호성의 목소리에 아쉬움이 가득했다. 통화가 끝날 때까지 호성은 꼭 연락하라며 신신당부했다. 알겠다고 세 번이나 대답한 후에야 벗어난 그는 휴대전화를 책상에 올려두었다. 숨 막힐 듯한 고요함이 사위를 에워쌌다. 그는 책상에 기댄 채 지그시 눈을 감았다. 주은의 책상에 기댔던 때처럼 그의 표정이 안온해졌다.

이만하면 됐다. 주은이 잘 지내고 있다는 것, 그녀의 행복을 지켜줄 수 있었다는 것, 그것만으로도 자신은 충분히 행복했다.

이른 새벽, 트레이닝복이 아닌 외출복을 입은 시우가 주은의 책상 앞에 섰다. 이제 그녀의 책상을 찾는 건 손쉬운 일이었다. 평소 가던 꽃집이 문을 열지 않아 다른 꽃집에서 꽃다발을 사야 했다.

툭.

시우가 책상에 꽃다발을 올려놓고는 손을 떼지 못한 채 바라보았다. 마지막 선물일지도 모른다. 미국에 돌아가면 한국에 영영 못 오게 될지도 몰랐다. 주은은 지금처럼 평온하고 행복하게 지내게 될 거다. 호성도 좋은 동생이니 주은을 잘 지켜줄 거다. 그러니 그녀의 인생에서 자신이 빠진다고 해도 알아채지 못할 거였다.

그러니…… 괜찮다.

그러나 마음과 달리 시우의 표정이 천천히 구겨지기 시작했다.

"괜찮아."

그가 세뇌하듯 중얼거렸다.

「안 괜찮아 보여.」

어린 시절 주은의 목소리가 불쑥 떠올랐다. 그가 희미하게 웃으려 하자, 어린 날의 주은이 떠올랐다.

「웃지 마. 힘든데 왜 웃어?」

그 목소리에 시우의 입술이 일자로 굳었다.

마지막이 되자 괜찮다고 다독여놓은 마음이 부질없이 무너져내렸다. 그러자 처음으로 발가벗겨진 본심과 마주하게 되었다.

괜찮다고 했지만, 실은 조금도 괜찮지 않았다.

주은에게 잊혔을지도 모른다는 것과 아픈 기억으로 남겨졌을지도 모른다는 생각에 두려웠었다. 그래서 주은의 눈빛이 닿지 않는 음지에 숨어 바라보았다. 이보다도 더 무서운 건, 영원히 주은의 기억에 남지 못한다는 사실이었는데.

자신에게 잊히지 않는 좋은 기억으로 주은이 새겨졌듯, 그녀의 인생에 자신 또한 그런 사람으로 남고 싶다. 괴롭고 아프며 별 볼일 없었던 기억이 아니라.

어떤 것도 돌이킬 수 없는 지금에 와서야 자신의 욕심을 깨달아버렸다.

그가 꽃다발을 꽉 움켜쥐었다. 꽃다발이 흐릿하게 보였다.

"……꼭 돌아올게요."

꽃다발을 쥔 그의 손이 가늘게 떨렸다.

"그땐…… 지금처럼 숨어 있지 않을게요."

나지막하게 속삭인 그의 다짐이 끝난 후, 꽃다발 위로 눈물이 툭툭 떨어져내렸다.

외전 2

모두가 잠든 방에서 눈을 뜬 주은이 조용히 방문을 열고 나섰다. 간단히 씻은 후, 거실커튼을 확 열어젖히자 통창문 너머로 눈이 부시도록 푸른 정원이 보였다.

주은은 통창문에 서서 눈에 담기 힘든 아름다운 풍경을 바라보았다. 구름 한 점 없는 새파란 하늘, 물기를 잔뜩 머금은 푸른 잔디와 그 주변을 에워싸고 있는 커다란 나무까지.

이곳에 이사를 오면서 주은은 유난히 정원에 신경을 많이 썼다. 아이들이 놀 수 있는 공간이자, 시우와 간단히 차를 마실 수 있는 공간이 되길 바랐다. 다행히 그녀의 바람대로 그들은 일주일에 한 번씩 정원에서 식사를 하거나, 텃밭을 가꾸며 놀았다.

정원 귀퉁이에는 처음 보는 돌멩이들이 놓여 있었다. 아무래도 시은이와 우주가 어제저녁까지 놀다가 내팽개치고 들어온 게 틀림없었다. 요즘 들어 둘은 돌멩이를 자주 가지고 놀았다.

주은은 처음에 시은과 우주에게 돌멩이 놀이를 가르쳐줬

을 때를 떠올리곤 비죽이 웃었다.

시우와 주은은 자신들이 그러했던 것처럼 시은과 우주도 얌전히 가지고 놀 거라 생각했다. 그것이 착오라는 걸 깨닫는 데는 얼마 걸리지 않았지만.

그들이 뭔가를 가지고 안전하게 놀기에는 너무도 어렸고, 돌멩이는 지나치게 무거웠으며, 그들은 얌전히 쌓는 것보다 서로에게 던지는 것에 관심이 있었다. 던지는 대상은 가리지 않았다. 하마터면 두 아이 얼굴에 큰 상처를 낼 뻔한 후로, 시우와 주은은 당분간 돌멩이를 근처에도 두지 않았다.

그러다 시간이 흘러 몇 해가 지났을 무렵, 그들은 무심코 창밖을 보다가 아무 말을 할 수 없었다. 시은과 우주가 자그마한 머리를 맞대고서 돌멩이를 차근차근 쌓아올리고 있었다. 다 쌓고는 박수를 짝짝 치며 한없이 뿌듯해하고 있었다.

자신들이 그러했던 것처럼, 돌멩이로 소꿉놀이를 한다거나 이름을 붙이진 않았지만, 그 광경만으로도 가슴이 먹먹했다. 자신들이 사랑해서 만든 결실이 자신들을 닮은 모습을 하고 있다는 것만으로도 아련했다.

잠시 생각에 잠겨 있던 주은은 길게 기지개를 켜며 돌아섰다. 여전히 미소를 지은 채 부엌으로 들어갔다.

오늘 아침에 꼭 샌드위치를 해달라고 신신당부했던 시은이의 말이 떠올라 주은이 이리저리 움직였다. 어제 가족끼리 다 함께 가서 샀던 샌드위치 빵, 신선한 달걀, 야채, 소스를 꺼냈다.

샌드위치를 다 만들어갈 즈음, 주은은 제 뺨에 닿는 시선을 느꼈다. 그곳을 향해 고개를 돌린 주은은 팔짱을 낀 채 자신을 물끄러미 바라보고 있는 시우를 발견했다.

그는 거실의 환한 햇살이 눈부신지 눈을 가느스름하게 뜨고 있었다. 나오다가 정리했는지 엉망이 되어 있어야 할 머리가 단정히 정돈되어 있었다.

그들에게 흔한 풍경이었다. 아침식사를 준비하는 자신과, 그런 자신을 하염없이 바라보는 시우. 그러다 눈이 마주치면 한참 바라보다가 서로를 보며 생긋 웃는 것.

언젠가 주은은 습관처럼 자신을 아침마다 자신을 빤히 쳐다보는 시우에게 물은 적이 있다.

「왜 아침마다 사람을 그렇게 빤히 쳐다봐? 내 얼굴에 뭐가 묻었어? 아니면 퉁퉁 부어서 웃겨?」

주은이 뺨을 쓸어내리며 물었다. 그러자 시우는 생각할 것도 없다는 듯 곧장 대답했다.

「보는 게 좋아서.」
「지겹지 않아? 매일 똑같은 얼굴인데.」
「매일 조금씩 달라지고 있어.」
「…….」
「나도, 주은 씨도. 그게 아쉬우면서도, 아름다워서 기억해

두려고.」

변화를 멈출 순 없으니, 소중하게 지켜보겠다는 그 말이 아름다워서 주은은 한참 말을 잇지 못했다. 그때부터 주은은 시우가 아침시간에 자신을 빤히 쳐다보고 있는 걸 내버려두었다. 아주 가끔은 아침식사가 일찍 끝나면 마주 서서 그를 바라보았다. 어제의 하시우와, 오늘의 하시우가 달라진 점을 찾기 위해 노력해봤지만 찾을 수 없었다.

그저 자신의 눈엔 아름다운 하시우니까.

"시은이랑 우주 깨워줘."

"응."

시우가 싱긋 웃으며 방으로 돌아갔다. 아이들의 칭얼거리는 소리와, 그걸 능숙하게 달래는 시우의 소리가 들렸다.

"엄마가 아침 샌드위치 했다던데. 시은이가 좋아하는 거."

"정말?"

돌아오는 목소리가 활기차다. 주은이 웃으며 식탁에 샌드위치와 우유를 올려놓았다. 시은이 다다다 달려 나오자, 한 박자 늦게 누나바보인 우주가 뒤따라 나왔다.

"맛있겠다!"

"마이게따!"

샌드위치가 뭔지도 모르면서 무작정 누나 따라 맛있겠다고 소리치는 우주를 보며 시우와 주은은 웃음을 터트렸다. 먹겠다고 달려드는 아이들을 힘겹게 씻긴 후, 식탁에 앉혔다. 한결 반지르르해진 얼굴로 앉은 우주와 시은을 보며 주은이 빙긋 웃었다.

아들인 우주는 시우를 많이 닮았다. 네 살이 된 지금은, 시우의 외모를 그대로 물려받아 아동복모델 제의가 들어올 정도였다. 물론 시끄러운 삶보다는 조용하고 평온한 삶을 추구하는 그들이라 모두 거절했다.

그에 비해 딸인 시은은 주은을 많이 닮았다. 닮긴 했지만 그럼에도, 시우의 영향 때문인지 훨씬 이목구비가 예뻤다.

처음에 주은과 시우는 아이들이 자신들을 닮았기에 성격도 비슷할 거라 여겼다. 그러나 성격은 그 누구도 닮지 않았다. 시은과 우주는 활기차고, 활발하며, 그 어디에서도 제 할 말을 다 했다. 도가 지나친다 싶어 경고를 주면 금세 '죄송합니다.' 하고 사과하기도 했다. 구김 없이 밝은 아이들의 성격을 볼 때마다 주은은 좋으면서도 어딘가 마음이 아팠다.

실은…… 시우의 어린 시절 성격도 이랬던 게 아닐까. 구김 없이 환하고 밝은 아이가 힘든 환경을 겪어오느라 완전히 달라진 건 아닐까. 만약 시우도 행복한 곳에서 태어났다면, 우주와 같은 성격이 아니었을까.

그랬더라면…….

생각이 끝없이 이어졌지만, 주은은 중간에 관두었다. 이래봤자 달라지는 건 없었고, 어떤 성격이든 시우를 사랑하는 마음에는 변함없었다.

"잘 먹겠습니다."

시우가 먼저 말하자, 뒤따라 시은과 우주가 크게 소리쳤다.

"잘 먹을게요! 엄마!"

"잘 먹어! 엄마!"

의미가 확연히 달라진 우주의 말에 시우가 피식 웃었다.

"잘 먹겠습니다, 라고 해야지. 우주야."

"응! 잘 먹어!"

한결같이 대답하는 우주를 보며 주은이 소리 내어 웃었다.

"오늘은 일찍 나가는 날이지?"

시우가 샌드위치를 외우듯이 바라보며 물었다.

"응. 그래야 할 거 같아. 재료들이 들어오는 날이거든. 아저씨가 30분 내로 온다고 했으니, 그 전에는 문 열어놔야지."

카페 운영을 위한 재료가 배달되는 날이었다. 처음 카페를 오픈했을 땐 손님이 적어서 시우와 주은이 시장을 봐오곤 했었다. 그러다 손님이 늘어 시장을 보러 갈 수 없게 되자, 그들은 꼼꼼하게 업체를 골라 일주일에 두 번 배달을 받기 시작했다.

"곧 나가야겠네. 힘들겠어. 아니면 내가 일찍 나갈까?"

시우의 말에 주은이 가볍게 고개를 끄덕였다.

"아냐. 아저씨가 창고에 다 넣어주는 걸. 재료 확인만 하면 돼. 걱정하지 마."

"그래."

식사를 마친 후, 주은이 출근 준비를 시작했다. 그래봤자 옅은 화장에, 머리를 한 가닥으로 묶는 게 전부였지만.

준비를 마친 주은이 방에서 나오자 시은과 우주가 유치원 갈 준비를 하고 있었다. 평소 두 사람이 달려들어 아이 둘을 준비시키지만, 배달 오는 날은 어쩔 수 없이 시우 혼자 애들을 준비시켰다. 힘들어할 법도 하건만, 시우는 한 번도 힘들다고 말한 적이 없었다. 오히려 힘들다고 말하는 쪽은 주은이었다. 주은이 지쳐서 멍하게 있으면 그런 그녀를 안아 달래는 것 또한 시우의 몫이었다.

"엄마, 다녀올게!"

주은이 신발을 꿰신는데 뒤에서 쿵쿵 소리가 났다. 돌아보니 어느새 세 사람이 바짝 다가와 있었다.

"다녀오세요!"

시은이 손을 홰홰 흔들었다.

"다녀올게!"

뒤따라 우주가 손을 번쩍 흔들며 소리쳤다.

"다녀오겠습니다, 겠지."

"응! 응! 다녀올게!"

주은이 정정해주었지만, 한결같이 우주는 '다녀올게.'라고 인사했다. 제대로 된 말을 듣길 포기한 주은이 두 팔을 벌렸다. 그러자 두 아이가 달려와 품에 쏙 안겼다.

"엄마, 나중에 봐!"

시은이 말을 하며 그녀의 뺨에 입을 맞췄다.

"엄마, 안녕!"

아직 말이 서툰 우주는 짧게 인사하며 다른 편 뺨에 입을 맞췄다. 주은이 일어나자 시우가 성큼 다가와 그녀를 끌어안았다. 마지막 인사는 늘 시우의 몫이었다.

"애들 데려다주고 집안일 좀 해놓고 갈게."

시우가 안은 채 다정하게 속삭였다.

"응. 알았어. 뒤를 부탁할게."

"걱정 마."

"……응. 그런데 이제 그만 놔줄래?"

한참 안겨 있던 주은이 조용히 말하고서야, 시우가 낮게 웃으며 물러섰다. 그의 눈이 보기 좋게 접혀 있었다. 시우는 아이들을 낳고나서 조금씩 장난기가 늘기 시작했다. 그 모습이 소년처럼 깨끗하고 맑았다.

"다녀올게."

마지막으로 인사를 한 후, 문을 열고 나선 주은은 숨을 깊게 들이마셨다. 깨끗한 공기가 가슴 깊은 곳에 들어오자 괜히 마음이 들떴다. 걸음을 걸어가던 주은은 작게 콧노래를 불렀다.

햇살이 유난히 좋은 가을날, 평소처럼 가족들의 인사를 받고 나오는 순간이 못 견디게 행복했다.

주은이 평소처럼 가벼운 걸음으로 기분 좋게 걸었다.

"저기요. 커피 주문할게요."

짧은 머리를 한 학생 하나가 카드를 내밀며 주문했다. 요즘 들어 아침마다 자주 보이는 손님이었다.

짧은 머리카락, 커다란 백팩, 흰색 맨투맨 티셔츠에 건장한 체격을 가진 남학생이다. 언뜻 보면 대학생 같고, 또 어떻게 보면 이제 막 취업한 사회초년생 같기도 했다. 사람 얼굴을 잘 못 외는 그녀가 이 남자를 기억하는 이유는 두 가지였다. 이른 시각에 자주 보이기도 했지만, 자신을 뚫어져라 쳐다보는 시선 때문이기도 했다.

"네."

"아이스 아메리카노 차가운 거 한 잔 주세요."

원래 아이스 아메리카노는 차가운 건데.

주은이 슬며시 나오려는 웃음을 꾹 참았다.

"네."

참는다고 참았지만, 미소가 새어나갔다. 계산을 마친 주은이 카드를 내밀었다. 그러나 왜인지 남자는 카드를 받지 않고 멍한 얼굴로 그녀를 바라보았다. 자신이 웃어서 기분이 상했을지도 모른다는 생각에 주은이 금세 미소를 거둬들였다.

"여기 있습니다."

다시 한 번 주은이 카드를 내밀고서야, 남자는 꿈에서 깨어난 듯 움찔하더니 받아들었다.

"아, 네."

"조금만 기다려주세요."

"네."

커피를 준비하는 내내 주은은 자신의 뺨에 와 닿는 남자의 시선을 느꼈다.

자신의 얼굴에 뭐가 묻은 건가, 아니면 이상한 남자인가.

순간 머릿속으로 수만 가지 생각이 스쳐 지나갔다. 카페를 운영하면서 진상 손님은 더러 만났어도 이상한 사람은 처음이었다.

"커피 나왔습니다."

주은이 일부러 테이크아웃 잔을 내밀었다. 가게가 협소해서 먹고 갈 수 있는 테이블은 세 개밖에 없었고, 대체로 혼자 온 손님은 커피를 가지고 나갔다. 그리고 이 남자 손님은 되도록 커피잔을 들고 나가줬으면 했다. 자신을 바라보는 시선이 너무도 집요해서 부담스러웠다.

"저기요."

남자가 커피잔을 받다 말고 그녀를 불렀다. 주은이 쳐다보자, 남자가 눈을 이리저리 데굴데굴 굴렸다. 주은은 침착하게 남자의 말을 기다리며 휴대전화를 손에 꽉 쥐었다. 잘못되면 시우에게 전화할 요량이었다. 자신의 전화에 경찰보다 반응이 빠르니까.

"저기, 애인…… 있으세요?"

"네?"

생각지 못한 질문에 주은이 되물었다.

"그러니까 애인 있으시냐고요. 그러니까 나쁘게 받아들이지 마시고요. 제가 여기 온 지 얼마 안 되지만, 너무 제 이상형이셔서요. 그래서 말인데요……."

남자의 말과 동시에 카페 문이 활짝 열렸다. 선선한 바람이 몰려들어오는 가운데 주은은 때마침 들어온 시우를 발견했다. 들어오자마자 이상한 분위기를 감지한 듯 시우의 눈이 가느스름해졌다.

"없으시면, 이건 제 연락처거든요. 괜찮으시면 연락주세요. 카페 사장님이 정말 마음에 들어서 그러거든요. 기다릴게요!"

남학생이 쪽지를 건네주고는 후다닥 문 밖으로 뛰어나갔다. 그 와중에 곁에 서 있던 시우의 어깨까지 밀치고 지나갔다. 알 수 없는 쪽지 하나와 함께 남겨진 주은이 눈을 깜빡였다.

……뭐지? 이게 무슨 일이지?

주은이 의아해하는 사이, 남자에게 떠밀려 문의 귀퉁이에 서 있던 시우가 성큼성큼 다가왔다. 계산대 위에 놓인 쪽지를 먼저 낚아챈 건 시우였다. 노란 쪽지엔 열한 자리의 휴대전화 번호가 적혀 있었다.

"난 모르는 일이야."

대략의 상황을 한 박자 늦게 파악한 주은이 먼저 발을 뺐다.

"알아."

시우도 안다는 듯 대답했다. 그러고는 설핏 얼굴을 구겼다. 아이 둘을 낳고도 주은은 사회초년생처럼 보였다. 단정하게 묶은 한 가닥 머리, 약간 동그란 얼굴, 큰 눈 때문에 곧잘 받는 오해였다. 이 오해로 인해 이런 일이 종종 생기곤 했다.

지역이 활성화되면서 근처에 사는 직장인들이 카페를 드나들며 주은을 호감 어린 눈빛으로 바라보곤 했다. 단정한 외모에 차분한 말투, 그리고 눈이 마주하면 웃어주니 오해를 많이 하곤 했다. 그 때문에 시우는 저녁 7시가 되면 무조건 카페에 나타났다. 한동안 주은에게 호감을 가진 남자들은 시우의 등장에 한 번, 시우와 주은의 다정한 행동에 또 한 번 놀라곤 다시는 찾지 않았다.

귀찮은 직장인들을 다 떼어냈더니, 아주 어린애까지 주제 모르고 덤벼들기 시작했다.

시우는 벌써부터 피곤하다는 듯 표정을 구겼다.

"그리고 처음 있는 일이야."

주은이 이 상황이 우습다는 듯 웃는 얼굴로 대답했다.

"알아."

주은에겐 안다고 대답했지만, 실은 처음 있는 일이 아니다. 그간 자신이 알게 모르게 떼어낸 남자들이 몇인데. 결혼반지를 끼고 있어도 다들 아랑곳하지 않았다.

"너한텐 자주 있는 일이었는데, 나한테 이런 일이 생기니까 신기하다."

주은이 빙긋 웃으며 말했다. 시우는 화려한 외모에 특유의 나른한 표정 때문에 여대생들은 물론이고, 이삼십 대 여자들에게 인기가 좋았다. 특히 SNS를 통해 '커피 만드는 훈남'으로 시우의 사진이 떠돌기 시작하면서, 카페 매출이 급상승한 건 물론이고 시우의 인기 또한 덩달아 올라갔다. 알게 모르게 시우에게 연락처를 주고 가는 여자들이 많았다. 그럴 때마다 시우는 주은의 앞에서 그 연락처를 모조리 찢어버렸다. 여자들에게 관심 없으니, 일절 오해하지 말라는 말까지 덧붙이면서.

시우의 멋진 모습이 다른 여자들에게 통한다는 사실이 기쁘면서도 한편으로는 조금 질투나기도 했다. 아직도 다른 여자들 눈에 시우가 멋지다는 사실이 내심 신경 쓰이던 차였다.

"그래서 좋아?"

시우가 무표정한 얼굴로 묻자, 주은이 빙긋 웃더니 "뭐, 나쁘진 않아."라고 대답했다. 그 대답에 시우의 표정을 달라지게 했다.

"좋다라……."

마음에 안 든다는 듯 그가 낮게 중얼거렸다. 이 주제로 더 이야기를 나눴다간 시우가 정색할 것 같아, 주은이 다른 주제로 이야기를 틀었다.

"애들은 유치원 차에 태웠어?"

"응. 집안일도 대충 해놓고 왔어."

집안일 하는 동안 이런 일이 생길 줄 알았다면, 다 집어치우고 내려올 걸 그랬다고 시우는 생각했다.

"우리 이벤트 하나할까?"

시우가 연락처가 담긴 쪽지를 찢으며 물었다. 그의 가벼운 목소리와 달리, 쪽지를 찢는 손끝엔 힘이 잔뜩 실려 있었다.

"무슨 이벤트?"

갑작스런 이벤트 제안에 주은이 물었다.

"이벤트 할 만한 거 찾고 있었잖아."

"응. 그랬지."

카페 오픈 이래 변변찮은 이벤트가 없어서 한참을 고민하고 있었다.

"그럼 잠시만 기다려."

시우가 쪽지를 합쳐도 알아볼 수 없을 지경으로 찢은 후, 카페를 나섰다. 선선한 바람을 맞자 그의 머리카락이 부드럽게 휘날렸다. 그는 평소보다 빠른 걸음으로 길을 따라 내려가며 휴대전화를 꺼냈다. 연락처가 담긴 종이를 찢기 전에 외워둔 휴대전화 번호를 입력한 후, 메시지를 보냈다.

[방금 그쪽이 카페에서 어깨 치고 지나간 사람이자, 카페 주인 남편입니다. 예쁘고 사랑스러워 보인다는 건 알지만, 애 둘 있는 여자니까 마음 접으세요. 앞으로 보는 일 없었으면 합니다.]

메시지를 전송한 후, 시우는 길을 따라 내려갔다.

⁜

"콜록, 콜록."

주은이 손등으로 입가를 가리며 기침했다. 오늘 아침 머리를 조금 덜 말리고 나왔다싶더니 그새 감기에 걸린 모양이었다. 어쩌면 배달해온 것들을 추운 창고에서 확인하느라 그랬을 수도 있었다.

달랑.

문이 열리며 풍경 소리가 내부를 울렸다. 시우가 한 손에 뭔가를 든 채 들어섰다. 시우가 사라진 지 몇 시간 만이었다.

"감기 걸렸어?"

"그런가 봐. 머리를 덜 말리고 나왔더니……. 그런데 손에 그건 뭐야?"

"이벤트 할 거."

주은이 손을 내밀자, 그가 순순히 종이를 내밀었다. 종이를 확인한 주은의 표정이 미묘해졌다.

"……정말 이걸로 이벤트를 하자고?"

"응."

"부부나 커플끼리 오시면 원플러스원. 아메리카노 한정."

괜찮은 이벤트였다. 손해긴 하겠지만, 사흘 동안 하는 단기간 보은 이벤트로는 적합했다. 문제는 두 번째 이벤트였다.

"사진 속 카페 주인 부부와 같은 커플티를 입고 오신 분께

1일 열 잔, 아메리카노 무료증정…….”

문구 아래엔 시우와 주은이 흰색 커플티를 입고 있는 사진이 박혀 있었다. 아주 다행스러운 건 얼굴이 잘 보이지 않는다는 점이었다. 다만, ‘주인 부부’라는 문구가 굉장히 크게 인쇄되어 있었다. 아무리 봐도 이벤트 내용보다 주인 부부라는 글자가 유난히 컸다.

“이거 왠지 우리가 부부라는 걸 홍보하려는 이벤트 같은데. 이건 내 기분 탓이겠지?”

“맞아.”

“……응?”

주은이 되묻자, 시우가 계산대 테이블을 짚고서 고개를 숙였다. 얼굴이 가까워졌다. 시우의 눈빛이 냉랭해졌지만, 주은은 그 눈빛이 자신을 향하는 게 아니라는 걸 알 수 있었다.

“또 그런 이상한 애들이 꼬이면 곤란하잖아.”

“…….”

“난 싫어. 이상한 애들이 주은 씨 생각하는 거. 그러니까 그런 걸 미연에 방지할 겸, 이벤트도 할 겸. 이거 하자.”

제안이 아니라, 확정이었다. 시우는 이벤트를 할 생각이었다. 이걸 이용해 부부라는 걸 널리 알릴 셈이었다. 주은은 어이없다는 눈으로 인쇄물과 시우를 번갈아보았다. 아무래도 몇 시간 전 연락처 쪽지를 받은 게 신경 쓰이던 모양이었다. 주은이 기가 막히다는 듯 웃었다.

불안해할 사람은 시우가 아니라 자신이었다. 두 아이의 아버지임에도, 그런 티가 전혀 나지 않았으니까.

"좋아."

안 그래도 신경 쓰이던 차에, 시우가 먼저 나서주니 거부할 이유가 없었다. 그러면서도 피식 웃음이 났다.

"두 아이의 엄마가 됐는데도 신경 쓰여? 이젠 어디서 고백받고 와도 신경 안 쓸 때 아닌가?"

주은이 이벤트 종이를 쥔 채 웃었다.

시우의 눈이 가느스름해졌다. 그녀는 모른다. 이기적인 가족들의 품을 떠난 그녀가 얼마나 아름다워졌는지. 환하게 짓는 미소, 따스한 눈빛, 평온한 마음 그 모든 것들이 몸짓 곳곳에서 새어나왔다. 그러나 그는 알려줄 생각이 없었다.

그녀의 아름다움은 자신만 알고 있으면 되니까.

시우가 손을 뻗어 주은의 뒷목을 감쌌다. 그녀의 입술 위로 시우의 입술이 닿았다가 떨어졌다. 주은은 자신에게서 떨어져 천천히 눈을 뜨는 시우를 바라보았다. 아주 잠깐의 찰나, 가슴이 울렁거렸다.

"늘 신경 쓰여."

낮게 속삭이는 시우의 말에 주은이 입술에 힘을 주었다.

거짓말처럼, 설렜다.

계산대를 짚고 선 커다란 손에, 속살거리는 입술에, 저를 바라보는 젖은 눈빛에.

주은은 시우의 눈을 보다 그의 뺨을 쓰다듬었다.

"그래. 그럼 계속 신경 써줘."

당당히 요구하는 주은의 말에 시우의 눈이 휘어졌다. 마치 기다리던 답변을 받았다는 듯이 즐거운 얼굴이었다.

⁂

"콜록, 콜록."

주은이 기침을 터트렸다. 사흘간의 이벤트 끝나자마자 주은은 몸져누웠다. 감기기운을 떨치지 못한 채 무리한 게 화근이었다. 더군다나 자신들의 예상보다 더 많은 손님들이 몰려 좁은 가게가 인산인해를 이루었다. 주변의 도움을 받다 못해 퇴근한 호성의 도움까지 받고서야 겨우 사흘을 끝냈다. 무사히 마쳤다는 기쁨도 잠시, 긴장이 풀려 뻗었다.

"콜록, 콜록."

기침이 멎지 않았다. 주은은 그럴수록 두툼한 이불 속에 몸을 파묻었다. 잠을 자야 하는데, 잠들 만하면 기침을 해서 잠이 깼다. 머릿속 생각도 점점 더 복잡해졌다.

내일 가게는 어떻게 해야 하지, 아이들의 아침은 어떻게 해야 하지, 저녁에 애들을 씻겨야 하는데, 저녁은 또 어쩌지, 등등.

엄마가 되자 아파도 제대로 쉴 수가 없었다.

"엄마. 괜찮아?"

시은이 문을 빼꼼 열고 들어와 물었다. 깜짝 놀란 주은이 손을 들어 내저었다.

“응. 엄마 괜찮아. 시은아. 들어오지 말고 나가 있어. 감기 옮아.”

“나, 안 옮아. 괜찮아.”

시은이 방 안으로 성큼 들어왔다. 그 너머로 우주가 고개를 빼꼼 들이밀었다.

“아냐. 옮아. 아빠한테 가.”

“아빠는 엄마 약 사러 갔어.”

어쩐지.

시은이 문을 열고 들어오게끔 시우가 허락할 리 없었다. 아마 약을 사러 나가면서도 시은에게 절대로 엄마가 있는 방에 들어가지 말라고 신신당부했을 거다. 시은과 우주가 못 참고 들어온 거고. 안 봐도 훤했다.

주은이 이불을 목 끝까지 끌어올렸다.

“시은아. 엄마, 감기 걸려서 그러니까 나가 있어.”

“싫어. 엄마도 나 감기 걸렸을 때 옆에 있었잖아.”

“엄마는 어른이라 튼튼했고.”

“튼튼한데 이렇게 아픈 거면 더 아픈 거잖아.”

“…….”

시은의 논리에 주은은 말문이 막혔다.

그게 그렇게 되나.

주은이 멍한 머릿속으로 힘겹게 생각할 때였다.

“엄마, 심심하지? 방에 TV도 없고, 동화책도 없고, 휴대전화도 못 하니까…….”

아파서 쉬는 게, 애들 눈에는 어지간히 심심해 보인 모양이었다. 아픈 엄마가 심심할까 봐 쫄래쫄래 들어온 애들이 기특한 나머지 코끝이 찡했다. 주은은 이불로 코와 입을 단단히 막은 채 자신의 곁에 앉아있는 시은과 우주를 보았다.

"……엄마 심심할까 봐 온 거야?"

"응."

자신을 바라보는 두 아이의 눈에 걱정이 가득했다. 주은은 저도 모르게 빙긋 웃었다.

"고마워. 너희들 덕분에 엄마가 얼른 낫겠다. 내일 되면 싹 나을게."

"약속?"

"응. 약속."

주은이 약속하고서야 두 아이의 표정은 조금 누그러졌다.

"엄마랑 있으면 안 돼? 밖에 어두컴컴하고 무섭고……. 엄마도 심심할 거 같고……."

시은이 우물쭈물거렸다.

"그래. 대신 문 열어놓고, 바로 문 옆에 누워 있어. 엄마 발 옆쪽에."

최대한 아이들을 근처에 오지 못하게끔 했다.

"응!"

허락받았다는 사실에 시은이 즐거운 표정을 지었다.

"뭐 하고 놀아줄 건데?"

주은이 반쯤 감긴 눈으로 물었다.

"돌멩이 놀이."

그 말에 주은의 눈이 크게 벌어졌다. 바닥에 퍼질러 앉은 시은과 우주가 주머니 속에 넣어 온 돌멩이를 우르르 꺼냈다. 그러더니 동글동글한 돌들을 일자로 죽 나열했다.

"오늘 아빠가 가르쳐줬어. 돌멩이로 인형놀이 하는 거래."

"소금놀이! 소금놀이!"

우주가 소리쳤다.

"소금놀이가 아니라 소꿉놀이야. 우주야."

시은이 어른스럽게 우주의 말을 정정해주었다. 그러자 누나바보인 우주가 시은을 빤히 쳐다보더니 고개를 끄덕였다.

"응! 응! 소금놀이! 소금놀이!"

"후우."

시은이 긴 한숨을 내쉬더니 고개를 절레절레 내저었다. 그러더니 다시 돌멩이 놀이에 집중했다.

"제일 큰 건 아빠 돌멩이. 제일 예쁘게 생긴 건 엄마 돌멩이. 제일 진한 건 내 돌멩이. 제일 작은 건 우주 돌멩이."

"내 꺼! 내 꺼!"

용케 알아들은 우주가 작은 돌멩이가 자기라며 소리쳤다. 주은이 "우주야?" 하니까 동그란 눈을 깜빡이며 "응!" 하고 크게 대답했다.

"엄마 심심할 테니까 내가 하는 거 잘 봐봐! 그럼 안 심심할 거야!"

웃으며 "응."이라고 대답한 주은은 이불로 코와 입을 막은 채 시은이 하는 걸 지켜보았다.

"옛날에 아주 멋진 큰 돌멩이가 있었어요."

시은이 시우라고 했던 큰 돌멩이를 집어 들었다.

"이 왕자님 돌멩이는 아주아주 사랑하는 여자가 있었어요. 이 여자를 사랑해서 '공주, 결혼해주세요!'라고 말하자, 공주가 '어머, 좋아요.'라고 말했어요. 그 뒤에 둘은 결혼해서 시은 돌멩이와 우주 돌멩이를 키우면서 행복하게 살았습니다."

갈등이라고는 조금도 없는 이야기였지만, 주은은 왠지 그 짧은 이야기에 가슴이 뭉클했다.

오래오래, 행복하게.

그 말을 곱씹어보았다. 동화 같은 이야기. 그러나 누구나 가슴에 하나쯤은 품고 있는 행복한 결말. 주은은 시우와 함께 그 결말에 최대한 가깝게 살도록 노력하고 있었고, 원하는 만큼 이루어내고 있었다. 새삼 그 사실에 가슴이 찡해졌다.

"……아빠가 가르쳐줬어?"

주은이 잠긴 목소리로 물었다.

"응!"

시은의 씩씩한 대답에, 주은이 피식 웃었다.

"시은아, 어딨어?"

그 사이 도착한 시우가 두 아이가 안방에 있는 걸 보고 나오라고 손짓했다.

"시은아. 나와. 엄마 아파서 쉬어야 빨리 나아."

"그래도…… 싫은데. 엄마, 심심하잖아."

시은이 울 것 같은 얼굴로 중얼거렸다. 아이는 '심심하잖아.'라고 했지만 그 본뜻은 '외롭잖아.'라는 걸 알고 있었다. 주은이 입술을 꾹 깨물었다. 아파서인지 자꾸만 코끝이 찡해졌다.

"그럼 엄마, 계속 아플지도 모르는데?"

시우가 묻자 시은이 고개를 가로저었다. 결국 시우의 말에 못 이겨 몸을 일으킨 시은이 바닥에 떨어진 돌멩이들을 조심스럽게 주워 들었다. 그러나 손에 다 담기에는 너무 많은지, 하나 쥐면 또 하나가 떨어지는 식이었다.

"그냥 두고 가자. 나중에 아빠가 가져다줄게."

시우의 말에 시은이 완강하게 고개를 가로저었다.

"안 돼. 이건 우리 가족 돌멩이야. 세상에 하나밖에 없는 거라고. 내가 가져가야 해."

그러더니 끝내 돌멩이들을 양손 가득 쥐고서 나갔다.

"조금 있다가 약 가져다줄게."

시우가 반쯤 열린 문 너머로 말했다.

"응. 고마워."

문이 닫힌 후, 홀로 남은 주은은 천장을 바라보았다. 거짓말처럼 잠이 몰려들었다. 머릿속을 꽉 채우던 생각들이 스르륵 녹아버린 것처럼, 평온해졌다. 느릿하게 깜빡거리던 주은의 눈이 금세 감겼다.

그날 밤, 아주 오랜만에 어린 시절 시우와 놀았던 꿈을 꾸었다. 시우는 꿈속에서마저 찬란할 정도로 아름다웠고, 자신을 향해 눈부시도록 환하게 웃어주었다. 그런데 왜인지 그걸 바라보고 있으니, 행복하면서도 슬펐다.

『왜 웃는데 우는 거 같니?』

주은이 어린 시우에게 물었다.

『나 우는 거 아니고, 웃는 건데. 친구들 생겼어.』

어린 시우가 아이들 두 명의 손을 잡아당겼다. 그러자 하얀빛 틈으로 두 아이가 다가왔다. 시은과 우주였다.

『난 안 슬퍼. 얘들이 있거든.』

『다행이다.』

『너도 있고.』

어린 시우가 환하게 웃었다.

"음. 콜록, 콜록."

목의 통증과 함께 잠에서 깨어난 주은이 눈을 번쩍 떴다. 방금 꿈을 꾼 거 같은데 내용이 기억나질 않았다.

창문 너머는 어두컴컴했다. 머리맡을 더듬어 휴대전화로 시간을 확인해보니, 어느새 새벽 2시가 넘어가고 있었다. 깜빡 잠든 줄 알았는데 꽤 깊게 잠든 모양이었다.

시우가 가져다 놓았는지 약봉지와 물잔이 머리맡에 놓여 있었다. 약을 먹이려다가 곤히 자니 깨우지 않은 모양이었다. 몸을 일으키던 주은의 몸에서 무언가가 우르르 떨어져 내렸다.

주은이 이불 위를 더듬거려 뭔가를 잡은 후, 휴대전화 불빛에 비추어보았다. 시은이 가지고 놀던 돌멩이들이었다.

"이게 왜 여기 있어?"

주은이 중얼거리며 돌멩이들을 멀리 밀어두었다. 약을 챙겨먹을까 하다가 새벽에 먹으면 속 쓰릴 것 같아, 관두었다. 대신 주은은 아이들과 시우가 걱정되어 문을 밀고 나갔다. 평소 자던 방을 놔두고 거실에 이부자리를 깔고서 누워 있었다.

주은이 이불을 저만치 찬 채, 배를 훤히 드러내놓고 잠든 우주에게 다가갔다.

"깼어?"

우주의 배에 이불을 덮어주는 사이, 잠에서 깬 시우가 잠긴 목소리로 물었다.

"응. 너도 깼어?"

"응."

시우가 반쯤 눈을 감은 채 고개를 끄덕였다.

"왜 애들 방에서 안 자고 여기서 자?"

"엄마랑 가까운데서 자고 싶다고 해서. 안방 문 앞에서 자겠다고 덤비는 걸 겨우 설득해서 여기서 재웠어."

"아……."

주은이 잠시 말문 막힌 표정으로 아이들을 바라보았다. 그렇게까지 엄마를 걱정하고 신경 쓰는지 몰랐다. 그러고 보니 주은이 크게 아픈 적은 손에 꼽을 정도로 적었다. 처음 보는 모습이었으니 놀란 모양이었다. 주은이 사랑스럽다는 눈으로 시은과 우주를 바라보았다.

"안 답답했어?"

시우의 물음에 주은이 무슨 소리냐는 듯 쳐다보았다. 아프냐는 것도 아니고 안 답답하냐니.

"시은이가 주은 씨 가슴 위에 돌멩이 얹어놨을 건데."

"아, 응. 그래놨더라. 그거 시은이가 그런 거였어?"

"주은 씨 외로울까 봐 그런다고 해서 말리질 못했어."

"……."

"꿈에서 돌멩이들이랑 놀라고 하더라고."

"……그래?"

아픈 탓에 마음이 약해진 건지, 그 말에 숨이 턱 막혔다.

"그래서 그런가. 이제 괜찮아진 것 같아."

"다행이네."

"오늘 고생했어. 시우, 네가 수고한 거 같아서 미안해."

주은이 가장 바깥자리에 누운 시우의 곁에 쭈그리고 앉아, 머리를 쓰다듬으며 말했다. 아이 둘을 돌본다는 건 쉬운 일이 아니었다. 더욱이 나이대도 다른 아이들이라 챙겨줘야 할 방법이 달랐다.

"괜찮아."

시우가 눈을 맞추며 싱긋 웃었다.

"어서 자. 잠든 거 보고 갈게."

"피곤할 텐데 들어가서 자."

"내가 이러고 싶어서 그래. 그러니까 거절하지 말고 받아줘."

주은의 말에 시우는 그녀를 가만히 바라보다가 눈을 감았다.

"그래."

대답하는 시우의 입꼬리가 자그맣게 올라가 있었다.

주은은 시우가 다시 잠들 때까지 그의 머리를 천천히 쓸어 넘겨주었다. 부드러운 머리카락이 손가락 사이로 스르륵 빠져나갔다. 그녀는 시우가 가끔 하듯이, 그의 잠든 얼굴을 새기듯 바라보았다. 그러다 그녀의 시선이 시우의 곁에 바로 누워 있는 시은에게 닿았다.

우리 사랑스러운 돌멩이.

"으음."

왜 자신은 빼냐는 듯 때마침 칭얼대는 우주를 보았다.

주은은 피식 나오려는 웃음을 꾹 참았다.

우리 귀여운 돌멩이.

마지막으로 주은의 시선이 잠든 시우에게 닿았다.

유일한 나의 돌멩이.

……나의 보석들.

그들을 바라보는 주은의 눈동자에 한없는 행복이 차올랐다.

– 외전 fin.

작가 후기

잊혀지지 않는 사람, 그 사람을 사랑하는 마음을 써보고 싶었습니다. 제게도 오랫동안 잊혀지지 않을 글이 될 것 같습니다.

보시는 동안 힘드셨겠지만, 그래도 그 끝엔 '다행이다'라는 생각을 하셨으면 좋겠습니다. 지금의 저처럼요.

행복하셨으면 좋겠습니다.
늘 감사합니다.

서혜은